HEYNE <

W0250587

ZUM BUCH

Paddy Meehan arbeitet als Nachtschicht-Reporterin bei den *Scottish Daily News*. Bei einem ihrer nächtlichen Einsätze drückt ihr an der Haustür einer schicken Vorortvilla der Hausherr fünfzig Pfund in die Hand, um sicherzugehen, dass seine offensichtlich misshandelte Frau unerwähnt bleibt. Paddy kann zu diesem Angebot schlecht Nein sagen – schließlich muss sie sich, nachdem ihr Vater seinen Job verloren hat, um die mehrköpfige Familie kümmern. Da auch die Polizei den Tatort unverrichteter Dinge wieder verlässt, verdrängt sie ihr schlechtes Gewissen. So lange, bis am nächsten Tag eben diese Frau bestialisch ermordet aufgefunden wird. Von nun an wird Paddy – als einzige Zeugin des Vorfalles – nicht nur von korrupten Polizeibeamten beschattet …

ZUR AUTORIN

Denise Mina, geboren 1966 in Glasgow, studierte Jura und spezialisierte sich auf den Umgang mit psychisch gestörten Straftätern. 1998 erschien ihr erster Roman. Für ihr Werk wurde sie mit dem Dagger Award und dem Barry Award ausgezeichnet, 2012 und 2013 gewann sie den Theakstons Crime Novel of the Year Award.

LIEFERBARE TITEL

In der Stille der Nacht
Blinde Wut
Der letzte Wille
Das Vergessen
Der Hintermann

DENISE MINA

DIE TOTE STUNDE

Kriminalroman

Aus dem Englischen von
Heike Schlatterer

WILHELM HEYNE VERLAG
MÜNCHEN

Die Originalausgabe erschien 2006 unter dem Titel The Dead Hour bei Bantam Press.

Der Verlag weist ausdrücklich darauf hin, dass im Text enthaltene externe Links vom Verlag nur bis zum Zeitpunkt der Buchveröffentlichung eingesehen werden konnten. Auf spätere Veränderungen hat der Verlag keinerlei Einfluss. Eine Haftung des Verlags ist daher ausgeschlossen.

FSC
www.fsc.org
MIX
Papier aus verantwortungsvollen Quellen
FSC® C014496

Verlagsgruppe Random House FSC® N001967

2. Auflage
Taschenbucherstausgabe 07/2016
Copyright © 2006 by Denise Mina
Copyright © 2016 der deutschsprachigen Ausgabe by
Wilhelm Heyne Verlag, München,
in der Verlagsgruppe Random House GmbH,
Neumarkter Str. 28, 81673 München
Printed in Germany
Redaktion: Dr. Katja Bendels
Umschlaggestaltung: Nele Schütz Design unter Verwendung von shutterstock/Lari Saukkonen
Satz: hanseatenSatz-bremen, Bremen
Druck und Bindung: GGP Media GmbH, Pößneck
ISBN: 978-3-453-43492-9

www.heyne.de

Für Owen,
der weiß, wie man einen guten Auftritt hinlegt

1

Nicht wie wir
1984

I

Paddy Meehan saß gemütlich hinten im Auto. Das Stimmengewirr des Polizeifunks füllte das Schweigen zwischen ihr und ihrem Fahrer Billy. Sie hatte gerade bei einem Autounfall eine halbe Stunde im eisigen Regen rumgestanden und musste sich dringend aufwärmen. Dementsprechend hatte sie auch überhaupt keine Lust, wieder hinaus in die kalte Februarnacht zu gehen, doch am Eingang der Villa stand ein gut aussehender Mann in einem edlen gestreiften Hemd und mit einem teuren Haarschnitt und versperrte die Tür. Da wartete eine Story. Kein Zweifel.

Sie waren in Bearsden, einem reichen Vorort im Norden der Stadt mit baumgesäumten Straßen und großen Häusern mit weiten Rasenflächen, um die Nachbarn auf Distanz zu halten. Paddy war seit fünf Monaten als Polizeireporterin in der Nachtschicht unterwegs, doch das hier war erst ihr zweiter Einsatz in dieser Gegend. Beim letzten Mal hatte ein Nachtbus die Kurve in einem Kreisverkehr zu eng genommen und war mit geplatztem Reifen liegen geblieben.

Die Villa lag in einer Nebenstraße mit alten Häusern hinter hohen Hecken. Billy war zwischen zwei Torpfosten aus Granit hindurchgefahren und der Kiesauffahrt den Hügel hinauf gefolgt. Ein Polizeiauto stand schlecht geparkt vor dem Haus und blockierte die gesamte Stellfläche. Billy lenkte den Wagen Richtung Rasen und parkte mit dem Vorderrad in der Absenkung zwischen Kies- und Rasenfläche.

Sie schauten zur Tür. Dort stand ein Polizist mit dem Rücken zu ihnen, aber Paddy erkannte ihn trotzdem. Nur eine kleine Truppe bestritt regelmäßig die Nachtschichten. Dan McGregor stand unter einem steinernen Portal und machte sich Notizen, während er den Hausbesitzer befragte. Der Mann hatte die Ärmel seines Hemds sorgfältig bis zu den Ellbogen hochgekrempelt. Ihm musste kalt sein. Er hatte die Hand auf den Türknauf hinter seinem Rücken gelegt und hielt die Tür zu, während er sich gleichzeitig bemühte, den Polizisten mit einem geduldigen Lächeln davon zu überzeugen, wieder zu gehen.

Paddy verfluchte die Kälte, die Nacht und den nichtsnutzigen Kerl, öffnete die Wagentür und stieg aus. Bei dieser Kälte würde sich die Wärme im Wageninnern nicht lange halten. Sie schloss die Tür rasch wieder und schlug den Kragen ihres grünen Ledermantels zum Schutz gegen den Regen hoch.

Im Auto griff Billy nach der Zigarettenschachtel auf dem Armaturenbrett. Paddy und Billy verbrachten bei jeder Nachtschicht fünf Stunden miteinander, fünf Tage die Woche. Sie kannte jede seiner Bewegungen. Jetzt würde er mit dem Finger gegen das Wegwerffeuerzeug schnippen, das unter der Zellophanhülle steckte, es herausschieben und mit einer einzigen Bewegung den Deckel der Schachtel heben, eine Zigarette herausnehmen und sie anzünden. Paddy wartete, bis sie das warme Orange hinter der Scheibe aufglühen sah, und wünschte, sie säße neben ihm. Dann wandte sie sich zum Haus.

Die viktorianische Villa jenseits des glitschigen, vom Regen durchweichten Rasens war wohlproportioniert. Die großen Erkerfenster auf beiden Seiten der Eingangstür wurden von altmodischen Spitzengardinen und schweren Chintzvorhängen geziert, die noch nicht zugezogen waren. Das Fenster rechts von der Tür war dunkel, doch aus dem Fenster links schien helles Licht auf den Kies, so grell wie die Scheinwerfer einer Disco im Morgengrauen.

Paddy lächelte, als sie den zweiten Polizisten neben dem Streifenwagen stehen sah. Tam Gourlay blies sich in die kalten Hände und stampfte mit den Füßen. Wenn die Polizei in die übleren Viertel am Stadtrand gerufen wurde, blieb immer ein Beamter beim Auto, um es gegen wütende Anwohner zu verteidigen, aber das war hier wohl kaum nötig. Paddy stellte sich eine Horde aufgebrachter Ärzte vor, die die Auffahrt hinaufrannten, die Außenspiegel des Fiat Panda abrissen und auf die Windschutzscheibe eindroschen. Sie kicherte, riss sich dann aber zusammen. Sie benahm sich wieder einmal merkwürdig. Musste an den vielen Nachtschichten liegen.

Fortgesetzter Schlafentzug. Ähnlich wie bei Fieber; der Blick verschob sich, alles rutschte leicht zur Seite. Die oft bizarren Geschichten, auf die Paddy bei der Nachtschicht stieß, faszinierten sie, aber die Nachrichtenredakteure wollten keine überraschenden, surrealen Charakterskizzen. Sie wollten einfache, belanglose Berichte – wer, wann und wo. Ein Warum oder gar Spekulationen über die Hintergründe interessierten sie nicht. Durch ihre Erschöpfung wirkte für Paddy alles bunter. Manchmal hatte sie das Gefühl, als wäre sie aus dem Gleichschritt geraten und würde alle Blicke auf sich ziehen, als wäre ihr eigenes einsames Herz allein im weiten Universum, einen Herzschlag aus dem Takt, nicht im Gleichklang mit allen anderen.

Tam wandte den Kopf und sah sie an, als sie in seine Richtung ging.

»Meehan«, sagte er.

»Alles in Ordnung, Tam? Zurück aus dem Urlaub?«

»Aye.«

»Gut erholt?«

»Zwei Wochen mit der Frau und dem sechs Monate alten Baby«, schnaubte Tam. »Mehr muss ich wohl nicht sagen.«

Er war genauso alt wie Paddy, Anfang zwanzig, strahlte jedoch bereits die Resignation der älteren Beamten aus.

»Also.« Sie zog ihr Notizbuch aus der Tasche. »Warum sind Sie hier?« Sie hatte im Auto bereits den Polizeifunk mitgehört: Die Nachbarn hatten sich wegen Lärmbelästigung beschwert. In so einem Viertel war man bei nächtlicher Ruhestörung nicht sonderlich tolerant.

Tam verdrehte die Augen. »Beschwerde wegen Ruhestörung: Auto mit kreischenden Bremsen, die Haustür zu laut zugeschlagen, Schreie.«

Paddy hob die Augenbrauen. Beschwerden wegen Ruhestörung dauerten zwei Minuten: Der Hausbesitzer öffnete die Tür, gelobte Besserung, und alle gingen ihrer Wege.

Tam sah zur Tür. »Da drin ist eine Frau mit Blut im Gesicht.«

»Hat er sie geschlagen?«

»Ich nehm's an. Sonst hätte sie sich selbst auf den Mund boxen müssen.« Tam gluckste leise über seinen eigenen Witz, aber Paddy hatte das Gefühl, dass er ihn schon häufiger gebracht hatte. Oder er hatte ihn von jemand anderem aufgeschnappt. Sie verzog keine Miene.

»Nicht gerade die ideale Nachbarschaft für eine laute Party an einem Montagabend.«

Tam schnaufte. »Haben Sie die schicken Schlitten gesehen?« Er nickte zu den beiden glänzenden BMWs, die im Dunkeln hinter dem Haus parkten. Eine große Limousine und ein

Sportwagen. Aber irgendwie passten die beiden zusammen; wie die Eheringe von Mann und Frau. Paddy kannte sich nicht sonderlich gut mit Autos aus, aber sie wusste, dass man mit einem einzigen dieser Wagen drei Jahre lang die Miete für ihre Familie bezahlen konnte.

Sie sahen beide zu dem Mann an der Haustür. »Nimmt Dan ihn mit aufs Revier?«

»Nein«, sagte Tam. »Die Frau will kein großes Ding daraus machen. Vhari Burnett. Sie ist Juristin. Eine von uns.«

Paddy war überrascht. »Sie ist bei der Staatsanwaltschaft?«

»Aye.« Er zeigte auf den Polizisten an der Tür. »Dan kennt sie vom Gericht. Sagt, sie ist in Ordnung. Aber warum will sie ihn dann nicht anzeigen?«

Paddy fand es ziemlich offensichtlich, warum eine Frau auf eine Anzeige gegen einen Mann verzichtete, der die Schlüssel zu ihrem Haus hatte. Ihre älteste Schwester Caroline kam regelmäßig mit blauen Flecken an den Armen nach Hause und wurde jedes Mal wütend, wenn jemand sie darauf ansprach. Die Familie war katholisch; ihren Mann zu verlassen kam nicht infrage. Paddy hätte Tam das alles erklären können, aber es war halb drei Uhr nachts, und sie hörte immer wieder denselben schlicht gestrickten Mist von trägen Beamten, die jede Nacht mit häuslicher Gewalt zu tun hatten. Sie war auf die Polizisten angewiesen, von ihnen bekam sie die Informationen für ihre Artikel und durfte es sich daher nicht mit ihnen verderben. Doch obwohl sie sich so sehr bemühte und ihnen nie widersprach, spürten die Jungs von der Nachtschicht ihre Distanz und gaben die besten Storys hinter ihrem Rücken an andere Journalisten weiter, mit denen sie zusammen Fußball schauten oder in die Kneipe gingen. Paddy schob die Gedanken an ihre schwächelnde Karriere beiseite und wandte sich dem Haus zu.

An dem dunkelhaarigen Mann fiel ihr zuallererst seine attraktive Figur auf: Er war groß, mit langen Beinen und schmalen Hüften. Er hatte das Gewicht auf ein Bein verlagert, die Hüfte zur Seite gedreht, und ließ Dans Gerede gelangweilt über sich ergehen. Dabei hielt er die Augen leicht geschlossen, als ob ihm die Last seiner langen, dichten Wimpern diesen leicht gelangweilten Gesichtsausdruck aufzwingen würde. Das konservative weiße Hemd hatte dünne lachsfarbene Streifen. Darüber trug er schwarze Hosenträger mit glänzenden Metallschnallen, dazu teure schwarze Schuhe und eine Anzughose. Es sah aus wie eine Arbeitsuniform. Sein Gesicht war ruhig, er lächelte, aber seine Finger spielten nervös am Türknauf herum. Ein schöner Mann.

Paddy schlenderte langsam zur Tür, hielt sich dabei aber im Schatten an der Seite des Hauses. Dan blickte nickend auf sein Notizbuch, während der Mann redete.

»... Dan, das kommt nicht wieder vor.« Er sagte das ganz locker, und Paddy sah dem Polizisten an, dass dieser nicht die Absicht hatte, den Mann mit aufs Revier zu nehmen, geschweige denn, ihn dort eine Weile festzuhalten, weil er sich wie ein mieser Scheißkerl benommen hatte. Sie hatte Dan und Tam schon bei vielen nächtlichen Ruhestörungen erlebt; eigentlich waren sie nicht gerade für ihre Toleranz bekannt. Dan war zwar ziemlich dünn und hatte schon einige Dienstjahre auf dem Buckel, aber er war immer noch fit. Paddy hatte einmal gesehen, wie er angegriffen worden war, und wie die Gesichter seiner Angreifer daraufhin unsanft Bekanntschaft mit der Seite des Streifenwagens gemacht hatten.

Dan kritzelte mit einem Bleistiftstummel in seinem Notizbuch herum. Der Mann glaubte sich unbeobachtet, und Paddy sah ihm die Anspannung an, als seine Hand den Türknauf fester umklammerte.

»Okay«, sagte Dan. »Aber Sie müssen das in den Griff kriegen. Wenn wir noch einen Anruf bekommen, haben wir keine andere Wahl, dann müssen wir aktiv werden.«

»Sicher. Machen Sie sich darüber keine Gedanken.«

Dan klappte sein Notizbuch zu und ging rückwärts die Stufe hinunter. »Vielleicht sollten Sie sie zu einem Arzt bringen.«

»Auf jeden Fall.« Der Mann schien sich einen Moment zu entspannen. Paddy trat in den Kreis aus gelbem Licht vor der Tür.

»Hallo. Ich bin Paddy Meehan von der *Scottish Daily News*. Könnte ich mit Ihnen über den Polizeieinsatz hier reden?«

Der Mann starrte Dan an, der mit den Schultern zuckte und zum Streifenwagen zurückging. Aus der Nähe hatte der Mann an der Tür Paul-Newman-blaue Augen und volle, rosige Lippen. Paddy hätte sie am liebsten mit den Fingerspitzen berührt. Er musterte ihren Second-Hand-Mantel aus grünem Leder, die stachligen dunklen Haare, die beigefarbenen spitzen Wildlederstiefeletten und großen goldenen Ohrringe. Sein Blick fiel auf den roten Emaille-Ring an ihrem rechten Daumen. Ein billiges Schmuckstück, das sie in einem Hippie-Laden gekauft hatte. Die blauen Sprenkel im Emaille waren bereits brüchig und lösten sich.

»Ich mag Ihren Look.« Er lächelte, aber sie sah ihm an, dass er es nicht ernst meinte.

»Danke. Sie sind eher der Businesstyp, stimmt's?«

Er strich die Vorderseite seines Hemds glatt und schob einen Daumen unter den Hosenträger. »Gefällt es Ihnen?« Er verlagerte sein Gewicht und lenkte ihre Aufmerksamkeit auf seine Hüften. Ein bisschen zu deutlich, zu unverhohlen für einen beiläufigen Flirt. Sehr unsympathisch.

»Haben Sie Ihre Frau geschlagen?«

»Moment …« Er hob die linke Hand und zeigte ihr wie zur Verteidigung den nackten Ringfinger. Er war nicht verheiratet.

»Kennen Sie Dan?«

Er sah ihr direkt ins Gesicht, aber mit verschleiertem Blick. »Ich kenne Dan nicht.«

Sie runzelte die Stirn, hob skeptisch eine Augenbraue, *»Dan?«* Dass er ihn vertraulich beim Vornamen nannte, verriet mehr über ihre Beziehung als sein Verhalten vorhin im Gespräch.

Er zuckte mit den Schultern, als ob es ihm egal wäre, ob sie ihm glaubte oder nicht, und fuhr sich mit den Fingern durch die schwarzen Haare. Der edle Stoff des gestärkten Hemdsärmels knisterte.

Die Tür hinter ihm öffnete sich einige Zentimeter. Paddy sah eine imposante viktorianische Garderobe, dunkles Eichenholz mit Haken für Hüte, an der Seite einen Ständer für Schirme und Spazierstöcke. In der Mitte befand sich ein großer Spiegel, in dem das ängstliche Gesicht einer Frau zu erkennen war.

Die hübsche Blondine stand in der Tür zum Wohnzimmer und lauschte. Sie hatte einen schlanken Hals und feine Gesichtszüge, die Spitzen ihrer kinnlangen Haare waren rosa von Blut. Als sie Paddy im Spiegel sah, strich sie sich mit ihren schlanken Fingern die Haare hinters Ohr und gab so den Blick auf ihren blutigen Kiefer frei. Ein dünner scharlachroter Streifen verlief von ihrem Mundwinkel zum Kinn und weiter über ihren Hals bis zum Schlüsselbein, wo er den großen Lady-Di-Spitzenkragen ihrer weißen Bluse tränkte.

Für den Bruchteil einer Sekunde begegneten sich die Blicke der beiden Frauen, und Paddy bemerkte den leeren Ausdruck in ihren Augen, den sie schon so oft bei Autounfällen und Auseinandersetzungen gesehen hatte – Schock und Schmerz.

Sie hob die Augenbrauen und fragte so die blonde Frau, ob sie Hilfe brauchte, doch diese schüttelte kaum merklich den Kopf und beendete den Blickkontakt. Sie trat einen Schritt zurück und war im Spiegel nicht mehr zu sehen.

Der Mann bemerkte Paddys Blick und zog die Haustür hinter seinem Rücken wieder zu. »Uns geht es gut, wirklich.« Er lächelte freundlich und nickte, als ob er Paddy danken wollte, dass sie zu seiner Party gekommen war. Das Licht über dem Eingang war schwach und gelblich, trotzdem sah sie jetzt, dass er selbst zwischen seinen kurzen schwarzen Haaren Blut am Hals hatte. Blutflecken, Spritzer. Er lächelte sie an. Sie konnte ein Glitzern in seinen Augen sehen, wie Feuerstein.

»Haben Sie sie schon häufiger geschlagen?«

Er wurde langsam wütend, hatte sich aber gut im Griff und sah zu Tam und Dan beim Streifenwagen hinüber. Paddy folgte seinem Blick. Dan schüttelte den Kopf, als ob er dem Mann eine Antwort geben würde, ein Signal, das Paddy nicht verstand. Der Mann seufzte resigniert. »Könnten Sie bitte kurz warten?«

Er öffnete die Tür und schlüpfte durch den schmalen Spalt. Einen Moment lang, als sich die Tür langsam schloss, dachte Paddy, er würde das einzig Logische tun und sie einfach draußen stehen lassen, aber dann war er schon wieder zurück. Wieder dieses Lächeln.

Er beugte sich vor und drückte Paddy etwas in die Hand. »Ich kann gar nicht genug betonen, wie wichtig es ist, dass das hier nicht in die Zeitung kommt.« Es war ein Fünfzig-Pfund-Schein. »Verstehen Sie?«

Der Schein fühlte sich feucht an, und er war rosa vom Blut.

Paddy sah sich um. Die beiden Polizisten standen bei ihrem Fiat Panda und hatten ihr den Rücken zugekehrt. Die Fenster im nächsten Haus hinter der Hecke waren schwarz, dunkel und leer. Ihre kalten Finger schlossen sich um den Schein.

»Gute Nacht.« Der Mann trat eilig zurück ins Haus und schloss die Tür leise, aber fest.

Paddy betrachtete die Maserung der Eichentür, die an den Stellen, wo regelmäßig nach dem Knauf getastet oder der Schlüssel ins Schloss gesteckt wurde, gelblich ausgebleicht war. Der große Messingtürknauf war blutverschmiert. Sie hatte fünfzig Pfund in der Hand. Sie drückte den Schein, vergewisserte sich, dass er da war. Wieder spürte sie das feuchte Blut und schauderte. Aufgewühlt vergrub sie die Faust in der Manteltasche, drehte sich steif um und ging über den knirschenden Kies der perfekten Auffahrt zurück zum Auto. Der Wind zerzauste ihr Haar. Irgendwo in der Ferne rumpelte ein Auto über die Straße. Sie hörte, wie der Fahrer den Gang wechselte.

Beim Streifenwagen zuckte Tam mit den Achseln. »Das ist denen eben wichtig. Sie ist Staatsanwältin«, sagte er und ließ sie damit unabsichtlich wissen, dass er und sein Kollege auch Geld bekommen hatten.

Dan schlug Tam mit der flachen Hand auf den Hinterkopf und schnalzte missbilligend mit der Zunge. Im Weitergehen hörte sie noch, wie Tam sich flüsternd verteidigte: »Das ist doch nur die kleine Meehan.« Die beiden stiegen ins Auto. Dan ließ den Motor an und fuhr vorsichtig rückwärts die Auffahrt hinunter, an Paddy und ihrem Wagen vorbei.

Beim Öffnen der Autotür schaute sie noch einmal zurück zum hell erleuchteten Fenster der Villa. Für einen kurzen Moment sah sie eine Bewegung hinter den Gardinen, einen Wirbel aus Licht. Sie blinzelte, und als sie wieder hinsah, rührte sich nichts mehr.

Billy beobachtete im Spiegel, wie sie sich auf die Rückbank

fallen ließ, und zog an seiner Zigarette. Er hatte gesehen, wie sie das Geld genommen hatte, so viel war sicher. Sie hätte ihm die Hälfte anbieten können, aber sie wusste nicht, wie das in so einem Fall lief, sie war noch nie bestochen worden. Außerdem konnten die fünfzig Pfund eine Menge Probleme lösen.

Billy legte den Rückwärtsgang ein und fuhr los, doch Paddy hielt den Blick auf das Haus gerichtet. In den kommenden Wochen und Monaten würde sie immer wieder an die kurze Bewegung denken, die sie im Fenster gesehen hatte, und daran, wie froh sie gewesen war, hinten im warmen Auto zu sitzen, und wie aufregend sich der Geldschein in ihrer Tasche angefühlt hatte. Und sie würde sich furchtbar schämen, wenn sie daran dachte, wie fest sie davon überzeugt gewesen war, dass die blutverschmierte Frau im Spiegel sie überhaupt nichts anging.

II

Billy fuhr schweigend über die glänzende schwarze Straße zurück Richtung Innenstadt. Der Polizeifunk knarrte und pfiff. Paddy konnte Billys Blick im Rückspiegel kaum ertragen. Selbst wenn er gesehen hatte, wie sie das Geld genommen hatte, würde er nicht danach fragen. Sie waren vorsichtig mit gegenseitigen Fragen, weil die Wahrheit schwierig war. Anfangs hatte Paddy ihn noch gedankenlos ausgefragt und dabei erfahren, dass sich Billy und seine Frau ständig stritten und dass er seinen Sohn nicht mehr sonderlich mochte, seit er in die Pubertät gekommen war. Sie hatte ihm erzählt, dass sie sich abstoßend und fett fühlte, dass ihre arbeitslose Familie es hasste, von ihrem Lohn zu leben und von ihr abhängig zu sein, und dass sich dadurch das Kräftegleichgewicht in der Familie merkwürdig verschoben hatte. Billy und Paddy hatten nie ein kollegiales Verhältnis entwickelt, das auf tröstlichen Lügen basierte. Der Polizeifunk war die ganze Zeit eingeschaltet, das ständige Gebrabbel und Rauschen ließ kein längeres Gespräch zu. Meistens beschränkten sie sich deshalb auf stakkatoartige Äußerungen. Deshalb konnte Billy nicht andeuten, dass sein Sohn im Grunde ein Genie war und bloß noch nicht seine Nische gefunden hatte, und Paddy konnte nicht erklären, dass ihre Gewichtszunahme womöglich hormonell bedingt war. Zwischen ihnen gab es nur die ungeschönte Wahrheit. Aber wenigstens gingen sie freundlich miteinander um. Sonst wäre die Nachtschicht unerträglich gewesen.

»Hey, der wird dir gefallen.« Billy stellte kurz den Funk leiser. »Was ist häusliche Staatsgewalt?«

»Keine Ahnung. Billy, was ist das?«

»Häusliche Gewalt bei einer Staatsanwältin in Bearsden.« Er stellte den Polizeifunk wieder lauter und lächelte ihr im Rückspiegel zu. Das war seine Art, ihr zu sagen, dass er ihr nicht böse war.

Sie blickte traurig auf die Hand in ihrem Schoß. Auf ihrer Handfläche war Blut. »Du hast recht, Billy, der war gut.«

Sie brauchte das Geld. Ihr Vater war seit zwei Jahren arbeitslos. Vier Kinder lebten noch daheim, und sie war die Einzige, die Geld verdiente. Sie war die Jüngste, aber der Hauptverdiener. Dadurch hatte sie bei Entscheidungen der Familie ein unausgesprochenes Vetorecht; ihre Mutter sagte ihr, wie viel jeder Artikel auf der Einkaufsliste kostete, und betonte ihre Sparsamkeit. Paddy blieb kein einziger Penny für sich selbst, und wusste auch nicht, wie sie das Mächte-Ungleichgewicht daheim korrigieren sollte. Trotzdem ging es den Meehans relativ gut: In vielen Teilen der Stadt war jeder Dritte arbeitslos. Ihrer Mutter würde das Blut am Geldschein nicht auffallen, wenn sie es trocknen ließ, bis es braun war.

»War es ein Paar?« Billy öffnete sein Fenster einen schmalen Spalt breit und schnipste seine Zigarettenkippe hinaus. Sie prallte mit einem kleinen roten Funkenregen von der Türkante ab und verschwand in der Dunkelheit.

»Sie war blutverschmiert. Ich weiß nicht, ob es richtig war, dass wir sie dort gelassen haben.«

»Mach dir deshalb keinen Kopf. Die sind nicht wie wir, die reichen Leute.«

»Aye.«

»Sie könnte ihn verlassen, wenn sie will.«

»Das nehme ich an.«

Die Fälle von häuslicher Gewalt, die sie normalerweise mitbekamen, fanden in einem ganz anderen Umfeld statt. Die Paare lebten in beengten Verhältnissen und mussten sich zwangsläufig vor aller Augen streiten, weil sie in ihren winzigen Sozialwohnungen nicht einmal genug Platz hatten, um bei einer Prügelei weit genug auszuholen. Die zerstrittenen Ehepartner lebten oft noch jahrelang zusammen, bis ihnen das Sozialamt endlich getrennte Wohnungen zuteilte. Heftige Zusammenstöße waren da unvermeidlich.

Billy suchte wieder ihren Blick. »Rufen wir die Redaktion an und melden die Geschichte, oder lassen wir die Sache auf sich beruhen?«

Wenn sie nicht davon ausgegangen wäre, dass Billy gesehen hatte, wie sie das Geld nahm, hätte sie vorgeschlagen, sich um die nächste Meldung und einen anderen Vorfall zu kümmern, aber sie wollte nicht, dass er schlecht von ihr dachte.

»Okay«, sagte sie. »Suchen wir eine Telefonzelle.«

»Danach könnten wir es in Easterhouse probieren«, schlug Billy vor. Er glaubte offenbar ohnehin nicht, dass es die Geschichte in die Zeitung schaffen würde. »Und in Barrowfield hat es ein paar Schwertkämpfe gegeben.«

In der ganzen Stadt rüsteten sich Verrückte und Kriminelle mit Macheten und Schwertern aus und gingen aufeinander los. Schwertkämpfe gab es seit Jahren, die moralische Empörung, die sie anfangs ausgelöst hatten, war längst verpufft. Das Thema war schon ein bisschen ausgelutscht, aber immer noch eine Meldung wert.

»Aye, irgendwo wird ein Dreckskerl schon noch jemanden umbringen«, sagte Paddy voller Frust über ihren Job und all die Dinge, die sie dabei mit ansehen musste.

2

Leben auf den Knien

I

Als Paddy Feierabend machte, waren es immer noch drei Stunden bis zum Sonnenaufgang. Die wenigen frühen Pendler auf der Straße hasteten mit gesenktem Kopf an ihr vorbei, bemüht, sich einfach nur warm zu halten und vorwärtszukommen, wie Spielzeugmäuse zum Aufziehen. Sie war die Einzige, die mit erhobenem Kopf und wachem Blick durchs Stadtzentrum schlenderte, und hatte festgestellt, dass morgens, vor allem, wenn es noch dunkel war, niemand aufschaute – alle hasteten voran, mit den Gedanken ganz woanders, gingen noch einmal einen vergangenen Streit durch oder probten den vor ihnen liegenden Tag. Manche redeten dabei sogar mit sich selbst. Allein Paddy war wirklich präsent, allein im flüchtigen Augenblick.

Sie ließ sich Zeit. Sie wollte nicht zu früh bei Sean sein, sonst musste sie herumsitzen, während seine Mutter im Unterrock durch die Wohnung lief oder frühstückte und ihr den neuesten Klatsch erzählte, meistens irgendwelche bösen Gerüchte über die anderen Frauen in der Gemeinde.

Daher nahm Paddy von der Redaktion in der Albion Street nicht den direkten Weg zum Bahnhof, sondern machte einen Abstecher über die sibirischen Weiten des George Square. In ihrem grünen Ledermantel war ihr nicht kalt. Es war ein knielanger Mantel aus den Fünfzigerjahren mit rundem Kragen und drei großen grünen Knöpfen. Sie hatte ihn für ein Pfund auf dem Trödelmarkt gekauft, dabei war er aus butterweichem Kalbsleder. Aber das Beste war, dass er am Rücken gerade geschnitten war, ohne Taille, wodurch ihr Hintern etwas kaschiert wurde. Und er war groß genug, um darunter noch einen Pullover tragen zu können. Paddy blieb stehen und zog sich ihren roten Schal vom Nacken über den Kopf, um die Ohren vor dem eisigen Wind zu schützen.

Ein Mann in einem grünen Arbeitsoverall und schweren Stiefeln eilte an ihr vorbei Richtung Rathaus. Als sie ihm nachsah, fiel ihr ein, warum sie Grün so gerne mochte: wegen Patrick »Paddy« Meehans Entlassung aus dem Gefängnis. Betty Carson hatte ihn damals abgeholt. Die Verbindung war ihr bisher noch gar nicht aufgefallen. Vielleicht hatte der grüne Ärmel der Jacke, der auf dem Trödelmarkt aus einem Ständer hervorlugte, sie deshalb so angezogen.

Die Geschichte von Patrick Meehan zog sich durch ihr Leben wie ein roter Faden. In den unwahrscheinlichsten Augenblicken fielen ihr wichtige Details ein, blubberten aus ihrem Unterbewusstsein nach oben, wenn sie am allerwenigsten damit rechnete.

Paddy Connelly Meehan war ein Berufsverbrecher, ein kleiner Safeknacker, der mehr Zeit hinter Gittern verbracht hatte als in Freiheit. Wenn er nicht gerade in irgendeiner verlassenen Behausung Sprenggelatine in der Bratpfanne schmolz, prahlte er im Tapp Inn mit seinen Raubzügen. Als Paddy noch ein Kind war, wurde er in einem aufsehenerregenden Verfahren wegen Mordes verurteilt. Dass sie beide den gleichen Namen hatten, war Zufall, doch die junge Paddy verfolgte deswegen ihre gesamte Kindheit lang aufmerksam Meehans Werdegang. In Glasgow hielten ihn die meisten für unschuldig und sagten, der eigentliche Übeltäter habe versucht, seine Geschichte an die Zeitung zu verkaufen. Später schrieb ein berühmter Journalist sogar ein Buch über den Fall. Die kleine Paddy, die in einer katholischen Familie aufwuchs, ohne an Gott zu glauben, suchte nach Vorbildern, und so kam es, dass sie irgendwie das Neue Testament durch Paddy Meehans Geschichte ersetzte. So ungewöhnlich war das gar nicht, wie sie später erkannte: Viele Katholiken wurden Marxisten, einfach weil die mentale Struktur so perfekt passte. Beide Ansätze stützten sich als Glaubensgrundlage auf einen einzigen Text, sie hatten ihre eigenen Heiligen und gefallenen Helden. Beide Weltanschauungen erforderten Zeit und Geld und die Bereitschaft, andere zu missionieren, beide glaubten an eine Zukunft, in der Gerechtigkeit herrschen würde und die Sanftmütigen die Erde bevölkern würden.

Paddy war von der Meehan-Geschichte förmlich besessen gewesen. Sie sah darin Tapferkeit und Würde, Edelmut und Durchhaltevermögen, Anstand und Loyalität. Das einzige Detail, das ihr die Geschichte mittlerweile verdarb, war Paddy Meehan selbst: Nach seiner Begnadigung war er in Glasgow geblieben. Jetzt hing er in den Pubs rum und erzählte jedem seine Geschichte, wobei er sich mit Journalisten, Barleuten und allen anderen anlegte. Er hatte den Zenit seines Ruhms überschritten, ohne es selbst zu erkennen, und konnte im alltäglichen Durcheinander und dem Bemühen, sich über Wasser zu halten, kein Held bleiben. Er war der Grund, warum Paddy Journalistin geworden war, warum sie sich für die Lokalredaktion mit den Polizeiberichten entschieden hatte und darin eine ruhmvolle, ehrwürdige Aufgabe sah, obwohl alle anderen es eher als Kompromiss betrachteten, den man für die Karriere eingehen musste.

Ein grüner Mantel.

In Paddys Vorstellung hob sich Betty Carsons flammend rotes Haar strahlend von der cremefarbenen Mauer ab, und ihre Haut war so hell wie Weißbrot. Betty Carson und Paddy Meehan waren beide achtzehn, beide suchten bei einem heftigen Regenguss Zuflucht in derselben dunklen Gasse. Sie kamen ins Gespräch, und er begleitete sie zur Bushaltestelle, wartete mit ihr und sah ihr mit klopfendem Herzen nach, als sie ihm noch einmal zuwinkte,

Betty kam aus einer guten Familie. Die gläubigen Protestanten waren überrascht, als ihre Tochter einige Monate später nach Hause kam und ihnen mitteilte, dass sie geheiratet hatte, doch in einer bigotten Stadt zeigten sie sich überraschend unvoreingenommen und akzeptierten den jungen katholischen Ehemann. Sie gaben Meehan immer wieder eine Chance, das Richtige zu tun. Nach jeder verbüßten Haftstrafe nahmen sie ihn wieder bei sich auf und hofften, dass dieses Mal alles anders wäre, nur weil er es sagte.

Der Tag der Entlassung. Nach Meehans eigener Darstellung wartete Betty jedes Mal vor dem Tor auf ihn, wenn er aus dem Gefängnis entlassen wurde. Sie stand immer draußen, bei Regen oder Wind oder der beißenden Dunkelheit eines langen schottischen Winters. Und sie trug dann einen neuen grünen Mantel oder ein grünes Kleid oder einen grünen Hosenanzug – Grün als Symbol für den Neuanfang, Grün als Kontrast zu ihren roten Haaren.

Meehan und Betty küssten sich, so zumindest stellte sich Paddy das vor, sie küssten sich, schlangen die Arme umeinander, drückten sich ein bisschen, voller Freude, wieder zusammen zu sein, und dann gingen sie los, Arm in Arm, ganz gemächlich, wie sie selbst im morgendlichen Trubel, wenn die anderen zur Arbeit hetzten, Leute mit gesenktem Kopf, die mit sich selbst redeten und durch den grauen Morgen hasteten. Am Tag der Entlassung schwebte Betty mit ihrem Mann an ihrer Seite durch die Stadt und führte ihn nach Hause, wo ein herzhaftes Frühstück auf ihn wartete.

Betty in festlichem Grün und Rot, ein fröhlicher Farbtupfer in der großen grauen Stadt.

II

Paddy stieg aus dem Zug und trat hinaus auf den windigen Bahnsteig von Rutherglen, mit glasigen Augen und einem trockenen, mehligen Belag von gebackenen Kartoffeln auf den Zähnen. In ihrem Kopf ging zu viel durcheinander, da war es schwierig, sich an ihre Vollwertdiät zu halten, aber sie versuchte es zumindest und hatte deshalb immer eine kalte gebackene Kartoffel in der Tasche. In den letzten Jahren hatte sie kräftig zugenommen, vor allem an den Hüften und im Bereich der Brust. Paddy glaubte längst nicht mehr, dass sie sich diszipliniert an eine Diät halten konnte, und setzte die Prinzipien nur halbherzig um, indem sie beispielsweise ihre Mahlzeiten durch gebackene Kartoffeln oder kalte Bohnen ersetzte, die sie direkt aus der Dose aß. Sie fühlte sich die ganze Zeit schlapp und hatte ein schlechtes Gewissen, was sich auch nicht gerade besserte, wenn sie sich verschämt in eine Ecke drückte, um stinkende Luft abzulassen.

Als sie die lange Treppe vom Bahnsteig zur Straße hinaufstieg, konnte sie sich vor Müdigkeit kaum noch auf den Beinen halten. Beinahe wäre sie gestürzt und konnte sich gerade noch mit den Händen auf den Stufen abstützen. Sie brauchte dringend eine große Portion Stärke und Zucker, um wieder zu Kräften zu kommen. Bei den Ogilvys gab es Porridge mit viel Honig. Während Paddy der Main Street von Rutherglen folgte, vorbei an den Pendlern, die sich um die Haltestelle drängten, ging sie das Für und Wider von Porridge durch. Weil sie dick war, hielt sie sich bei der Arbeit gern im

Hintergrund. Sie hatte nicht genug Selbstvertrauen, um sich zu Wort zu melden oder die Initiative zu ergreifen und sich auf eine bessere Stelle in London zu bewerben. Wenn sie schlanker wäre, würde sie sich trauen. Sie war nur zehn Kilo von dem Leben entfernt, das sie sich erträumte.

Andererseits hatte sie gerade eine Nachtschicht hinter sich, war müde und tat sich selbst leid. Sie könnte nachgeben und sich eine Schüssel mit schönem warmem Porridge und ein paar Tassen Tee mit reichlich Milch gönnen.

In der Main Street herrschte die um diese Zeit übliche beschauliche Ruhe; die Pendler waren bei der Arbeit, und die alten Leute und jungen Mütter, die sich zur Zehn-Uhr-Messe in St. Columkille versammelten, waren noch nicht unterwegs. Sie würden langsam zur Kirche schlendern, an den kleinen Siedlungshäuschen rechts und links der Main Street vorbei, den Hügel hinunter bis zum Einkaufszentrum und weiter zur Kirche. All ihre älteren Verwandten würden kommen. Ihre Schwester Mary Ann auch, sie nahm den direkten Weg von Eastfield. Paddy hielt den Kopf gesenkt und eilte durch die Nebenstraßen zu Seans Haus in der Gallowflat Street. Sie würde sich bei Sean verstecken, bis die Messe vorüber war, sonst musste sie Hunderte Fragen nach ihrer Mutter, ihrem Vater, ihren Brüdern und Schwestern über sich ergehen lassen, obwohl sie doch eigentlich nur ins Bett wollte.

Das Küchenfenster der Ogilvys war beschlagen, das Wohnzimmerfenster dunkel. Wenn Sean wach wäre, würde dort auch Licht brennen – er schaute sich beim Frühstück gern das Schulfernsehen an. Paddy bog in den schmalen Weg ein und wäre fast mit einer jungen Frau zusammengestoßen, die einen altmodischen Kinderwagen von Silver Cross mit einem schreienden Baby schob.

»Fiona O'Conner, wie geht's?«, sagte Paddy, obwohl sie Fiona in der Schule nie gemocht hatte und sich dunkel daran erinnerte, dass sie von ihr gehänselt worden war. »Ist das dein Kleines?«

Fiona sah sie aus roten, verquollenen Augen an. »Oh ja, hallo. Hilf uns mal mit dem Kinderwagen.«

Paddy nahm die Vorderachse und hob den Wagen die zwei Stufen zur Straße hinunter. Fiona wirkte gereizt. »Ich dachte, Sean ist jetzt mit Elaine McCarron zusammen.«

Paddy zuckte bei der Erwähnung von Elaine leicht zusammen und fragte sich, warum. »Aye, sie sind seit einem Jahr zusammen, aber was soll's?«

Sie lächelte steif und drückte sich an Fiona vorbei.

Paddy hätte Sean heiraten können, vielleicht hätten sie inzwischen eine kleine Familie und ein eigenes Haus. Stattdessen hatte sie sich entschieden, weiter für die *News* zu arbeiten und darauf zu hoffen, dass sie Karriere machte und eines Tages ein eigenes Haus hatte, das nicht ständig nach Suppe und Kartoffeln roch. Es war eine schwierige Entscheidung gewesen, die sich noch dazu nicht ausgezahlt hatte. Sie wohnte immer noch zu Hause, und ihre Eltern und Geschwister waren auf ihr Gehalt angewiesen. Sie trug billige Kleider von Whatevery's, die nicht mehr als zwei Waschgänge überstanden. Eine eigene Wohnung lag in weiter Ferne.

Paddy war schon auf der Schule mit Sean zusammen gewesen. Sie kamen gut miteinander aus und stammten aus großen Familien, deshalb hatten sie sich beide nicht um andere Freundschaften bemüht. Jetzt war es zu spät – die lebenslangen Freundschaften, die nach der Schule noch weiterbestanden, Freunde, die dann auch Trauzeuge waren oder mit denen man in den Urlaub fuhr, waren nun unerreichbar. Und so klebten Paddy und Sean immer noch aneinander. Sie waren nicht verlobt, gingen nicht einmal mehr miteinander, hingen nur zusammen herum, sahen sich *Country Court* im Fernsehen an oder schlecht abgefilmte Raubkopien, die seinem Bruder gehörten. Drei Filme standen zur Auswahl: *Die unglaubliche Reise in einem verrückten Flugzeug, Tanz der Teufel* und *Der Exorzist.* Oder aber sie spazierten ziellos den Hügel hinauf.

Mimi Ogilvy öffnete die Tür und zog sich gleichzeitig ihren Mantel an. »Komm rein, Paddy, mein Küken, gut, dass du kommst.«

Paddy trat in die Diele, in die Wärme und den heimeligen Duft von Toast und starkem Tee. Mit dem Weihwasserbecken neben der Tür hätte man auch eine kleine Kapelle ausstatten können. Eine Maria im Disneystil blickte liebevoll auf ein dickes Jesuskind, das eine rosa Muschel mit Weihwasser hielt. Paddy tauchte zwei Finger ihrer rechten Hand hinein und betupfte sich im Vorbeigehen Kopf, Schlüsselbein und beide Schultern. Eine alte Gewohnheit, die sie nicht abschütteln konnte. Sie glaubte nicht an Gott, wusste aber, dass die Geste die Ängste ihrer Mutter besänftigte, die sich um das Seelenheil ihrer Tochter sorgte. Sie kam sich dabei jedes Mal wie eine Heuchlerin vor, aber eben wie eine Heuchlerin mit einer beruhigten Mutter.

Unter dem Telefontischchen lag ein Stoß neuer Handzettel, die Argumente für Callum Ogilvys Unschuld auflisteten. Der Druck der Handzettel – dieses Mal in schwarzer Tinte auf rotem Papier – war teuer, und Paddy fragte sich, woher Sean das Geld dafür hatte. Doch in dem Moment kam Mimi aus der Küche, zog zwei Ein-Pfund-Scheine aus der Tasche und legte sie auf das Telefontischchen. Damit war ihre Frage beantwortet.

»Das ist für seine Zigaretten und ein Bier heute Nachmittag. Außerdem …«, sie zog einen Fünfer und drei weitere Ein-Pfund-Scheine heraus, »hat er nachher seine letzte Fahrstunde.«

Dass sie das Geld vor Paddy hinlegte, war als Kompliment gemeint, ein Zeichen, dass sie sie akzeptierte. Paddy schaute trotzdem weg. Mimi hatte bereits so viele Fahrstunden bezahlt, dass Sean in ein paar Tagen die Prüfung machen konnte. Dabei war es egal, ob Sean den Führerschein hatte oder nicht – er konnte sich sowieso kein Auto leisten. Außerdem bezahlte für Paddy niemand Fahrstunden.

Mimi schaute auf die Uhr am Ende der schmalen Küche und wandte sich zur Tür. »Im Topf ist Porridge für dich, der Honig ist im Schrank neben dem Kühlschrank.«

Weg war sie und ließ Paddy in der Diele zurück, allein mit dem Schnarchen ihres Ex-Verlobten und dem verführerischen warmen Porridge, dem sie nach einer langen Nachtschicht zu widerstehen versuchte. Sean aß keinen Porridge zum Frühstück. Die arme Mimi hatte sich nur für Paddy die ganze Mühe gemacht. Es wäre sehr unhöflich, ihn einfach stehen zu lassen.

III

Er war wach. Sein Atem ging flacher, trotzdem lag er weiter mit dem Gesicht zur Wand und hielt die Augen geschlossen, mit angezogenen Beinen, um seine Morgenlatte zu verbergen.

Sie klopfte noch einmal an die offene Schlafzimmertür. »Aufstehen.«

Sean streckte sich unter der Decke und kostete das flüchtige Gefühl von Schlaf in den Gliedmaßen aus. Er trug seinen braunen Schlafanzug mit der gelben Ziernaht auf der Tasche und sah aus wie ein 1,88 Meter großer Zehnjähriger.

»Hallo du Stinktier, aufwachen. Komm schon, du musst aufs Amt.«

»Ja, ja.« Er verschränkte die Hände, streckte sich genüsslich und lächelte ihr zu, wie sie da in der Tür stand. Seine Augen waren noch verquollen vom Schlaf, die Wimpern waren vom Kopfkissen in verschiedene Richtungen gedrückt.

Paddy wurde wütend. Sie und seine Mutter arbeiteten hart, und das in undankbaren Jobs, kochten für ihn, kümmerten sich um ihn. Sie wusste, dass ihm auch seine Brüder immer mal wieder was zusteckten, mal hier zwei Pfund, mal da eine Schachtel Zigaretten. Einer hatte ihm sogar eine Dauerkarte für Celtic Glasgow gekauft, damit sie zusammen zum Fußball gehen konnten. Und Paddy kam alle zwei Wochen direkt von der Arbeit zu ihm, um dafür zu sorgen, dass er aufstand und seine Sozialhilfe abholte. Nicht einmal das brachte er fertig.

»Du bist ein fauler Hund. Du solltest dich aufs Rad schwingen und Arbeit suchen.«

Ihre Blicke trafen sich. Durch die sanfte Dämmerung des Schlafzimmers sahen sie sich lange an, zu lange. Überrumpelt von dieser unerwarteten Verbundenheit lächelten sie verlegen, bis Sean die Arme hinter den Kopf streckte und die Situation beendete. »Mit Milch und fünf Stück Zucker, Schätzchen.«

»Leck mich.« Das klang ein bisschen zu wütend für einen spielerischen Streit, und er sah sie überrascht an. Sie war nicht wütend auf Sean, sie war sauer auf sich selbst, weil sie Porridge gegessen hatte. Sie hatte sich sogar noch einen Nachschlag mit extra viel Honig gegönnt, und dabei hatte sie am Küchenfenster gestanden und zugesehen, wie die alten Damen mit ihren Einkaufsnetzen vorbeigingen. Selbst die papierähnlichen Reste am Topfrand hatte sie abgekratzt und gegessen und sich dann gefragt, warum sie das tat. Es schmeckte nach nichts. Es hatte nicht einmal eine angenehme Beschaffenheit. Aber wenn sie aß, dachte sie nur ans Essen. Sie machte sich keine Sorgen wegen der Arbeit, ihrer Familie oder ihres Gewichts. Selbst unangenehmes Essen gab ihr ein Glücksgefühl. Mit Ausnahme von Hüttenkäse mit Ananas. Nachdem sie eine gnadenlose Woche lang heldenhaft versuchte hatte, sich ausschließlich davon zu ernähren, wurde ihr schon bei dem Gedanken daran schlecht.

Sean hielt den Blick auf sie gerichtet, drehte ihr seine Kehrseite zu und furzte leicht in ihre Richtung. Sie versuchte nicht zu lächeln. »Das habe ich in der Diele gesehen.«

Sie hielt das Callum-Ogilvy-Pamphlet hoch.

»Ja, gestern hat eine Frau in Elaines Salon eins mitgenommen.« Er stützte sich auf den Ellbogen. »Sie ist Reporterin beim *Reformer* und sagt, sie interessiert sich dafür. Vielleicht ist das ein Anfang.«

Paddy grunzte. Der *Rutherglen Reformer* war ein Anzeigenblatt. Er berichtete über lokale Schwimmwettbewerbe und Auseinandersetzungen um die richtige Mülltonne. Eine Geschichte wie die von Callum passte nicht zu so einer Zeitung, aber Sean wollte sie provozieren, damit sie über seine Kampagne in der *Daily News* schrieb, bevor sich jemand anderes die Story unter den Nagel riss.

Callum war elf, als er und ein anderer Junge wegen Mordes an einem Dreijährigen verurteilt wurden, den sie vor dem Haus, in dem er wohnte, entführt hatten. Im Rückblick wirkte es bizarr, dass Paddy als Einzige davon überzeugt gewesen war, dass ein Erwachsener seine Hand im Spiel gehabt haben musste. Die restliche Stadt schien voll und ganz damit zufrieden zu sein, die beiden Jungen an den Pranger zu stellen.

Paddy hatte den Mann hinter dem Mord aufgespürt – noch heute litt sie unter den psychischen Folgen. Aber selbst sie wusste, dass Callum den kleinen Jungen am Ende umgebracht hatte. Vielleicht hatte ihn jemand zum Tatort gefahren und ihn unter Druck gesetzt, aber trotzdem war Callum Ogilvy schuldig. Das Blut des kleinen Jungen war an seiner Kleidung gewesen, man hatte Haare von ihm am Tatort gefunden, außerdem hatte Callum mehr oder weniger gestanden.

Nur Sean wollte es nicht akzeptieren. Callums Unschuld war für ihn zum Glaubensgrundsatz geworden, und Paddy vermutete, dass er mittlerweile auch Callum selbst fast überzeugt hatte. Die Ogilvys hatten den kleinen Cousin schon einmal seinem Schicksal überlassen, hatten tatenlos mit angesehen, wie er bei seiner instabilen Mutter aufwuchs, und Sean wollte ihn nicht noch einmal im Stich lassen. Und so langsam zeigte seine Hartnäckigkeit Wirkung, wenn er voller Überzeugung und Aufrichtigkeit einen Brief nach dem anderen an Abgeordnete, Journalisten und alle möglichen Leute schrieb, die etwas ausrichten könnten.

»Sean.« Paddy zwang sich zur Geduld. »Es gibt keine neuen Beweise …«

»Die alten Beweise könnten manipuliert sein.«

»Mrs. Thatcher könnte ein böser Roboter sein, aber das ist sie nicht. Nur weil etwas plausibel klingt, muss es noch lange nicht wahr sein.«

Sie sahen sich wieder an. Wenn ein Kollege bei der Zeitung hier eine Story witterte und sich einen Karrieresprung erhoffte, würde man Sean bei lebendigem Leib verschlingen.

»Du wärst besser dran, wenn du die Sache endlich begraben würdest. Niemand außer dir will, dass die Geschichte immer wieder aufgekocht wird.«

»Pad«, er nannte sie bei ihrem Spitznamen, klang aber ganz ernst, »für mich ist das nicht irgendeine Geschichte. Ich stelle mich nicht wie alle anderen gegen den kleinen Kerl. Ich bin alles, was er noch hat.«

»Könntest du nicht trotzdem für ihn da sein, auch wenn du akzeptierst, dass er es war? Muss er unschuldig sein, damit du ihn liebst? Er war bei der Tat zehn Jahre alt. Was weiß man denn schon mit zehn?«

»Fang nicht wieder damit an.«

Paddy nickte resigniert. »Okay. Aber aufstehen musst du trotzdem.«

Sean streckte sich. »Setz schon mal Wasser auf, ja? Und ein paar Scheiben Toast wären auch nicht schlecht.«

»Ja, ja, und gleich fängt das Kinderprogramm an.« Sie ging hinaus und zögerte zwischen Wohnzimmertür und Küche. Sie war direkt von ihrer Nachtschicht hergekommen, aber beim Frühstückmachen zog sie die Grenze. Paddy entschied sich fürs Wohnzimmer, ließ sich auf die Couch plumpsen und sah sich um.

Die Ogilvys waren brave kleine Soldaten der katholischen Kirche, wie ihre eigene Familie auch. Die Möbel waren in Ordnung, stabil gebaut, aber nicht unbedingt schön anzusehen oder modern. Sämtliche Bilder an der Wand waren entweder religiös oder kündeten von Triumphen verschiedener Familienmitglieder: Seans Eltern bei ihrer Silberhochzeit, die Priesterweihe eines entfernten Cousins, die Hochzeit eines Bruders im kleinen Rahmen mit einem hübschen Mädchen aus Hamilton und die darauffolgenden Tauffeiern ihrer vier Kinder, alle draußen vor derselben hässlichen kleinen Kirche, nur die Jahreszeiten wechselten. Bei zwei der Taufen waren Paddy und Sean noch verlobt gewesen, daher war Paddy auf den Familienfotos mit dabei. Allerdings hatte Mimi in ihrer einzigen Unmutsbekundung über die gelöste Verlobung ein Bild so gerahmt, dass Paddy vom Rahmen abgeschnitten wurde.

Paddy zog die *Daily News* aus ihrem hellen Lederrucksack und runzelte heftig die Stirn, um sich beim Anblick von Seite zwei ein Grinsen zu verkneifen. Sie hatten ihre Meldung gedruckt: Die Polizei war zu einer Party in der Dryman Road Nummer 17 gerufen worden, Nachbarn hatten sich über den Lärm beschwert. Eine Frau war verletzt, die Polizei hatte jedoch niemanden verhaftet. Ihre erste abgedruckte Meldung seit vier Nachtschichten.

Sie legte die Zeitung weg und lauschte. Nichts. »Sean!«, rief sie ungeduldig. »Damit kommst du nicht noch einmal durch.«

»Ich frühstücke unter der Dusche.«

An seiner Stimme konnte sie hören, dass er immer noch im Bett lag. Wenn er wieder zu spät kam, würde man seinen Antrag erst am Nachmittag bearbeiten, was bedeutete, dass der Scheck erst nach drei und nicht schon nach zwei Tagen eintreffen würde. Damit sollten Nachzügler bestraft werden. Aber Mimi brauchte das Geld.

»Deine Mum ist bei allen Ratenzahlungen im Rückstand. Mr. McKay wird deine Unterhosen beschlagnahmen.«

Sie hörte das Klappern hoher Absätze auf dem Weg und gleich darauf das Klimpern eines Schlüssels im Haustürschloss. Paddy hoffte, dass es Mimi war, obwohl sie es besser wusste. Schuldbewusst, als ob sie beim Schulschwänzen erwischt worden wäre, steckte sie die Hände unter die Knie und setzte sich aufrecht hin.

Elaine McCarron trat in die Diele, einen Regenmantel über ihrem blauen Arbeitskittel. Sie lächelte vor sich hin. In der Schule war Elaine zwei Jahre unter ihnen gewesen, schlank, zierlich, mit feinen Gesichtszügen. Sie hasste Paddy, war aber zu nett, um Sean zu bitten, nicht ständig mit seiner Ex rumzuhängen. Als Friseurin arbeitete sie an all den langen Nachmittagen, an denen Paddy und Sean vor dem Fernseher hockten oder sich bei Woolworths herumtrieben, sich mit Süßigkeiten vollstopften und mit den Spielsachen in der Kinderabteilung herumalberten.

Paddy machte mit einem Husten auf sich aufmerksam. Elaine drehte sich gereizt um. Paddy versuchte ein Lächeln.

»Ich wäre eigentlich gar nicht da«, sagte sie. »Aber Mimi hat mich darum gebeten.«

Elaine presste die Lippen zusammen, bis sie weiß wurden, und sah zu Seans Zimmertür. Sie strich sich den Kittel glatt und atmete kurz durch, bevor sie fröhlich an die Tür klopfte.

Verlegen lehnte sich Paddy auf der Couch zurück. Sie konnte jetzt nicht gleich gehen. Das würde wirken, als ob sie etwas Falsches getan hätte. Ein vertrautes, dumpfes Schuldgefühl stieg in ihr auf, als ob sie Elaine die Kirsche auf dem Eisbecher stibitzt hätte und niemand es wüsste außer ihnen beiden. Sie konnte Mimi noch so oft die Schuld geben, sie konnte es vor allen leugnen, aber sie wusste, dass sie sich an Sean klammerte, weil er der Einzige war, in dessen Gesellschaft sie sich wirklich wohl fühlte. Und gerade jetzt brauchte sie ihn noch mehr, weil ihr ihre Schwester Mary Ann so fehlte.

Durch die Diele drang ein sexy Kichern von Elaine, lauter als nötig – das galt Paddy, das war ihr schon klar. Sie stand abrupt auf und schaltete den Fernseher ein. Die Nachrichten. Zehn Prozent Arbeitslosigkeit. Einer Werft des Schiffbauers Scott Lithgow drohte die Schließung, womöglich wurden 6 500 Arbeiter entlassen. Boy George auf dem Pariser Flughafen Charles de Gaulle mit seiner japanischen Freundin. Dann die Lokalnachrichten.

Nebel auf einer Rasenfläche. In der Ferne eine viktorianische Villa, davor ernste Polizisten, ihr Atem wie silberne Dampfwölkchen in der kalten Morgenluft. Das Haus, wo Paddy gestern Nacht gewesen war. Die Hausbesitzerin Vhari Burnett war am Morgen tot von einem Kollegen aufgefunden worden, der sie mit zur Arbeit nehmen wollte. Ein grobkörniges Foto der Frau, die Paddy im Spiegel gesehen hatte. Auf dem Bild waren ihre Haare kürzer, und sie stand irgendwo draußen, die blonden Haare vom Wind zerzaust, lächelnde mandelförmige Augen.

Paddy richtete sich kerzengerade auf: Der gut aussehende Typ hatte sie umgebracht. Sie erinnerte sich an den Wirbel aus Licht im Fenster der Villa. Jetzt kam es ihr so vor, als ob ein Arm zum Schlag ausgeholt hätte, mit einem Messer vielleicht, ein tödlicher Stoß. Sie spürte wieder, wie die Kälte der Nacht auf ihren Wangen gebrannt hatte, wie der Wind ihre Haare zurückgeweht hatte, sah seine Finger, die den Türknauf umklammerten, die Tür zuhielten, die Frau nicht aus dem Haus ließen.

Burnett war Staatsanwältin gewesen, unverheiratet und politisch engagiert. In der Totalen fiel Paddy auf, dass die beiden BMWs, die neben dem Haus geparkt hatten, nicht mehr da waren.

Paddy saß schlaff und geschockt auf der Couch, die Stimmen in der Diele nahm sie kaum wahr. Sie tastete nach dem Fünfzig-Pfund-Schein, der zusammengeknüllt in ihrer Tasche steckte. Sie sollte die Polizei anrufen und alles erzählen. Es könnte wichtig sein – nicht viele Leute hatten einfach so Fünfzig-Pfund-Scheine in der Eingangshalle herumliegen. Aber bei der Polizei könnte es Gerede geben. Ihre erste und einzige Bestechung, und jeder würde davon erfahren.

Die Haustür fiel ins Schloss, und Sean sagte etwas. Sie würde überall als korrupt gelten, und der Schein würde in der Tasche irgendeines Polizisten landen. Beweise verschwanden ständig, vor allem, wenn es sich um Geld oder Wertsachen handelte – bei vergammelten alten Marmeladebroten oder löchrigen Hüten war das anscheinend nie der Fall.

»Hast du keinen Tee gemacht?«, fragte Sean von der Tür aus.

Paddy zeigte auf den Fernseher. »Er hat sie umgebracht.«

»Wer?«

»Ich stand gestern Nacht vor der Tür von diesem Haus, und gerade wird gemeldet, dass eine Frau umgebracht wurde, nachdem wir wieder weg waren. Ich habe mit dem Typen geredet, der es getan hat.«

Sean sah zum Fernseher. »Gruslig.«

Paddy holte tief Luft und überlegte, ob sie von den fünfzig Pfund erzählen sollte, denn damit würde sie sich verpflichten, das Richtige zu tun.

Sie sah in Seans Gesicht und gab nach. »Er hat mir Geld gegeben, einen Fünfzig-Pfund-Schein, damit ich verschwinde.«

»Verdammte Scheiße.«

Paddy zuckte zusammen. »Das kannst du laut sagen. Mum wäre im siebten Himmel, bei so viel Geld.«

Sean machte große Augen bei dem Gedanken an all die Dinge, die er mit fünfzig Pfund anstellen könnte. Er könnte seine Mutter auf Pilgerfahrt nach Rom schicken. Schuhe kaufen, die ihm passten. Einen neuen Teppich kaufen – der in der Diele war schon ziemlich fadenscheinig.

»Trotzdem musst du es bei der Polizei abgeben, Paddy.«

»Aye«, sagte sie schnell, als ob sie das die ganze Zeit schon vorgehabt hätte. »Ich weiß.«

»Du bekommst es bestimmt zurück.«

»Oh, klar.« Sie wandte sich wieder dem Bildschirm zu und nickte etwas zu heftig. »Ich bekomme es zurück.«

3

Zu Hause

I

Kate war seit fast zwei Tagen wach. Sie saß am Steuer ihres schicken neuen Wagens und fühlte sich gleichzeitig panisch und aufgedreht, ja, fast schon albern, wenn sie daran dachte, was sie im Kofferraum hatte. Allerdings wurde ihr beinahe schlecht vor Angst, wenn sie an die Konsequenzen dachte. Nach einer Abzweigung hatte sie plötzlich einen trödelnden Lastwagen vor sich. Sie trat auf die Bremse, berührte sie nur leicht, krümmte die nackten Zehen in ihren weichen marineblauen Lederpumps. Das Auto verlangsamte problemlos auf der nassen Straße. Ein schönes Fahrgefühl. Gedankenverloren strich sie mit dem Daumen über das BMW-Logo in der Mitte des Lenkrads. Das Blau passte zu ihrem Chanel-Hosenanzug aus Schurwolle, den Ohrringen und ihrer Armbanduhr. Schön, wenn man von schönen Dingen umgeben war.

Auf der Straße nach Loch Lomond war an diesem Morgen nicht viel los. Es war zu kalt für Touristen, zu regnerisch, sogar für die Deutschen. Die Besuchermassen vom Sommer waren längst verebbt. Die Bed-and-Breakfasts in den kleinen Dörfern entlang der Straße hatten geschlossen. Als Kind war Kate jeden Sommer hier gewesen und kannte die Abfolge der Besucherströme am Loch Lomond, von den teiggesichtigen Städtern, die nur für einen Tag mit dem Bus herkamen und sich vor dem verregneten, mückengeplagten Sommer in die

Teestuben flüchteten, bis zu den alten, eingesessenen Familien wie ihre, die an Weihnachten und zu Hogmanay in ihre Ferienhäuser kamen, um dort den letzten Tag des Jahres traditionell mit gutem Whisky zu feiern und in Gruppen von einem Haus zum anderen zu ziehen.

Er konnte sich vermutlich denken, dass sie zum Balmaha Cottage fuhr, und würde sie dort suchen. Kate hatte keinen Schlüssel, konnte sich aber leicht durch die Hintertür Zutritt verschaffen. Sie stellte sich vor, wie sie in Unterwäsche, mit Strümpfen und Strumpfhaltern auf einem Stuhl neben der Haustür saß und verführerisch eine Zigarette rauchte, wenn er zur Tür hereinkam. Das würde ihm gefallen. Sie grinste vor sich hin. Er würde durchdrehen. Sie malte sich die Szene noch einmal aus: gedämpftes Licht, ihre blonden Locken hochgesteckt, aber mit ein paar losen Strähnen, die auf ihren Schultern tanzten, dazu die Brille. Die sexy Sekretärin. Er liebte diesen Look. Leider hatte sie keine entsprechende Unterwäsche dabei.

Sie überholte den Lastwagen und schaltete die Scheibenwischer gegen das Spritzwasser der großen Reifen ein, als sie neben ihm war. Plötzlich sah sie ein rotes Auto direkt auf sich zukommen, es war nur noch sechs Meter von ihr entfernt und kam immer näher.

»Shit!« Sie riss die Augen weit auf, war plötzlich hellwach, nahm den Fuß vom Gas, stieg auf die Bremse und schaffte es gerade noch, sich wieder hinter dem Lastwagen einzufädeln. Beinahe hätte das rote Auto noch ihre Motorhaube gestreift.

»Shit!« Sie sollte nicht fahren. Mit einem Mal hatte sie Zweifel, ob sie Zeit und Raum noch richtig wahrnahm und Gefahren richtig einschätzen konnte. Der Lastwagen fuhr weiter, doch Kate hielt am Straßenrand. Sie wollte nicht einmal auf eine Haltebucht warten, sondern ließ den Wagen einfach ausrollen. Knirschend kam er auf dem Schotter zu stehen, mit der Motorhaube schon fast im Graben.

Durch die Windschutzscheibe sah sie nur nackten schwarzen Fels, zerklüftet und nass, mit Drahtnetzen überzogen, damit keine Felsbrocken auf die Straße fielen; die Strecke war auch so schon tückisch genug.

In den letzten beiden Tagen war sie ziellos herumgefahren. Erst jetzt wurde ihr klar, dass es ein Wunder war, dass sie sich nicht umgebracht hatte. Sie musste schlafen. Und essen. Sie würde zum Cottage fahren und erst einmal ein Bad nehmen. Im Schrank waren immer ein paar Dosen mit Schinken. Und Milchpulver – sie könnte sich eine Kanne Tee machen. Mit ein paar geübten Atemzügen beruhigte sie ihren Herzschlag wieder. Sie zitterte. Ihre Finger bebten vor Angst.

Sie griff in den Fußraum vor dem Beifahrersitz, zog ihre marineblaue Handtasche auf den Sitz und tastete blind nach ihren Zigaretten. Eigentlich wollte sie gar nicht rauchen, aber sie musste sich irgendwie beruhigen, runterkommen, wieder klar denken. Sich zusammenreißen und zum Cottage fahren. Ein Bad nehmen. Ein bisschen Schinken essen. Milch aus dem Milchpulver im Schrank anrühren. Die Polizei könnte hier vorbeikommen und nachfragen, warum das Auto so komisch parkte. Vielleicht würden die Polizisten sie erkennen, das Auto kontrollieren, in den Kofferraum schauen.

Kate zog an ihrer Zigarette und sagte sich, dass das alles nicht passiert war. Sie hatte sich alles nur eingebildet. Es war nicht passiert. Als sie merkte, dass sie nicht wusste, wie lange sie schon am Straßenrand stand, ein paar Sekunden oder eine Stunde, schaltete sie das Radio ein, um wieder ein bisschen Gefühl für die Zeit zu bekommen. Duran Duran. Sie mochte die Band. Schöne Anzüge. Gut aussehende, sonnengebräunte Typen. Prinzessin Diana mochte sie auch. Kate zog noch einmal an ihrer Zigarette und stellte sich vor, wie sie auf einer schicken Party war, Mädchen aus den besten Kreisen neben Anzugtypen, die in der Londoner City arbeiteten. Reich, so richtig reich. Viel Geld. Champagner. Niemand aß etwas, weil alle total zugekokst waren. Ein Zimmer mit gestreiften Polstermöbeln und schönen Dingen, beste Verarbeitung, italienisches Design. Ein warmes, angenehmes Gefühl. Sie zog noch einmal an ihrer Zigarette und lächelte zur Beifahrerseite, als ob sie Gast auf der Party wäre. Sie nickte einer Frau auf der anderen Seite des Raums zu. Einer Frau mit Adelstitel, die Partys auf ihrem Landsitz gab. Die Gäste konnten das ganze Wochenende bleiben, weil das Haus so groß war, sie liefen sich nicht einmal über den Weg. Hatten sich nie satt. Die Frau lud Kate für das Wochenende ein. Sie hatte die Hälfte der Gäste auf der Party eingeladen, aber eben nur die Hälfte, und Kate gehörte dazu. Kate lächelte ihr erneut zu. Hi.

Duran Duran hörten auf zu singen, und der Nachrichtensprecher meldete sich. Vhari Burnett. Kate hörte den Namen und dachte für den Bruchteil einer Sekunde, dass Vhari etwas Schönes widerfahren war. Dass jemand aus der Königsfamilie ihr einen Antrag gemacht hatte, dass sie in den Adelsstand erhoben wurde oder einen wichtigen Fall gewonnen hatte. Vhari Burnett war in ihrem eigenen Haus ermordet worden. Ihre Leiche war von einem Kollegen gefunden worden, der sie mit zur Arbeit nehmen wollte. Ihre Leiche. Vhari ermordet. Kate zog dreimal hintereinander kurz und heftig an ihrer Zigarette, bis sie sicher war, dass jeder Winkel ihrer Lungen mit Rauch gefüllt war. Sie versuchte, sich wieder die adlige Frau von der Party vorzustellen, aber es ging nicht.

Abrupt schaltete sie das Radio aus. Sie konnte sich einfach nicht vorstellen, dass Vhari tot war. Vhari im Urlaub, das war möglich, das konnte sie sich vorstellen, aber nicht tot. Vor allem nicht ermordet.

Kate kurbelte ihr Fenster einen schmalen Spalt herunter und spürte den eisigen Wind auf der Wange, als sie die Zigarette auf die Straße warf. Sie schloss das Fenster und ließ den Motor an.

Ein heißes Bad und eine Dose Schinken, und dann würde sie über die ganze Sache gründlich nachdenken. Sie blickte über die Schulter auf die Straße und stieß mit dem Wagen ein Stück zurück. Ihr rechter Arm glitt über den Saum des cremefarbenen Leders der Rückenlehne. Schönes Ding, dieses Auto. Sie liebte schöne Dinge.

II

Vorsichtig steckte Paddy ihren Schlüssel in die Haustür und drückte sie auf. Auf der Treppe vor ihr war alles ruhig. Die Badezimmertür oben auf dem Absatz stand offen, das Licht war aus. Durch das Wohnzimmer zu ihrer Rechten hörte sie das Radio aus der Küche quäken. Tellerklappern, lauter als nötig. Eine Tasse, die unsanft auf eine Untertasse gestellt wurde. Trisha hantierte in der Küche herum, spülte und räumte auf, putzte und bereitete das Frühstück für eine Familie, von der niemand aus dem Haus musste. Paddy wusste nicht, ob es die Wechseljahre oder die veränderten Umstände in der Familie waren, aber Trisha konnte neuerdings aus heiterem Himmel herumschreien oder urplötzlich in Tränen ausbrechen. Paddy machte sich Sorgen um sie. In den Nachrichten gab es haufenweise Berichte über Familien, die unter dem Druck der Rezession zerbrachen, von Müttern, die tot im ungenutzten Kinderzimmer lagen, mit leeren Tablettenpackungen neben sich, oder Vätern, die sich nach London absetzten. Aber anscheinend war Trishas Zustand sonst niemandem aufgefallen. Con war nur noch ein Schatten seiner selbst, und alle anderen waren mit ihren eigenen Problemen beschäftigt.

Paddy zog den Ledermantel aus und hängte ihn in den Schrank unter der Treppe. Sie bildete sich ein, das Knistern des Geldscheins in ihrer Tasche zu hören, und wurde rot bei dem Gedanken, dass der blutverschmierte Schein so nah bei ihrer Mutter war. Sie ging durchs Wohnzimmer, blieb in der Tür zur Küche stehen und lehnte sich an den Türrahmen, um zu vermitteln, dass sie nicht hineinkommen wollte.

Der Tisch war für zwei Personen zum Frühstück gedeckt: Paddy und Trisha. Martin und Gerard waren noch im Bett, obwohl es schon halb elf war. Mary Ann war wahrscheinlich bei der Messe. Ihr Vater Con saß am Tisch, das Gesicht vom Wetter gerötet, er hatte schon einen mehrstündigen Spaziergang hinter sich.

»Du warst schon draußen, Dad?«

Con nickte und strich sich über seinen schmalen David-Niven-Schnurrbart.

Früher hatte er ihn gefärbt, das wusste sie, mit einer Art Puder, das Trisha in einem Papiertütchen in der Drogerie kaufte, aber vor Kurzem hatte er damit aufgehört. Jetzt wurde der Bart grau und verschwand fast vor der grauen Gesichtshaut. Nur eine kleine rote Stelle an der Seite war geblieben, die aus der Ferne aussah wie ein Ketchupfleck. Con war vor zwei Jahren entlassen worden und glaubte nicht mehr daran, dass er wieder eine Stelle finden würde. Aus Gewohnheit stand er weiterhin jeden Tag um sieben Uhr auf, aß das Frühstück, das Trisha ihm servierte, und musste dann feststellen, dass sich ein völlig leerer Tag vor ihm ausdehnte. Er machte lange Spaziergänge im einstigen Industriegebiet zwischen Eastfield und

Shettleston. Hinter maroden Zäunen dehnten sich meilenweit apokalyptische Felder mit verknäultem Metall und verlassenen Gebäuden. Dazwischen suchte sich Con seinen Weg und sammelte gelegentlich ein Stück Schrott auf, das sie eventuell gebrauchen konnten.

»Etwas Brauchbares gefunden?«

Er schüttelte den Kopf und wandte sich wieder seinem Tee zu. »Nichts.«

Draußen vor dem Fenster fiel das grelle Licht der tief stehenden Sonne schräg über die Grasspitzen im überwucherten Garten und schien in die Küche. Trisha stand am leeren Spülbecken, das Gesicht verkniffen angesichts des strahlenden Morgens, und polierte den Edelstahl, bis er glänzte. Sie sah zu Paddy. »Ich habe dir deine Getreideflocken hingestellt.« Sie nickte zu einer Schachtel mit gepressten Vollkornflakes, die wie Papier mit Malzgeschmack schmeckten.

Paddy sehnte sich nach ihrem Bett. »Ich hab schon bei Sean gegessen, Mum.«

Trisha sah sie erneut an und unterdrückte mühsam ihre Verärgerung. »Na gut, aber trink wenigstens einen Tee.« Sie drehte sich zur Arbeitsfläche, zog den gestrickten Teewärmer von der Metallkanne und goss zwei Becher starken Tee ein. »Und, wie war es letzte Nacht?«

»Ach, ziemlich ruhig.« Paddy sah ihr beim Einschenken zu, hielt sich aber weiter außen am Türrahmen fest, als ob sie fürchtete, das Bedürfnis ihrer Mutter nach Gesellschaft könnte sie in die Küche ziehen. »Die großen Storys hab ich wieder mal verpasst.«

»Hast du von der ermordeten Frau in Bearsden gehört? Eine Staatsanwältin. Nettes Mädchen. Protestantin, aber trotzdem ein nettes Mädchen. Es kam im Radio.«

Paddy lächelte ihrer Mutter zu, die sich mühte, nicht bigott zu wirken. »Woher weißt du, dass sie Protestantin war, Mum? Das wurde doch nicht gesagt, oder?«

Trisha goss Milch in die Teetassen. »Ja, ja, Miss Neunmalklug: Wenn jemand katholisch ist, wird das immer gesagt. Außerdem wohnte sie in Bearsden und hieß Burnett.« Sie streckte Paddy den Becher hin, gerade so weit, dass die nicht drankam und in die Küche kommen musste. »In einer Minute kommen noch mal Nachrichten.«

Paddy wurde ausgetrickst und wusste es. Trisha hob den Becher mit starkem, heißem Tee ein wenig an. Tröstlicher Dampf stieg von ihm auf. Paddy konnte ihn von der Tür aus riechen. Sie griff danach, und kaum hatten sich ihre Finger um den Henkel geschlossen, zog Trisha einen Stuhl heran.

»Ist Caroline heute nicht da?« Paddy fragte nur, um ihre Mutter abzulenken, das wussten sie beide.

Normalerweise war Caroline da, wenn Paddy erst spät nach Haus kam, doch heute war ihr Platz eindeutig leer. Das verhieß nichts Gutes. Der kleine Con ging mittlerweile zur Schule, deshalb kam Caroline an den meisten Tagen vorbei. Wenn sie nicht den Bus hinunter nach Eastfield nahm, lag das immer an ihrem Ehemann: John hatte sie entweder ins Gesicht geschlagen oder ihr wegen der Hausarbeit die Hölle heiß gemacht, sodass sie daheim bleiben und putzen musste.

»Sie hat von der Telefonzelle aus angerufen. Sie hat heute zu viel zu tun.« Trisha hob den Becher zum Mund. »Setz dich hin. Ein paar Minuten wirst du doch mit uns plaudern können.«

Paddy fühlte sich klein und unfreundlich. Sie setzte sich. »Also, zuerst waren wir bei diesem Autounfall, aber es war niemand verletzt, und dann im Polizeirevier in Anderston.« Ein Monolog, wie ihn sich ihre Mutter wünschte, mit den Highlights der Nachtschicht. Den Besuch in Bearsden ließ

Paddy aus. Wie ihre Freundinnen hatte auch Trisha kein eigenes Leben, sondern zehrte von den Erlebnissen ihrer Kinder. Paddy hörte manchmal ihre Gespräche im Cross Café oder vor der Kirche: Sie erzählten sich Geschichten aus zweiter Hand über die Freunde ihrer Kinder, regten sich über Auseinandersetzungen ihrer Ehemänner bei der Arbeit auf, prahlten mit den Leistungen ihrer Familien, während sie selbst daheim blieben und die Hausarbeit machten. Mit einem arbeitslosen Ehemann und drei Kindern, die untätig zu Hause herumhockten und auf das Ende der Rezession warteten, hatte Trisha wenig zu erzählen. Sie konnte nicht offen über Carolines Probleme mit ihrem Mann reden oder darüber, dass Mary Ann die ganze Zeit in der Kirche war. Marty und Gerard waren im besten Fall einsilbig. Wenn Paddy sich nicht die Zeit nahm, hatte Trisha nichts, was sie weitererzählen konnte.

Sie redete gerade über den Zeitungswettbewerb und darüber, dass ihr Kollege JT einen Preis gewonnen hatte, als die Nachrichten kamen. Der Mord in Bearsden war gleich die erste Meldung. Die Polizei hatte am Abend einen Anruf wegen Ruhestörung erhalten und war ihm nachgegangen. Jetzt sollte untersucht werden, warum die Beamten nichts unternommen hatten. Trisha hatte recht. Vhari stammte aus einer Aristokratenfamilie, die Villa hatte sie vor Kurzem von ihrem Großvater geerbt, sie war gerade erst eingezogen. Sie engagierte sich bei Amnesty International und für die nukleare Abrüstung.

»Da«, sagte Trisha. »Du solltest hin und nachhaken, das wäre eine Story. Dann würde man dir bei der Zeitung nicht länger Steine in den Weg legen.«

An einem paranoiden Morgen, als Paddy übertrieben verzweifelt gewesen war, hatte sie ihrer Mutter anvertraut, dass sie überzeugt war, die Redakteure würden sie hassen und sowieso keine Geschichte bringen, die sie gemeldet hatte. Im

Grunde war sie einfach nur völlig übermüdet gewesen, aber Trisha hatte alles wörtlich genommen. Paddy vermutete, dass sie ihren Freundinnen davon erzählt hatte: Sie fragte oft nach dieser Verschwörung und schlug vor, sich bei der Gewerkschaft über die Redakteure zu beschweren. Paddy wusste nicht, wie sie die Anschuldigungen wieder zurücknehmen sollte, ohne selbst dumm dazustehen.

»Das ist was Politisches.« Trisha deutete aufs Radio. »Wart's nur ab. Sie wusste etwas, deshalb hat man sie umgebracht. Du solltest die Leute befragen, mit denen sie für die atomare Abrüstung aktiv war.«

»So oft treffen die sich auch wieder nicht. Die von Amnesty schon, aber daran denken natürlich alle. Die Kollegen werden heute Morgen schon unterwegs sein.«

»Na, dann geh früher los. Gleich heute. Oder jetzt gleich.«

»Ich bin todmüde, Mum.«

»Na dann.« Trisha stand auf und begann, ihren Becher zu spülen, ohne den letzten Rest Tee wegzuschütten.

Con lächelte stumm in seinen Becher. Paddy wusste, dass sie ihre Mum um einen Triumph brachte. Sie trank schnell ihren Tee aus und verkrümelte sich in ihr Bett.

4

Abspann

I

Es war wie der Abspann eines Action-Films. Wenn Paddy zu ihrer Nachtschicht in die Redaktion kam, hatte sie jedes Mal das Gefühl, dass alle interessanten und aufregenden Kollegen zur Tür hinausströmten. An den Schreibtischen sammelten die Mitarbeiter ihre Mäntel und Zigarettenschachteln ein und schalteten das Licht aus, erleichtert und zufrieden, dass sie nach Hause gehen konnten.

Die Kollegen der Nachtschicht verströmten muffige Enttäuschung. Sie wollten nicht einmal etwas mit ihren Leidensgenossen zu tun haben.

Paddy behielt ihren Mantel an, weil er so schön die Figur kaschierte, und ging direkt zum Büro ihres Chefs. Die lange Bank für die Copy Boys erschien ihr jetzt sehr fern. Als sie bei der Zeitung angefangen hatte und selbst so ein »Mädchen für alles« gewesen war, hatte sie immer auf der Bank gesessen und war mit dem Daumennagel über die Holzmaserung gefahren. Sie hatte kleine Vertiefungen in die weiche Oberfläche gebohrt und sich vorgestellt, dass sie später einmal die Kerben sehen würde, wenn sie zur Reporterin aufgestiegen war und an ihre Anfänge zurückdenken würde. Doch wenn sie heute die Kerben sah, verspürte sie nicht das erwartete Hochgefühl. Sie fühlte sich eher enttäuscht und verachtete sich für ihre frühere Naivität. Hinter der Bank befand sich ein mit Glaswänden abgegrenztes Büro, in dem die schwarzen Jalousien heruntergelassen waren. Der Kunststoff war von der jahrelangen Behandlung mit aggressiven Reinigungsmitteln stumpf geworden und sah aus, als ob grauer Schimmel von den Ecken her über die Lamellen kriechen würde.

Der Chefredakteur hieß Farquarson und hatte dichte, widerborstige Haare. Im Laufe eines langen Tages, an dem er sich wiederholt an den Kopf gefasst hatte, hatte sich die Pomade verabschiedet, und jetzt hoben sich die Haare wie warmer Weißbrotteig. Die Haut unter seinen Augen schimmerte bläulich. Er hatte schon den Mantel an und zog gerade die Bürotür zu, als sie ihn erreichte.

»Boss, kann ich mit Ihnen reden?«

»Nicht schon wieder, Meehan.«

»Es ist wichtig. Was Persönliches.«

Er sah ihr an, dass sie sich nicht abwimmeln lassen würde, also öffnete er wieder die Bürotür und schaltete das Licht an, stellte die Aktentasche ab und forderte Paddy mit einer Handbewegung auf, einzutreten.

Das chaotische Büro kündete von einem langen Tag. Auf den Tischen standen seit den morgendlichen und nachmittäglichen Redaktionssitzungen Tassen herum, und überall auf dem Boden lagen Seitenpläne. Die untere Schublade des Aktenschranks neben der Tür war herausgezogen, und Paddy sah Tüten mit Süßigkeiten und Keksschachteln. Murray Farquarson ernährte sich ähnlich wie eine Stubenfliege: Er lebte ausschließlich von Süßigkeiten und Alkohol, war aber dennoch gertenschlank. In den vergangenen Jahren waren seine Haare weiß geworden.

Er folgte ihr in sein Büro und schloss die Tür, machte sich jedoch gar nicht erst die Mühe, um den langen Tisch herumzugehen, der ihm als Schreibtisch diente, sondern lehnte sich einfach gegen die knirschenden Jalousien, den Blick seiner müden Augen auf ihre Schuhe gerichtet.

»Schnell.«

»Ich brauche eine Veränderung.«

Er verdrehte die Augen. »Verdammte Scheiße.«

»Boss, ich werde noch wahnsinnig …«

Farquarson ließ müde die Schultern hängen und lehnte sich mit vollem Gewicht gegen die Jalousien, jede Bewegung wurde vom Knarzen des unglücklichen Kunststoffs begleitet. »Das ist weder wichtig noch persönlich.«

»Wie bitte?«

Er seufzte, den Blick immer noch auf den Boden gerichtet. Der Kopf hing schlaff an seinem Hals. Sie wusste, dass man ihn nicht drängen durfte. Endlich sagte er etwas. »Meehan, halten Sie sich einfach aus der Schusslinie.« Er richtete seine müden Augen auf sie, und einen Moment lang dachte sie, er würde ihr ein schreckliches persönliches Geheimnis beichten. Sie zuckte zusammen, blinzelte, und als sie die Augen wieder aufmachte, sah er an ihr vorbei Richtung Tür. »Machen Sie noch eine Weile die Nachtschicht, okay, Kleine?«

Und dann kam noch so eine bizarre, erschreckende Geste: Er nahm ihren Ellbogen und drückte ihn ein bisschen.

»Das wird schon.«

Er richtete sich unter dem Knirschen und Knacken der Jalousien auf und wandte sich zur Tür. Paddy, starr vor Schreck, rührte sich nicht. Als er die Tür öffnete, schlug sie hart gegen Paddys Ferse. Sie musste einen Schritt zur Seite machen, um ihn vorbeizulassen.

»Das muss gar keine Beförderung sein …«, sagte sie.

»Ja, klar.« Er rieb sich die Augen. »Das wäre sowieso Schwachsinn. Das Polizeirevier Partick Marine hat angerufen. Die haben Ihren kleinen Absatz über den Anruf aus Bearsden letzte Nacht gesehen. Sie sollen vorbeikommen und erzählen, was Sie gesehen haben. War ein hübsches Mädchen, die Tote. Fällt Ihnen irgendwas ein, das Sie dazu schreiben könnten? Etwas, wo wir einhaken und eine Geschichte draus machen könnten?« Farquarsons rote Augen blickten mitfühlend, doch der Moment war schnell vorüber.

»Sie waren wahrscheinlich die Letzte, die sie lebend gesehen hat. Liefern Sie mir eine Beschreibung, hundert Wörter – das Haus, die ganze Szene, die Atmosphäre, unterfüttert mit Fakten. Ich will den Text, bevor Sie wieder auf Tour gehen. Bis halb zehn heute Abend muss er fertig sein, dann sage ich dem Nachtredakteur, dass er Ihren Absatz noch in den Artikel einfügt. Noch etwas?«

Sie schüttelte den Kopf. Wenn sie ein Mann wäre und von einem solchen Tatort ohne Story zurückgekommen wäre, hätte Farquarson erklärt, sie sei völlig nutzlos. Eine verdammte Verschwendung von Zeilen und Druckerschwärze.

»Also, dann hauen Sie ab, und machen Sie sich an die Arbeit.«

Sie wandte sich um und stieß dabei mit Keck aus der Sportredaktion zusammen. Er drängte sich an ihr vorbei und schnaubte verächtlich über ihre unglückliche Miene.

»He!«, rief Farquarson, der immer nach einem Vorwand suchte, Keck einen Rüffel zu erteilen. »Wo sind Ihre verdammten Manieren gegenüber einer Kollegin?«

Keck versuchte, gleichzeitig höflich gegenüber Farquarson zu wirken und herablassend gegenüber Paddy. Sein Gesichtsausdruck wechselte hin und her. Farquarson zog eine Augenbraue hoch. Paddy nickte und ging hinaus.

Es war halb neun. Sie hatte eine Stunde für hundert Wörter. Sie ging zu dem Schrank mit Büromaterialien, holte ihren riesigen Halbliter-Becher, den sie dort versteckte, und machte sich einen Kaffee. Dann überprüfte sie die Keksvorräte und entschied sich für zwei Shortbread-Finger, die sie beim Schreiben essen wollte. An einer freien Schreibmaschine in der Ecke der Nachrichtenredaktion spannte sie drei Bogen Kohlepapier ein.

Noch immer im Mantel, starrte Paddy auf die ärgerlich leere Seite, aß die buttrigen Kekse und nippte an ihrem Kaffee. Sie ging noch einmal den Vorfall durch, überlegte, was sie schreiben und was sie weglassen sollte. Wenn sie die fünfzig Pfund erwähnte, musste sie das Geld bei der Polizei abgeben. Aber den Mörder würde man auch ohne ihre Hilfe erwischen, Tam und Dan hatten ihn schließlich gesehen. Es hatte keinen Sinn, das Geld abzugeben; es würde irgendwo auf dem Revier verschwinden, wo es doch viel besser in der Tasche ihrer Mutter aufgehoben war und ihr ein paar ihrer Sorgen abnehmen könnte. Aber die Geschichte war nicht sonderlich schlüssig, wenn sie keinen Grund nannte, warum sie und die Polizei wieder gegangen waren. Sie mussten geglaubt haben, dass es der Frau gut ging, und je mehr Paddy darüber nachdachte, desto klarer wurde ihr, dass die Frau eindeutig in großen Schwierigkeiten gewesen war.

Paddy wurde kurz wütend auf Vhari Burnett, weil sie sich ins Wohnzimmer zurückgezogen hatte und aus ihrem Blickfeld verschwunden war, anstatt sich an dem Mann in der Tür vorbeizudrängen und wegzulaufen. Dieselbe Wut, die sie auch gegen Caroline empfand, weil sie bei ihrem Mann blieb, derselbe fassungslose Zorn, als ob diese Frauen andere Frauen im Stich ließen, weil sie ihre Chance nicht nutzten, und so Männern das Gefühl gaben, es wäre in Ordnung, Frauen zu schlagen.

Paddy trank noch einen Schluck Kaffee und hackte den Absatz in die Maschine. Anschließend las sie ihn noch einmal durch, um zu sehen, ob die Fakten wirklich so widersprüchlich waren, wie sie befürchtete. Eine blutverschmierte Frau, doch jeder ging seines Weges und kümmerte sich nicht weiter um sie. Aber traurigerweise klang alles ganz einleuchtend.

II

Shug Grant beobachtete Paddy von der anderen Seite des Tisches, während er seine Lederjacke anzog. Er wurde von Zwiddeldum und Zwiddeldei flankiert, die ständig um die Großmäuler in der Redaktion herumhingen, über deren Witze lachten und zusahen, wie sie andere schikanierten. Alle drei hatten schon die Jacken an und waren bereit für einen Drink, das erkannte Paddy am Leuchten in ihren Augen und an ihren Fingern, die mit dem Kleingeld in der Tasche klimperten.

»Hey, Meehan, du bist doch wirklich zu gar nichts zu gebrauchen«, sagte Shug in seiner gedehnten Sprechweise. »Nach vier Nachtschichten wird endlich mal ein winziger Absatz von dir gedruckt? Was ist los, fährst du mit geschlossenen Augen immer nur um den George Square rum?«

Paddy zuckte mit den Schultern und tat so, als ob ihr seine Beleidigung nichts anhaben könnte. »Wenn es nicht sein soll, dann soll es nicht sein.«

»Wenn du dich mal nützlich machen willst«, er leckte sich über die Lippen und machte eine kunstvolle Pause, bevor er seine Hammerpointe brachte, »dann beug dich mal vor, damit wir unsere Füller wo reinstecken können.«

Sie grinsten sie an, drei bösartig gebleckte Gebisse, ihr Atem kam in kurzen, gepressten Stößen.

Paddys Nacken prickelte. Sie sprang auf und sagte mit zusammengekniffenen Lippen: »Ziemlich abgelutscht, dein Gag, Shug. Wahrscheinlich hast du die ganze Nacht geübt, was?«

Dum und Dei rückten ein Stück weg, als sie sahen, wie sich Shugs Kiefer verkrampfte. Er sah Paddy an, dass sie total geladen war; zu müde, um noch klar zu denken, hatte sie jegliches Augenmaß verloren.

»Hast du die ganze Nacht wach gelegen, Shug, im Dunkeln auf deine fette, hässliche Frau geglotzt und dich gefragt, warum deine Kinder dich hassen?« Sie ging zu weit, zielte zu tief unter die Gürtellinie, aber sie hatte sich in Rage geredet. »Aber du hast nicht den Mumm, sie zu verlassen oder sie umzubringen, deshalb suchst du dir jemanden bei der Arbeit, auf dem du rumhacken kannst, damit du dich gut fühlst.« Sie musste sich beruhigen. Die drei Männer auf der anderen Seite des Tisches waren mehr als nur ein bisschen wütend: Zwiddeldum trat einen Schritt neben die Gruppe, und Zwiddeldei versuchte, sich hinter Grants Schulter zu positionieren. Aber Paddy konnte sich nicht bremsen. »Du hoffst wohl, einen letzten Rest Selbstachtung daraus zu ziehen, dass du vor deinen Leuten gut aussiehst, was? Schau dir doch deine Leute an, Shug. Dum und Dei. Das ist dein Publikum.«

Wie aus dem Nichts tauchte plötzlich George McVie neben ihr auf. »Das reicht jetzt«, murmelte er.

Aber sie redete weiter. »Du bedienst sämtliche Klischees. Margaret Mary sagt, du bist impotent.«

Sie hörte ein Keuchen hinter sich, es kam vom Schreibtisch der Sportredaktion. Margaret Mary war eine verblasste rothaarige Schönheit, die sich immer in der Press Bar herumtrieb und im Laufe der Jahre neben fast jedem Mann aus der Redaktion aufgewacht war. Sie war berühmt für ihre Indiskretion, aber die Informationen wurden meistens nicht weitergegeben, weil jede Fraktion im Büro mindestens ein Mitglied des Margaret-Mary-Clubs zu schützen hatte.

McVie nahm Paddys Arm und zog sie vom Tisch weg in

eine Ecke. »Halt endlich die Klappe, du blöde Kuh. Führ dich doch nicht genauso mies und bösartig auf wie die.«

Dum und Dei räumten das Feld. Shug Grant hatte mehr Eier. Er blieb und heulte sich bei einem der Fotografen über Paddy aus.

Obwohl McVie bereits eine lange Schicht hinter sich hatte, wirkte seine Kleidung immer noch wie frisch gebügelt. Die glänzende Hose war geradezu elegant. Seine Kleider waren in letzter Zeit immer tipptopp sauber; ein deutlicher Kontrast zu seinem faltigen Galgenvogelgesicht. Manchmal wirkte er schon fast modisch: Er hatte eine graue Bomberjacke aus Leder, zu der er passende graue Slipper mit Quasten trug. Vor ein paar Wochen war er in der Stadt mit Blumen gesehen worden. Anscheinend erlebte er gerade eine Art zweiten Frühling. Jahrelang hatte er wie Paddy die Nachtschicht gemacht, doch dann hatte er eine große Story an Land gezogen und war befördert worden. Der Herointod eines Neunzehnjährigen hatte die ganze Stadt schockiert, und McVie hatte seine Mutter vor allen anderen interviewt. Er hatte das so geschickt gemacht, dass sie der *Daily News* sogar erlaubte, ihren sterbenden Jungen im Krankenhaus zu fotografieren, als Lektion für andere junge Leute. Jetzt war McVie für Drogengeschichten zuständig, eine Position, bei der immer mehr Artikel heraussprangen, da harte Drogen, die einst nur glamourösen Popstars und Amerikanern vorbehalten waren, in Glasgow mittlerweile reichlich und billig zu haben waren. »Du bist zu weit gegangen.«

»Tut mir leid. Ich bin müde. Ich habe Farquarson gerade um eine Versetzung gebeten, und er hat mich am Ellbogen angefasst. Das hat mich irgendwie aus der Bahn geworfen.«

McVie wirkte überrascht. »Hat er etwas gesagt?«

»›Machen Sie weiter so, Kleine‹ oder was in der Art.«

Er nickte ernst. »Der Verkauf ist weiter massiv zurückgegangen, der Vorstand sucht nach Leuten, die man entlassen könnte, und du lieferst nicht gerade viel ab. Er kann auch keine Berge versetzen.«

Alle waren nervös. Die Arbeiter in der Druckerei machten nicht mehr ständig Teepause und wollten auch nicht mehr beim ersten Anzeichen von Auseinandersetzungen in Streik treten. Der Vorstand und das Management wollten Einsparungen vornehmen und den langsamen Rückgang bei den Verkaufszahlen mit Werbegeschenken und Preisausschreiben aufhalten, außerdem verlangten sie von Farquarson, das Niveau der Zeitung zu senken und hin und wieder einen Sexskandal zu bringen. Der Vorstandsvorsitzende, der den Spitznamen King Egg trug, hatte sein Geld mit Hühnern verdient, bevor er beschloss, sich im Verlagswesen zu versuchen. Er hatte sich mehrere Zeitschriften gekauft und Gefallen daran gefunden, sich einzumischen. Nachdem er auch die *Scottish Daily News* übernommen hatte, hielt er die Zeitung an der kurzen Leine und schielte bereits Richtung England. Er wollte mit einer schottischen Tageszeitung Erfahrungen sammeln, bevor er sich an eine landesweit erscheinende Zeitung wagte.

»Du hast meine Einladung immer noch nicht angenommen«, sagte McVie. »Ich dachte, du schaust mal in meiner neuen Wohnung vorbei.«

Paddy suchte nach etwas Positivem, das sie sagen konnte. »Billys Sohn hat nächste Woche ein Probetraining bei der Jugendmannschaft der Glasgow Jags.«

McVie und Billy hatten drei Jahre lang zusammengearbeitet. Schon nach wenigen Monaten hatten sie nicht mehr miteinander geredet, doch ihre Abneigung war eher gespielt als echt. Paddy wusste, dass sie einander vermissten, und hielt die beiden ungefragt auf dem Laufenden, wenn es etwas Neues gab.

McVies Miene zeigte, dass er beeindruckt war. Trotzdem sagte er: »Die Jags sind scheiße.«

»Aye.« Paddy wollte sich nicht in eine Diskussion über Fußball verstricken. »Ich habe gehört, dass man dich mit Blumen in der Stadt gesehen hat.«

»Tatsächlich?« McVie sah sie misstrauisch an, legte den Kopf nach hinten und musterte sie von oben herab. »Wer hat dir das erzählt?«

Sie erwiderte seinen Blick. »Hast du eine Freundin?«

Eine Pattsituation: Sie versuchte, seine Miene zu deuten, er wollte möglichst wenig preisgeben, doch seine Nasenflügel weiteten sich. Schließlich konnte sie sich ein schiefes Grinsen nicht mehr verkneifen, und McVie rief triumphierend »Ha!«, direkt in ihr Gesicht. Sein Atem roch nach einem teuren, leicht blumigen Mundwasser.

Plötzlich drängte sich JT schamlos zwischen die beiden und starrte Paddy mit klarem, durchdringendem Blick an, sein Gesicht nur wenige Zentimeter von ihrem entfernt. »Alles klar, Paddy? Wie geht's?«

JT war nicht zum wichtigsten Reporter der *News* aufgestiegen, weil er so nett war oder Manieren hatte. Eine gute Geschichte zog ihn magisch an, er hatte eine Nase dafür. Erst letzte Woche war er bei einer Veranstaltung der Zeitungsbranche, zu der Paddy nicht einmal eingeladen gewesen war, zum »Nachrichtenreporter des Jahres« gekürt worden. Er tat anderen nie einen Gefallen, es sei denn, es war unumgänglich. Paddy hatte einmal gesehen, wie er an einem voll besetzten Tisch mit Kollegen gesessen und eine ganze Rolle Minzbonbons gegessen hatte, ohne den anderen etwas abzugeben.

»Was willst du, JT?« Sie schob die Hände in die Manteltaschen, zog sie aber sofort wieder heraus. Die fünfzig Pfund waren immer noch da, unberührt seit letzter Nacht, zerknittert zwischen Kekskrümeln und grauen Flusen vom Mantelfutter. Sie wartete noch darauf, dass sich ihr Gewissen massiv meldete und ihr sagte, was sie tun sollte, immer in der Hoffnung, dass die Polizei den Typen schnappen würde, wenn sie lange genug wartete, und sie das Geld nicht würde abgeben müssen.

»Hab deine Meldung heute Morgen gesehen«, sagte JT. »Waren Billy und du dort?«

»Aye, ja, für ein paar Minuten.«

»Und die Polizei hat nichts getan und sie mit dem Mörder allein zurückgelassen?«

Paddy zuckte mit den Schultern.

»Warum ist die Polizei einfach wieder gegangen? Hatten die es eilig? Wurden sie zu einem anderen Fall gerufen?«

»Weiß nicht.«

JT rückte näher. »Hast du sonst noch was gesehen?«

»Ja.« Paddy fasste sich an den Mund. »Ich glaube, ihre Lippe war aufgeplatzt oder so.«

»Da liegst du falsch. Ihr wurden auf einer Seite komplett die Zähne rausgebrochen. Dann wurde ihr mit einem Hammer der Schädel eingeschlagen. Die Täter dachten, sie wäre tot, und ließen sie liegen, aber das war sie nicht. Sie schaffte es noch, sich in vier Stunden sieben Meter weit zu schleppen, bis zur Haustür. Eine Blutspur führt durchs ganze Haus. Man fand sie hinter der Tür, zusammengekrümmt, als ob sie auf etwas warten würde.«

Paddy schauderte. »Er hat ihr die Zähne rausgebrochen?«

»Ist dir das nicht aufgefallen?«

»Nein.«

McVie und JT sahen sie an, der eine hämisch, der andere traurig angesichts ihres Unvermögens.

JT ließ sie stehen, hielt dabei allerdings die Hand hoch, als ob er es bedauerte, Paddy und McVie allein lassen zu müssen, und sie es kaum bis zum nächsten Morgen ohne ihn aushalten würden.

Sie wartete, bis er weg war. »Das Blut ist mir natürlich aufgefallen, aber ich wollte ihm nicht zu viel verraten.«

Doch McVie mied ihren Blick. »Der Typ ist ein Arschloch«, murmelte er.

5

Gottverdammte elende Scheiße

I

Kate spähte zwischen zwei Brettern hindurch. Von hier aus konnte sie das Cottage sehen; sie dagegen war fast unsichtbar, weil das Grundstück so steil zum Wasser abfiel. Ein Fremder, jemand, der noch nie hier gewesen war, würde nicht erkennen, dass das Bootshaus zum Cottage gehörte. Sie kaute wieder auf ihrer Zunge herum, obwohl sie wusste, dass sie völlig wund werden würde, wenn sie so weitermachte. Also riss sie sich zusammen, trat von den verrottenden Brettern zurück, öffnete den Mund und beschrieb mit ihrer unnatürlich rosafarbenen Zunge einen großen Kreis.

Über dem plätschernden Wasser hing ein kleines gelbes Ruderboot von der Decke. Die Ruder waren an der Wand des Bootshauses befestigt, alles war an seinem Platz, nichts hatte sich in den zwei Jahrzehnten verändert, in denen sie das Haus kannte. Sie könnte das Cottage verkaufen, eine Anzeige in die *Times* setzen und einem Londoner mit einem Haufen Geld als Ferienhaus in den Highlands anbieten. Ihr selbst gehörte es erst seit drei Monaten, doch der Verwalter hatte bereits gekündigt, und alles wirkte vernachlässigt. Der Garten war ungepflegt, die Minze hinter dem Haus hatte alles überwuchert, erstickte die anderen Pflanzen und kroch immer näher ans Cottage heran.

Sie trank noch einen Schluck von der wässrigen Milch,

die sie mit dem Milchpulver angerührt hatte, direkt aus dem Messbecher, und sah wieder durch den Spalt.

Die Dose mit Schinken hatte sie ebenfalls dabei, aber keinen Dosenöffner. Zu blöd. Außerdem brauchte sie ein Bad und hatte nicht einmal den Boiler eingeschaltet. Urplötzlich war ihr vor Angst fast übel geworden, und sie hatte sich einfach gegriffen, was sie konnte, und war aus dem Cottage gerannt, um sich hier zu verstecken. Den Messbecher mit Milch hatte sie mitgenommen. Sie schmeckte eklig, aber Kate trank sie wie Medizin gegen den Durst. Das tat gut, war aber nicht das, was sie wirklich wollte. Schon bei dem Gedanken, dass sie ihrem Verlangen nachgeben würde, entspannten sich ihre verkrampften Schultern, ihr Gesicht glättete sich, und sie fühlte sich viel ruhiger.

Vorsichtig setzte sie den Becher ab und holte ein flaches Silberdöschen aus ihrer Handtasche. An der Seite befand sich ein Geheimfach. Sie strich mit dem Daumen darüber und dachte an die vielen Glücksmomente, die es ihr schon beschert hatte. Sie sah sich nach einer Sitzgelegenheit um und setzte sich auf die große orangefarbene Plastikkiste, in der die Schwimmwesten aufbewahrt wurden. Dabei ließ sie sich zuerst auf der einen Hinterbacke nieder, dann auf der anderen, und stellte sich vor, wie hübsch sie dabei aussah. Lächelnd öffnete sie das Fach.

»Gottverdammte elende Scheiße.«

Es war nichts mehr da. Nicht ein Krümel. Sogar in den Ecken war nichts mehr zu finden, dabei kam sie doch mit dem Löffel gar nicht so weit. Wahrscheinlich hatte sie mit einem zusammengerollten Schein alles herausgesaugt. Obwohl das nicht ihr Stil war. Eine Lady benutzte den Löffel. Bemitleidenswerte Süchtige nahmen Scheine. Sie überlegte, wer noch da gewesen war, dem sie die Schuld geben konnte, aber sie war seit Tagen allein.

Verärgert und enttäuscht über ihre eigenen schlechten Manieren rutschte sie von der orangefarbenen Truhe. Die Absätze ihrer Pumps landeten mit einem vernehmlichen Klick-Klack auf dem Holzboden. Das Gefühl der Bedrohung war verschwunden, seit sie sich Erleichterung versprochen hatte, auch wenn diese ihr verwehrt worden war. Rasch ging sie zur Tür und öffnete sie, ohne auch nur zu lauschen, ob draußen Autos oder Leute zu hören waren. Ihr Herz tat einen schnellen Sprung, als ihr klar wurde, was sie da tat. Sie blieb stehen, hörte aber nichts. Das Wasser klatschte ans Ufer. Der Wind raschelte in den Bäumen. Dumm.

Atemlos und mit klopfendem Herzen huschte Kate den steilen Hang hinunter zum Wasser, wo sie den Wagen geparkt hatte. Sie steckte den Schlüssel ins Schloss und öffnete den Kofferraum mit einer einzigen fließenden Bewegung.

Das Päckchen mit Kokain war so groß und prall und einladend wie ein frisch aufgeschütteltes Kopfkissen. Kate lächelte.

Ihre Hände waren mit einem Mal ruhig wie die eines Chirurgen. Vorsichtig zog sie das Klebeband ab und tauchte ihr silbernes Döschen hinein, machte es jedoch so voll, dass das körnige Puder an den Seiten wieder herausrieselte. Sie war angespannt und gierig. Wie eine jämmerliche Süchtige. Sie schüttete ein Drittel des Pulvers zurück und schloss ihre Dose mit einem Klicken, klebte die Plastikverpackung wieder zu und strich die Kanten glatt. Sie konnte den Gedanken nicht ertragen, dass sich die Verpackung bei der Fahrt öffnen könnte und sie es erst merken würde, wenn alles aus dem Kofferraum herausgeweht und weg war.

Er hatte jede Menge Werkzeug im Kofferraum gelassen, schweres Werkzeug für schwere Arbeit. Sie fragte sich, wofür er es brauchte und warum er es im Kofferraum ihres Wagens verstecken musste, aber dann schloss sich schnell die vertraute Falltür in ihrem Kopf. Er verhielt sich oft seltsam. Männer, die ihr Geld so verdienten wie er, konnten sich nicht die ganze Zeit erklären. Dummes Mädchen. Das geht dich nichts an.

Sie schloss den Kofferraum und schlich, ihre Dose fest umklammert, wieder den schlammigen Abhang hoch und weiter zum Bootshaus. Dort angekommen, stellte sie die Dose auf die orangefarbene Truhe und öffnete sie, zog den Löffel aus dem kleinen Fach an der Seite, nahm eine Portion für ein Nasenloch heraus und zog sie ein wie pudrigen Sauerstoff.

Ihr Kopf rollte auf ihrem schmalen Hals nach hinten, ihre Augen brannten. Der erste Löffel nahm der Welt die Schärfe und setzte ihr Herz neu in Gang, sodass sie es schlagen hörte, nur ihr Herz, nichts anderes. Der zweite Löffel brachte den Rausch und erweckte die Geräusche und Farben der Welt wieder zum Leben, aber sie zögerte kurz zwischen der Kälte des tiefen Wassers und der Hitze des trockenen Ufers, sah sich selbst nur noch im Hier und Jetzt. Das reichte ihr.

Sie musste nicht einmal die Augen öffnen, um den Löffel noch einmal zu füllen und zum Nasenloch zu führen. Das Kokain erhitzte sie, ließ ihr Blut warm werden und machte es flüssiger. Ihr Gehirn rutschte aus der Verankerung, glitt zur Seite und prallte gegen die Schädelwand. Sie fiel zur Seite, die blonden Haare fächerförmig ausgebreitet, die Beine abgeknickt, aber perfekt parallel zueinander, eine Symmetrie, die ihr gefallen hätte. Ein Rinnsal dunklen Bluts lief aus ihrem linken Nasenloch, über ihre weiße Wange in ihr gelbes Haar.

II

Die Sonne war schon lange untergegangen, und die Nacht war eisig. Die feuchte Kälte drang in alle Knochen. In den Straßen hielt sich niemand lange auf, und die wenigen, die noch unterwegs waren, setzten nur die Körperteile den Elementen aus, die für die Navigation erforderlich waren. Orangebeleuchtete Taxis auf Kundenjagd krochen an den Bushaltestellen entlang, um die wenigen Passanten in Versuchung zu führen. Obwohl es noch früh am Abend war, hatte offenbar jeder in Glasgow beschlossen, lieber im Haus zu bleiben.

Am Polizeirevier Partick Marine hätten sie auf ihrer Runde ohnehin Station gemacht; auf der Suche nach einer guten Story klapperten sie regelmäßig die Polizeistationen ab. Paddy wies Billy an, heute dort zuerst hinzufahren. Sie sah nicht ein, warum sie in ihrer Freizeit zur Polizei gehen sollte. Es war sowieso eine Angelegenheit der *Daily News*.

Außerdem wollte die Polizei vielleicht auch mit Billy sprechen, überlegte sie – er war schließlich auch dabei gewesen. Wenn jemand mitbekommen hatte, wie das Geld von Hand zu Hand ging, dann er.

»Übrigens«, sagte sie und versuchte freundlich zu klingen, in der Hoffnung, dass er sich bei einer möglichen Befragung revanchieren würde, »ich habe McVie von Willie und seinem Probetraining bei Partick Thistle erzählt.«

»Ah, gut. Und was hat er gesagt?«

»Dass die Jags scheiße sind.«

Billy lächelte versonnen und sah sie im Rückspiegel an. »Das gefällt mir.«

»Ich glaube, du fehlst ihm.«

»Ja, klar, vielleicht sollten wir uns verloben.«

Sie fuhren Richtung Westen, vorbei an der im gotischen Stil erbauten Universität hoch oben am Hang, und nahmen die Dumbarton Road, eine breite Durchgangsstraße, die den Westteil der Stadt zerschnitt. Dann wurde aus der Schnellstraße die High Street von Partick. Billy nannte sie den Schießstand, weil sich die Fußgänger ungeachtet der Busse und Autos todesmutig auf die Straße stürzten. Doch heute Abend war die High Street verlassen, das einzige helle Licht kam aus dem Schaufenster eines Imbisses.

Billy fuhr in eine Seitenstraße und hielt vor dem Revier. Das Gebäude sah aus wie ein Bürobau im pseudogeorgianischen Stil. Über der blassblauen breiten Eingangstür gab es ein bogenförmiges Fenster, und die Mauer wurde von einer Steinbalustrade gekrönt, durchsetzt von wucherndem Unkraut und zotteligen Grasbüscheln. Hinter der Balustrade drang durch die abgedunkelten Scheiben der Bogenfenster müdes gelbes Licht, das man nur sehen konnte, weil es draußen so dunkel war. Partick Marine war einst das geschäftigste Revier in Glasgow gewesen. Von hier aus wurde der Fluss kontrolliert, als die Fischer aus dem Norden und die Seeleute aus aller Welt in Partick und im benachbarten Viertel Anderston Station machten. In Partick siedelten sich Einwanderer aus den Highlands und von den schottischen Inseln an. Die älteren Polizisten stammten noch aus diesen Familien, und es war noch gar nicht so lange her, dass ein Polizist aus Partick bei Schlägereien zwischen den Gälisch sprechenden Seeleuten und Einwanderern dazwischengehen musste.

Doch jetzt hatte der Fluss seine Bedeutung verloren, und das Polizeirevier war durch die Autobahn von ihm abgeschnitten. Die Werften waren verwaist und verrotteten im Fluss, dem sie ihre Existenz verdankten. Das Revier Partick Marine war ein Relikt, abhängig vom Fluss, aber zugleich von Land umschlossen, und diente heute überwiegend als überdimensionierte Ausnüchterungszelle für die Studenten der Glasgow University.

Heute Abend wirkte alles ruhig. Das Licht aus den hohen Bogenfenstern glitzerte auf der nassen Straße.

Paddy öffnete die Tür. »Hol mich, wenn im Funk was Interessantes gemeldet wird, okay?«

»Geht klar.«

Paddy zog ihren Ledermantel gegen den Regen schützend über den Kopf und rannte über die verlassene Straße. Sie stieß die Tür des Reviers auf und fand sich mitten in einer lärmenden, feiernden Horde Betrunkener in Anzügen und Abendkleidern. Sie sah sich um, verblüfft über die drängelnde Menge, die darauf wartete, von den drei uniformierten Polizisten hinter der hölzernen Empfangstheke befragt zu werden. Dann sah sie die Nelken in den Knopflöchern.

Sie drängte sich an der Schlange vorbei und konnte den Blick von Murdo McCloud auf sich lenken, einem adretten weißhaarigen Mann mit dem weichen Akzent der Highlands. Er thronte wie jeden Abend hinter einem langen hölzernen Schreibtisch auf einem ein Meter hohen Podium, von dem aus die Polizisten den Warteraum gut überblicken konnten. Hinter dem Schreibtisch erstreckte sich eine Reihe glasloser Fenster. Dahinter verlief ein Gang, über den effiziente dienstbare Geister huschten. An einem ruhigen Abend konnte Paddy Schritte und das Knarren der Dielen im Warteraum hören.

»Guten Abend.«

»Miss Meehan, wie geht es Ihnen an diesem schönen Abend?« McCloud rollte die Rs in einer Art, dass Paddys Zungenspitze prickelte.

»Ist das eine Hochzeit?«

Er nickte ernst. »Der Fluch der Freigetränke.«

Neben ihr schwankte ein Mann in grauer Bundfaltenhose, schmaler Lederkrawatte und Undercut wild in den Armen einer kleinen alten Dame hin und her, vermutlich seiner Mutter. Sie hoffte es zumindest.

»Vom Revier hat jemand bei der Zeitung angerufen und mich hergebeten. Es geht um die Sache in Bearsden.«

Murdo sah sie an, als ob die Heimmannschaft in Bedrängnis wäre, stand auf und öffnete die Tür zum Gang hinter seinem Schreibtisch. Er lehnte sich nach hinten, mit den Füßen weiterhin im Warteraum, und rief, sie sei wegen der »Bearsden-Barbie« hier. Der Name klang wie eine Figur aus dem Kinderprogramm. Paddy war schon häufiger das merkwürdige Missverhältnis zwischen den albernen Namen und der Brutalität eines Verbrechens aufgefallen. Die »Rasierklingen-Attacken« waren eine Reihe von Messerstechereien unter Betrunkenen in Pubs, bei denen es normalerweise nur Verletzungen an Händen und Fingern gab. »Der Brötchenhaus-Mann« dagegen war ein übler Vergewaltiger, der auf der Müllkippe an der Bunhouse Lane oder in der Nähe sein Unwesen trieb und seine Opfer blutig biss.

Murdo setzte sich wieder an den Schreibtisch, lächelte ihr zu und deutete mit dem Daumen über die Schulter: »Rein mit Ihnen. Sullivan erwartet Sie.«

Paddy stieg die steilen Stufen neben dem Schreibtisch hinauf und hatte das Gefühl, auf einer Bühne zu stehen. Sie trat durch die Tür hinter Murdos Schreibtisch.

Hinter der wackligen Abtrennung verlief ein Gang parallel zum Schreibtisch. Die Wände waren weiß gestrichen und sollten wohl eine nautische Atmosphäre schaffen. Die schwarze Farbe auf dem Boden war abgeplatzt und abgeblättert, an einigen Stellen konnte man das rohe Holz sehen. An der Wand gegenüber waren drei Türen mit Fenster. Sie überlegte, welche davon in Murdos Reichweite gelegen haben könnte, ohne dass er den Gang hatte betreten müssen, öffnete die entsprechende Tür und spähte in ein Büro.

Der kleine graue Raum lag drei Stufen tiefer und hatte ein

großes Fenster, das direkt auf eine nasse Backsteinwand hinausblickte. Am Schreibtisch vor dem Fenster saßen zwei Männer mit gelockerten Krawatten und aufgekrempelten Ärmeln, rauchten und studierten verwirrt ein Formular. Bei ihrem Eintreten blickten sie auf.

»Ich bin Paddy Meehan.«

»Ah.« Der jüngere Mann stand auf und strich sich mit der flachen Hand die kurzen braunen Haare zurück. Er hatte fleckige Haut und ein kantiges Gesicht, auch seine Hände und der ganze Körper wirkten irgendwie kantig. Sein Partner war groß, mit weißen Haaren und sonnengegerbter Haut. Als junger Mann war er sicher einmal schlank gewesen. Vom Körperbau eher schmal, hatte er seltsame Fettpolster an Kinn, Bauch und Schenkeln angesetzt. Er bewegte sich immer noch wie ein junger Mann, die Hüften voraus, als er aufstand und ihr entgegenkam.

»Hier, setzen Sie sich.« Der junge Mann deutete auf einen Stuhl auf der anderen Seite des Tisches. Der ältere Mann schob seinen Stuhl zurück und setzte sich so ein wenig von der Gruppe ab. Die Befragung überließ er dem jüngeren Kollegen.

Paddy setzte sich und drapierte ihren Mantel sorgfältig über der Rückenlehne. »Paddy Meehan«, wiederholte sie. Sie beugte sich über den Tisch, damit die Polizisten ihr die Hand gaben, sich vorstellten und ihr in die Augen sahen. Ein Trick, den sie aus langer Erfahrung gelernt hatte. Niemand sah ihr in die Augen, wenn sie ihr Gegenüber nicht dazu zwang: Sie war klein und sah jünger aus als ihre tatsächlichen einundzwanzig Jahre. Zuerst wandte sie sich an den älteren Mann, der daraufhin wieder seinen Stuhl zum Tisch zurückrücken musste.

»Gordon Sullivan«, sagte er und schaute sofort wieder weg.

Der geometrische junge Mann hielt ihren Blick einen Moment länger fest. »Andy Reid.«

»Schön, Sie kennenzulernen. Ich bin von der *Daily News.*«

Gordon Sullivan ließ nicht zu, dass sich das Kräfteverhältnis zu ihren Gunsten verschob. »Das wissen wir.« Er unterdrückte ein Lächeln. »Wir haben Sie hergebeten.«

Auch Paddy unterdrückte ein Lächeln. »Wollte mich nur vorstellen, höflich sein. Ich habe Manieren. Sie wissen, was das ist?«

Er legte den Kopf schräg. »War das nicht so eine Angewohnheit aus den Sechzigerjahren?«

»War das das letzte Mal, als Sie höflich waren?«

Reid beobachtete Sullivan und Paddy bei ihrem Geplänkel. Offenbar war er noch unerfahren und verstand nicht so richtig, was da vor sich ging.

»Also«, sagte Sullivan, der nun doch die Befragung übernahm. Paddy gefiel die Vorstellung, dass er das tat, weil ihm das kleine Wortgefecht zugesagt hatte. »Miss Meehan. Es ist doch ›Miss‹, oder nicht?«

»Nein«, sagte Paddy. Sein Blick huschte zu ihrem Ringfinger. »Es heißt ›Ms‹.«

Sullivan lachte ihr ins Gesicht. »›Ms‹?«

»Ja. Sind Sie verheiratet, Mr. Sullivan?«

Sullivan hatte einen Bierbauch und ein Doppelkinn, aber sein weißes Haar war voll und zu einer späten Elvis-Tolle frisiert. Er war bestimmt einmal ein attraktiver Mann gewesen, und sie vermutete, dass er sich immer noch für die Damenwelt interessierte und deshalb seinen Familienstand gern verschwieg.

Er spitzte die Lippen. »Also«, sagte er, »Ihr Ruf eilt Ihnen voraus. Ich erinnere mich an den Fall mit Baby Brian.«

Sie seufzte und tätschelte geduldig den Tisch.

Sullivan nickte heftig. »Ich weiß, ich sage es ja nur, Sie sind schlauer, als Sie äh …« Er wusste nicht so recht weiter. Unbehaglich schnipste er mit dem Finger in ihre Richtung. »Sie wissen schon. Wie auch immer, Sie waren in Bearsden? Was haben Sie gesehen?«

Sie zögerte. Sie wusste, dass sie ihnen von dem Fünfzig-Pfund-Schein erzählen sollte. »Ich habe mit dem Mann an der Tür gesprochen. Haben Tam und Dan Ihnen eine gute Beschreibung geliefert?«

»Ja, machen Sie sich darüber keine Gedanken. Haben Sie Vhari Burnett gesehen?«

»Ja, im Spiegel. Sie hatte Blut am Hals, überall, bis hinunter zur Schulter. Und sie wurde von jemandem gefunden, der sie mit dem Auto mit zur Arbeit nehmen wollte? War die Tür offen?«

Sullivan ignorierte die Frage. »Was noch?«

Paddy dachte noch einmal an die Auffahrt in Bearsden und die Dunkelheit, erinnerte sich an den Regen in ihrem Gesicht und die furchtbare Kälte in jener Nacht.

»In der Eingangshalle brannte Licht. Und im Zimmer links auch, von mir aus gesehen, als ich vor der Tür stand. Das Zimmer rechts war dunkel. Der Mann trug Hosenträger und ein teures Hemd. Er redete mit Dan an der Tür, während Tam Gourlay den Wagen bewachte, was ich in der Gegend lustig fand.« Sie sah die Polizisten an. Sie fanden das überhaupt nicht lustig. »Der Mann hatte eine Hand hinter dem Rücken und hielt damit die Tür zu, als ob er nicht wollte, dass man hineinsah. Ich tauschte mit Vhari Burnett einen Blick im Spiegel, ich schaute sie an und machte …«, sie hob die Brauen, »Sie wissen schon, signalisierte so was wie: ›Brauchen Sie Hilfe?‹ Sie schüttelte den Kopf und machte irgendwie …« Paddy ließ das Kinn auf die Brust sinken und lehnte sich auf ihrem Stuhl zurück, ahmte nach, wie Vhari sich aus ihrem Blickfeld zurückgezogen hatte. Doch keiner der beiden schien sich sonderlich für die Details zu interessieren. »Hinter dem Haus standen zwei BMWs.«

Beide Männer beugten sich vor. Sullivan klopfte mit den Fingern auf den Schreibtisch. »Wo?«

»Hinterm Haus. Ich ging die Auffahrt hoch, am Streifenwagen vorbei und sah deshalb ums Haus herum. Direkt im Schatten des Hauses. Wo es dunkel ist.«

»Sind Sie sicher, dass es zwei Autos waren?«

»Absolut.«

Sullivan holte ein Blatt Papier aus einer Schublade und schob es zusammen mit einem Bleistift über den Schreibtisch. »Können Sie die beiden Autos zeichnen?«

Sie zeichnete die Umrisse, und er befragte sie zu den Details – wie hoch war das eine, wie hoch das andere, irgendeine Idee, wie die Autonummer lauten könnte? Warum waren sie ihr aufgefallen, wenn sie so dicht hinter dem Haus parkten?

»Hm, na ja, Tam redete darüber. Er zeigte auf die Autos und meinte, was für schicke Schlitten das wären. Deshalb dachte ich, Burnett und der Mann an der Tür wären verheiratet, weil die Autos so gut zusammenpassten.«

Die beiden Beamten sahen sich an. Andy Reid, der noch nicht so geübt darin war, seine Gefühle zu verbergen, hob eine Augenbraue.

»War das nicht ihr Auto?«, fragte Paddy.

Reid schüttelte den Kopf. »Wenn sie einen BMW hinterm Haus stehen hätte, bräuchte sie ja keinen Kollegen, der sie mit zur Arbeit nimmt, oder?«

Sullivan räusperte sich und schaute auf seine Hände, während er ein Blatt Papier faltete. »Es wird eine Untersuchung geben, was die Polizisten beim Haus machten und warum sie wieder gingen, ohne etwas zu unternehmen. Man wird sich noch einmal an Sie wenden, also halten Sie sich zur Verfügung.«

»Okay.« Paddy holte Luft und blickte suchend über den Schreibtisch.

Jetzt war der richtige Zeitpunkt, um es zu sagen, aber wenn sie ihnen von den fünfzig Pfund erzählte, war das mehr als ein Geständnis in eigener Sache; sie würden dann erraten, dass Dan und Tam auch Geld bekommen hatten. Polizisten hielten zusammen wie gekochte Spaghetti. Wenn sie einen Kollegen bedrohte, bedrohte sie alle. Außerdem begegnete man ihr wegen der Sache mit Baby Brian ohnehin schon mit Misstrauen.

Paddy sah sich suchend auf dem Schreibtisch um: zwei Schachteln Zigaretten, ein Feuerzeug, ein Formular, zwei Blatt Durchschlagpapier und ein kleiner heller Kreis auf dem Holz rechts vom Formular, wo jemand eine heiße Tasse abgestellt hatte, die sich durch den Lack gebrannt hatte. Sie könnte es einfach aussprechen.

»Sie können jetzt gehen.«

Die beiden Beamten warteten darauf, dass sie aufstand, aber sie saß einfach da und versuchte eine Möglichkeit zu finden, es ihnen zu sagen.

»Ich sagte, Sie können gehen.«

Sie holte Luft und stand auf. »Okay«, sagte sie schließlich. »Bis dann.«

Gordon Sullivan wartete, bis sie an der Tür war, bevor er sich verabschiedete.

Paddy Meehan trat vom Podium des Empfangstresens wieder hinunter ins Chaos des Warteraums. Sie war feige gewesen.

6

Der Trick, mutig zu sein

I

Mark Thillingly stand im dunklen Schatten der Brücke und sah auf den breiten grauen Fluss. Er war noch nie im Fluss gewesen, hatte ihn aber schon oft betrachtet, hatte hier so oft im Gras gesessen mit dem Geruch der feuchten Erde in der Nase, dass er das Gefühl hatte, die Zeit in seinem Leben, in der er nicht am Fluss war, wäre ein dummer, sinnloser Pausenfüller. Sein Vater hatte ihn schon als kleinen Jungen mit hierher genommen. Die familieneigene Anwaltskanzlei hatte ihre Büroräume im Gebäude direkt hinter ihm, im Sommer verbrachten sie hier ihre Mittagspause. Er hatte Diana mit hierher genommen, kurz vor der Hochzeit, aber sie verstand es nicht so richtig. Er hätte damals schon wissen müssen, dass es ein Fehler war, sie zu heiraten. Die arme Diana. Sie dachte, sie würde den nächsten Anführer der Labour Party heiraten, stattdessen bekam sie den dicken Mark, der seine Freunde umbrachte.

Er war zu müde, um noch mehr zu weinen, angeödet von seinem eigenen Versagen und seinem Elend, war der Trauer überdrüssig und wollte nicht einmal mehr zugeben, dass es eine Rolle spielte oder dass man Abhilfe schaffen konnte. Er war nicht der Mann, der er gern gewesen wäre. Er war weder mutig noch selbstlos noch stark. Im letzten Moment hatte er Vhari im Stich gelassen.

Oben auf der Brücke raste ein Auto vorbei, um es noch bei

Grün über die Ampel zu schaffen. Zu spät, doch der Fahrer fuhr trotzdem weiter. Das erinnerte ihn an ihn selbst auf dem Parkplatz nach der Arbeit. Als ihm klar geworden war, dass sie zuschlagen würden, dass sie definitiv Gewalt anwenden würden, war er in wilder Panik zu seinem Auto gerannt und damit genau auf die Schläger zugelaufen, die ihn einschüchtern sollten.

Mark schauderte bei dem Gedanken. Er war noch nie ein mutiger Mann gewesen, zumindest nicht, was das Körperliche anging. In der Schule hatte er sich mit den Schlägertypen zusammengetan, damit sie nicht ihn quälten, obwohl er sich dafür verachtete. Er mied Sport, weil er Angst vor körperlichen Schmerzen hatte, und hatte sich sogar wie sein Vater entschieden, Anwalt zu werden, obwohl er eigentlich lieber Lehrer geworden wäre. Doch er hatte gehört, dass manche Schüler handgreiflich werden konnten. Später hatte er dann versucht, sein Leben so zu organisieren, dass diese Schwäche keine Rolle spielte, denn er schämte sich dafür. Und jetzt hatte seine Schwäche Vhari das Leben gekostet.

Dieses Eingeständnis entsetzte ihn aufs Neue. Er schlug die Hand vor den Mund und schluchzte. Sie war tot. Seinetwegen. Er hatte gehört, was sie ihr angetan hatten, er hatte einen Bekannten bei der Polizei angerufen. Der Sessel, auf dem der Kerl sie festgehalten hatte, war an der Seite komplett mit Blut verschmiert, dort hatte er ihr mit einer Zange die Zähne herausgebrochen. Dann hatten sie mit einem Hammer ihre Hand zertrümmert, ihr zwei Finger gebrochen, die aufs doppelte ihrer normalen Größe anschwollen. Sie hatte ihnen nichts verraten, deshalb hatten sie ihr mit dem Hammer den Schädel eingeschlagen und sie liegen lassen. Sie war noch vom Wohnzimmer in die Eingangshalle gekrochen, die blonden Haare rubinrot verschmiert vom Blut. Eine lange, rote Blutspur führte vom Wohnzimmer durch den Türbogen aus dunklem Holz in die viktorianische Eingangshalle und weiter Richtung Telefon. Knochensplitter in ihrem Gehirn. Sie wäre auch nicht mehr zu retten gewesen, wenn sie es noch geschafft hätte, den Notruf zu wählen. Dann fiel dem Polizisten ein, dass Thillingly sie kannte. Haben Sie nicht mit Burnett zusammengearbeitet oder so? Vor Jahren, hatte Thillingly gesagt und versucht, beiläufig zu klingen.

Ungeschickt fummelte er eine Zigarette aus der Schachtel. Seine kalten Hände zitterten. Er zündete sie an und ließ das Feuerzeug ins Gras fallen. Er brauchte es nicht mehr. Es würde keine weiteren Zigaretten mehr geben, keine förmlichen Dinnereinladungen mehr, keine Fußballspiele im Fernsehen, keine Streitereien mit Diana und auch keine verzweifelten Versuche mehr, die Enttäuschung über sich selbst irgendwie wegzulächeln. Mein Gott, was für eine Erleichterung.

Mit der Zigarette zwischen den Lippen stand er auf und ging Richtung Fluss. Ein kleiner, matschiger Abhang führte zum Wasser. Er stellte sich vor, wie er geziert die Zehen in den breiten grauen Strom eintauchen würde, wie eine Nymphe, die ein mitternächtliches Bad nehmen will. Auf die Art würde er einen Rückzieher machen. Würde versuchen, zurück zum Ufer zu schwimmen, oder um Hilfe rufen. Er war ein verdammter Feigling. Deshalb war er ja auch mitten in der Nacht hier.

Er schloss die Augen, quetschte eine letzte Träne heraus, ging vom Wasser weg und hinauf zur Brücke, wobei er darauf achtete, möglichst weit über dem Wasser zu stehen. Er war trotzdem noch zu nah am Ufer: Sein Körper könnte sich drehen, dann würde er auf der Erde aufschlagen. Er machte fünf Schritte zur Seite, stieg auf die Brüstung, dachte an Vhari, wie sie ein Sommerkleid trug und er ihr Haar berührte, und sprang.

Er hatte keine Angst, als er fiel. Er wusste, dass das Wasser eisig kalt sein würde und dass man sich bei der Höhe, aus der er fiel, die Knochen brach, aber er stellte sich vor, dass er auf ein Bett voller Kissen fallen würde. Sein Körper entspannte sich, erwartete eine weiche Landung. Er war glücklich, als er fiel.

Eine Sekunde bevor er auf das rauschende, gierige schwarze Wasser traf, erkannte Mark Thillingly, dass er nun den Trick kannte, mutig zu sein.

7

Das traurige Schicksal der Hinterbliebenen und Verlorenen

I

Kate schreckte aus dem Schlaf hoch. Sie hatte geträumt, dass ein riesiges Insekt auf ihrem Hals saß, seinen Stechrüssel in die weiche Haut ihrer Stirn bohrte und einen eitrigen Pickel aussaugte. Sie wachte davon auf, dass sie sich selbst ins Gesicht schlug, ihre Ellbogen prallten laut gegen die Holzwand des Bootshauses. Verwirrt und ängstlich fragte sie sich, wo sie war und wer sie hergebracht hatte. Sie setzte sich auf, lehnte sich gegen die orangefarbene Truhe, sah sich im Halbdunkel um und merkte, wie kalt es war. Sie konnte froh sein, dass sie in der feuchten Kälte nicht erfroren war. Ihr Atem bildete kleine Dampfwolken, und sie hatte nur einen Hosenanzug und eine Bluse an. Ein Schuh fehlte.

Als sich ihre Augen an die Dunkelheit gewöhnt hatten, erkannte sie das Bootshaus ihres Großvaters. Loch Lomond, Herrgott noch mal. Sie hob den Arm und tastete blind die Oberfläche der Truhe ab. Als sie die kühle Metalldose an ihren Fingerspitzen spürte, lächelte sie. Doch dann hörte sie die Motorengeräusche und erstarrte.

Zwei Autos, leise, starke Motoren. Sie fuhren langsam die Straße entlang, hielten Ausschau, suchten definitiv nach etwas. Ein Wagen verließ den glatten schwarzen Asphalt und knirschte über den unbefestigten Fahrweg zum Cottage. Allerdings nur ein Wagen. Wenn sie es wären, würden sie beide die Straße verlassen, damit ihre Autos nicht von anderen vorbeifahrenden Fahrzeugen aus gesehen wurden, falls sie auf Kate stießen. Doch dann hörte sie ein langsames Knirschen und wusste, dass der zweite Wagen umdrehte. Sie stand unsicher auf, zog ihren einen Schuh aus und spähte wieder durch den Spalt zwischen den Brettern.

Zwei BMWs parkten nebeneinander. Draußen wurde es bereits dunkel, aber sie erkannte ihn an seiner Silhouette. Sie hätte ihn auch an einem Ohr, an der Schulter, an einem Zeh erkannt, sie hatte ihn schon so oft ausgiebig beim Schlafen, beim Essen und beim Sex betrachtet. Sie erinnerte sich an jede Einzelheit. Aus dem zweiten Wagen stiegen zwei Männer, Schlägertypen, der eine trug eine Lammfelljacke. Billiger Gangster-Look. Er setzte sich selbst herab, wenn er sich mit solchen Männern sehen ließ. Er hatte es nicht nötig, so billig aussehende Männer zu beschäftigen. Es musste doch auch gut angezogene Männer fürs Grobe geben.

Er hätte gelacht, wenn er das von ihr gehört hätte. Früher einmal hätte er gelacht. Aber jetzt vielleicht nicht mehr.

Sie hatte die Tür zum Cottage nicht abgeschlossen, und die Männer klopften nicht an, sie stießen einfach die Tür auf und gingen hinein. Kate sah, wie das Licht in der Diele anging, ein helles gelbes Licht, das in die kalte Nacht hinausstrahlte. Sie sollte in Unterwäsche hinter der Tür sitzen und ihn begrüßen.

Sie stellte sich vor, wie die beiden Männer durch die Tür hereinkamen, und kicherte, malte sich aus, wie verlegen sie sein würden, überwältigt von ihrem sexy Körper. Mein Gott, würde er sagen, du bist umwerfend, und sie mit leuchtenden Augen ansehen, mit dieser gierigen Bewunderung, die er in jener Nacht in Venedig gezeigt hatte.

Sie blickte zärtlich zum Cottage, dachte an ihn, wie er dort nach ihr suchte. Sie wäre fast zu ihm gegangen, aber selbst in ihrem mit Kokain zugedröhnten Hirn blitzte so etwas wie Erkenntnis auf. Sie erinnerte sich, dass Vhari tot war, ermordet.

Kate betrachtete das Cottage vom Bootshaus aus und fragte sich, was sie falsch gemacht hatte. Unsicher schlich sie zur orangefarbenen Truhe und öffnete noch einmal die silberne Dose. Der kleine Löffel, bedeckt mit Pulver, war in der Dose, obwohl er dort gar nicht hingehörte. Sie gönnte sich eine halbe Portion, um in Form zu bleiben, rieb sich die Nase und musste weinen, weil es so wehtat und sie nicht mehr klar denken oder überlegen konnte, wie es weitergehen sollte.

II

Das Blatt hatte sich gewendet. Paddy spürte es, da war eine gewisse Schwingung in der Stadt, die vom grauen Beton und vom nassen Asphalt abstrahlte. Sie saß hinten im Auto, mit leuchtenden Augen, während eine dramatische Meldung nach der anderen einging: ein Streit zwischen Nachbarn, der in einer Messerstecherei geendet hatte, ein Auffahrunfall auf der Autobahn mit zwei Toten, und jetzt ein Ertrunkener. Das waren zwar keine großen, bedeutenden Geschichten, doch sie würden ihr auch nicht weggenommen und einem besseren Journalisten übertragen werden. Ihre Artikel würden überall in der Zeitung stehen.

Sie fuhren durch leere Straßen zum Südufer des Clyde, wo ein Körper im schnell fließenden Wasser gesehen worden war. Ein kalter Nebel legte sich über die mitternächtliche Stadt, wie abgestandener Atem, der sich an den vorbeifahrenden Autos festsetzte. Die gelben Straßenlaternen hatten schwer mit der Dunkelheit zu kämpfen.

Billy hielt unter einer Eisenbahnbrücke aus Metall, zog ruckartig die Handbremse an, schaltete den Motor aus und richtete sich auf eine lange Wartezeit ein. Paddy rutschte auf dem Sitz nach vorne, und gemeinsam schauten sie auf die andere Straßenseite, über die marmorne Brüstung der Glasgow Bridge. Sie sahen schwarze Polizeihelme, alle dem Fluss zugewandt.

»Also tot«, sagte Billy, da kein Notarzt zu sehen war.

»Aye, wieder so eine arme Seele«, sagte Paddy und hoffte auf eine interessante Geschichte. »Gott steh uns bei.«

Billy musterte sie im Spiegel, die Betroffenheit nahm er ihr nicht ganz ab. Er hatte mitbekommen, wie sehr sie sich über den bisherigen Verlauf der Nacht freute. Paddy senkte den Blick, öffnete die Wagentür und stieg aus.

Beim Überqueren der leeren Straße spürte sie kalte Nebeltröpfchen auf ihrer warmen Haut. Sie verfingen sich an ihrer schwarzen Wollstrumpfhose und verdunkelten die Spitzen ihrer Stiefel. Vom wirbelnden Fluss stieg der Geruch von Fäulnis auf, als sie über die Brücke bis zum Zaun ging.

Ein hohes viktorianisches Gitter, schwarz und glänzend vor Nässe, schirmte das Flussufer von der Straße ab. Hinter dem Zaun konnte sie schwarz uniformierte Polizisten auf dem Gras stehen sehen. Sie blickten eine Böschung hinunter und beobachteten jemanden im Wasser.

Der hohe Zaun war notwendig, weil der Boden jenseits der einladenden grünen Böschung plötzlich abrupt zu einer schwarzen Klippe abfiel. Eine kleine hölzerne Trittleiter lehnte am Gitter, auf der anderen Seite stand eine Holzkiste. Das hohe Gitter hätte auch für einen sehr fitten Polizisten eine gewisse Herausforderung dargestellt. Zum Glück waren nicht alle Polizisten so fit, deshalb versteckten sie immer eine Trittleiter in der Nähe. Paddy hatte nur noch nicht herausgefunden, wo. Jetzt stieg sie die fünf Stufen hinauf, schwang ihre Beine über die spitzen Metallstäbe und stellte sie ungelenk auf die Kiste auf der anderen Seite. Beim Absteigen von der Kiste knickte sie mit dem Knöchel um, konnte sich aber schnell aufrichten, bevor es jemandem auffiel. Der nasskalte Nebel lag schwer über dem Wasser, sodass das gegenüberliegende Ufer nicht zu sehen war. Nur ein gelbes Glühen war zu erkennen. Am Fuß der Klippe war ein Mann mit Rettungsweste in einem Ruderboot aus Holz auf dem Fluss unterwegs und stocherte mit einem langen Stab nach etwas, das auf der Oberfläche trieb. Es sah aus wie ein halb untergetauchter schwarzer Ballon, der auf dem schnell fließenden Wasser auf und ab trieb und am Haken des Steckens zerrte, um sich zu befreien.

Der Mann im Boot stocherte nach dem Objekt und zog es Richtung Ufer. Er arbeitete für die Glasgow Benevolent Society und patrouillierte jeden Morgen auf dem Fluss, um nach unglückseligen Betrunkenen und Selbstmördern Ausschau zu halten. Es kam nur selten vor, dass er außerhalb seiner Dienstzeiten gerufen wurde.

Paddy ging hinüber und stellte sich hinter die Polizisten. Die wandten sich um, registrierten ihre Anwesenheit, waren aber so daran gewöhnt, dass der Erzähler, dem sie lauschten, sich gar nicht erst die Mühe machte, seine Stimme zu senken.

»Sie hatte ihr Hemd über den Kopf gezogen, und er stand da und genoss die Show«, sagte er gerade. Die anderen glucksten vor Lachen.

Paddy hatte ihn schon häufiger gesehen. Jedes Mal, wenn sie ihn traf, gab er anscheinend gerade eine Sondervorstellung; in der Regel erzählte er eine lange Geschichte über eine Frau, die gerade ihr Oberteil auszog. Er war durchaus komisch; sie hatte schon über einige Geschichten gelacht und ihm schon längst einmal sagen wollen, dass ein Freund von ihr einen Comedy Club hatte, den er sich mal ansehen sollte.

Sie beschloss, sich bemerkbar zu machen: »Und, was ist es?«

»Ein Toter im Wasser«, sagte der Witzbold.

Paddy blickte die verlassene Straße entlang, über der dicker Nebel hing. »Und wer hat ihn entdeckt?«

»Ein Pärchen, das aus einem Nachtclub kam und bei einer Telefonzelle stehen geblieben ist. Von dort sahen sie ihn im Wasser rumfuchteln.« Er nickte hinüber. »Haben ihn von der Brücke aus gesehen.«

»*Take it to the bridge!*«, rief ein Polizist und versuchte, James Brown zu imitieren, was ihm aber misslang. Es entstand eine kleine, trostlose Pause.

»Aye, nicht schlecht«, sagte der Witzbold. Er lächelte, lachte aber nicht.

Der Mann im Boot hatte den schaukelnden Körper ans Ufer gedrückt und rief nach den Polizisten, damit sie den Leichnam bargen.

»Ah, verdammt«, sagte der Witzbold, »wir werden noch die ganze Schicht nach dem Scheißfluss stinken.«

Der Fluss war von den starken Regenfällen angeschwollen, und die steile Klippe ragte nur einen guten Meter aus dem Wasser. Die Polizisten tasteten sich vorsichtig zum Wasser vor, während Paddy einen Schritt zur Seite trat, um besser sehen zu können. Sie hatte noch nie einen Ertrunkenen gesehen. Normalerweise wurden Ertrunkene tagsüber gefunden, wenn Paddys Schicht schon vorüber war. Meistens stürzten sich Teenager oder verwirrte Menschen in den Fluss – wer von einer Brücke sprang, handelte impulsiv –, aber dieser Tote war zu groß für einen Teenager. Der schwarze Ballon schaukelte zwischen Boot und Ufer auf und ab. Der Witzbold und sein nicht ganz so witziger Kollege griffen mit beiden Händen nach der nassen Kleidung, zählten laut und hievten den Körper bei »drei« nach oben. Doch kaum war er aus dem Wasser, wurde er ihnen zu schwer, und sie mussten ihn wieder loslassen. Ein erneuter Versuch, dann zogen sie ihn auf die schlammige Uferböschung.

Der Körper rollte auf den Rücken. Bei seinem Anblick zuckten alle zurück. Ein Mann um die dreißig, glatt rasiert, die Augen aufgerissen, der Nasenrücken von einem stumpfen Schlag oder Gegenstand aufgerissen. Seine Wange war aufgeplatzt, das Fleisch quoll heraus wie eine blutige Blume. Der Riss war so tief, dass Paddy darunter den weißen Kieferknochen aufblitzen sah. Ein Ohr war schlaff und hing viel zu weit Richtung Hinterkopf. Paddy drehte sich der Magen um, aber gleichzeitig war sie so fasziniert, dass sie den Blick nicht losreißen konnte. Ihre Augen huschten über den Körper, im Geiste versuchte sie, sich einen Reim darauf zu machen, ähnlich, wie wenn sie ein Rätsel lösen oder einen Sinn darin finden müsste.

»Was meint ihr?« Der Witzbold trat einen Schritt zurück und betrachtete die Leiche. »Hat ihn jemand gestoßen, oder war es Selbstmord?«

Die Polizisten bildeten einen Kreis um die Leiche.

Ein stämmiger Kerl, der bisher noch nichts gesagt hatte, beugte sich über den Körper und stocherte mit dem stumpfen Ende eines Kugelschreibers im blutigen Riss in der Wange. Er schob den Hautlappen zurück an die Stelle, wo er hingehörte. Das Ohr drehte sich wie ein Türknopf, der einrastet.

»Irgendwas im Fluss hat sich in seinem Gesicht verfangen und es aufgerissen. Das an der Nase sieht aus wie ein direkter Schlag. Ich tippe auf Selbstmord.«

Paddy wollte nicht, dass man ihr das Entsetzen anmerkte, deshalb konzentrierte sie sich auf seine Augen. Sie standen offen, starrten ins Leere, kleine schwarze Dreckspritzer von der Böschung klebten darauf. Sein Gesicht war furchtbar weiß, und als ihr Blick wieder zu der aufgerissenen Wange wanderte, löste sich das Bild auf, und sie sah nur noch den Riss im Fleisch, eine aufgequollene schwarze Linie quer über die Wange. Die Nasenpartie zwischen den Augen war geschwollen, die gewölbte Haut dünn aufgerissen. Er hatte einen Slipper verloren, unter dem nassen Strumpf zeichneten sich seine Zehen perfekt ab. Der lange Nagel des großen Zehs drückte gegen den dünnen Stoff.

»Das reicht«, sagte der stämmige Polizist und trat beiseite. »Ich melde das als möglichen Mord, nur für alle Fälle.« Er ging zurück zum Auto und zu seinem Funkgerät.

Paddy starrte weiter auf die Leiche und merkte sich jedes Detail für ihren Bericht in der Zeitung. Der Mann war Anfang dreißig, ein bisschen pummelig, was ihm wohl durchaus bewusst gewesen war – sie kannte die Tricks. Er trug ein gestreiftes Hemd unter einem langen, gerade geschnittenen Mantel. Paddy merkte sofort, wenn jemand seinen Körper hasste, sie sah es selbst aus einiger Entfernung. Der Mantel hatte einen schmalen Kragen und diagonale Taschen, die Ärmel waren umgeschlagen. Die blassgraue Bundfaltenhose mit weitem Bein war am Knöchel eng geschnitten und hatte einen kleinen Aufschlag.

Der Witzbold durchstöberte die Taschen des Mannes. Aus einer zog er verklumpte nasse Papiertaschentücher. In der Innentasche fand er das Portemonnaie und klappte es auf.

»Geld ist alles da. Zwanzig Pfund. Wohnte in Mount Florida. Zweiunddreißig Jahre alt.« Er holte Kreditkarten und durchweichte Papiere heraus, sah sie kurz durch und warf sie dann nachlässig auf den Boden. »Visakarte. Mitglied der Anwaltskammer. Vorsitzender der Amnesty-International-Ortsgruppe und der Child Poverty Action Group. Unsere Mutter Teresa heißt Mark Thillingly.«

»Vielleicht hat ihn jemand wegen seines blöden Namens

umgebracht«, sagte der nicht lustige Polizist. Trotzdem lachten alle, einfach aus purer Erleichterung.

Der Mann auf dem Fluss lachte nicht. Er saß immer noch in seinem Boot am Fuß der Klippe und navigierte mit einem einzigen Ruder auf dem Wasser. Trotz der starken Strömung hielt er das Boot ruhig. Paddy und sein Blick kreuzten sich über die Köpfe der Polizisten hinweg. Er hatte immer noch Mitleid mit den armen Seelen, die er aus dem Wasser fischte, das sah sie ihm an. Er machte das seit über zehn Jahren, davor hatte es sein Vater gemacht. Wenn jemand ein befreiendes Lachen beim traurigen Anblick der vielen Verstorbenen und Verlorenen nötig gehabt hätte, dann er.

»Thillingly«, wiederholte der nicht lustige Polizist mit einem erneuten Kichern, um seinen Lacherfolg auszukosten. »Und dann auch noch Anwalt.«

»Ich fahr dann mal.« Der Mann im Boot hob die Hand, und das Ruderboot glitt zurück in die Nebelbank.

Die Polizisten starrten auf den leblosen Körper auf dem gefrorenen Boden und warteten, bis der Bootsmann außer Hörweite war. Sie zögerten, weil sie nicht genau wussten, wie lange er brauchte. Der Witzbold sprach allen außer Paddy aus der Seele. »Der Typ ist echt gruselig.«

III

Kate spähte seit über einer Stunde durch die dunklen Büsche und musste mit anhören, wie im Cottage Glas zersplitterte und Möbel zertrümmert wurden. Viele Möbel waren eigens für das Haus angefertigt worden und stammten aus dem späten 19. Jahrhundert, als es als Ferienhaus für ihre Urgroßeltern gebaut worden war. Der Schrank in der Küche war unersetzlich. Wenn sie das Haus derart auseinandernahmen, konnte sie es nicht einmal mehr für die Hälfte seines Werts verkaufen. Wie gemein von ihm, so etwas zu tun – das war doch gar nicht nötig. Als ob sie das Kokain im Cottage verstecken und dann einfach gehen würde. Schlecht für ihn, dass er sich das nicht denken konnte.

Ihre Augen waren müde; es war anstrengend, durch die kahlen Bäume auf das Cottage in der Ferne zu starren. Sie hatte gesehen, wie die Männer mehrmals zu ihren Autos zurückgegangen waren und Sachen herausgeholt hatten, daher nahm sie an, dass der Mann in der Lammfelljacke das jetzt auch vorhatte, als er im Türrahmen auftauchte und mit seinem massigen Körper das gelbe Licht im Flur verdunkelte. Aber er lief am Auto vorbei, wandte sich nicht zur Beifahrertür oder zum Kofferraum, sondern ging weiter und blieb erst an der Straße stehen, die er hinauf- und hinunterblickte. Er stand da und drehte langsam den Kopf, suchte den Wald ab, achtete auf jede Bewegung. Kate hielt den Atem an.

Er sah das Bootshaus und hielt inne. Reckte den Hals und sah noch einmal hin. Er überquerte die Straße, überraschend leichtfüßig für einen so kräftigen Mann, hielt die Arme von sich weggestreckt und balancierte auf Zehenspitzen über den schlammigen Boden. Wenn ein Ast knackte, hielt er kurz inne, kam aber weiterhin direkt auf sie zu. Sie zuckte von den verrottenden Holzbrettern zurück, tastete nach der orangefarbenen Truhe und ihrem Döschen. Sie musste sich verstecken. Sie sah zum Boot hoch, das von der Decke hing. Sie wog nicht viel, glaubte aber nicht, dass die Seile an der Decke halten würden. Sie versuchte, den Deckel der orangefarbenen Truhe zu heben, obwohl sie wusste, dass sie abgeschlossen war. Das war sie immer, der Schlüssel hing in der Vorratskammer des Cottages hinter den Tassen an der Wand.

Sie schaute zu den Rudern an der Wand, aber die waren zu unhandlich. Bevor sie richtig ausgeholt hatte, würde er sie am Arm packen. Am Ende griff sie sich ihren einzelnen Schuh, umklammerte ihn zusammen mit ihrem Döschen und presste sich hinter der Tür flach an die Wand.

Sie hörte ihn durch den klebrigen Matsch und die nassen, verrottenden Blätter stapfen. Jetzt stand er vor der Tür, wahrscheinlich sah er sich um. Ihr Auto konnte er von dort aus nicht sehen, aber wenn er zehn Schritte weiter nach Norden ging, würde ihm die Motorhaube auffallen. Dann würde er wissen, dass sie hier war, und die anderen rufen.

Er machte einen Schritt – Richtung Bootshaus, da war sie sich sicher –, dann noch einen. Er kam definitiv auf sie zu. Der runde Türknauf drehte sich lautlos und langsam. Einen Augenblick später ging die Tür auf. Er zögerte, bevor er ins Dunkel trat.

Der Holzboden ächzte unter seinem Gewicht. Kein Wunder. Er war ein großer, schwerer Mann. 1,83 Meter im Vergleich zu ihren 1,65 Meter, mit breiten, hängenden Schultern wie ein Büffel. Breitbeinig stand er da und schaute nach rechts, sah das Boot, das von der Decke hing, die Ruder, den Teil des Bodens, der über dem Wasser war. Er trat einen Schritt vor und bückte sich, um darunter zu schauen, und Kate wusste, dass jetzt der einzig mögliche Moment war.

Blindlings schlug sie nach ihm. Sie hatte ihren Schuh an der Sohle gepackt und ging mit dem Ansatz voran auf den Mann los. Sie hätte ihn an der Schulter erwischen können, aber wie es der Zufall so wollte, wandte er sich genau in dem Moment nach links. Der metallverstärkte 7,5 Zentimeter hohe Absatz drang durch sein Auge und durch die dahinterliegende dünne Knochenwand. Es fühlte sich an, als würde sie mit einem Bleistift durch eine Papiertrommel stechen.

Wie ein gefällter Ochse ging der große Mann in die Knie, schwankte, stürzte zur Seite und stieß dabei die Tür zu. Durch den Aufprall auf dem Boden bohrte sich der Schuh noch tiefer in die Augenhöhle. Seine Schulter zuckte.

Kate öffnete ihr Döschen und zog sich zitternd eine Portion direkt die Nase hoch, Manieren waren ihr jetzt egal. Sie stand im Bootshaus ihres Großvaters in der feuchten Dunkelheit, und vor ihr lag die Leiche eines Fremden. Doch sie fasste sich schnell wieder, zog den Schuh aus der Augenhöhle, zog ihn an, schleifte den Mann mühsam weg von der Tür und trat hinaus in den Wald.

Sie hastete zum Auto und fand ihren anderen Schuh beim Kofferraum. Er steckte im Schlamm fest, als ob dort eine unsichtbare einbeinige Frau stehen würde. Starr vor Schock zog sie sich mit ungewohnter Gelassenheit den Schuh an, setzte sich ins Auto und fuhr den Wagen ruhig und gleichmäßig durch das dunkle, tiefe Tal rückwärts zurück zur Straße.

Sie ließ die Scheinwerfer aus, bis sie am Cottage vorbei war, und fuhr unbemerkt am Loch Lomond entlang zurück nach Glasgow.

8

Heimat der Obdachlosen und Huren

I

Es war halb drei Uhr morgens, und die Straßen waren so still, dass sie dem Streifenwagen mühelos folgen konnten, ohne allzu dicht aufzufahren. Paddy saß auf dem Rücksitz und hörte mit halbem Ohr dem Polizeifunk zu. Sie konnte nicht glauben, dass die Polizei sie eingeladen hatte, sie bei ihren Ermittlungen zu begleiten. Normalerweise mussten Journalisten außen vor bleiben, wenn den Hinterbliebenen die traurige Nachricht überbracht wurde, doch als sie am Fluss aufgebrochen waren, hatte der nichtlustige Polizist über Funk mit jemandem gesprochen und dann vorgeschlagen, dass sie mitkommen könnte. Wenn sie Interesse hätte.

Es war ihr erstes »Witwenschütteln«. Der Besuch bei der Familie eines Opfers und der Versuch, den Hinterbliebenen ein Foto des Toten abzuschwatzen oder zu stehlen, war das Schmutzigste und Furchtbarste, was ein junger Journalist tun musste. Selbst die Hartgesottenen unter den erfahrenen Journalisten erinnerten sich mit einem Schaudern an ihre ersten Versuche beim Witwenschütteln.

»Du wirst die Ehefrau aber nicht verärgern, oder?«, fragte Billy von vorn.

»Natürlich nicht. Das war ja nicht meine Idee. Die Polizei hat vorgeschlagen, dass ich mitkomme.«

»Sie haben es dir vorgeschlagen?«

»Ja, das war ihre Idee.«

Billy nickte, zog die Augenbrauen hoch und schwieg. Durch das Rauschen des Polizeifunks kamen seine stummen Vorwürfe trotzdem bei ihr an: Sie hätte zögern sollen, hätte von einem gemeinen Redakteur, der ihr keine andere Wahl ließ, dazu verdonnert werden sollen. Außerdem verlangte der Anstand, dass sie der Familie des Opfers wenigstens ein paar Stunden Zeit ließ, nachdem sie die traurige Nachricht erhalten hatte. Jetzt verstand sie, warum McVie die Geduld mit Billy verloren hatte: Er konnte wirklich nerven.

Sie folgten dem Polizeiauto nach Mount Florida und bogen links in eine breite, leicht kurvige Straße mit großen Doppelhäusern ab, jedes mit einem Vorgarten und Hecken, die den Blick von der Straße blockierten. Der Streifenwagen, dem sie gefolgt waren, hielt hinter einem Polizeiauto, das bereits am Straßenrand parkte. Billy stellte sich dahinter und wandte sich zu Paddy um.

»Ich werde die Familie des Opfers nicht bedrängen, Billy«, sagte sie abwehrend. »Aber was sein muss, muss sein. Das ist mein Job. Ich kann nicht ablehnen, nur weil es ein bisschen aufdringlich ist.«

»Das ist nicht nur ein *bisschen* aufdringlich.«

In dem Moment öffnete sich die Beifahrertür des Streifenwagens, und Paddy wusste jetzt, warum die Polizei wollte, dass sie mitkam. Tam Gourlay stieg aus. Er musste im Polizeifunk gehört haben, dass sie am Fluss war, und seine Kollegen gebeten haben, sie herzubringen. Tam kam zu ihrem Wagen, die Uniformjacke aufgeknöpft, und zog sich noch im Gehen die Hose am Gürtel hoch. Ohne auch nur ins Auto zu schauen, klopfte er dreimal kurz und hart an die Scheibe. Anscheinend stellte er sich vor, dass sie daraufhin wie auf Kommando heraussprang.

Paddy öffnete die Tür und stieg aus, beugte sich aber gleich wieder ins Auto.

»Okay«, sagte sie und hoffte, dass es so klang, als ob sie gerade mitten im Gespräch wäre. »Melde dich, wenn was über Funk reinkommt, Billy, okay?«

Billy nickte, sah sie aber verwundert an. Er würde sie sowieso rufen, aber sie wollte betonen, dass sie nicht allein war. Sie klappte die Tür zu.

Tam sah ins Auto zu Billy, der sich gerade vorbeugte und auf dem Armaturenbrett nach seinen Zigaretten angelte. »Ist er letzte Nacht auch gefahren?«

Paddy nahm Tam beim Ellbogen und zog ihn vom Auto weg, bis sie im dunklen Schatten einer nassen, tropfenden Hecke standen.

»Er hat mit euresgleichen nichts zu tun, also lass ihn in Ruhe.«

»Trotzdem, wer ist er?«

»Billy fährt schon ewig für die *News*. Halt ihn da raus.«

Tam schaute wieder zu Billy, wobei er die Augen zusammenkniff und versuchte, möglichst bedrohlich zu wirken.

Aus dem zweiten Streifenwagen stiegen zwei Polizisten: der nichtlustige und ein anderer, allerdings nicht der Witzbold; er war woanders hingefahren.

Ein Häuschen aus den Dreißigerjahren stand am Ende eines lang gestreckten Gartens. Paddy sah durch die Hecke, wie zwei uniformierte Polizisten einen grauen Kiesweg hinaufgingen, der diagonal über einen buschgesäumten Rasen führte. Sie ließen die Köpfe hängen angesichts der unangenehmen Aufgabe, die vor ihnen lag.

»Schönes Haus«, sagte sie in der Hoffnung, dass Tams Auftauchen doch nur ein Zufall war und sie immer noch Aussicht auf eine gute Story hatte.

»Der Tote war Anwalt, kommt aus einer Familie mit Geld. Keine Kinder.« Tam klang verbittert. »Weiß wahrscheinlich nicht, wohin damit.«

»Dann hat er sich also nicht umgebracht, weil er Schulden hatte?«

Tam richtete seine Aufmerksamkeit auf sie. »Du warst bei Sullivan und Reid auf dem Marine-Revier. Hab gehört, dass du von den Schlitten erzählt hast.«

Sein Gehabe als harter Cop ging ihr langsam auf die Nerven.

»›Schlitten‹? Was soll das sein? ›Autos?‹ Meinst du das?«

Tam nickte ein bisschen verlegen.

»Warum hast du nichts davon erzählt? Sollten wir nicht alles sagen, was helfen könnte, das Monster zu verhaften, das Burnett umgebracht hat? Wurde der Typ noch nicht gefunden?«

Er grinste höhnisch auf sie herunter. »Hast *du* ihnen denn alles erzählt?«

Hinter der Hecke hörte Paddy quer über den Rasen die Stimme einer Frau, die durch die stille Nacht schnitt, noch heiser vom Schlaf, ein verzweifeltes »Nein!«.

Tam starrte sie an. Die fleischigen Blätter der Hecke glitzerten hinter seinem Kopf, ein klebriger Tautropfen fiel wie Speichel auf seine Schulter.

»Tam, warum hast du gesagt, dass man mich hierherbringen soll?«

Er sah über die Schulter. »Du hältst besser den Mund«, murmelte er. »Wir wissen mindestens genauso viel über dich wie du über uns.«

Tam wusste, dass sie das Geld genommen hatte, und unterstellte ihr, dass es da noch mehr gab. Aber es gab nichts. Wahrscheinlich konnte er sich gar nicht vorstellen, was für ein banales und ödes Leben sie führte. Bei dem Gedanken musste sie grinsen. Ihr anzudrohen, sie bloßzustellen, wirkte schrecklich komisch. Sie bebte innerlich vor Lachen und fasste sich schnell an die Nasenspitze, damit er es nicht merkte.

»Was weißt du denn schon von mir?« Sie drängte sich an ihm vorbei. »Tam, du bist ein verdammter Idiot.«

Sie stieg wieder ins Auto, froh, ihn los zu sein. Als sie die Hand schon am Türgriff hatte und sie gerade zuziehen wollte, hörte sie Tam noch einmal rufen.

»Wir kriegen dich!«

II

Paddy stand vor dem Wasserkocher und sah zu, wie sich Tropfen um den Ausgießer bildeten. Es folgte ein Dampfschwall, der Kocher bebte und drohte den Kühlschrank zu überschwemmen, auf dem er stand, doch dann schaltete er sich ab und beruhigte sich wieder.

Dieser gut aussehende Typ, der an der Tür der Villa gestanden hatte, müsste doch schon längst verhaftet sein! Tam und Dan hatten sicher eine gute Beschreibung geliefert, außerdem war sie davon überzeugt, dass Dan ihn kannte.

Paddy hatte immer noch den Fünfzig-Pfund-Schein. Sie könnte ihn bei Sullivan abgeben, aber sie wusste nicht, ob er die Sache diskret handhaben würde. Wenn sie darauf bestand, dass sie das Geld später zurückbekam, wäre er vielleicht gezwungen, den Mund zu halten. Schließlich hielt man einen Trupp Polizisten am besten davon ab, einen Geldschein verschwinden zu lassen, indem man ihnen erst gar nicht davon erzählte. Polizisten waren berühmt-berüchtigt für ihre langen Finger. Bei der Nachtschicht hatte sie einmal in der Zeitung gelesen, dass an Universitäten die meisten Bücher von Theologie- und Jurastudenten geklaut wurden. Das sollte den Leser überraschen, aber für Paddy klang es völlig einleuchtend. Schließlich konnten sie die möglichen Konsequenzen am besten abschätzen.

Paddy goss heißes Wasser auf den löslichen Kaffee in ihrem riesigen Halbliter-Becher und Milch dazu. Dann setzte sie sich an einen Schreibtisch und holte sich sämtliche zerlesenen Ausgaben der verschiedenen Zeitungen vom Vortag, schlug jede bei den Berichten über den Mord in Bearsden auf und breitete sie auf dem Nachbarschreibtisch aus. Sie wollte sich mit der Lektüre belohnen, sobald sie ihren Bericht über Thillingly fertig hatte.

Interessante Details waren in ihrem Artikel leider nicht gefragt: weder Thillinglys aufgerissene Wange noch sein schicker Mantel oder sein hübsches kleines Haus am Ende einer Rasenfläche, deren Pflege sicher seine ganzen Wochenenden in Anspruch genommen hatte. Für seine Geschichte standen ihr nur trockene vier Zeilen zur Verfügung, ohne die Details, die alles viel menschlicher wirken ließen. Sie könnte versuchen, den Artikel anders zu schreiben, aber bei der *News* setzte man nun einmal auf nüchterne Sachlichkeit, und die Redakteure ließen den Reportern nichts anderes durchgehen. Es dauerte fast eine halbe Stunde, bis sie die drögen vier Zeilen geschrieben hatte.

Mit dem fertigen Bericht ging sie dann zu Larry Grey Lips. Larry las gerade einen Penguin-Klassiker mit schwarzem Buchrücken und schaute nicht auf. Sie wartete einen Moment lang am Ende seines Schreibtischs, bevor sie so laut »Himmelherrgottnochmal!« rief, dass ein Kollege, der an einem Schreibtisch in der Nähe schlief, kurz zuckte, den schweren Kopf hob und die verquollenen Lider aufriss, um zu sehen, was los war. Ohne den Blick von seinem Buch zu heben, zeigte Larry auf den Papierspieß am Ende seines Schreibtischs. Paddy schnalzte gereizt mit der Zunge, spießte ihr Blatt auf und ging, um sich noch einen halben Liter starken Kaffee zu machen.

Die Redaktion war das Herz der Zeitung. Ein großer Raum mit Schreibtischen, die in drei Gruppen zusammenstanden: Nachrichten, Sport und Reportagen. Die Tische mit den großen metallenen Schreibmaschinen waren für jeden Bereich in Hufeisenform angeordnet. Paddy hatte Stenografieren gelernt, scheute sich aber, die anderen sehen zu lassen, dass sie auch gut tippen konnte: Sie hatte auch so schon Mühe, nicht ständig für eine Sekretärin gehalten zu werden. Es ging ohnehin das Gerücht, dass man nicht mehr lange auf drei Blatt Papier und zwei Bogen Kohlepapier tippen würde. In London wurde bereits eine neue landesweit erscheinende Zeitung am Computer erstellt, sie wurde sogar am Bildschirm bearbeitet und dann über eine Telefonleitung an eine Druckerei am Stadtrand geschickt, und das alles zu einem Bruchteil der Kosten.

In jeder Abteilung saßen die Redakteure am Bogen des Hufeisens, gaben Anweisungen, teilten die Arbeit auf oder gaben Artikel zurück, damit sie umgeschrieben wurden. Links befand sich Farquarsons Büro hinter der schützenden Bank der Copy Boys aus massiver Eiche.

Um diese Zeit war es ruhig in der Redaktion. Die Reporter an ihren Tischen atmeten im Gleichtakt wie ein schlafendes Rudel. Die schlimmsten Stunden der Nachtschicht waren die zwischen vier und sechs Uhr, wenn einem Zeit und Raum Streiche spielten. Aus Minuten wurden endlos lange Wartezeiten, und dann brauchte man völlig unerwartet für eine einzige Kopfbewegung auf einmal eine Dreiviertelstunde. Es gab selten wirklich etwas zu tun um diese Zeit, trotzdem musste die

Redaktion der *News* besetzt sein, nur für den Fall, dass die Queen Mum starb oder ein Krieg ausbrach.

Männer mit roten Augen schlurften mit Zeitungen und Romanen durch den dämmrig beleuchteten Raum. Manche knipsten die Schreibtischlampe aus und gönnten sich ein pragmatisches Nickerchen mit dem Kopf auf dem Schreibtisch, sodass man den Eindruck hatte, sich in einem improvisierten Schlafsaal zu befinden. Das Schnarchen und das gedämpfte Licht machten es allen anderen natürlich umso schwerer, wach zu bleiben. Daher kam es durchaus vor, dass den Schlafenden das Sandwich weggegessen oder Tipp-Ex ins Haar geschmiert wurde. Manchmal gab es auch Krawall, wenn ein Kollege betrunken mit Gegenständen um sich warf und verkündete, er habe die Schnauze voll und sei von Idioten umgeben, er werde kündigen. Die anderen Mitarbeiter der Nachtschicht hatten Verständnis für das Bedürfnis, sich abzureagieren, und deckten ihren Kollegen, indem sie den Putztrupp am nächsten Morgen anwiesen, die kaputten Sachen wegzuräumen. Wenn sich in der darauffolgenden Nacht alle zu einer weiteren ausgelassenen Runde Schlafentzug versammelten, taten sie dann so, als ob nichts gewesen wäre.

Paddy blinzelte heftig, um ihre brennenden Augen zu beruhigen, und nahm einen großen Schluck Milchkaffee, bevor sie sich dem Mord in Bearsden widmete.

Vhari Burnett kam aus einer Familie mit viel Geld. Ihre Vorfahren hatten in der Textilindustrie ein Vermögen verdient, das von den folgenden Generationen langsam aufgebraucht wurde. Als Vharis Großvater vor drei Monaten gestorben war, hatte man damit gerechnet, dass dadurch Geld verfügbar werden würde, doch stattdessen war ein großes Loch im Familienvermögen aufgetaucht.

Neben dem Artikel war ein Archivfoto von der Beisetzung

des Großvaters abgedruckt. Eine stattliche Menge in steifer schwarzer Trauerkleidung hatte sich auf den Stufen einer kleinen, düsteren Kapelle versammelt und wartete anscheinend darauf, einem Pfarrer mit blassem Gesicht die Hand zu schütteln. Vhari stand neben einem jungen Mann mit viereckigem Gesicht. Auf dem Bild waren ihre Haare viel länger als neulich. Sie hatte eine furchtbare pudelartige Dauerwelle; grässliche Löckchen tanzten um ihren Kopf, waren hier aufgesteckt und da hochtoupiert. Ihr Gesicht war unter der Haarmasse kaum zu erkennen – nur ihr spitzes Kinn und der schlanke Hals waren zu sehen. Anscheinend hatte sie sich nach der Beerdigung die Haare schneiden lassen. Andererseits hatte sie einen glatten Pagenkopf gehabt, als Paddy sie gesehen hatte, dabei dauerte es deutlich länger, bis eine solche Dauerwelle herausgewachsen war. Vielleicht hatte sie sich die Haare glätten lassen. Die Dauerwelle hatte bestimmt über fünfzig Pfund gekostet. Und das Glätten kostete ebenfalls ein Vermögen.

Paddy hatte angenommen, dass Vhari verheiratet war, eine verwöhnte und verhätschelte Prinzessin, die nie sparen oder ihre Fahrstunden selbst bezahlen musste, eine Frau ohne jedes soziale Gewissen. Aber Vhari hatte Jura studiert und im Easterhouse Law Centre gearbeitet, später sogar für die Staatsanwaltschaft. Ihr politisches Engagement und ihre Berufswahl standen in deutlichem Kontrast zu der Villa und ihrer Frisur.

Paddy kopierte das Foto von der Beerdigung, faltete es zusammen und schob es in ihre Tasche. Sie stand im Kopierraum, benommen vom hartnäckigen Geruch des Toners, als ihr mit einem Mal alles klar wurde: Burnett und Thillingly waren beide Juristen gewesen, und beide waren sie bei Amnesty International aktiv. Sie mussten einander gekannt haben. Und sie waren mit nur einem Tag Abstand gestorben.

III

Im Brigate war viel los. Aber jeder kümmerte sich um seine eigenen Angelegenheiten, niemand achtete auf die derangierte Frau in der Ecke. Sie hatte Blätter im Haar, und von ihrem Nasenloch zu ihrem Haaransatz zog sich eine Blutspur. Der Hosenanzug, den sie trug, war teuer, hatte aber auch schon bessere Tage gesehen. Ein bizarrer Geruch ging von ihr aus, nach Dreck und Curry, als ob sie ihre Kleider schon seit einer Woche getragen und auch darin geschlafen hätte.

Eine dicke Kellnerin mit Beinen wie Schinken kam an den Tisch und nahm Kates Bestellung auf, ohne sie anzusehen oder auf ihr Äußeres zu reagieren. Sie hielt nur den Kopf ein bisschen nach hinten, während sie »einmal Tee, einmal Brötchen mit Ei« auf ihrem Block notierte, und machte dann schnell einen Schritt zurück, um dem Geruch zu entkommen. Aber das machte sie nicht zum ersten Mal. Das Brigate lag in einem Teil der Stadt, der den Leuten gehörte, die vom Glück im Stich gelassen worden waren. Obdachlose, Huren und Kleinganoven aller Art kamen hierher. Das Brigate befand sich zwischen dem Flohmarkt, dem Leichenschauhaus und ein paar billigen Cafés, in denen man Fish and Chips und Schweinsfüße essen konnte. Die Gegend war seit dem Mittelalter das Viertel der Ausgestoßenen, die dort unbehelligt ihrer Wege gehen konnten, ohne angestarrt zu werden, eine Heimat für die Verlorenen. Kate war noch nie hier gewesen. Sie war oft durchgefahren und hatte das bunte Treiben wie im Zoo durch die Scheibe betrachtet, fasziniert, aber ungerührt.

Die hässliche Kellnerin brachte ihren Tee in einer schmutzigen Tasse und stellte den Teller mit dem Brötchen so heftig auf dem Tisch ab, dass er noch ein bisschen kreiselte.

Kate konnte sich nicht überwinden, hier etwas zu essen, Sie

gehörte nicht hierher, davon war sie überzeugt. Sie würde sich auf dem Klo frisch machen und hier noch ein bisschen herumsitzen und in der Zeitung blättern. Dann würde sie zu Archie gehen. Archie würde ihr helfen.

IV

Paddy vergrub den Kopf zwischen den Händen und rieb sich die Augen. »Kann ich bitte gehen? Ich habe nicht geschlafen.«

Sie saß wieder in dem kleinen grauen Büro von Partick Marine, bei Sullivan und Reid, die mit ihren rosigen Gesichtern frisch und ausgeschlafen wirkten und ganz offensichtlich gut gefrühstückt hatten. Hinter ihnen, draußen auf dem Gang, hörte Paddy die Geräusche eines geschäftigen Polizeireviers, das sich für den Tag rüstete. Die Holzplattform knarrte, wenn die Polizisten darübereilten, und die Schreibtische füllten sich mit Beamten, die von einer morgendlichen Besprechung zurückkamen.

Reid und Sullivan hielten ihre Becher mit Tee in den Händen und betrachteten den Asservatenbeutel auf ihrem Schreibtisch. Das Blut auf der Fünfzig-Pfund-Note war getrocknet und hinterließ eine bröselige Rostschicht im Saum der Tüte. Paddys Aufmerksamkeit hingegen galt der Schachtel mit Haferkeksen daneben. Die Verpackung war schlampig aufgerissen worden, überall waren Krümel verstreut. Verführerisch lugte die braune Kante eines Kekses aus der roten Schachtel und verhieß Paddy einen üppigen Schub an Kohlehydraten. Sie wünschte, sie wäre allein mit der Schachtel.

»Warum haben Sie uns das nicht letzte Nacht erzählt?«

»Ich wusste nicht, wie ich es ansprechen sollte. Ich hab's versucht. Ich blieb noch länger an der Tür stehen, wissen Sie noch?«

Sullivan schaute zur Tür, als ob Paddy noch immer da stünde, und nickte leicht.

Reid versuchte, das Kommando zu übernehmen. »Woher sollen wir wissen, dass Sie das Geld nicht von jemand anderem bekommen haben?«

Ein absurder Gedanke, aber Paddy wollte keinen Streit, sie wollte einfach nur nach Hause. Sie holte tief Luft. »Ich wusste nicht, ob ich es Ihnen erzählen soll, weil ich nicht wollte, dass es sich herumspricht.« Sie sah zu den beiden hoch, doch die mieden ihren Blick.

Sullivan rückte seine ohnehin schon gerade Krawatte zurecht, und Reid sah ihm dabei zu, suchte bei seinem älteren Partner nach Hinweisen, wie er sich verhalten sollte.

»Es wird sowieso herauskommen«, sagte Sullivan. »Es wird eine Untersuchung geben, schließlich wurde die Polizei von den Nachbarn zum Haus in Bearsden gerufen. Man wird mit Ihnen reden. Bei der Polizei kann niemand ein Geheimnis bewahren. Sie sollten vielleicht Ihren Chef informieren, bevor er es von jemand anderem erfährt.«

Paddys Magen krampfte sich zusammen bei dem Gedanken, Farquarson die Bestechung zu beichten.

»Gehen wir die Sache noch einmal durch«, sagte Reid. »Sie haben trotzdem über die Sache berichtet, obwohl Sie das Geld angenommen hatten?«

»Na ja, so richtig angenommen hatte ich es ja gar nicht. Der Typ hat mir den Schein in die Hand gedrückt und mir die Tür vor der Nase zugeschlagen. Das ist viel Geld.« Sie schaute sehnsüchtig auf den Fünfzig-Pfund-Schein und dann zu Reid, wütend, als ob er ihn ihr wegnehmen wollte. »Ich will es übrigens zurück, vor allem, wenn es eh keine Verwendung findet, ich will es so schnell wie möglich zurück.«

»Sie bekommen es zurück«, sagte Sullivan und blinzelte dabei langsam.

Paddy hielt einen Finger hoch, um ihn auf sich aufmerksam zu machen. »Ich meine das wirklich so. Ich werde jeden Tag anrufen, bis ich das Geld wieder zurück habe. Wo werden die Beweise aufbewahrt?«

»Wir haben oben einen Constable sitzen«, sagte Sullivan. »Er hütet die Beweise. Er registriert ihren Ein- und Ausgang, den Transport ins Labor und wieder zurück und bewahrt alle Beweismittel in einem Tresor auf.«

»Ein Constable? Was soll das heißen? Ein Neuling, der gerade mal neunzehn ist?«

Sullivan wirkte gekränkt. »McDaid ist fünfundfünfzig. Viele alte Constables wurden nie befördert.«

»Kann ich ihn selbst bitten, dass ich das Geld zurückbekomme?«

Reid verzog geringschätzig die Lippen. »Sie wollen einen Fünfzig-Pfund-Schein mit dem Blut einer toten Frau drauf zurück. Wofür wollen Sie das Geld ausgeben? Für Schminke?«

Paddy spürte, wie ihr Nacken heiß wurde. »Ich muss die Miete für ein Haus bezahlen, weil meine Mutter es nicht mehr kann, obwohl sie noch nie in ihrem Leben jemandem etwas schuldig geblieben ist. Nein, ich glaube nicht, dass ich es für Schminke ausgebe.«

Sullivan richtete sich auf. »Ich habe drei Brüder bei Scott Lithgow, die haben ihr ganzes Arbeitsleben dort verbracht.«

Die Werft von Scott Lithgow sollte geschlossen werden. Wenn es so weit kam, würden Tausende Arbeiter auf der Straße stehen, ohne jede Aussicht auf einen anderen Job. Wer erst einmal auf das niedrige Arbeitslosengeld angewiesen war, kam kaum mehr davon weg. Die Premierministerin Margaret Thatcher hatte die Arbeiter in aller Öffentlichkeit beleidigt, und als eine Abordnung der Ehefrauen nach London reiste, um ihr eine Petition zu überreichen, hatte sie sich geweigert, sie zu empfangen. Auch der stellvertretende Premierminister und der Lord Chancellor wollten sie nicht vorlassen. Die abgewiesenen Frauen waren schließlich zur Downing Street Number Ten gezogen.

Sullivan wurde schon bei dem Gedanken daran wütend. »Der Pförtner hat die Petition nicht einmal angenommen. Dabei hätte er sich doch keinen Zacken aus der Krone gebrochen.«

Es war ungewöhnlich, dass ein Polizist die Regierung kritisierte. Sullivan strich sich die Haare zurück. Paddy vermutete, dass er seinen Ausbruch vor Reid bedauerte.

»Wie auch immer«, sagte Sullivan in einem anderen Tonfall. »Ich gebe Ihnen die Bearbeitungsnummer, und Sie können im Labor anrufen und auch in der Asservatenkammer. Wenn das Geld erst mal in der Asservatenkammer ist, ist der vertrauenswürdigste Mann bei der ganzen Polizei dafür zuständig. Sie bekommen es zurück, keine Sorge.«

Reid sah nervös zu Sullivan und übernahm wieder die Befragung. »Warum sind Sie noch einmal hergekommen?«

»Ich habe Tam Gourlay getroffen, das hat mich daran erinnert.«

»Wo haben Sie ihn getroffen?«

»Ich war beim Haus des Selbstmörders, der in den Fluss gesprungen ist, in Mount Florida, und bin ihm dort zufällig begegnet.«

Sie sah Sullivan direkt an in der Hoffnung, dass er und sein Kollege nicht weiter nachfragen würden.

Sullivan legte den Kopf zurück. »Sie haben Tam Gourlay mitten in der Nacht im Süden der Stadt getroffen?«

»Aye.«

»Tam, der im Norden arbeitet und nie südlich vom Fluss unterwegs ist?«

Sie rieb sich wieder die Augen. »Kann ich jetzt nach Hause? Oder bekomme ich wenigstens einen Keks, um wach zu bleiben?«

Sie spürte Sullivans Blick auf sich. Er wollte, dass sie ihn ansah, aber sie schaute nicht auf.

»Ich glaube nicht, dass ein Keks Sie wach hält«, sagte er. »Aber bedienen Sie sich ruhig, meine Liebe. Wir müssen mit jemandem reden.«

Sie ließen sie zehn Minuten allein am Schreibtisch zurück, allein mit einer Packung Kekse. Sie nahm sich einen und dann noch einen. Der Zucker gab ihr einen kleinen Energieschub, deshalb nahm sie sich noch einen Keks. Nach einer Weile hatte das rhythmische Kauen etwas Hypnotisches; sie starrte mit leerem Blick auf die Schreibtischplatte und mampfte vor sich hin. Polizisten gingen im Büro ein und aus. Ein Polizist an einem Schreibtisch auf der anderen Seite des Büros kicherte lasziv in den Telefonhörer. Ein junger Beamter in einer bügelfreien grauen Hose kam herein und verteilte Papiere auf den Schreibtischen.

Als Paddy wieder zu sich kam, musste sie feststellen, dass sie zwei Drittel der Packung gegessen hatte. Sie fegte die Krümelspur, die von der Packung zu ihr führte, auf den Boden und zog die Verpackung glatt, damit die spärlichen Überreste nicht sofort ins Auge fielen.

Sullivan und Reid kamen mit den Uniformjacken über dem Arm zurück, lächelten und nickten in ihre Richtung, während sie sich zwischen den Schreibtischen durchschlängelten. Anscheinend hatte man ihnen aufgetragen, nett zu ihr zu sein.

»Also.« Sullivans Blick blieb höchstens zwei Sekunden an der Kekspackung hängen, es war ihm also nicht aufgefallen.

»Danke, dass Sie vorbeigekommen sind. Wir fahren Sie heim, aber zuerst bringen wir das Geld nach oben. Sie können gern mitkommen, dann lernen Sie McDaid gleich kennen.«

Paddy sprang auf und grinste. Bis Sullivan und Reid wieder an ihrem Schreibtisch waren, hätten auch andere die Gelegenheit gehabt, sich bei den Keksen zu bedienen, und die beiden würden irgendeinen verfressenen Kollegen verdächtigen.

9

Colum McDaid

I

Im Treppenhaus des Polizeireviers war viel los. Reid und Sullivan schauten immer wieder zu Paddy, um sicherzugehen, dass sie noch hinter ihnen war, während sie sich gegen den Strom der entgegenkommenden Polizisten die Stufen hinaufkämpften.

»Und«, fragte sie, »hat man den Kerl schon gefunden, der sie umgebracht hat?«

»Aye.« Sullivan wandte sich zu ihr um. »Sie haben den Kerl, ja.«

Eine Welle der Erleichterung überkam sie. »Hervorragend. Ist er hier in Haft?«

Sullivan schüttelte den Kopf und winkte sie näher. Das Treppenhaus war bis auf Schulterhöhe mit dicker grüner Farbe gestrichen, darüber war es weiß – man hatte das Gefühl, als ob man einen von Hecken gesäumten Weg entlanggehen würde. Nach den Kratzern und Schrammen im Grün zu schließen, hatten hier schon so einige Rangeleien und Handgemenge stattgefunden. Das dunkle Holzgeländer war auf dem ersten Absatz gebrochen und mit einem sechzig Zentimeter langen Holzstück geflickt worden, das farblich nicht passte. Paddy strich im Vorbeigehen darüber und spürte die Delle an der Verbindungsstelle. Sie musste an einen Artikel von Terry Patterson denken, über die Foltermethoden des argentinischen Militärs. Dabei wurden politische Gefangene bewusstlos aus einem Hubschrauber ins Meer gestoßen. Wenn die Leichen gefunden wurden, stellte man als Todesursache Ertrinken fest, und dem Militär konnte nichts nachgewiesen werden. Sie hatte Gerüchte gehört, dass die britischen Soldaten in Nordirland Verdächtige mit verbundenen Augen aus Hubschraubern stießen. So etwas konnte man hier natürlich nicht in der Zeitung bringen. Die Hubschrauber flogen nur anderthalb Meter über dem Boden, aber das wussten die Gefolterten nicht.

Sullivan verlangsamte sein Tempo, bis er neben Paddy ging. »Der Kerl, der Burnett umgebracht hat, ist tot. Wurde letzte Nacht aus dem Fluss gezogen.«

»Aus dem Fluss?«

»Aye.«

»War sein Gesicht aufgeplatzt?«

Sullivan blieb stehen und sah misstrauisch auf sie herab. »Warum?«

»Der Ertrunkene wurde als Mark Thillingly identifiziert.« Sie senkte die Stimme zu einem Flüstern. »Sullivan, ich habe den Kerl an der Tür gesehen: Das war er nicht.«

Sullivan sah kurz zu Reid und fasste sie am Ellbogen, damit sie sich weiter zurückfallen ließ. »Aber er kannte Burnett – sogar sehr gut. Sie sind zusammen ausgegangen, zusammen aufgewachsen. Sie waren sogar mal verlobt.«

»Ich kann nur sagen, was ich gesehen habe«, flüsterte sie. »Selbst mit dem aufgerissenen Gesicht bin ich mir sicher, dass es nicht der Mann an der Tür der Villa war. Und der hatte Blut am Hals.«

»Aber es kann doch kein Zufall sein, dass er gerade mal einen Tag nach dem Mord an ihr tot aufgefunden wird.«

Paddy nickte. »Sicher kein Zufall, aber trotzdem ist es nicht der Mann, der in der Tür der Villa stand.«

Sullivan schnaufte durch die Nase. »Wenn ich es arrangieren könnte, dass Sie sich Thillingly noch einmal ansehen, würden Sie das machen?«

»Aye.«

Reid blieb auf der letzten Treppe stehen und sah sich nach den beiden um, die mittlerweile gute zehn Schritte hinter ihm waren. »... ist Schweißer, hat dort als junger Bursche gelernt«, sagte Sullivan und bedeutete ihr mit einer Handbewegung, zu Reid aufzuschließen. »Und heutzutage findet man doch nirgendwo Arbeit. Er hat keine Chance, wenn die Werft geschlossen wird.«

Paddy nahm den Faden sofort auf. »Das sind doch alles Mistkerle. Stacheln die Bergarbeiter zu einem Sommerstreik auf und häufen die Kohle an, damit sie die Sache aussitzen können. Das wird eine Katastrophe, wenn die Bergleute darauf reinfallen.«

»Da haben sich ja zwei politisch Gleichgesinnte gefunden«, sagte Reid nachsichtig. Er führte sie durch einen Flur mit niedriger Decke und Fenstern, die tief in der Wand saßen.

Sie blieben vor einer Tür stehen. Reid klopfte und nickte mit dem Kopf in einem munteren Rhythmus dazu. Dabei sah er Sullivan an und lächelte in Erwartung der Antwort. Sie hörten ein fröhliches »Hallo da draußen?«. Ein Highland-Akzent, wie der von Murdo McCloud, in relativ hoher Stimmlage, mit rollendem R und breiten Vokalen.

Reid öffnete die Tür zu einem kleinen Büro unter dem Dach. Im hinteren Teil standen zwei graue Aktenschränke und ein offenes Regal, alles mit Maschendraht gesichert. Ein großer, stahlgrauer Tresor stand neben einem Schreibtisch, an dem ein stämmiger, weißhaariger Mann saß. Er hatte gütige, freundliche Augen – Santa Claus in Polizeiuniform.

Im Raum war es wärmer als in den anderen Büros, was sehr angenehm war, und es roch nach poliertem Leder und Tee.

Auf dem Schreibtisch stand eine blaue Teetasse samt Untertasse, dazu ein passender kleiner blauer Teller mit Ingwerkeksen. Der Mann führte gerade einen Keks zum Mund, ein Stück war schon abgebissen.

»Oh nein«, sagte er und wirkte ganz geknickt. »Ich habe mir gerade eine Tasse Tee eingeschenkt. Könnt ihr nicht später wiederkommen?«

Sullivan hielt die Plastiktüte mit dem Fünfzig-Pfund-Schein hoch. »Wichtiges Beweismaterial. Muss sofort registriert werden. Du kommst schon noch zu deinem Tee.«

Constable Santa ließ die Hand mit dem Keks auf den Schreibtisch fallen, verdrehte theatralisch die Augen und tat so, als wäre er äußerst erbost. »Dann muss ich ihn neu aufbrühen und ganz von vorne anfangen. Und wer ist diese reizende junge Dame?«

Als wäre ihnen erst gerade wieder eingefallen, dass Paddy auch noch da war, traten Reid und Sullivan beiseite und betrachteten sie mit neu erwachtem Interesse. Was war noch gleich reizend an ihr, oder damenhaft? Die Musterung war Paddy unangenehm, deshalb ergriff sie die Initiative, ging durch den Raum zum Schreibtisch und streckte die Hand aus. »Freut mich, einen Mann kennenzulernen, der den Wert von Tee und Keksen zu schätzen weiß. Ich bin Paddy Meehan.«

Der Constable stand auf, gab ihr die Hand und schüttelte sie einmal kräftig. »Ah, *Meehan*. Aus welchem County stammen denn Ihre Leute?«

Wenn jemand andeutete, dass man mit einem irischen Namen nicht aus Schottland stammte, kam das normalerweise dem Vorschlag gleich, wieder dahin zu gehen, wo man hergekommen war, aber bei jemandem aus den Highlands war das anders. Highlander waren von Ahnentafeln und Abstammung genauso besessen wie die Iren.

»Donegal, glaube ich, aus der Gegend um Letterkenny.«

»Nicht Derry?«

Er hatte recht. Sie lächelte überrascht. »Aye, die Meehans stammen normalerweise von dort, aber unsere kamen aus Donegal.«

»Und sie gingen nicht nach New York wie die anderen?«

Paddy klappte der Unterkiefer herunter. »Woher wissen Sie das?«

Cons großartiger Cousin lebte in New York, in der großartigen Bronx. Die Familie redete über ihn, als ob er ein Filmstar wäre.

Er zwinkerte. »War nur geraten. Ich bin McDaid.« Er gab ihr noch einmal die Hand. »Colum McDaid.« Damit gab er ihr zu verstehen, dass er ebenfalls katholisch war. Viele Bewohner der westlichen Inseln waren katholisch, waren während oder nach der Reformation nie konvertiert. Paddy schämte sich, dass seine Konfession für sie eine Rolle spielte und sie ihm sofort größeres Vertrauen schenkte, weil er katholisch war. Dabei konnte sie sich selbst ja wohl kaum katholisch nennen.

Er setzte sich wieder und sah zu den beiden Polizisten. »Also, was ist denn so wichtig, um mich beim Tee zu stören, ihr zwei Gottlosen?«

Reid gluckste und legte die Plastiktüte auf den Schreibtisch, woraufhin Colum McDaid seinen Tee wegstellte, eine Schublade neben sich öffnete und ein großes schwarzes, in Leder gebundenes Buch hervorholte. In der vorderen Hälfte des Buches waren die Seiten zerknittert und abgegriffen, weil so oft darauf geschrieben worden war, die anderen Seiten waren dagegen flach und neu. Aus einer anderen Schublade nahm er ein dünnes Ringbuch und schlug es bei einer Seite mit Aufklebern auf. In winziger Schrift waren dort siebenstellige Zahlen sorgfältig über den leeren Stellen notiert, wo die weißen Aufkleber entfernt worden waren.

Colum McDaid schlug das Lederbuch auf. Mit Hilfe eines Lineals und eines roten Kugelschreibers waren ein Rand und mehrere Spalten gezogen worden. Ein Drittel der Seite war mit Einträgen bedeckt, wieder in dieser winzigen perfekten Schrift. Paddy konnte sie nicht lesen, weil sie auf dem Kopf stand, einen Sinn ergaben die Spalten aber trotzdem. Jede Reihe begann mit einer Beschreibung des Gegenstandes in Großbuchstaben, daneben wurde die Nummer des Falls eingetragen, der Fundort, Name und Rang des Polizeibeamten, ein Datum und schließlich die siebenstellige Nummer, die zu den Aufklebern gehörte.

Sullivan beugte sich vor und legte einen Zettel auf den Schreibtisch. Er war aus einem linierten Heft herausgerissen worden und zeigte eine siebenstellige Fallnummer. McDaid las sie und verstand sofort.

»Bearsden?«

Sullivan nickte. »Miss Meehan macht sich große Sorgen, ob sie ihre fünfzig Pfund zurückbekommt.«

McDaid sah sie an und stach mit dem Finger nach der Tüte. »Das gehört also Ihnen?«

»Aye.«

»Also, Sie bekommen es natürlich zurück, aber das kann eine Weile dauern. Hängt davon ab, wie wichtig es für den Fall ist. Aber keine Sorge: dieses Beweismittel wird von mir persönlich ins Labor gebracht und wieder abgeholt, und in der übrigen Zeit«, er zeigte auf den Safe hinter seinem Schreibtisch, »wird das gute Stück hier verwahrt. Und ich sitze hier und sehe jeden, der hereinkommt.«

»Und sonst kann niemand rein?«

»Keine Menschenseele. Oberstes Stockwerk eines Polizeireviers, vierundzwanzig Stunden am Tag besetzt.« Er tätschelte die Tür des Safes. »Und für diese Tür bräuchte man schon eine Lastwagenladung Dynamit.«

»Kann ich Sie ab und zu mal anrufen und mich nach dem Stand der Dinge erkundigen?«

»Miss Meehan, ich freue mich auf Ihren Anruf.«

II

Paddy saß auf dem Rücksitz des Streifenwagens und versuchte sich vorzustellen, wie wütend Farquarson sein würde, wenn sie ihm von den fünfzig Pfund erzählte. Sie würde es ihm sagen, wenn er müde war – wenn sie heute Abend zu ihm ging, hatte er gerade seine Schicht hinter sich. Sie hatte einmal einen Tobsuchtsanfall von ihm am Morgen mitbekommen, zu einem Zeitpunkt also, als er vollgepumpt war mit süßem Kaffee und noch jede Menge Elan hatte – bevor sich sein Temperament bei der morgendlichen Redaktionssitzung abgekühlt hatte. Sie wollte so etwas nie wieder erleben, geschweige denn, der Auslöser eines solchen Ausbruchs sein.

»Hier?« Sullivan fuhr die Cambuslang Road entlang und musterte aus dem Augenwinkel die Häuser, deren Wert stetig sank, je weiter er fuhr, bis die Preise schließlich ins Bodenlose stürzten.

»Nein, noch ein Stückchen weiter. Hier rechts«, sagte Paddy. Sie fuhren über die Ampel und den Hügel hinauf. »Und hier die erste links.«

Früher war Paddy stolz gewesen, wenn jemand von der Arbeit sie nach Hause brachte, aber das war vorbei.

Eastfield Star war eine kleine Siedlung am Ortsrand. Der zentrale Kreisverkehr war großzügig angelegt, und die Häuser an den Straßen, die davon wegführten, waren im Cottage-Stil gehalten, manchmal vier in einer Reihe, manchmal Doppelhäuser für größere Familien wie ihre eigene. Die Siedlung war für Bergleute gebaut worden, doch die Cambuslang-Vorkommen waren dürftig und die Minen schon vor langer Zeit geschlossen worden. Anstelle der Bergleute zogen Sozialhilfeempfänger und Arbeiter aus der Schwerindustrie ein, genau der Branche, die von der jüngsten Rezession so schwer getroffen war.

Die Siedlung strahlte die Verzweiflung ihrer Bewohner aus. Die Lattenzäune hingen wie betrunken an rostigen Pfosten, und das Gras und die Büsche im Kreisverkehr waren voller Müll. Jugendliche aus den Siedlungen entlang der Hauptstraße hatten die Giebelwände der Häuser und Garagen mit schmuddeligem Graffiti beschmiert, mit Parolen und Abkürzungen, die für Splitterfraktionen im Nordirlandkonflikt standen. Der haferbreifarbene Verputz der Häuser war stark verwittert und hätte dringend erneuert werden müssen. Er war zum großen Teil abgebröckelt und gab den Blick auf die dünnen Backsteinwände darunter frei.

Mr. Anderston, der Gärtner, der sich um den Kreisverkehr gekümmert hatte, war in seiner Küche an einem Herzinfarkt gestorben. In sein Haus war eine Familie von Alkoholikern eingezogen, die sich lautstark auf der Straße zankten und auf jeden losgingen, der sie aufforderte, doch bitte etwas leiser zu sein. Zum ersten Mal in ihrem Leben hatten Paddys Eltern Angst vor ihren Nachbarn.

Die Einzige, die an diesem Morgen auf der Straße unterwegs war, war die alte Ida Breslin. Sie stand in einem grünen Kinderparka mit hochgeschlagener Kapuze im hohen, wilden Gras in Mrs. Mahons Vorgarten und betrachtete etwas auf dem Boden. Ihr Gesicht wurde vom Fellbesatz der Kapuze verdeckt, und Paddy betete, dass sie ihr Gebiss eingesetzt hatte.

Als Ida das Auto hörte, wandte sie sich um und stand still und reglos wie eine aufgeschreckte Gazelle. Nur ihre Zunge fuhr über ihre eingefallenen Lippen.

»Hier.« Paddy ließ Sullivan an der Quarry Road vorbeifahren. »Sie können hier anhalten.«

Er schaute zu Ida und zu Mrs. Mahons rosa Nylonvorhängen. »Ist das Ihr Haus?«

»Äh, nein, nicht wirklich.« Sie wollte nicht, dass sie direkt vor ihrem Haus anhielten; Unkraut und hohes Gras hatten den Vorgarten erobert, und das Gartentor wurde mit einem rostigen Kleiderbügel aus Draht verschlossen.

»Und welches ist dann Ihres?«

Sie begriff, dass Sullivan sie nicht aus Höflichkeit nach Hause gefahren hatte: Er wollte sehen, wo sie wohnte, um sie im Auge zu behalten. Er drehte sich zu ihr um. »Wohnen Sie überhaupt hier?«

»Aye.« Sie sah auf den Hang oberhalb der Siedlung. Ein gestohlenes Auto war dort abgestellt und in Brand gesteckt worden. Träge kroch der Rauch durch die geborstenen Fenster und wirbelte über die schwelende Motorhaube.

»Ach du meine Güte«, sagte Paddy und schnalzte missbilligend mit der Zunge, als ob jemand nur einen alten Fußabstreifer entsorgt hätte. »Wie kommt denn das hierher?«

III

Die Uhr zeigte vier. Draußen war es dunkel. Paddy schreckte aus dem Schlaf hoch und setzte sich auf. Einen Augenblick lang dachte sie, es wäre vier Uhr morgens und sie wäre bei der Arbeit eingeschlafen. Eilig schwang sie die Beine aus dem Bett und stand auf, bevor ihr Körper richtig wach war. Sie torkelte zur Seite und hörte ein Kichern aus dem Bett ihrer Schwester. Mary Ann saß im Dunkeln und hielt einen Rosenkranz aus Plastik in den Händen. Sie sah zu, wie sich Paddy zum Bett zurücktastete, und betete weiter.

»Bisschen dunkel hier, was?«

Mary Ann lächelte. Ihre Finger klickten automatisch weiter zur nächsten Perle.

Ihr Anblick ließ in Paddy eine unerklärliche Wut aufsteigen. Sie kletterte über die Betten und griff nach den Füßen ihrer Schwester, hob sie rauf und runter und pfiff dazu »Strangers in the Night«, weil ihre Großmutter ihnen gesagt hatte, die Mutter Gottes würde weinen, wenn brave Mädchen pfiffen. Ihre Schwester lächelte leicht, schaute wieder auf ihren Rosenkranz und betete weiter.

Paddy hielt inne und hörte zu, wie sie die uralten Gebete wiederholte. »Nicht die Augen zumachen, Mary Ann, schau mich an.«

Mary Ann ignorierte sie.

Seit sie klein waren, hatte ihre Mutter jeden Abend gebetet, dass eins ihrer Kinder eines Tages den Ruf erhalten und in einen religiösen Orden eintreten würde. Sie hätte es gern gesehen, wenn ihr ältester Sohn Marty Priester geworden wäre, aber Marty war weder ein besonders guter Mensch, noch verspürte er irgendwelche religiösen Neigungen, und Gerald war nicht intelligent genug.

Auf Mary Anns Seite des Zimmers hingen keine Poster von irgendwelchen Teenie-Bands, und in der Kommode am Fußende ihres Bettes befanden sich keine Schminksachen mehr, sondern nur noch fromme Bücher und Gebetssammlungen. Alles hatte damit angefangen, dass Papst Johannes Paul II. eine Messe im Bellahouston Park gehalten hatte. Selbst Paddy war von dem Spektakel und dem Pomp beeindruckt gewesen. Die

Katholiken in Schottland gehörten einer Minderheit an, die irischen Einwanderer und die Generation der jungen Leute, die zur Messe unter freiem Himmel gekommen waren, waren damit aufgewachsen, sich für ihren primitiven Katholizismus zu schämen. Doch dank Papst Johannes Paul II. hatte ihr Festhalten an der Religion mit einem Mal etwas Erhabenes. Er war unter einem brutalen sozialistischen Regime katholisch geblieben, hatte sich offen zu seinem Glauben bekannt und sich um alle gekümmert, die mutig genug waren, ihm zu folgen. Das junge katholische Schottland sah mit einem Mal einen ganz anderen Sinn in der eigenen Herkunft und war stolz, am Glauben festgehalten zu haben, obwohl vielen deswegen Arbeit und Wohnungen versagt blieben und der Oranier-Orden gegen sie demonstrierte.

Als der Papst die Bühne betrat, standen sie Schulter an Schulter mit 200 000 Mitgläubigen, die Junisonne wärmte ihnen den Rücken, und sie klatschten, bis ihre Hände wund waren, bejubelten nicht nur ihren Papst, sondern auch sich selbst.

Ihrer Mutter zuliebe hatte Paddy am Gemeindeleben teilgenommen, sich aber so bald wie möglich zurückgezogen und das Treiben ihrer Glaubensgenossen zusammen mit den anderen Skeptikern aus der Ferne verfolgt. Doch in der warmen Sommerluft hatte sie etwas gespürt, so etwas wie Macht vielleicht, die Energie der Überzeugung. Die Erregung griff auch auf sie über, obwohl sie nicht gläubig war. Sie konnte den Stolz ihrer Leute nachempfinden, auch wenn sie nicht deren religiöse Ansichten teilte. Und obwohl sie nicht zur Messe ging, tat sie ihren Eltern den Gefallen, ihnen das Gefühl zu vermitteln, sie würde ja gerne hingehen, aber leider hatte sie samstags zur Teezeit immer etwas anderes vor. Natürlich wäre es etwas ganz anderes, wenn sie ihrer Pflicht sonntags nachkommen könnte.

Mary Ann war nach der Messe im Park völlig verändert. Stolz ging sie von nun an täglich zur Messe und verbrachte den restlichen Tag damit, zu Hause zu beten oder sich in der Kirche zu engagieren. Sie hatte es bei der Charismatischen Bewegung versucht, einer sehr emotionalen Bewegung innerhalb der Kirche, die den Heiligen Geist einlud, sich zu manifestieren – was nach Paddys Meinung ziemlich lächerlich wirkte, weil sich ihre Anhänger auf den Boden fallen ließen, Unsinn redeten oder in aller Öffentlichkeit in Tränen ausbrachen. Mary Ann war dafür ohnehin zu schüchtern, außerdem neigte sie zu Kicheranfällen.

Ein Priester von St. Columkille war nun bemüht, Mary Ann einen Platz in Taizé zu besorgen, einer ökumenischen Gemeinschaft für junge Christen, wo sie ausprobieren konnte, ob ihr das religiöse Leben lag.

Paddy stand im Dämmerlicht am Fußende des Bettes und beobachtete, wie Mary Anns Lippen bebten, während ihre Finger über die Perlen des Rosenkranzes wanderten. Je länger sie hinsah, desto mehr schien das Licht aus dem Zimmer zu weichen. Sie liebte Mary Ann mehr als jeden anderen Menschen und wollte nicht, dass ihr Leben aus Gebeten in grauen Gewölben bestand, oder daraus, sich um andere Menschen in Schwierigkeiten zu kümmern, ein furchtbares, demütiges Halbleben. Sie wollte, dass Mary Ann großartige, gefährliche Abenteuer bei strahlendem Sonnenlicht erlebte, Reisen nach Amerika oder eine leidenschaftliche Affäre, die tränenreich auf einer Brücke in Paris endete.

Mary Ann neigte den Kopf zu den grauen Perlen, ihre Finger wanderten weiter. Draußen auf dem Treppenabsatz war die Toilettenspülung zu hören, kurz darauf der leichte Schritt ihrer Mutter auf den Stufen hinunter zur Küche.

»Ich wünschte, du würdest das lassen«, sagte Paddy.

»Lass mich in Ruhe, Paddy«, antwortete Mary Ann ruhig. »Ich lass dich doch auch so sein, wie du bist.«

Paddy stieg vom Bett und knipste das Licht an, zog ihr Nachthemd über den Kopf und ging mit nackter Brust zum Stuhl, wo ihre Kleider hingen. Sie stellte sich mit dem Gesicht zu Mary Ann, während sie sich ihren Pullover und die Hose anzog. Mary Ann ignorierte sie. Paddy schob sich an den eng beieinanderstehenden Betten und am Schrank vorbei, der den Weg zur Tür versperrte, ging in den Flur und die Treppe hinunter.

10

Im Leichenschauhaus von Brigate

I

Das Haus war voll. Trisha schrubbte ärgerlich den Herd, schwitzend und erhitzt, obwohl sie so tat, als ob es ihr nichts ausmachte. Die Jungs hingen auf den Sofas im Wohnzimmer rum und sahen fern.

Paddy machte sich einen Teller mit Toast, schenkte sich einen Becher Tee aus der stets vollen Kanne ein und nahm sich die *Daily News,* die sie mitgebracht hatte. Draußen in der Diele stellte sie den Teller und den Becher auf der Treppe ab, zog sich Schuhe, Mantel und Handschuhe an, öffnete die Haustür und ging zum Gartentor. Ein einsames Auto, das am Ende der Straße parkte, ließ sie innehalten.

Ein roter Ford Capri, ziemlich neu und sehr sauber, das Dach glänzte, weil es vor Kurzem gewachst worden war. Sie konnte nicht sagen, warum ihr das Auto aufgefallen war, nur, dass sie es noch nie hier gesehen hatte. Eastfield Star bestand aus lauter Sackgassen, hier fuhr man nicht zufällig durch. Sie zitterte leicht und zwang sich, ruhig zu bleiben. Als sie in Callum Ogilvys Fall recherchiert hatte, war sie von einem Lieferwagen verfolgt worden, und seitdem beunruhigten sie fremde Autos, wenn sie das Gefühl hatte, sie hätte sie schon einmal gesehen oder der Fahrer würde sie beobachten. Der abgeschirmte Raum machte ihr Angst, die dunklen 1,50 Meter auf 1,50 Meter im Innern, wo ein

Mann unbemerkt von Passanten eine Frau totprügeln konnte.

Während sie noch zum Auto schaute, regte sich im Capri ein Schatten. Der Motor erwachte zum Leben, die Lichter gingen an, und das Auto fuhr eilig rückwärts, wendete und fuhr viel zu schnell gegen die Fahrtrichtung in den Kreisverkehr.

Paddy blieb auf dem Weg stehen und sah dem Auto nach. Es war weggefahren, weil sie es gesehen hatte, da war sie sich sicher. Es konnte kein Einbrecher gewesen sein – hier gab es nichts zu holen. Vielleicht war es Sullivan in seinem eigenen Wagen: Schließlich hatte er darauf bestanden, sie nach Hause zu bringen, und wusste jetzt, wo sie wohnte.

Gedankenversunken ging sie durch den Garten, holte unter einem Ziegelstein einen Schlüssel hervor und schloss die Seitentür der Garage auf. Der Geruch von modrigem Papier schlug ihr entgegen. Feuchter Mief hing in der Luft.

Noch bevor sie das Licht anknipste, wusste sie, dass die Nachbarn ihre Sachen immer noch nicht rausgeräumt hatten. Angesichts des Stapels verrottender Kartons neben der Tür spürte sie kurz so etwas wie träge Wut.

Sie hob den Teller mit gebuttertem Toast von ihrem Becher, stellte ihn zwischen die Bleistifte und Kugelschreiber auf eine Holzkiste neben dem klammen Sessel und setzte sich. Für die Armlehnen gab es eine Art Holztablett, sie legte es quer über die Polster, stellte Toast und Tee darauf und begann zu essen.

Paddy hatte sich die Garage als Arbeitszimmer eingerichtet, um endlich ihr Buch über Patrick Meehan und seine unrechtmäßige Verurteilung zu schreiben. Sie hatte jede Szene der Geschichte im Kopf, von der Nacht, in der die alte Dame in Ayr totgeschlagen worden war, bis zu seiner Begnadigung und anschließenden Freilassung. Sie kannte sogar die Details seiner Zeit in der DDR, wo er als junger Mann gewesen war, wusste alles über seine Reise nach Moskau, sein Familienleben und seine Herkunft.

Daher sollte es eigentlich nicht so schwer sein, alles aufzuschreiben, doch anfangs konnte sie nicht arbeiten, weil es in der Garage zu kalt war. Ihr Vater hatte bei einem seiner langen Spaziergänge durch die verlassenen Industrieanlagen einen alten Holzofen gefunden und ihn in der Garage auf eine Betonplatte gestellt. Ein Aluminiumrohr, das vom Ofen zum Fenster führte, diente als Kamin.

Dann war ihr der einfache Holzstuhl zu unbequem. Con fand einen alten Sessel für sie und baute ein Holztablett, das sie über die Armlehnen legen und als Tisch nutzen konnte.

Nachdem nun die wichtigsten Hindernisse für die Arbeit an ihrem Buch aus dem Weg geräumt waren, saß sie nachmittags hier, während das Winterlicht draußen vor dem kleinen Fenster verblasste, umgeben von ihren Unterlagen und Büromaterial, das sie bei der Zeitung hatte mitgehen lassen. Sie saß reglos, wie eine Leiche, allein mit ihren eigenen Unzulänglichkeiten, die ihr immer wieder durch den Kopf gingen. Sie verbrachte viel Zeit in der Garage und wünschte sich sehnlichst, sie könnte das Buch schreiben, doch aus ihrem Lieblingsprojekt war ein Monster geworden. Paddy hatte das Gefühl, als müsste sie mit einem einzigen Bissen einen ausgewachsenen Elefanten hinunterwürgen.

Sie kaute ihren Toast und wusste, dass sie heute nicht mehr zustande bringen würde als an all den anderen Tagen. In dem Versuch, sich zu motivieren, stellte sie sich eine interessante Szene aus Meehans Leben vor: sein Verhör durch den MI5 in West-Berlin, als er seine geniale Methode erläuterte, sowjetische Spione aus britischen Gefängnissen herauszuholen; die Unruhen vor dem Ayr High Court, als dort der Mordprozess gegen ihn stattfinden sollte, der Nachmittag im grauen Gefängnis von Peterhead, als er das Siegel auf dem Umschlag aus Pergament brach, der seine Begnadigung durch die Königin enthielt. Doch die Bilder wollten nicht zum Leben erwachen. Die Personen in ihrem Kopf waren bloße Pappkameraden. Sie bewegten sich nicht, sagten nichts. Doch wenn sie schon ihre Lieblingsgeschichte nicht zu Papier bringen konnte, war sie dann überhaupt in der Lage, irgendetwas zu schreiben?

Mutlos wanderte ihr Blick zu der *Daily News*, die sie auf den Boden neben sich hatte fallen lassen. Sie griff danach. Der Mord in Bearsden war wieder auf der Titelseite. Dieses Mal ließ man sich über die Familiengeschichte des Opfers aus. Außerdem war ein Bild von ihrer alten Schule zu sehen. Sie war einmal verlobt gewesen, mit Mark Thillingly, bei ihrem Tod aber wieder Single.

Paddy stellte sich die Mühe und den Kraftaufwand vor, jemandem bei vollem Bewusstsein die Zähne zu ziehen, noch dazu jemandem, der sich bestimmt wehrte. Dazu brauchte man mindestens zwei: Der eine musste sie festhalten, der andere die Zähne ziehen. Das würde die beiden Autos erklären, die hinter dem Haus geparkt waren. Er musste ihr bereits einen oder zwei Zähne gezogen haben, als Paddy mit ihm an der Tür gesprochen hatte. Vhari hatte bestimmt Höllenqualen durchgestanden.

Paddy sah wieder ihr Gesicht im Spiegel vor sich. Vhari hatte sich ins Wohnzimmer zurückgezogen. Sie hätte fliehen können. Sie hätte sich an dem Mann an der Tür vorbeidrängen und in den sicheren Streifenwagen steigen können. Frauen blieben oft bei den Männern, die sie schlugen, das wusste sie. Seinen Ehemann zu verlassen war viel komplizierter, als einfach den Mantel zu nehmen und zu gehen. Aber Vhari war nicht mit dem Mann verheiratet gewesen. Anscheinend war sein Name bei den Ermittlungen der Polizei noch nicht aufgetaucht, deshalb war er wahrscheinlich nicht einmal ihr Freund. Sie musste einen guten Grund gehabt haben, im Haus zu bleiben.

Die Polizei war völlig nutzlos. Weder Tam noch Dan gaben zu, dass Mark Thillingly nicht der Mann an der Tür gewesen war, und von den BMWs hinter dem Haus hatten sie auch nichts gesagt. Sie hatten Geld bekommen und kannten den Typen, da war sie sich sicher.

Paddy lehnte sich zurück und hing ihren Gedanken nach. Ihr Blick fiel auf einen zweiseitigen Artikel: ein Bild von Patrick Meehan in einem kleinen Wohnzimmer, der verbittert grinsend einen Brief hochhielt. Seine Haut war gelblich, wie bei einem starken Raucher, der von innen nach außen stirbt. Ihm war eine Entschädigung zugesprochen worden, weil er zu Unrecht verurteilt worden war. Meehan sagte, er nehme das Geld an, weil er vielen Leuten Geld schulde und es ihnen zurückzahlen wolle, aber 50 000 Pfund seien eigentlich nicht genug.

Er sah überhaupt nicht aus wie der eindimensionale Meehan in ihrer schwachen Vorstellung. Sie betrachtete seine wässrigen Augen und sah die Verbitterung darin, die ohnmächtige Wut und auch eine Spur Selbstverachtung. Sie hatte Gerüchte gehört, dass der Fall seinen Kindern schwer zu schaffen machte. Er umklammerte den Brief zu fest: Seine Fingernägel waren weiß an den Spitzen. Er musste den Umschlag schon eine Weile in der Hand gehalten haben, wahrscheinlich hatte der Fotograf Probleme mit dem Licht.

Meehan war immer ein Teil ihres Lebens gewesen, aber noch nie zuvor war er ihr wie ein realer Mensch erschienen.

II

Paddy zögerte am Eingang der dunklen, gepflasterten Gasse. Die Straßen von Brigate waren berüchtigt, und die Vorstellung, dass ihr die Monatskarte geklaut wurde, das einzig Wertvolle, was sie besaß, war noch eine ihrer geringsten Sorgen. In einigen Gassen lagen Matratzen, die von vorausschauenden Prostituierten dort deponiert worden waren. Immerhin dachten diese Frauen auch noch an ihren eigenen Komfort.

Vorsichtig trat sie einen Schritt in die Gasse und hatte sofort das Gefühl, von der Dunkelheit verschluckt zu werden. Sie roch eine feuchte Matratze auf dem Pflaster und spürte förmlich den ekelerregenden Geruch von Formaldehyd in der Nase. Pappkartons schmolzen langsam auf dem feuchten Untergrund. Es roch wie der Krempel ihrer Nachbarn in der Garage.

Paddy hatte etwa drei Meter in der stockdunklen Gasse hinter sich gebracht, als sie seinen Schatten sah. Sullivan wartete am Nebeneingang der Leichenschauhalle auf sie, genau wie er es gesagt hatte. Er hatte sie gebeten, gegen halb sieben, Viertel vor sieben zu kommen. Was er nicht sagte, Paddy aber dennoch sehr wohl verstanden hatte: Um diese Zeit war Schichtwechsel bei der Polizei, daher war es relativ unwahrscheinlich, dass einer von ihnen an der Leichenhalle vorbeikam.

Sullivan nickte ihr kurz zu und trat mit dem Absatz gegen die Tür, die normalerweise verschlossen war, sich jetzt aber sofort öffnete und den Blick auf einen hellen, weiß gefliesten Korridor freigab. Paddy folgte ihm und schloss hinter sich die Tür.

Wortlos führte er sie durch den Gang. Glänzende viktorianische Kacheln bedeckten Boden und Wände. Die Neonlichter wirkten im Vergleich gelblich. Es roch nach Bleichmittel.

»Danke, dass Sie gekommen sind«, sagte er. »Es wäre mir

sehr recht, wenn Sie diesen kleinen Besuch niemandem gegenüber erwähnen würden.«

»Sie lehnen sich damit ganz schön weit aus dem Fenster, oder?«

Sullivan zuckte mit den Schultern. Er wollte seine Vermutungen nicht aussprechen. Paddy berührte ihn am Rücken, um ihm zu signalisieren, dass er vorangehen sollte und sie ihm folgen würde. Er war ein mutiger Mann.

Sie kamen zu einem Empfangsbereich mit einem leeren Schreibtisch. Über der Rückenlehne des Schreibtischstuhls hing eine graue Strickjacke mit V-Ausschnitt. Dahinter befand sich ein Stapel Eichenholzschuber mit Karteikarten, jeder mit einem Buchstaben in gotischer Schrift markiert. Sullivan blieb vor einer zweiflügeligen Holztür stehen und drehte sich zu Paddy.

»Waren Sie schon einmal hier?«

»Nein.«

Er versuchte weder, ihr gut zuzureden, noch sie zu warnen, und Paddy wusste das zu schätzen. Stattdessen holte er tief Luft, bedeutete ihr, es genauso zu machen, und drückte dann die Tür auf.

Der stechende Verwesungsgeruch wurde durch die Kälte gemildert, allerdings nicht allzu sehr. Sie traten in einen langen, gefliesten Raum. Das Neonlicht an der Decke wurde von einer Wand aus kaltem Stahl mit großen Schubfächern unterbrochen, und davor stand ein Mann im weißen Kittel, der erwartungsvoll zur Tür blickte. Er war jung und trug einen Bart, sein Schnauzer hing ihm über die Oberlippe und war feucht an den Spitzen. Er lächelte schüchtern zur Begrüßung, doch seine Zähne waren fleckig und kaputt. Sullivan blickte schnell weg, und Paddy sah die Traurigkeit in seinen Augen.

»Alles in Ordnung, Keano? Hier ist die Lady, von der ich dir erzählt habe.«

Verlegen presste Keano die Lippen zusammen und nickte Paddy zu. »Wir sehen hier nicht viele Frauen.« Er tippte mit dem Fingernagel gegen ein Metallschubfach. »Also, ich meine natürlich nicht *hier*. Frauen sterben genauso häufig wie wir, oder?« Er sah Sullivan an, als ob der ihm bestätigen würde, dass Frauen dem Tod auch kein Schnippchen schlagen konnten.

»Aye, sie sterben genau wie wir.«

Keano zuckte zusammen. Ihm war klar, wie blöd das klang. »Sterben wie wir.«

Erwartungsvoll sahen beide zu Paddy. Sie schenkte Keano ein beruhigendes Lächeln. »Gut«, sagte sie, damit er sich nicht so unwohl fühlte.

Sullivan beugte sich vor und fragte in vertraulichem Tonfall: »Ist denn unser Mann bereit?«

Keano machte zwei Schritte an der Stahlwand entlang und zog an einem Griff. Die Schublade glitt heraus und offenbarte eine schmale, gut zwei Meter lange Bahre. Mark Thillinglys Leichnam war eng in ein frisches weißes Leintuch gewickelt, das an den Stellen durchschien, wo es feucht geworden war. Weich wie Nebel stieg der erdige Geruch des Flusses zu ihnen auf.

Keano schlug auf beiden Seiten das Leintuch zurück. Thillingly war nackt, seine Haut wächsern und durchscheinend. Paddy versuchte, nicht tiefer als bis zu den Brustwarzen zu schauen, und Keano zog das Tuch schnell wieder über die Genitalien.

Ein T-förmiger Schnitt über die Brust und bis hinunter zum Magen war mit groben Stichen und dickem Faden wieder zusammengenäht worden. Bei dem Riss an der Wange war man sorgfältiger vorgegangen, dennoch kräuselten sich die Wundränder durch den dicken Faden. Thillingly war fett. Paddy betrachtete seinen Hängebauch und die Brüste und konnte mit ihm mitfühlen, konnte sich vorstellen, dass er vermieden hatte, vor anderen seinen Oberkörper zu entblößen; wie sie musste er warmes Wetter gefürchtet haben und war bestimmt nicht gern schwimmen gegangen.

Eins wusste sie sicher: Er war nicht der Mann, der in der Nacht, als Vhari Burnett ermordet worden war, an der Tür ihrer Villa gestanden hatte. Sie sah auf und wollte es Sullivan sagen, aber der schüttelte leicht den Kopf.

»Keano, mein Junge«, sagte er fröhlich und trat von der Bahre weg. »Vielen Dank, Kumpel.«

»Du schuldest mir einen Drink.« Keano fiel wieder aus seiner Rolle und grinste.

»Aber sicher.« Sullivan ging bereits zur Tür und schob Paddy mit sich. »Kannst dich drauf verlassen, mein Junge.«

»Aye.« Keano sah ihnen nach. »Es kommen hier nicht viele Frauen zu Besuch, das wollte ich sagen.«

»Schon klar!«, rief Paddy noch, bevor die Tür hinter ihnen zuschwang. »Sullivan, das war er nicht.«

»Okay.« Er hätte lieber etwas anderes gehört.

Sie versuchte, nicht allzu aufgeregt zu klingen. »Das ist eine große Story. Das wird ein Knüller.«

»Okay.« Er führte sie weiter den Gang entlang. Als er sich zu ihr umwandte, sah sie, wie sehr ihm das zusetzte. Kein Polizist ging gern gegen seine Kollegen vor. »Nächste Woche kommt der Untersuchungsausschuss zusammen, der sich mit dem Polizeieinsatz in Bearsden befasst. Es werden Zeugen befragt. Sie bekommen noch einen Brief, aber ich weiß, dass Sie für Dienstagnachmittag vorgesehen sind. Dann müssen Sie von den fünfzig Pfund erzählen. Ich kann nicht garantieren, dass sich die Geschichte danach nicht herumspricht.« Er erinnerte sie daran, dass sie ebenfalls viel zu verlieren hatte.

»In Ordnung. Umso mehr brauche ich dann eine gute Story. Ich werde abwarten, aber ich brauche sie wirklich.«

Sullivan nickte. »Meine Liebe, wenn die Story wirklich das ist, wofür ich sie halte, werde ich Sie brauchen. Verstehen Sie, was ich meine?«

Sie sahen sich an: Beide waren nicht besonders beliebt bei den Kollegen, beide brauchten dringend einen Karriereschub und jemanden, der ihnen den Rücken stärkte.

»Hundertprozentig.«

III

Draußen war es immer noch dunkel, trotzdem war Kate seit zehn Minuten wach. Sie rauchte eine Frühstückszigarette und sah durch die Autoscheibe hinaus auf den Parkplatz. Sie hatte auf dem Fahrersitz geschlafen, die Arme verschränkt, das Kinn auf der Brust. Solange der Wagen abgeschlossen war, fühlte sie sich in dieser üblen Gegend sicher. Sie hatte sich außerdem eine kleine Prise gegönnt, um der Zigarette ein bisschen mehr Pfiff zu geben.

Sie schüttelte noch einmal ihre rechte Hand und trommelte gereizt mit den Fingerspitzen aufs Lenkrad. Wie ein spitzer Bleistift durch ein Blatt Papier; sie spürte es immer noch in den Fingern, das kurze Gefühl des Widerstands, gefolgt von einem Knacken. Sie kniff die vom Koks geweiteten Augen zu und öffnete sie wieder in der Hoffnung, das Bild des Mannes auf dem Boden, mit dem Absatz ihres Schuhs in der Augenhöhle, das sich in ihre Netzhaut eingebrannt hatte, würde verschwinden. Sie konnte das Bild nicht begreifen, es fühlte sich an wie zwei verschiedene Bilder, die einander überlappten. Ein Schuh und ein Mann. Aber nicht ein Schuh in einem Mann. Ein Schuh und ein Mann. Selbst durch den Nebel aus Drogenrausch und Müdigkeit spürte sie, dass sich die Welt weiterdrehte, auch wenn sie das nicht verstand. Sie hatte einen Mann getötet.

Kate wusste, dass sie das Auto nicht vor dem Restaurant parken durfte. Sie war ja nicht völlig blöd. Sie fuhr drei Straßen weiter und stellte den Wagen in die dunkle, abgelegene Ecke eines Parkplatzes, der zu einem Bürogebäude gehörte. Dann schaltete sie den Motor aus und trommelte mit den Fingern auf das lederbezogene Lenkrad. Wenn sie das Auto hierließ, im Dunkeln, weit weg von allen anderen Wagen, würde es sicher auffallen. Schließlich war es ein neuer BMW, verdammt noch mal. Die meisten Leute hier hatten in ihrem Leben noch nicht einmal ein neues Paar Schuhe gesehen. Sie hätte Verständnis, wenn man ihr das Auto klauen würde, doch das Paket im Kofferraum war etwas ganz anderes.

Ganz plötzlich begriff sie: Wenn sie weiterleben wollte, musste sie das Kokain aus dem Wagen holen und an einem sicheren Ort deponieren. Wenn die Männer sie in die Finger bekamen – und sie wusste, dass es irgendwann dazu kommen würde –, hätte sie wenigstens ein Faustpfand. Sie kam sich vor wie eine geschiedene Ehefrau, die einen Deal aushandeln will und mit einem Auto voller Wertgegenstände durch die Gegend fährt, Kunst oder Aktien oder Geschäftsanteile oder was auch immer. Sie war allein auf einem dunklen Parkplatz, wusste nicht, wohin, und hatte die Hirnmasse eines Fremden am Schuh, doch bei der Vorstellung von sich als braver Ehefrau musste sie lächeln.

Aber wohin mit dem Koks? Sie ging verschiedene Möglichkeiten durch: ein Schließfach. Das ließ sich zu leicht zurückverfolgen, weil sie immer wieder zurückmusste, um ihr Döschen aufzufüllen. Wen kannte sie, der es sicher für sie aufbewahren würde, ohne zu wissen, was es war? Ihre Eltern, aber diese Idee verwarf sie sofort wieder. Sie hatte sie seit drei Jahren nicht mehr gesehen und müsste ihnen zu viel erklären. Alison, ihre beste Freundin aus der Schule. Allerdings hatte sie zwei Kinder, womöglich würde sich ihr Mitleid mit einem gestrandeten Partygirl in Grenzen halten. Sie dachte an Bekannte von Vhari, alte Freunde aus den Zeiten, als sie sich so nahe waren, dass deren Freunde auch ihre Freunde waren. Die Thillinglys. Aber er hatte eine schreckliche Frau, außerdem war Mark zu gesetzestreu. Bernie. Sie liebte Bernie, obwohl er nicht nett zu ihr gewesen war. Er hatte eine Art Werkstatt oder Schuppen an der Autobahn, nachts war dort sicher kein Mensch.

Als Kate den Blick über den Parkplatz schweifen ließ, fiel ihr auf, dass ihr Wagen im dunklen Schatten des Bürogebäudes stand. Sie könnte sich hier in aller Ruhe eine Nase voll genehmigen, überlegte sie, andererseits war sie sehr durstig und musste zuerst etwas trinken. Oder danach. Danach reichte auch noch.

Sie fühlte sich wie ein unartiges Mädchen, als sie ihr Kokaindöschen aus der Handtasche nahm, den Deckel aufklappte und mit der anderen Hand den kleinen Löffel in das Pulver tauchte.

Es tat weh. Zum ersten Mal seit langer Zeit brannte die Schleimhaut in ihrer Nase entsetzlich. Sie war immerhin noch geistesgegenwärtig genug, nicht das Kokaindöschen fallen zu lassen, obwohl sie ja im Kofferraum genug Nachschub hatte. Mit geschlossenen Augen klappte sie das Döschen zu und legte es zurück in ihre Handtasche, während sie die andere Hand gegen den Nasenrücken presste und sich ihr Oberkörper zu den Knien krümmte.

Sie rieb sich heftig über die Nase, als ob dadurch der Schmerz verschwinden würde. Ihre Augen tränten, die Nase lief. Das musste ein richtiger Kristallbrocken gewesen sein. Ein großer, solider Kokskristall war in ihrer Nase gelandet und kitzelte wie die Hölle. Sie keuchte und musste grinsen, eine Träne lief ihr aus dem Auge. Der kleine Scheißkerl brannte wie die Hölle.

11

Bei Archie

I

Kaum hatte Paddy die Redaktion betreten, wusste sie, dass etwas Furchtbares passiert war. Eine gewaltige Veränderung, eine Art Erdrutsch. Die letzten Seiten der Zeitung waren gesetzt, doch anstatt wie üblich davonzueilen, blieben die Kollegen in den Redaktionsräumen und taten extrem beschäftigt.

Ein leitender Redakteur von den Nachrichten führte ein ungemein wichtiges Telefonat, um ihn herum standen mehrere Reporter und sahen sich nervös um, ob sie beobachtet wurden.

Selbst die Sportredaktion wirkte geschäftig. Ein Journalist tippte etwas, drei andere saßen neben ihm und lasen die konkurrierenden Zeitungen. Dabei las man die Konkurrenz nur ganz früh am Morgen. Alle versuchten, die Zeit totzuschlagen, und warteten auf irgendetwas.

Die Fotografen hatten sich in ihrem Büro auf der anderen Seite der Redaktion versteckt. Die Tür stand offen, Paddy konnte Kevin Hatcher sehen, den Bildredakteur, der neben einem Stuhl stand, auf die geschäftigen Kollegen hinausblickte und wartete. Kevin trank mehr als jeder andere in der Redaktion; dass er um sieben Uhr abends überhaupt noch aufrecht stehen konnte, war schon ein kleines Wunder.

Paddy schälte sich aus ihrem Mantel und sah beim Aufhängen, dass die beiden Copy Boys auf der Bank kerzengerade dasaßen, doch ihre Aufmerksamkeit galt nicht den Reportern, sondern dem, was sich hinter ihrem Rücken abspielte. Sie lauschten auf das, was im Büro des Chefredakteurs vor sich ging.

Paddy sah zu Reg aus der Sportredaktion, der augenscheinlich völlig fasziniert einen Artikel in der *Daily Mail* über die Restaurantkette Spud-U-Like las. Er spürte ihren Blick und schaute mit roten Augen auf, die ein bisschen zu groß zu sein schienen.

»Farquarson wird gerade gekündigt«, sagte er ruhig. »Sie haben ihn nicht einmal nach unten in die Verwaltung gerufen, um es ihm zu sagen. Kamen hier hoch und kündigten ihm in seinem Büro.«

Paddy sah zur Tür von Farquarsons Büro und verstand mit einem Mal, warum alle so entsetzt und geschockt wirkten. Der Vorstand setzte die angekündigten Veränderungen in die Tat um. Farquarson machte seinen Job seit vier langen Jahren, ihm wurde nicht gekündigt, weil er ungeeignet war, sondern weil die Zeitung kein Geld einbrachte. Jeden von ihnen konnte es als Nächsten treffen.

»Wer kommt an seiner Stelle?«, fragte sie. »Jemand, den wir kennen?«

»Ein Arsch aus London.«

»Woher weißt du, dass er ein Arsch ist?«

»Weil er aus London ist.«

Die Tür des Büros ging auf, und Farquarson kam heraus. Um ihn hatte sich eine deprimierte Gruppe aus seinen Lieblingsredakteuren und freien Mitarbeitern geschart, dazu sein bester Kolumnist und mehrere Sekretärinnen mit verweinten Augen.

Farquarson räusperte sich. »Okay.« Er hielt inne und wartete, bis alle ihre Aufmerksamkeit auf ihn richteten. Dabei hatten sie doch nur auf ihn gewartet. »Ich muss wohl nicht sagen, was heute passiert ist. Wenn ich es tun müsste, wärt ihr verdammt noch mal gar nicht hier.« Ein höfliches Lachen rollte durch den Raum, brach jedoch schnell wieder ab. Er streckte die Hände zur Seite, wie ein Angler, der einen Fisch beschreibt, ließ sie dann aber wieder sinken und sah kopfschüttelnd zu Boden. »Ihr alle wart ...« Wieder hielt er inne und schluckte schwer. Er sah aus, als ob er gleich weinen würde. Dann holte er tief Luft und sprach mit lauter, kräftiger Stimme weiter: »Na los, gehen wir in den Pub und lassen uns volllaufen.«

Alle grölten zustimmend – vor allem, wie Paddy vermutete, aus Dankbarkeit, dass Farquarson es geschafft hatte, nicht vor aller Augen zusammenzubrechen. Sie standen auf und applaudierten ihm, als er durch den Raum ging, Hände schüttelte und Loyalitätsbekundungen entgegennahm.

Paddy blieb an der Wand, als er vorbeikam, sie wollte nicht im Weg stehen. Er war gut zu ihr gewesen, aber sie bedeutete ihm nichts. Die meisten Männer hier kannte er seit über zehn Jahren. Seine Sekretärin ging mit seinem Mantel und seiner Tasche zwei Schritte hinter ihm und lächelte gütig wie eine Politikergattin.

Der Raum leerte sich rasch, alle folgten Farquarson durch die große Doppeltür. Paddy hörte das laute Gemurmel im Treppenhaus und ging zum Fenster, gerade rechtzeitig, um zu sehen, wie Farquarson und sein Anhang durch die Feuertür hinausstürmten und die Straße hinunter zur Press Bar gingen. Auch auf der Straße musste er Fahrern und Druckern die Hände schütteln. Sein Lächeln wirkte gezwungen.

Paddy drehte sich um und betrachtete den nun leeren Raum. Ein schäbiges Durcheinander. Abgeblätterte Wände, wo zu oft Stühle dagegengestoßen waren, verschrammte Tische und große, graue Schreibmaschinen, die alt und müde wirkten. Das Erste, was der neue Redakteur von ihr erfahren würde, war, dass sie Bestechungsgeld angenommen hatte. In Zeiten der Krise wurden sowieso zuerst die Frauen entlassen, weil es hieß, auf ihren Lohn sei eine Familie nicht angewiesen.

Paddy schüttelte den Kopf. Sie konnte nichts anderes denken, als immer wieder O *nein*. Noch vor dem Sommer würde garantiert auch sie ihren Job verlieren. Was sollte sie dann machen? Sie hatte nicht viel Erfahrung, ihr Steno war so schlecht, dass sie selbst nur die Hälfte davon lesen konnte. Doch nicht nur ihre eigene Karriere und Zukunft standen auf dem Spiel. Sie brauchten das Geld. Ihre Mutter brauchte das Geld.

Als sie aufschaute, sah sie Reg immer noch an seinem Platz sitzen, den Kopf in die Hände gestützt, starrte er entsetzt auf seinen Schreibtisch. Diesen Blick hatte sie auch schon bei ihrem Vater gesehen.

Sie ging zu ihm und zog ihn am Arm. »Komm schon, Reg«, sagte sie munter. »Hoch mit dir.«

Er stand auf und sah sie aus roten Augen an, wartete auf weitere Anweisungen.

»Alle haben eine Scheißangst, Reg, da bist du nicht allein.« Sie schob ihn zur Tür und weiter die Treppe hinunter, hinaus auf die Straße und weiter bis zur Kneipe.

In der Press Bar herrschte ausgelassene Fröhlichkeit. Farquarson stand trinkend mitten im Raum, umgeben von aufgekratzten Männern, die in konzentrischen Kreisen um ihn herumstanden, die Gläser hoben und laute, muntere Rufe von sich gaben, doch ihre Augen blickten traurig und ängstlich.

Paddy schnürte es die Kehle zu. Ein großer Mann war in die Knie gezwungen worden, und man konnte so viel trinken, wie man wollte, es war eine verdammte Tragödie. Sie schob Reg vor sich her. Farquarson blickte zu ihnen herüber, sein Gesicht wirkte ein bisschen verloren, unsicher.

Paddy grinste ihn an; eine große, fröhliche Lüge, nur für ihn. Er erwiderte ihr Lächeln. Sie drängte sich durch die Menge.

»Boss«, sagte sie und gab ihm einen möglichst kräftigen Klaps auf den Oberarm. »Hat man Sie entlassen, weil Sie um meine Versetzung gebeten haben?«

Er nickte. »Aye, deshalb müssen Sie mir jetzt einen ausgeben.«

Sie gab ihm einen weiteren Klaps und drängelte sich zur Bar durch. Sie war so konzentriert, dass sie gar nicht merkte, wie sie zwischen Father Richards und Half-Assed Willie strandete, einem für seine Pedanterie berüchtigten Korrektor, der sich gerade zu Tode langweilte, weil Richards sich endlos über Tony Benns Führungsanspruch in der Labour Party ausließ und dabei selbst wie ein Politiker im Wahlkampf bellte. Half-Assed Willie nippte an seinem Bier und sehnte sich nach einer Unterbrechung in Richards' Brandrede, in der Benns Kandidatur den wahren Sozialismus verhieß: die Wiederverstaatlichung von Unternehmen und Vollbeschäftigung.

Paddy machte einen Schritt zurück und wollte sich um die beiden herumschlängeln, aber sie saß fest. Richards war Gewerkschaftsvorsitzender, aber kaum jemals in seinem Büro. Meistens war er bei irgendwelchen Gewerkschaftsausflügen oder plante eine neue sozialistische Republik. Das Volk hungerte und hatte genug von der hartherzigen Regierung aus gierigen Kapitalisten. Die Revolution war unvermeidlich.

Half-Assed Willie war normalerweise ein sanftmütiger Mensch, doch jetzt holte er plötzlich aus und schlug Richards ins Gesicht, wobei er Paddy nur knapp verfehlte. Die sprang beiseite, als die beiden Männer von ihren Barhockern auf den klebrigen Boden stürzten und dort miteinander weiterrangen, bis nur noch ein Durcheinander aus Armen und Beinen zu sehen war. Schnell scharten sich Zuschauer um die beiden, erfreut über das Drama.

Als Richards an Farquarson vorbeirollte, trat der mit dem Fuß nach seinem Rücken. Daraus entwickelte sich ein Spiel, schon bald traten alle nach Richards, manche eher spielerisch, andere richtig gemein. Paddy sah Farquarson an, dass er mit dem Verlauf seiner Party zufrieden war, weil sie diesen brutalen Unterton hatte, der auch bei der Zeitung vorherrschte. Sehr passend.

Jemand tippte ihr auf die Schulter. Sie wandte sich um und sah in McVies trauriges Gesicht. Sie nickten sich zu. Er trug ein sauberes, gestärktes Hemd.

»Du hast mich immer noch nicht in meiner neuen Wohnung besucht«, sagte er. Paddy wusste nicht so recht, ob sie mit McVie irgendwo allein sein wollte. Er hatte ihr schon vor Wochen seine neue Adresse gegeben und war ziemlich hartnäckig.

Bei der Prügelei war das spielerische Element nun völlig verschwunden. Richards wurde böse getreten. Er rief, die anderen sollten aufhören, und versuchte, sich aufzusetzen, um sich besser zu verteidigen, doch Half-Assed Willie, der die Szene genoss, zog ihn wieder zu Boden, begleitet vom zustimmenden Johlen der Menge.

Farquarson sah mit einem breiten, fröhlichen Grinsen zu Paddy und nickte Richtung Tür. Sie zeigte mit dem Daumen zur Bar, um ihm zu signalisieren, dass sie ihm noch keinen Drink gekauft hatte. Er hob in jeder Hand ein Glas Whisky hoch und nickte wieder Richtung Tür, ganz der Chef. Er wusste, dass Billy draußen beim Auto auf sie wartete.

Nur weil Paddy dachte, dass sie ihn wahrscheinlich nie wiedersehen würde, tat sie etwas ganz Untypisches: Sie legte die Hand auf den Mund und warf ihm eine Kusshand zu. Farquarson akzeptierte die Geste wie ein Freund mit einem langsamen Blinzeln und einem breiten Grinsen.

Paddy ging zur Tür und warf noch einmal einen Blick zurück auf die Männer. Aus dem engen Kreis ragte Farquarsons Haarschopf heraus wie eine Rauchwolke über einem Lagerfeuer. Mit einem traurigen Lächeln stieß sie die Tür auf und trat hinaus in die bittere Kälte.

II

Billy hatte vier Jahre lang unter Farquarson gearbeitet und ließ nun seine Wut über Farquarsons Entlassung am Auto aus. Er schlitterte durch die Kreisverkehre und fuhr in hohem Tempo auf gelbe Ampeln zu, damit die ganze Welt mitbekam, dass er sauer war. Der Lärm vom Polizeifunk hing wie eine Smogwolke zwischen ihnen und machte tröstende Worte unmöglich. Paddy wollte auch gar nicht reden oder die Ungerechtigkeit der Welt beklagen. Sie hatte genug eigene Sorgen.

So rasten sie durch die nasse Stadt, der Regen hatte den Abfall und Staub in den verlassenen Straßen weggespült. Es regnete jetzt seit zwei Wochen. Paddy mochte den Regen, wenn jeder ungestört mit gesenktem Kopf seiner Wege ging und der Wind wild durch die Seitenstraßen und Gassen wirbelte.

Thillingly war nicht der Mann, den sie an der Tür von Vhari Burnetts Haus gesehen hatte, doch sie fragte sich, ob ihm vielleicht der zweite Wagen gehört hatte. Sie stellte sich vor, wie er nass und kreidebleich in Vhari Burnetts hell erleuchtetem Wohnzimmer saß und sie böse anstarrte, wie er mit seinen schlaffen Fingern, von denen das übelriechende Wasser des Flusses tropfte, das rohe, aufgerissene Fleisch seiner Wange betastete. Das passte nicht so recht zusammen. Vielleicht sah sie ihn zu positiv, weil er dick war, aber seine Ex-Verlobte übel zu foltern passte nicht zu einem Vorsitzenden der Ortsgruppe von Amnesty International.

Billy hielt an einer roten Ampel. Der Polizeifunk brach ab, zwischen den hohen Bürogebäuden war kein Empfang.

»Billy, wie ist es denn für deinen Jungen beim Probetraining gelaufen?«

Billy nickte traurig. »Der kleine Scheißer hat bestanden. Kommt in die Jugendmannschaft.«

»Aber das ist doch toll.«

Er sah sie schwermütig an. »Ich bin Rangers-Fan. Ich habe gesehen, wie du Geld von dem Kerl genommen hast.« Er hängte den Satz einfach so hintendran und überrumpelte sie damit. »Hast du das schon öfter gemacht?«

»Ich hatte doch keine Wahl. Er hat es mir in die Hand gedrückt und die Tür zugemacht.«

Die Ampel schaltete auf Grün, und Billy gab Gas. Er wiegte den Kopf hin und her, so ganz glaubte er ihr nicht. Sie ließen das Funkloch hinter sich, und der Polizeifunk knackte wieder und füllte ihr Schweigen mit Geräuschfetzen. Paddy beugte sich vor und berührte Billy an der Schulter. Er zuckte zusammen. »Ich habe das Geld heute Morgen bei der Polizei abgegeben. Ich hätte es auch einfach behalten können.«

Er nickte ernst, mied jedoch ihren Blick im Rückspiegel. Sie würde heute Nacht so viel Zeit wie möglich außerhalb des Wagens verbringen.

Das Marine-Revier wirkte warm und einladend, als sie davor hielten. Das gelbe Licht aus den Fenstern schien durch den Nieselregen, der die Pfützen füllte. Paddy hatte die Wagentür geöffnet, noch bevor Billy die Handbremse anzog.

Ihre Stiefel quietschten vor Nässe, bis sie das Revier erreichte. Das Wildleder hatte Wasserflecken, weil die Stiefel ständig nass wurden. Sie wischte sich den Regen aus den Haaren und sah, dass Murdo McCloud wieder Dienst hatte. Der Warteraum war leer. Da nicht ständig die Tür aufging, hatte es die Heizung tatsächlich geschafft, ein wenig Wärme zu verbreiten, es war regelrecht gemütlich. Aus den hinteren Büros kamen zwei Beamte herein. Einer der beiden schlug McCloud auf die Schulter und rief: »Cloudy, altes Haus!« McCloud lachte und entdeckte dann Paddy. Er rief sie, schlug das Wachbuch auf und winkte sie heran, damit sie selbst hineinschauen konnte. Ein Zeichen von Respekt. Sie eilte die kleine Treppe hinauf, die Holzstufen knarrten laut unter ihren Füßen.

McCloud erläuterte ihr gerade die Anrufe der Nacht, Ausschnitte aus dem Leben anderer Leute, als sich die Tür hinter ihnen wieder öffnete und Sullivan hereinkam, noch in Hemdsärmeln. Offenbar ging er davon aus, dass er nicht so bald daheim sein würde. Überrascht zeigte er auf Paddy, als er sie sah,

»Sie!«, sagte er, als ob er gerade an sie gedacht hätte.

McCloud und Paddy sahen ihn einen Moment lang mit offenem Mund an.

»Und du«, antwortete McCloud an ihrer Stelle.

Ein lautes Knarren des Holzbodens ließ alle drei aufschrecken. Sullivan winkte Paddy in den weißen Gang hinter sich.

Durch die dünne Wand konnte sie hören, dass es in dem Raum, wo sie beim letzten Mal von Sullivan und Reid befragt worden war und wo sie praktisch allein gewesen waren, jetzt äußerst geschäftig zuging. Trotz der späten Stunde lachten die Polizisten fröhlich.

»Sie haben aber einen langen Tag«, sagte sie freundlich. Es war ein Versuch, einen ähnlich kameradschaftlichen Ton anzuschlagen wie gegenüber McCloud, doch Sullivan war zu aufgeregt. »Danke, dass Sie gekommen sind – also vorhin, zu

Keano. Haben Sie draußen in Bearsden sonst noch jemanden im Zimmer gesehen – eine Gestalt durch den Vorhang, etwas in der Art?«

Sie rief sich die Situation noch einmal ins Gedächtnis. »Was für eine Gestalt?«

»Einen großen Kerl, kahlrasiert, breite Schultern.«

Sie schüttelte den Kopf. Sie versuchte, die Beschreibung auf Thillingly zu übertragen, aber er hatte volles Haar. Sie erinnerte sich an eine nasse Strähne, die über sein halb offenes Auge gefallen war, und schauderte. Sullivan beobachtete sie in der Hoffnung, dass sie seine Beschreibung bestätigte.

»Ich habe Ihnen den Mann mit den Hosenträgern beschrieben.«

»Aye, aber dazu haben wir noch niemand Passenden gefunden.« Er wirkte immer noch aufgeregt.

»Hat der Fünfzig-Pfund-Schein etwas ergeben?«

Er legte sein Doppelkinn in Falten, aufgeregt und zufrieden, wich ihrem Blick jedoch aus.

»Blutgruppe?«, tippte sie.

Er schüttelte den Kopf. »Kokain. Und zwar sehr viel. Und ...«

Sie sollte weiterraten, also tat sie ihm den Gefallen. Der Vergleich von Fingerabdrücken brauchte Wochen, weil die Akten von Hand durchforstet werden mussten. »Also, Fingerabdrücke können es nicht sein«, sagte sie, aber Sullivan hob die Augenbrauen und wiegte den Kopf, als ob er eine winzige Acht beschrieben wollte.

»Sie haben Fingerabdrücke auf dem Geldschein gefunden? Und am ersten Tag gleich eine Übereinstimmung, vielleicht sogar einen Namen? Haben Sie einen Supercomputer?«

Er grinste und biss sich aufgeregt auf die Oberlippe.

»Also«, sie konnte nicht anders, sie musste zurückgrinsen,

»dann passen die Abdrücke zu dem Typen mit den Hosenträgern?«

»Nein. Wir haben zweierlei Abdrücke: Die einen müssen von ihm stammen, als er Ihnen das Geld gab, aber er ist nicht polizeilich erfasst.«

»Aber Sie können die Abdrücke als Beweis verwenden, wenn Sie ihn schnappen, oder?«

Er lächelte wieder und sah an ihr vorbei.

Sie stellte ihm eine Frage, die er beantworten konnte: »Und die anderen Fingerabdrücke, hat man die auch im Haus gefunden?«

»Nein, vom Haus haben wir nichts.« Wieder musste er grinsen. »Da wurde richtig gründlich geputzt, alles blitzblank.«

»Aber warum macht sich jemand die Mühe und denkt dann nicht an den Geldschein?«

Er hob die Augenbrauen. Paddy nickte. »Die dachten, ich würde gleich losrennen und das Geld ausgeben, stimmt's? Dass von dem Schein nicht mehr viel übrig wäre.«

»Die anderen Fingerabdrücke passen zu einem polizeibekannten Namen, jemandem, mit dem Mark Thillingly sich nie eingelassen hätte. Was die Theorie stützt, dass er es nicht war.« Sullivan klatschte in die Hände, hochzufrieden mit sich selbst. »Aber davon können Sie natürlich nichts verwenden. Noch nicht.«

»Selbst wenn ich wollte, könnte ich es nicht, das wissen Sie«, sagte Paddy. »Wir dürfen nichts drucken, was den Gang eines späteren Gerichtsprozesses beeinflussen könnte.«

»Aye. Wir wollen nicht, dass solche Leute sich absetzen, nur weil sie ihren Namen in der Zeitung lesen, bevor es zu einem Verfahren kommt.«

»Was für Namen sollte ich denn in der Zeitung abdrucken?«

Sullivan beugte sich vor und flüsterte ein einziges Wort, dann zog er sich rasch zurück. »Lafferty.«

III

Kate hatte das Gefühl, als würde sie schon ewig im Auto warten, mit dem Kopf auf den Knien und zusammengekniffenen Augen, aus denen die Tränen nur so liefen, um den Kokskristall von ihren Schleimhäuten zu spülen. Sie schwor sich, dass sie das Kokain mit irgendetwas verschneiden würde. Sie hätte das Milchpulver aus dem Cottage mitnehmen sollen, aber wer dachte denn an so was?

Als sie sich schließlich wieder aufsetzte, fühlte sie sich erfrischt und bei klarem Verstand. Sie hatte ganz allein einen medizinischen Notfall gemeistert. Gut gemacht, dachte sie, ließ den Motor an und fuhr langsam rückwärts aus der Parklücke, über den leeren Parkplatz und zurück auf die Straße.

Das Restaurant gehörte Archie, und obwohl Archie nicht wirklich ein Freund war, hatte er ihr immer deutlich gezeigt, dass er sie mochte. Er hatte sie ein paarmal betatscht und ihr hinten im Gang mit seinen fetten amerikanischen Händen über den Rücken gestreichelt, wenn er dachte, sie wären allein. Manchmal war er ihr auf die Toilette gefolgt, wenn sie spätabends nach der Sperrstunde in seinem Lokal gewesen waren, und einmal hatte sie ihm erlaubt, ihre Brüste anzufassen und sie auf den Hals zu küssen, bevor sie ihn abgewehrt hatte. Archie mochte sie sehr.

Langsam fuhr sie an den aneinandergereihten Geschäften vorbei, bis sie das Schild mit »Tusks« und das helle Schaufenster mit den heruntergelassenen weißen Jalousien sah. Eigentlich war es kein Restaurant, sondern eine Weinbar, aber es gab kleine Gerichte, Tapas. Sie hatte ein paar Sachen probiert, die sehr gut waren. Frittierte Kartoffelstücke und irgendwas mit Ei. Köstlich.

Sie fuhr durch die Straße, in der sie normalerweise parkten, wenn sie zu Archie's gingen. Als sie eine Lücke sah, wollte sie schon den Rückwärtsgang einlegen, doch dann fiel ihr ein, dass sie möglichst unauffällig bleiben wollte. Wenn sie nach seinem Auto Ausschau hielt, würde er auch nach ihrem Auto Ausschau halten. Gut mitgedacht.

Wie ein gespitzter Bleistift durch ein Blatt Papier. Sie schüttelte die Hände, als ob sie Schmutz loswerden wollte. Ein unangenehmes Gefühl. In einer ruhigen Nebenstraße parkte sie dicht hinter einem großen Lieferwagen. Falls er hier durchfuhr, wäre ihr Auto gut versteckt.

Sie würde einen trockenen Weißwein trinken, ein großes Glas kühlen Wein, und mit Archie plaudern. Vielleicht würde sie ja zulassen, dass er sie verführte. Er war alt und unattraktiv, aber vielleicht ... Sie hatte seit Tagen mit niemandem gesprochen, eine Nacht mit einem Freund wäre nett.

Dennoch war ihr die Vorstellung ein bisschen unangenehm. Sie nahm ihre Handtasche und stieg aus, schloss ihr wunderschönes Auto ab und kontrollierte aus reiner Gewohnheit noch einmal den Türgriff, nur um sicherzugehen. Sie kämmte mit den Fingern kurz durch ihre blonden Haare, schob sie lose hinter die Ohren und schloss die Goldknöpfe an ihrem marineblauen Blazer. Beim Gehen wurde ihr bewusst, dass noch andere Passanten unterwegs waren. Sie fing an, mit den Hüften zu schwingen, ihre Schultern bewegten sich keck vor und zurück, und sie zog einen kleinen Schmollmund. Sie würde mit Archie etwas trinken, das Lokal auskundschaften und schauen, ob sie das Päckchen irgendwo dort lassen konnte. Und vielleicht würde sie Archie an sich ranlassen.

Die Hitze des Lokals strahlte durch das große Fenster bis hinaus auf die Straße. Kate erinnerte sich an Hunderte Abende, alle übereinandergeschoben zu einem einzigen Bild, bei dem ihr die Tür aufgehalten wurde, sich der Tisch unter den teuersten Weinen bog und Archie ihnen Delikatessen als Begleitung zum Wein aufdrängte, um den Genuss noch zu erhöhen. Sie lächelte allen Männern zu, die ihr begegneten und über irgendetwas zu lachen schienen, einen Witz, den sie nicht mitbekommen hatte. Mit einem selbstgefälligen Lächeln stieß sie die Tür auf und klapperte mit ihren Absätzen die glänzenden Terrakottastufen hinunter bis zu den kreisförmig verlegten Fliesen, die den Empfangsbereich markierten.

Das Restaurant war nur halb voll, trotzdem ließ jeder einzelne Gast sein Besteck sinken und starrte zur Tür. Kate lächelte verwirrt und sah über die Schulter. Niemand hinter ihr. Sie wandte sich wieder nach vorn und erkannte, dass alle sie anstarrten, ganz unverhohlen und sehr, sehr unhöflich.

Sie schnalzte missbilligend mit der Zunge, rückte den Gurt ihrer Handtasche auf ihrer Schulter zurecht und sah sich dabei nach Philippe um, Archies Maître d'hôtel. Sie musste nicht lange warten. Archie kam persönlich herbeigeeilt, sobald er sie sah.

Kate warf die Arme hoch, um ihn echauffiert zu begrüßen. »Hallo, Darling!«

Archie packte sie am Handgelenk, drehte ihr sogar den Arm um, sodass es wehtat, und zerrte sie nach draußen. Fast hätte er sie die drei halbkreisförmigen Stufen zur Straße hochgeschleift. Die Handtasche rutschte ihr vom Arm und schlug schwer gegen die Stufen.

Draußen wandte sich Archie ihr zu, sein Gesicht war nur wenige Zentimeter von ihrem entfernt. »Hau ab. Ich will dich hier nicht mehr sehen.«

Sie spitzte die Lippen und sah ihn kokett an. »Sei nicht so gemein, Archie. Ich hab ein paar schlimme Tage hinter mir.« Sie fuhr mit den Fingern über seine Hemdknöpfe. »Sei ein bisschen nett zu mir.«

»Er ist hinter dir her, weißt du das?«

»Ich weiß, ich weiß, ein blödes Missverständnis. Er denkt, ich hätte etwas Böses getan, aber wenn ich ein böses Mädchen bin, dann auf eine andere Art.« Sie lächelte ihn an in der Hoffnung, er würde die Anspielung verstehen und sie mit zu sich nach Hause nehmen, sich um sie kümmern. Heute Abend war ihr sein Alter egal. Es war ihr egal, dass ihm die Haare wild aus der Nase und aus dem offenen Hemdausschnitt wucherten. Es war ihr egal, dass er nur ein Restaurant hatte. Sie wollte jemanden berühren und berührt werden. Sie brauchte menschlichen Kontakt und einen Ort, wo sie hingehen konnte.

»Archie.« Ihre Hand glitt von seiner Brust zu seiner Schulter. Ein billiges Hemd, sie hörte das leise Knistern der Nylonfasern, als ihre Fingerspitzen darüberglitten. »Du hast mich doch gern, nicht wahr?«

Er legte seine haarigen Finger auf ihre Hand und zog sie weg. »Weißt du, Kate, eigentlich kann ich dich nicht ausstehen. Du bist eine blöde Fotze. Aber es gab eine Zeit, da hätte ich dich gevögelt.« Er hob den Finger, denn jetzt kam der springende Punkt. »Aber das ist etwas anderes. Ich hätte dich gevögelt, weil du mit ihm zusammen warst. Aber jetzt«, er wedelte geringschätzig mit dem Finger, »würde ich dich nicht einmal meinen Schwanz lutschen lassen, wenn du dafür zahlen würdest.«

Das war das Unverschämteste, was man je zu ihr gesagt hatte. Kate trat einen Schritt zurück und starrte ihn an. Er war fett und alt, trug billige Hemden und hatte überall Haare. Sie war das hübscheste Mädchen in ihrem Jahrgang, die schönste

Frau im Jachtclub, die größte Trophäe auf jedem Ball, den sie besucht hatte. Sie verzog schmollend das Gesicht, weil sie wusste, dass ihr das gut stand, spielte ihre Trümpfe aus, und schlug mit der flachen Hand nach seinem großen, feisten Schädel.

Archie packte sie am Handgelenk und hielt ihren Arm fest. Er war völlig ungerührt. »Verpiss dich, und komm ja nicht wieder.«

Kate biss sich auf die Lippe. »Du bist unverschämt und vulgär«, sagte sie und wandte sich ab, ging an den Läden vorbei, an denen die Rollläden heruntergelassen waren: ein Laden für Designer-Kleidung, ein Tabakladen, der exquisite Zigarren verkaufte, ein Immobilienmakler. Schöne Geschäfte. Sie sollte hier mal vorbeischauen, wenn die Läden geöffnet hatten.

Auf dem gesamten Weg bis zur Straßenecke spürte sie Archies Glupschaugen in ihrem Rücken, doch sie drehte sich nicht um. Die Genugtuung wollte sie ihm nicht gönnen.

Sie bewahrte Haltung, bis sie wieder im Auto saß und die Tür verriegelt hatte. Noch nie hatte jemand so mit ihr gesprochen, sie konnte es nicht glauben, dass er sich das traute. Dieser unverschämte, fette Kerl. Und sie hatte einmal zugelassen, dass er ihre Brust berührte, dass er seine fette, haarige Hand in den Ausschnitt ihrer Seidenbluse schob.

Sie klappte die Sonnenblende am Beifahrersitz herunter, um ihre Frisur und ihr Make-up zu kontrollieren. Da sie weit genug weg saß, konnte sie ihr komplettes Gesicht in dem kleinen Spiegel sehen.

Kate keuchte. Es war zu dunkel, um Farben zu erkennen, aber sie sah schwarze, Rinnsale, die von ihrer Nase wegführten, dünne schwarze verkrustete Spuren, als ob ein Oktopus mit den Tentakeln voraus aus ihrer Nase klettern würde, außerdem eine schwarze Spur von ihrer Wange in ihre Haare, zu ihrem Mund und jede Menge Schwarz an ihrem Kinn. Auch in ihrem Haar war Schwarz, ein dicker Klumpen über ihrem Ohr.

Die Haut unter ihren Augen war verquollen und dunkel, als ob sie geschlagen worden wäre. Sie lächelte ihrem Spiegelbild hoffnungsvoll zu, ein dürftiges, nervöses Zerrbild des strahlenden Lächelns, das ihr sonst immer aus dem Spiegel entgegensah. Ihr fehlte ein Schneidezahn. Sie erinnerte sich nicht einmal daran, dass sie ihn verloren hatte. Sie sah aus wie eine Obdachlose.

Kein Wunder, dass Archie sie weggeschickt hatte. Sie sah furchtbar aus, und sie *war* furchtbar. In einem plötzlichen Moment der Klarheit wusste sie, dass Vhari tot war. Sie war Kates wegen gestorben, für das, was diese getan hatte. Kate konnte ihren Anblick nicht länger ertragen und schaute weg, auf die Straße, wo gerade ein Auto vorbeifuhr, sie aber hinter dem großen Lieferwagen nicht entdeckte. Ein großer BMW, mit zwei Männern darin.

12

Ein himmelweiter Unterschied

I

Paddy saß schweigend mit ihrer ältesten Schwester am Küchentisch. Caroline rauchte ganz offen eine Zigarette und sah mit ihren geschwollenen, blau geschlagenen Augen zu, wie ihr Bruder Marty mit Baby Con Fangen im hohen Gras hinter dem Haus spielte.

Kein Meehan hatte Ahnung vom Gärtnern. Sie hatten sogar ein bisschen Angst vor dem Landleben, die Natur war ihnen nicht ganz geheuer, und der Garten wurde normalerweise nur genutzt, wenn Besucher rauchen wollten, oder als eine Art Schrottplatz für kaputte Möbel oder Waschmaschinen. Nur die widerstandsfähigsten Pflanzen überlebten, Efeu überwucherte alles mit seinen tristen Farben. Paddys und Carolines anderer Bruder Gerard hatte die Pfosten mit der Wäscheleine näher ans Haus verlegt, damit Trisha nicht durchs hohe Gras gehen musste, wenn sie die nasse Wäsche aufhängte. Bei den Meehans rauchte niemand im Haus, doch Caroline saß heute rauchend am Tisch, im direkten Blickfeld ihrer Mutter, die am Herd stand und eine Fleischbrühe kochte. Carolines Lider waren aufgequollen, blau und so geschwollen, dass die Haut über ihrem rechten Wangenknochen aufgeplatzt war.

Paddy beobachtete ihre Mutter am Herd, die in einem Eintopf aus billigen Schinkenabschnitten und Kartoffeln rührte, und fragte sich, wie um alles in der Welt sie mit ihrem mageren Gehalt durchkommen sollten, wenn sie noch zwei weitere Mäuler durchfüttern mussten, einstweilen jedenfalls, bis Caroline zu John zurückkehrte und ihre Ehe wieder irgendwie kittete.

II

Nervös, aber auch neugierig auf den neuen Chefredakteur, kam Paddy an diesem Abend zwei Stunden früher zu ihrer Nachtschicht.

In ihrem Postfach neben der Tür fand sie einen Brief, ein offizielles Schreiben auf blassgrauem Papier mit Wasserzeichen, mit dem sie informiert wurde, dass die offizielle Untersuchungskommission zum Einsatz in der Drymen Road in Bearsden morgen ihre Arbeit aufnehmen würde und sie als Zeugin zur Aussage am Dienstagnachmittag um 14.30 Uhr vorgeladen werde. Danach würde jeder wissen, dass sie Bestechungsgeld angenommen hatte. Sie faltete den Brief wieder zusammen und fuhr mit dem Nagel fest über den Umschlag, als ob sie ihn so wieder verschließen könnte.

Die Redaktion schwirrte von vorgetäuschter Geschäftigkeit: Alle lasen ganz emsig und mit gerunzelter Stirn oder gingen mit einem Zettel in der Hand umher oder nickten ernsthaft am Telefon, obwohl sie wahrscheinlich mit Freunden oder Familienmitgliedern redeten. Die Tür zu Farquarsons Büro stand offen. Paddy sah, dass die Aktenschränke leer waren, die Bilder an den Wänden waren verschwunden, der große, lange Tisch, den er für Redaktionskonferenzen genutzt hatte, war weggeräumt worden. Sie starrte in den leeren Raum und auf die Abdrücke im Teppich, die der schwere Tisch in all den

Jahren hinterlassen hatte. Solange sie hier war, war auch der Tisch hier gewesen.

»Wo ist er hin?«, murmelte sie.

Einer der Copy Boys, dünn wie ein Streichholz, der sie oft beobachtete und rot wurde, wenn sie ihn ansah, stand von der Bank auf.

»Der neue Chefredakteur heißt Ramage.«

Ramage war hereingekommen, hatte sich vorgestellt und verkündet, dass es Veränderungen geben würde, große Veränderungen, von denen die erste Runde am Morgen erläutert worden war. Vier neue Redakteure und ein Korrektor wurden von anderen Zeitungen abgeworben. Was bedeutete, dass vier alte Redakteure zurückgestuft wurden. Einer hatte es akzeptiert, die drei anderen hatten gekündigt. Die neuen Druckmaschinen, die ihnen versprochen worden waren, hatte man wieder gestrichen. Sie mussten weiter mit der vorhandenen Ausrüstung auskommen. Die Maschinen waren gar nicht so wichtig, viel wichtiger war die Zukunft, die sie verhießen. Die Tagesschicht hatte dem neuen Chef bereits den Spitznamen Random Damage verpasst.

Paddy sah McVie auf der anderen Seite des Raums und ging zu ihm hinüber.

»Hast du schon mal was von einem Schlägertypen namens Lafferty gehört?«

»Nein«, sagte er kurz angebunden. »Hast du schon vom neuen Chef gehört? Er hat sein Büro nach unten in die Verwaltung verlegt. Er hat drei Räume für sich.«

»Er bleibt nicht hier in der Redaktion?«

»Er war vorhin da und hat eine Ansprache gehalten. Er sei hier, damit wir Gewinn machen. Er wird den Ton der Zeitung ändern, wem das nicht gefällt, der kann gehen. Aber natürlich ist niemand gegangen. Er will uns provozieren, damit wir kündigen, dann muss er keine Abfindung zahlen.« Er senkte die Stimme. »Er ist von *News of the World.*«

Paddy fiel die Kinnlade herunter. »Heilige Scheiße.« Ein Boulevardblatt, das nur auf Skandale aus war und sich vom nüchtern sachlichen Stil der *Daily News* so deutlich unterschied wie ein Comic von einem Bildungsroman.

»Er will euch nachher sehen. Ihr sollt alle um halb zehn da sein. Aber du wirst durchgewinkt, du schreibst ja über Verbrechen.«

Vorausgesetzt, der neue Chef erfuhr nichts von den fünfzig Pfund. Die von ihr so verachtete Nachtschicht im Auto war plötzlich einer der wenigen sicheren Jobs, die es noch gab. Wenn sich ein Polizist an dem Geld vergriff, würden alle vertuschen, dass es den Schein je gegeben hatte. Es gab also noch Hoffnung.

Sie ging zu einem Schreibtisch, griff zum Telefon, rief das Revier von Partick Marine an und fragte nach Colum McDaid.

»Hallo, Constable McDaid, hier spricht Paddy Meehan. Wir haben uns gestern kennengelernt.«

»Was mich sehr gefreut hat!«, unterbrach er sie.

»Haben Sie schon etwas von meiner Freundin gehört, die ich Ihnen anvertraut habe?«

»Ah«, sie hörte McDaid förmlich lächeln, »ja, das habe ich tatsächlich. Unsere Freundin ist zurück von ihrem Kurzurlaub im Labor für Fingerabdrücke. Sie wurde mit dem Auto hingebracht, von mir persönlich begleitet, und ist jetzt wieder daheim und genießt den Komfort hier.«

»Welcher Art ist denn dieser Komfort?«

»Ein gemütlicher Tresor, meine Gesellschaft, eine eigene Plastiktüte.«

»Die hat's gut.«

»Ja, sie ist wirklich glücklich und zufrieden, Sie müssen sich keine Sorgen um sie machen. Und Sie müssen sich auch nicht ständig telefonisch nach ihr erkundigen, sie ist hier gut versorgt und verlässt mich erst wieder, wenn es zu einer Verhandlung kommt.«

»Vielen Dank, PC McDaid«, sagte sie kläglich.

Sie legte auf und sah sich im Büro um. Ihre Zukunft war im Begriff, ihr zu entgleiten. Eine hohe Klippe türmte sich vor ihr auf. McDaid war absolut integer. Sie war erledigt.

III

Ein später Zug rumpelte über die hohe viktorianische Bogenbrücke und folgte dem Gleis Richtung Westen. Hinter Kate blitzten die Scheinwerfer der Autos, die auf der stark befahrenen Autobahn unterwegs waren. Die Straße vor ihr war ruhig: die gelegentlichen Passanten kamen meist vom Social Club am Ende der Straße, kleine Männer mit wackligen Knien, die an ihrem Wagen vorbeischwankten, ohne etwas wahrzunehmen.

Immer wieder wurde Kate von Panik überrollt. Jede Person auf der Straße, jeder Schatten, der auftauchte, deutete auf einen bevorstehenden Angriff hin, war der erste Vorbote einer Gang, einer Bande aus lauter Archies, Männern, über die sie keine Macht hatte.

Wenn sie nicht mehr auf ihr gutes Aussehen und den Respekt der Männer setzen konnte, die sie traf, war sie nichts anderes als eine Kokserin, die ihre besten Zeiten hinter sich hatte. Zum ersten Mal in ihrem Leben musste sie für sich selbst sorgen.

Der Social Club befand sich in einem würfelförmigen grauen Betongebäude, an dessen Fassade das rot-weiße Emblem einer

Brauerei hing wie ein rotes Kreuz. Drei alte Männer in ausgebeulten Hosen und schmutzigen Jacketts kamen, sich gegenseitig stützend, heraus und machten sich auf den Heimweg.

Kate wartete, bis die Straße leer war, bevor sie die Wagentür öffnete und ausstieg, wobei sie sich anmutig den Riemen ihrer Handtasche über die Schulter schob. Das bloße Metall am Absatz ihres Schuhs klickte auf dem nassen Pflaster, und sie hätte fast den Halt verloren, konnte aber noch rechtzeitig nach der Wagentür greifen. Mit ihrem ganzen Gewicht stützte sie sich auf die Tür. Noch vor zwei Tagen hätte sie sofort die Tür untersucht und überprüft, ob sie nicht beschädigt war, aber jetzt war ihr der blöde Wagen völlig egal. Er gehörte einer anderen Kate. Sie griff auf die Rückbank, hob den Bolzenschneider mit den blauen Griffen heraus, den sie im Kofferraum gefunden hatte, schloss die Wagentür so leise wie möglich und lauschte.

Hinter der dunklen Eisenbahnbrücke lag Brachland, zerklüftete schlammige Hügel mit Grasbüscheln, und dahinter ein rotes Gebäude mit dunklen Fenstern und einem hellen Licht in der Tür.

Irgendwo in der Ferne jaulte ein Hund vor Schmerz und brach dann abrupt ab. Aufgeschreckt, zog Kate die Schuhe aus und ließ sie beim Auto. Sie ging zum Ende der Bogenbrücke und hielt sich dabei eng an der Mauer. Der Frost auf dem Pflaster ließ ihre Füße taub werden, doch sie achtete kaum darauf. Nach der Begegnung mit Archie hatte sie sich eine weitere kleine Prise gönnen wollen. Mein Gott, sie hatte es wirklich nötig, aber ihre Nase hatte so sehr gebrannt, dass sie sich das Kokain ins Zahnfleisch reiben musste. Es war nicht so angenehm, doch es funktionierte: Sie fühlte sich ein bisschen munterer, und außerdem wirkte alles ein bisschen gedämpfter.

Über Bernies Werkstatt hing ein Schild. Billig gemacht und schlecht befestigt. Kein Logo, kein Design- oder Werbebüro, das es gestaltet hätte, nur »Bernies Werkstatt« in schwarzer Schrift, noch dazu von Hand gemalt. Es war so schlicht und einfach und so typisch Bernie, dass sie lächeln musste, als sie darauf zuging.

Sie hätte jetzt gern Bernie besucht, wollte bei ihm im Garten in Mount Florida sitzen und Pimms oder etwas anderes Leckeres trinken, Bucks Fizz oder einen anderen Sommerdrink. Normalerweise besserte sich ihre Laune bei solchen Gedanken sofort. Normalerweise schmeckte sie dann den Drink, spürte die Wärme der Sonne auf der Haut und Bernie in der Nähe, aber heute funktionierte das nicht. Heute wusste sie, was real war. Sie spürte das Gewicht des Bolzenschneiders, ihre nackten Füße, die kalten Regentropfen auf ihrem ruinierten Gesicht.

Bernies Werkstatt war in einem Bogen der Brücke untergebracht. Man hatte einfach eine Mauer aus grauen Porenbetonsteinen davorgesetzt, zwischen denen der erstarrte graue Mörtel hervorquoll wie Eis aus einer Waffel. In der Mitte befanden sich zwei rote Metalltüren, die mit einer Kette gesichert waren. Sie schwangen ein paar Zentimeter in jede Richtung, ließen sich aber nicht öffnen. Kate nahm den Bolzenschneider, setzte ihn an einem Kettenglied an und drückte die Hebel zusammen. Das Metall hielt einen Moment stand und gab dann nach.

Mit einem Grinsen zog sie die Kette weg, öffnete die Türen gerade weit genug, um hineinzuschlüpfen, und zog sie hinter sich wieder zu.

Innen herrschte völlig Dunkelheit. Sie war noch nie hier gewesen, aber wenn man ihr die Augen verbunden und sie hierher gebracht hätte, hätte sie Bernies Geruch erkannt, den Geruch nach Motoröl und starkem schwarzem Tee. Etwas eingeschüchtert von der öligen, pechschwarzen Dunkelheit, tastete sie in ihrer Handtasche nach einem Feuerzeug und schwitzte vor Erleichterung, als sie es fand.

Die Decke über ihr war gewölbt, ein Flickwerk aus roten und gelblichen Ziegelsteinen, über die Schatten huschten. Ein Zug fuhr über die Brücke, und der Bogen bebte wie der Bauch eines brütenden Tiers. Kate eilte zur Wand und schaltete das Licht an.

Die Neonröhre hing an zwei Ketten und schaukelte noch vom Zug. In einer Ecke sah sie ein Waschbecken mit einem Spiegel im Plastikrahmen. Kein Stöpsel. Sie drehte den Hahn auf – sogar das Wasser roch nach Motoröl – und wusch sich das Gesicht mit einem orangefarbenen Handtuch. Beim Blick in den Spiegel schnappte sie nach Luft.

Ihre Nase war flach, als ob sie keinen Nasenrücken mehr hätte, und auf ihrer Oberlippe war eine dicke, gletscherartige Kruste aus purpurfarbener und weißer Haut, getrocknet und hart. Sie stipste mit der Fingerspitze dagegen. Massiv. Kein Wunder, dass sie nicht mehr durch die Nase atmen oder etwas hochziehen konnte. Sie drehte sich zur Seite und betrachtete ihr Profil. Flach wie eine Wand. Sie holte tief Luft und straffte die Schultern. Sie würde sich die Nase operieren lassen, wenn sich die Lage wieder beruhigt hatte. Heutzutage vollbrachten die Ärzte ja wahre Wunder.

Mit dem nassen Handtuch tupfte sie sich so lange die Oberlippe ab, bis es ihr gelang, die dicke Kruste zu lösen. Ihre Nase ließ sie besser in Ruhe, um der rohen Haut den Kontakt mit Luft zu ersparen. Endlich sauber, warf sie sich das gewohnte hoffnungsvolle Lächeln im Spiegel zu, wandte sich aber angeekelt wieder ab.

Sie befand sich in einer geräumigen Werkstatt mit relativ

großer Stellfläche. Ordentlich in einer Reihe waren ein alter grüner Jaguar, ein MG und ein rostfleckiger grüner Mini Cooper abgestellt. Auf dem Boden lagen Lappen, schmutzige Schraubenschlüssel und Ersatzteile herum. Bernie war schon immer ein schlampiger kleiner Chaot gewesen. An der Wand neben dem Waschbecken stand ein Tisch mit Becherabdrücken, weißen Farbspritzern und Quittungsbüchern, einem Stapel brauner Umschläge für den Versand der Rechnungen und eine sehr schmutzige Thermoskanne mit Karomuster und einem dicken Rand aus eingetrocknetem braunem Tee. Unter dem Tisch stand eine rote Metallbox. Kate ging um den Tisch herum und betrachtete sie genauer. Es war ein Rollcontainer mit langen, schmalen Schubladen für Werkzeug und anderen Kleinkram. Der Tisch selbst und die Werkzeugbox wurden von einem Aktenschrank flankiert, nicht höher als der Tisch, der die Sicht auf die Werkzeugbox blockierte, wenn man nicht direkt am Waschbecken stand.

Sie schaltete das Licht aus, bevor sie die Türen wieder öffnete und vorsichtig an der Mauer entlang zu ihrem Auto zurückhuschte. Dort angekommen, öffnete sie den Kofferraum und hob das Päckchen heraus, wobei sie darauf achtete, dass der Schlitz oben war. Dann trug sie das Paket wie ein schlafendes Kind zur Werkstatt.

Dort setzte sie sich auf den Boden, zog das Klebeband über der Öffnung ab, nahm zwei der braunen Umschläge vom Tisch und füllte sie. Anschließend klebte sie die Umschläge zu und stellte sie aufrecht hin, sodass durch die Adressfenster das Pulver zu sehen war, wie die Umrisse kleiner weißer Dünen. Sie drückte so viel Luft wie möglich aus dem großen Paket, ohne allzu viel von dem feinen weißen Puder zu verlieren, klebte den Schlitz wieder zu und faltete die leeren Ecken um, bis das Päckchen so klein und kompakt wie möglich war.

Dann beugte sie sich neben dem Waschbecken unter den Tisch und schob es hinter die Werkzeugbox.

Sie stand auf und musterte die Stelle kritisch. Obwohl sie neben dem Waschbecken stand, konnte sie das Päckchen nicht richtig erkennen. Sie stellte sich vor den Tisch, ging um ihn herum und sah von der anderen Seite nach. Es war nicht zu sehen.

Sie liebte dieses kleine Paket. Sie konnte es als Pfand benutzen, es könnte ihr einen Ausweg aus ihren Schwierigkeiten bieten, doch sie wollte es nicht herausgeben. Klar, es war wertvoll, sehr wertvoll, aber er würde es nicht so schätzen, wie sie es tat. Sie brauchte einen anderen Trumpf. Und in dem Moment fiel es ihr ein – Knox. Sie wusste von Knox und konnte diese Informationen benutzen. Sie keuchte, begeistert von ihrer eigenen Cleverness. Knox wäre ihm viel wichtiger als das Päckchen. Sie musste nur überlegen, wie sie ihr Wissen bestmöglich einsetzte.

Die Aussicht, dass sie das Päckchen nicht zurückgeben musste, munterte sie deutlich auf. Ziemlich schlau für ein Partygirl. Sie kramte zwischen den Sachen auf dem Tisch herum und fand den Schlüssel für den Mini. Er sprang sofort an. Der gute alte Bernie. Sie ließ den Motor laufen, schlich zurück zum Tisch und steckte die beiden braunen Umschläge in ein größeres Kuvert, für den Fall, dass etwas herausrieselte. Dann nahm sie einen Bleistiftstummel und schrieb in die obere Ecke einer alten Ausgabe der *Scottish Daily News*: »Sorry, Bernie.«

Ein bisschen schwach. Hohl. Sie wollte ihn wissen lassen, dass sie sich geändert hatte und wusste, was sie getan hatte. Sie fügte hinzu: »Es tut mir so leid.« Aber das klang auch nicht viel aufrichtiger. Sie versuchte es noch einmal. »Ich liebe dich.« Warum nur klang alles, was sie schrieb, wie ihre letzten Worte?

Sie schaltete das Licht aus, öffnete die Türen, nahm den Bolzenschneider und stieg in den Mini. Den kostbaren Umschlag schob sie unter den Sitz, dann schlug sie das Lenkrad ein und fuhr aus der Werkstatt.

Draußen hielt sie an, ließ aber den Motor laufen, weil sie Angst hatte, dass er nicht wieder anspringen würde. Sie schloss die Türen und legte die Kette mit dem Vorhängeschloss wieder an, sodass die Werkstatt wieder verschlossen wirkte, wenn man nicht so genau hinsah. Neben dem BMW hielt sie noch einmal an, stieg aus und sammelte ihre Schuhe auf. Sie öffnete die Fahrertür des BMW, steckte den Schlüssel ins Schloss und schaltete die Scheinwerfer an. Die Werkstatt lag in einem ruhigen Stadtteil, aber sie wusste, dass das Auto irgendjemandem auffallen würde. In ein paar Stunden würde sich jemand daran bedienen.

Der Mini rumpelte über die alten Pflastersteine, bis sie endlich eine richtige Straße erreichte. Und selbst dann noch spürte sie jedes Schlagloch und jede Unebenheit. Sie fuhr nach Westen, auf der verlassenen Straße, die zum Loch Lomond und zum Cottage führte.

13

Ramage

I

Die Mitarbeiter der Nachtschicht wurden in einer Ecke des Büros zusammengetrieben. Sie standen unnatürlich dicht beieinander, eine schlecht zusammengewürfelte Gruppe. Manche richteten sich die ruinierte Krawatte oder räusperten sich mit verrauchter Stimme. Jeder versuchte, sich hinter den anderen zu verstecken: Alle mieden den Blickkontakt mit dem Mann, der vor ihnen stand.

Andrew Ramage hielt seine Ansprache vor den Truppen. Paddy erkannte sofort, dass er aus ähnlichen Verhältnissen kam. Ein Kind der Arbeiterklasse, wie die meisten Journalisten und Korrektoren. Er hatte dieselben dürftigen Chancen gehabt und verachtete all jene, die nicht so weit gekommen waren wie er. Sie hörte das aus seinem geschliffenen Londoner Akzent heraus, sah es am teuren Schnitt seines Anzugs, den er immer wieder berührte, etwa wenn er den Saum seines stahlgrauen Jacketts streichelte oder die perfekte Manschette seines weißen Hemdes. Sie sah seinen dicken Hals, mit dem er irgendwann in seinem Leben harte körperliche Arbeit verrichtet hatte. Farquarson war auf einer Privatschule gewesen, ein Junge aus der Mittelklasse; er hatte begriffen, dass er aus einer anderen sozialen Schicht stammte als die Männer, die für ihn arbeiteten, und hatte sich bemüht, das zu kompensieren. Er hatte immer etwas sanfter gewirkt als die anderen.

Ramage schritt vor der offenen Tür zu Farquarsons leerem Büro auf und ab. Er hatte die Hände hinter dem Rücken verschränkt, ähnlich wie Napoleon, und löste sie nur gelegentlich voneinander, um ungeduldig damit herumzuwedeln oder durch die Luft zu schneiden.

Die Mitarbeiter der Nachtschicht seien bei jeder Zeitung die Frontsoldaten, sagte er ihnen, die Kommandotruppen. Die Nachtschicht präge die Melde-Jungen und, mit einem schiefen Lächeln zu Paddy, -Mädchen, sie seien zur Stelle, wenn unerwartete Meldungen einträfen, ohne sie wäre die Zeitung etwas ganz anderes. Paddys Gedanken wanderten schon bald in eine andere Richtung. Weder sie noch die anderen aus der Nachtschicht erkannten sich in Ramages Beschreibung wieder. Sie waren nur da, weil man befürchtete, dass man sonst die Riesennachricht verpassen würde, die etwa alle zehn Jahre mitten in der Nacht in der Redaktion eintraf – ein Erdbeben in Armenien, bei dem Zehntausende umgekommen waren, oder der unerwartete Tod eines sowjetischen Regierungschefs. Dann wäre der Ruf der Zeitung ruiniert, und die Werbekunden würden abspringen. Die Mitarbeiter der Nachtschicht wussten, dass sie nichts anderes als eine Absicherung waren, damit »Suits for Sirs« und »Bejam's Freezer Stores« ihre Anzeigen nicht zukünftig im *Glasgow Herald* brachten.

Ramage laberte weiter und beschämte sie mit seinen Übertreibungen, bis viele sich fragten, ob sie nachts nicht etwas Besseres tun sollten, anstatt zu dösen, sich die Hoden zu kratzen oder sich zu zanken wie Jugendliche im Arrest. Er wollte sie wissen lassen, dass der Unternehmergeist, der gerade durch Großbritannien fegte, bei der *News* willkommen sei. Jeder könne mit dem Vorschlag für einen Artikel direkt zu ihm kommen. Zu jeder Tages- und Nachtzeit, man solle einfach nur bei ihm anklopfen. Es gehe um die Auflage, und gute Storys sorgten nun mal für eine hohe Auflage. Das dürfe man nie vergessen.

Dann versetzte Ramage ihnen den Todesstoß: Etwas weniger als die Hälfte von ihnen seien überflüssig. Die eng beieinanderstehenden Mitarbeiter schnappten alle gleichzeitig nach Luft, aber niemand murrte oder meldete sich zu Wort. Weiter hinten kicherte jemand, und jemand anderes mühte sich, einen Kloß im Hals wegzuräuspern, aber ohne Erfolg. Die *News* bräuchte Macher, die Schlagzeilen lieferten. Wer lieferte, hätte seine Stelle sicher, erklärte er. Wem die neuen Regeln nicht gefielen, der könne gehen. Alles klar? Er fixierte sie mit seinem Gorgonenblick, wahrscheinlich in der Hoffnung, dass jemand freiwillig ging und ihm eine dicke Abfindung ersparte. Im Raum war es ganz still.

Er erinnerte sie noch einmal daran, dass man mit Schlagzeilen Zeitungen verkaufte, und ging. Alle Augen folgten ihm.

Einen Augenblick lang blieben alle trotzig stehen und sahen zur Tür. Eine zögerliche Stimme im Hintergrund murrte »Arschloch«. Als Ramage nicht zurückgestürmt kam und denjenigen zur Rede stellte, wurde die Beleidigung wiederholt, ein bisschen lauter, und eine andere gesichtslose Stimme stimmte zu. Paddy sah sich um. Große, weit aufgerissene Augen musterten die neben ihnen Stehenden und versuchten abzuschätzen, wie unverzichtbar der jeweils andere war. Paddy hatte keine direkten Kollegen. Ihre Stelle gab es nur einmal, deshalb war sie wahrscheinlich sicher. Es sei denn, sie wurde durch jemanden aus der Tagesschicht ersetzt. Oder man griff gleich auf eine Agentur zurück.

Die unglückliche Truppe löste sich zögernd auf, alle kehrten langsam an ihre Schreibtische zurück. Die meisten waren in die Nachtschicht verbannt worden, weil sie unbeliebt und unsympathisch waren. Richards würde nicht für sie kämpfen.

Womöglich gab Richards bei der Nachtschicht sogar nach und ließ Entlassungen zu, damit die Tagesschicht besser wegkam.

Paddy wandte sich an die abziehenden Truppen: »Sollten wir nicht etwas unternehmen? Protestieren oder so?«

Ein Korrektor wandte sich zu ihr um. »Entweder entlassen sie Leute, oder die ganze Zeitung geht pleite. Richards weiß das. Die Journalistengewerkschaft weiß das. Wir können nichts machen.«

»Und die Druckergewerkschaften würden auch nichts unternehmen?«

Der Korrektor blieb stehen und sah sie traurig an. »Meehan, deshalb zahlt das Management doch keine neuen Druckmaschinen. Wenn sich die neue Technologie durchsetzt, ist die Druckergewerkschaft in fünf Jahren erledigt, und wir machen das alles selbst. Außerdem kehren neue Redakteure gern mit eisernem Besen, um ein Zeichen zu setzen.« Er zeigte mit dem Finger zur Tür. »Er erstellt eine Liste mit allen, die keine Idee für einen Artikel haben. Das könnte ein Massaker werden.«

Sie war schon halb die Treppe hinuntergelaufen, als ihr auffiel, dass sie keine Ideen für irgendwelche Artikel oder Themen hatte.

II

Ramages Büro war eine Etage unterhalb der Redaktion. Unter Farquarson war niemand außer dem Vorstand und der Verwaltung hierhergekommen, deshalb roch es im Flur immer nach Zitrone, als ob die Putzfrauen gerade erst da gewesen wären und sich die Luft seitdem nicht mehr bewegt hätte. Aber jetzt standen an einigen Büros die Türen offen, und an den Wänden hatten Mitarbeiter Kisten gestapelt, um den

Platz für sich zu beanspruchen. Als ob unter dem neuen Regime gleich eine neue Klasse entstanden wäre, die sich von der alten Kameradschaft der Journalisten abspaltete und weit weg von allen anderen verschanzte.

Ramages Name stand an einer Tür, an die sich Paddy von einem beängstigenden Vorfall vor langer Zeit erinnerte. Schon beim bloßen Anblick wurde ihr flau vor Angst. Sie klopfte, wartete auf das »Herein« und öffnete dann die Tür zum Konferenzzimmer, dem größten Raum auf der Etage.

Ramage saß am fernen Ende und beobachtete die Tür von seinem Schreibtisch aus. Der Schreibtisch war aus massiver dunkler Eiche gefertigt und erinnerte an ein kleines Schloss: schwer, quaderförmig und kunstvoll geschmückt mit Kreuzblumen, geschnitzten Äpfeln und Muscheln, gekrönt von einer üppigen grünen Lederoberfläche. Daneben wirkten der hässliche industrielle Teppich und die marineblauen Textiltapeten noch schäbiger. Ramage hatte nur ein Telefon, ein ledergebundenes Notizbuch und einen goldenen Füller vor sich. Sein Stuhl war aus rotem Leder auf einem Eichengestell, das sich zurückklappen ließ. Er trug ein hellblaues, frisch gebügeltes Hemd und schwarze Hosenträger, lehnte sich in seinem Stuhl zurück, tippte mit dem goldenen Füller gegen seine Zähne und musterte Paddy von oben bis unten.

»Ich bin Meehan, ich mache die Nachtschicht für die Polizeimeldungen.« Es gefiel ihr nicht, wie er sie ansah. Wenn er nicht derjenige gewesen wäre, der über die Entlassungen entschied, hätte sie etwas gesagt.

»Was wollen Sie?«

»Ich bin an einer Story dran. Die Polizei von Strathclyde behauptet, der Mord an Vhari Burnett sei von einem Mann begangen worden, der sich einen Tag später umgebracht hat. Ich habe einen Mann an der Tür von Burnetts Haus gesehen, das war aber nicht er. Zwei Polizeibeamte haben den Mann auch gesehen, doch die Polizei geht der Sache nicht nach.«

Seine Augen leuchteten, aber dann beugte er sich schnell vor und blinzelte, um seine Aufregung zu verbergen.

»Allerdings ist die Story noch nicht druckreif. Mein Wort steht gegen das der Polizei, ich brauche weitere Beweise, bevor ich die Geschichte bringe.«

»Gut. Gute Story, hat Substanz. Burnett sah gut aus, das läuft noch eine Weile.«

Sie schürzte die Lippen. Er sah es.

»Meehan, kommen Sie mir jetzt nicht mit irgendeiner Emanzipations*scheiße.«* Ramage spuckte das Wort förmlich aus. »Für so einen Mist habe ich keine Zeit.«

»Nein, Boss.« Sie sprach so tonlos, mit halb geschlossenen Augen, dass sie beide ihren Hass auf ihn heraushörten.

»Ich hatte auch bei meiner letzten Stelle ein Mädchen, das für mich gearbeitet hat. Sie hatte größere Titten als Sie, aber ich mag Frauen in der Redaktion, das schafft gleich eine andere Atmosphäre. Ich bin also definitiv ein Frauenfan.« Er lächelte und zeigte dabei die Zähne, doch seine Augen blieben ausdruckslos.

Paddy lächelte mit derselben Wärme zurück und überlegte dabei, ob sie ihm mit seinem Brieföffner das Gesicht zerstechen sollte.

III

Die beiden am Unfall beteiligten Fahrer standen schmollend und mit verschränkten Armen auf der steilen, grasbewachsenen Böschung der Autobahn, mit sieben Metern Abstand zwischen sich und ohne sich eines Blickes zu würdigen, während die Polizei, Feuerwehr und Sanitäter um die ineinander verkeilten Autos herumstanden und plauderten. Die Fahrbahn Richtung Westen war gesperrt, hinter einer Absperrung warteten die wenigen Autofahrer, die mitten in der Nacht unterwegs gewesen waren, bis alle Teile von der Straße aufgesammelt worden waren.

Der Fahrer des Mini Metro erklärte, es sei ein unglückliches Versehen gewesen, der Fahrer des Ford Anglia dagegen behauptete, dahinter stecke böswillige Dummheit. Die beiden Wagen hatten sich auf der Autobahn gestreift. Zuvor hatte der Fahrer des Minis, als er merkte, dass er beinahe die Ausfahrt verpasst hätte, eilig die Spur gewechselt, ohne nach hinten zu sehen oder zu blinken. Irgendwie hatten sich die Seiten der Autos ineinander verkeilt, und so waren sie über drei Spuren gewalzt. Glücklicherweise hatten sie sich nicht überschlagen.

Als die Polizei eintraf, saßen die Männer in ihren Autos fest, Seite an Seite, und beschimpften sich lauthals. Sie hörten erst auf, als die Feuerwehrleute drohten, wieder wegzufahren und sie so stehen zu lassen. Sie wurden herausgeschnitten und von Sanitätern untersucht, wobei man feststellte, dass keiner der Männer auch nur eine Beule oder einen Kratzer hatte. Bei den beiden Autos war ein Totalschaden entstanden.

Ein netter Einsatz. Es gab keinen Kampf, bei dem man dazwischengehen musste, und es war niemand gestorben. Die Rettungsmannschaften standen noch ein bisschen auf der abgesperrten Autobahn herum und genossen die Atmosphäre der unerwarteten Kameradschaft, ähnlich wie bei einem Dorffest auf einem zugefrorenen Fluss.

Vor einer halben Stunde hatte sich Billy auf die Suche nach einer Telefonzelle gemacht und bei der Zeitung angerufen, damit man ihnen einen Fotografen schickte. Frankie Miles war mit seiner tonnenschweren Fotoausrüstung über der Schulter erschienen und hatte dann festgestellt, dass er keinen Taxischein hatte, um wieder zurück zur Zeitung zu kommen. Mit der schweren Tasche konnte er nicht weit laufen, außerdem war es ohnehin schwierig, um diese Zeit ein Taxi zu bekommen. Billy und Paddy boten ihm an, ihn mitzunehmen, und so standen Frank und Billy jetzt beim Auto, rauchten schweigend und wärmten sich den Hintern an der Motorhaube, während sie auf Paddy warteten.

Paddy las gerade noch einmal ihre Notizen durch und überprüfte die Nummer der Ausfahrt am Schild über ihr, als ihr der Witzbold vom Fluss auffiel, der gerade wieder einmal seine Kollegen unterhielt. Sie dachte an Dub und den Comedy Club, ging hinüber und stellte sich dazu. Prompt drehte sich sein Publikum zu ihr um, und er vermasselte die Pointe. Sie hob entschuldigend die Hände und wartete, bis er die Geschichte zu Ende erzählt hatte.

»Und ich sagte zu dem Mann: ›Sie sind trotzdem schuld an dem Unfall: Eine Frau darf man einfach nicht ans Steuer lassen.‹«

Die Polizisten lachten pflichtschuldig und gingen dann auseinander.

»Vielen Dank auch, Sie haben mir gerade die Pointe versaut.«

»Ich wusste nicht, dass Sie mittendrin sind. Ich wollte Sie etwas fragen. Der Tote im Fluss neulich – war das definitiv Selbstmord?«

»Na ja, zumindest wird er als Selbstmord behandelt.«

»Und was ist mit der aufgerissenen Wange? Hat ihn da nicht jemand verletzt?«

»Nein, man fand ein Stückchen Holz aus dem Fluss drin. Seine Frau sagte, dass er sich ganz normal verhalten habe. Aber er hat einen Abschiedsbrief im Auto hinterlassen, allerdings ohne einen Grund zu nennen, nur Blabla, ich kann so nicht weitermachen.«

»Was für ein Auto hatte er?«

»Einen Golf GTi, super Karre.« Er nickte begeistert. »Richtig klasse.«

»Gut, gut.« Paddy schaute auf die Straße. »Haben Sie je von einem Schlägertypen namens Lafferty gehört?«

»Bobby Lafferty?«

Sie kannte seinen Vornamen nicht und wiederholte daher Sullivans Beschreibung. »Großer Typ? Breite Schultern, kahl rasiert?«

»Aye, den hab ich vor ein paar Jahren mal wegen Trunkenheit am Steuer verhaftet. Er war so besoffen, dass er auf dem Rücksitz saß und das Lenkrad suchte.«

Sie lachte laut, was ihn so freute, dass er ihr noch eine weitere Geschichte erzählte.

»Ich hatte Glück, dass er zu besoffen war, um auf mich loszugehen. Er hat mal einen ins Auge gebissen, der ist seitdem blind. Er geht auf jeden los – Verwandte, Schulkameraden, jeden.«

Paddy hörte ihm mit einem aufmunternden Lächeln zu, doch ihre Gedanken gingen in eine ganz andere Richtung. Lafferty war ein bekannter Krimineller, und Vhari Burnett war Staatsanwältin gewesen. Es musste eine Verbindung zwischen ihnen geben. Vielleicht hatte sie ihn ja angeklagt, und er war deswegen auf sie losgegangen.

»Er hat seinen eigenen Hund umgebracht. Können Sie sich vorstellen, wie so ein Typ tickt? Hat ihn aus dem Fenster geworfen, sechs Meter über dem Boden.« Er erzählte mit leuchtenden Augen – wenn sie die Worte ausblendete, könnte er auch von einem großen Sportler oder einem Kriegshelden erzählen.

»Und gab es kürzlich was? Wurde er angeklagt oder so?«

»Hab nichts davon gehört. Was aber nicht viel heißt. Die haben doch immer irgendwas am Laufen. Das sind Tiere, richtige Tiere.« Er nickte bekräftigend und erwartete Zustimmung, aber sie war in Gedanken bei Lafferty, Thillingly und Burnett und verpasste ihren Einsatz, wenn auch nur knapp.

»Aye«, sagte sie, »sehr richtig.«

Er sah sie misstrauisch an. »Sie kennen Lafferty doch gar nicht, oder?«

»Aber wie Sie denke ich, dass gewalttätige Menschen wie Tiere sind.« Sie klang wie ein schlechter Roboter. Sie kicherte und schaute schnell zur schwarz glänzenden Autobahn und zur Absperrung, die aus drei Polizeiautos bestand. »Meine Güte. Haben Sie je monatelang Nachtschicht geschoben?«

Er runzelte die Stirn. »Wir wechseln ab.«

»Tja, ich mache das jetzt schon fünf Monate hintereinander. Wenn ich manchmal ein bisschen daneben wirke oder mein Timing schlecht ist, dann liegt das nicht ... Also, das hat keinen tieferen Sinn.«

»Ja.« Sie konnte es förmlich vor sich sehen, wie er eine Geschichte über eine Journalistin zum Besten gab, die kein Wort herausbrachte. »Sie scheinen die englische Sprache zu kennen, auch wenn sie Ihnen nicht vertraut ist. Sind Sie zum ersten Mal in unserem schönen Land?«

Sie lachte so heftig, dass ihr Kopf auf ihrem Hals wackelte. »Okay.« Dann beruhigte sie sich wieder. »Also, dann lassen wir das mal lieber mit der Konversation und konzentrieren uns auf das Wichtige. Arbeitet Lafferty allein?«

Ein Polizist, der ein Stück weiter weg neben dem Streifenwagen stand, rief ihnen etwas zu.

»Nein, der arbeitet für andere.« Er sah über die Schulter zum Wagen. »Ich muss los.«

Sie wollte nach seinem Arm greifen, als er vorbeiging, verschätzte sich aber und erwischte nur zwei Finger, die sie noch dazu drückte, um zu prüfen, ob es wirklich seine Hand war.

Sie standen Schulter an Schulter wie Flamenco-Tänzer. Er lächelte zu ihr herunter, die körperliche Nähe schien ihm zu gefallen. Während sie die Faust öffnete und seine Finger wieder losließ, überlegte sie, ob sie so tun sollte, als würde sie wirklich mit ihm flirten. Er war attraktiv und lustig, groß, und vor allem war er nicht Sean, lauter Pluspunkte also, aber als sie sich vorstellte, wie sie ihn berührte, wie sie ihn küsste und er sie, rührte sich nichts in ihr. Sie spürte nur ein leichtes Hungergefühl. Allerdings war er wirklich lustig: Sie sollte ihm vom Comedy Club erzählen und ihn einladen, damit er Dub McKenzie kennenlernte.

»Mein Freund …« Sie zögerte und überlegte, ob es eine gute Idee war, ihn einzuladen, wenn sie gerade nach seiner Hand gefasst hatte, außerdem klang es so, als ob sie ihn gerade mit »mein Freund« angeredet hätte. »Äh, also ein Freund von mir ist Comedian. Er tritt morgen im Comedy Club im Blackfriars auf. Sie sollten hingehen und ihn kennenlernen.«

Er hob überrascht die Augenbrauen und grinste, als ob er gerade ihren Busen gesehen hätte. »Okay. Vielleicht sehen wir uns dort.«

»Nur ein Vorschlag. Comedy ist eine gute Sache. Ich habe Sie nicht gebeten, mit mir auszugehen, das ist kein Date.«

»Natürlich nicht.« Sein Blick glitt zu ihrem Ausschnitt, und er fuhr sich mit der Zunge über die Unterlippe, sie sah seine Lippen in der Dunkelheit glänzen. »Natürlich nicht. Also, vielleicht sehen wir uns dort.«

Die Situation war einfach nicht zu retten. Er lächelte sie an, mit schmalen Augen, sodass sie seinen Blick nicht deuten konnte, und ging zurück zu seinen Kollegen, die neugierig zu ihnen herübersahen und sich wahrscheinlich fragten, warum die kleine Paddy Meehan nach seiner Hand gegriffen hatte.

Die kalten weißen Lichter der Autobahn glitzerten auf seiner linken Hand. Paddy brauchte eine Weile, bis sie begriff, dass es ein Ring war. Der Witzbold war verheiratet.

14

George Burns

I

Kate war überrascht, dass der Mini so gut durchhielt. Sie war mit halb vollem Tank von Bernies Werkstatt weggefahren, doch die Tankanzeige war rasch nach unten gefallen, und sie befürchtete schon, dass der Tank ein Loch hatte. Sie fuhr langsam, viel langsamer als mit dem BMW, und vermisste die Federung des großen deutschen Wagens.

Es wehte ein leichter, morgendlicher Wind, als sie sich der Abzweigung zum Cottage näherte. Es war noch dunkel, und sie hielt den Atem an, als sie daran vorbeifuhr. Fast rechnete sie damit, dass vor dem Haus Autos parkten, aber da waren keine. Kate warf einen Blick nach links zum Bootshaus am Wasser, aber auch dort war nichts zu sehen. Sie fuhr langsamer und holte noch einmal tief Luft, dann hielt sie am Straßenrand. Es war wohl am besten, sie parkte an der Straße – vielleicht musste sie schnell wieder verschwinden.

Im Cottage herrschte ein furchtbares Durcheinander. Alles war zerstört: Was nicht fest an der Wand montiert war, war zerbrochen oder zerschmettert, Polster waren von den Sofas gezerrt worden, die Spiegel und Bilder von den Wänden gerissen, die Fotografien lagen mit dem Gesicht nach unten auf dem Boden. In der Küche war es noch schlimmer: Der Inhalt jedes einzelnen Regals war auf den Boden gekippt worden, schweres Steingut so heftig ins Keramikspülbecken geschleudert worden, dass es jetzt einen großen Sprung hatte. Der Tisch war umgestoßen und lag mit der Platte nach unten auf dem Boden. Sie verstand die Botschaft gut: Das machen wir auch mit dir.

Kate hob einen Weidenkorb mit Deckel auf und füllte ihn mit sämtlichen Konservendosen, die sie finden konnte. Sie hatte die Schachtel mit Milchpulver auf der Arbeitsplatte stehen lassen, als sie zum Bootshaus gerannt war. Die Männer hatten sie umgestoßen, aber liegen lassen. Kate faltete das Wachspapier an der Öffnung zusammen und stellte die Schachtel vorsichtig in ihren Korb. Sie konnte damit den Inhalt der braunen Umschläge verschneiden. Derart ausgestattet, konnte sie wochenlang hierbleiben.

Durchs Küchenfenster sah sie den Hang hinauf zum Kamin des Nachbarhauses. Sie wusste, dass es bis Mai leer stehen würde, die Nachbarn überwinterten jedes Jahr in Kenia. Kein Rauch stieg auf, sie hatte also recht. Das Haus war verlassen, das Ocker des Kamins verschmolz mit dem Grün der Koniferen im Vordergrund. Wenn man nicht genau hinsah, erkannte man gar nicht, dass dort ein Haus stand.

Sie lächelte vor sich hin, als sie sah, dass sich im Garten etwas verändert hatte. An der hinteren Mauer war ein großer Fleck Erde umgegraben worden.

Sie wusste genau, wer dort lag, und sie wusste auch, dass es leicht sie hätte treffen können.

II

Es war Paddys freier Abend, und sie hatte überlegt, diese Woche nicht ins Blackfriars zum Comedy Club zu gehen, weil sie befürchtete, dass der verheiratete Polizist auftauchen könnte. Aber sie hatte den Tag über gut geschlafen, und als sie im Wohnzimmer saß und *Junior Superstars* ansah, wurde ihr klar, dass sie sowieso die ganze Nacht auf sein, allein herumsitzen und sich Sorgen über Ramages Reaktion machen würde, wenn er nächste Woche im Zuge der polizeilichen Untersuchung die Details über ihren Besuch bei Vhari Burnett erfuhr. Also konnte sie auch in die Stadt gehen.

Der Pub lag am Rand des alten Lagerhausviertels. Die meisten Gebäude waren Speicherhäuser mit kleinen Fenstern und hohen Mauern, früher waren dort Tabak und Zucker gelagert worden. Einst zeugten sie vom Wohlstand des Empire, heute tummelten sich dort die Ratten.

Angeblich war das Viertel schwer im Kommen als schicke neue Wohngegend. Bauunternehmer hatten die rattenverseuchten Getreidespeicher zu Lofts im New Yorker Stil umgebaut, allerdings ohne jegliches Gespür für Raum und Proportionen. Kleine Häuschen wie aus der Retorte waren zwischen die stattlichen Mauern der Lagerhäuser gezwängt worden, Fenster waren einfach geteilt worden, und mitten in den neuen Küchen und Fluren erhoben sich gusseiserne Säulen.

Die Sanierung war noch in vollem Gange, und die Stadtverwaltung hatte jede Menge Straßenlaternen aufgestellt, damit sich die neuen Yuppie-Bewohner sicher fühlten, wenn sie ihre Volvos und Saabs an der Straße parkten. Man kam sich ein bisschen vor wie in einer gut ausgeleuchteten Geisterstadt. Paddy wusste, dass McVie hier irgendwo wohnte. Sie war neugierig, fürchtete aber, dass er sie betatschen wollte oder auf sonst etwas aus war. Er war ein merkwürdiger Mann, manchmal eher onkelhaft, manchmal anzüglich, und sandte sexuelle Signale in alle Richtungen.

Das Blackfriars war verraucht und voller vergnügter Gäste.

An einem Tisch in der Nähe der Bar hatte sich eine Gruppe Psychobillys niedergelassen, alle in Jeans und abgewetzten Lederjacken, die Mädchen mit knallrotem Lippenstift, ob er nun zum übrigen Outfit passte oder nicht. An den Spielautomaten standen drei gefährlich aussehende Typen mit Irokesenkamm, ihre Gläser mit Snakebite Black hatten sie auf einem schmalen Regal abgestellt.

Paddy drängte sich durch die Menge. Richtung Hinterausgang gab es einen engen Flur, dessen Wände mit Plakaten vergangener und anstehender Auftritte beklebt waren. Eine schmale schwarze Tür stand offen, bewacht von einem Mädchen an einem Konsolentischchen. Sie hatte ein niedliches Gesicht und hübsche braune Korkenzieherlocken, die sie sich ständig um den Finger wickelte. Trübsinnig tippte sie mit einem schwarzen Edding auf dem Tisch herum.

Paddy zog Schal und Handschuhe aus und stopfte sie in die Manteltasche. Dann sah sie das Schild, und ihre Laune sank. Heute Abend war Offenes Mikro. In den zwei Jahren, seit Paddy in Comedy Clubs ging, hatte sie noch nie erlebt, dass eine Open Mike Night gut lief. Jeder Idiot mit einer Neigung zur Selbstdarstellung konnte sich auf die Bühne stellen und sich vor zahlendem Publikum blamieren. Dub sagte, es müsse an Paddy liegen, sie würde das Unglück anziehen: Er hätte das Publikum bei Veranstaltungen mit offenem Mikro schon ausrasten sehen vor Begeisterung, manchmal würden auch etablierte Comedians die Gelegenheit nutzen, neues Material auszuprobieren. Aber immer, wenn Paddy da war, war es furchtbar.

Lorraine sah, wie Paddy das Gesicht verzog. »Einmal, ja?«

»Hi, Lorraine, wie geht's? Ich stehe auf der Gästeliste. Ich bin mit Dub McKenzie hier.«

Lorraine nickte wenig begeistert und zog den Deckel von

ihrem Stift, der sich mit einem widerwilligen »Plopp« löste. Paddy streckte die Hand aus, und Lorraine kritzelte ihre Initialen auf ihren Handrücken.

»Schöner Mantel.« Paddy zeigte auf Lorraines braunen Mantel. Er war überhaupt nicht schön. Der steife, glänzende Kunststoff stand an den Schultern ab.

»Danke.« Lorraine reckte sich in ihrem Plastikmantel. Paddy lächelte und strich beim Runtergehen über das weiche grüne Leder ihres eigenen Mantels.

Der Raum im Keller hatte eine beklemmend niedrige Decke. Links vom Eingang zog sich die Bar im rechten Winkel nach hinten. Rechts befand sich der kleinere Bühnenbereich mit ein paar Reihen Klappstühlen.

Zwischen den wenigen Gästen, die auf und ab schlenderten oder sich etwas zu trinken holten, stand Dub McKenzie über die Bar gebeugt. Nach seiner Kündigung bei der *Daily News* hatte der ohnehin schon dünne Dub mit dem Rauchen angefangen und es tatsächlich geschafft, noch mehr Gewicht zu verlieren. Er trug eine rot karierte Hose, ein blaues T-Shirt mit Knopfleiste und blaue Wildlederschuhe mit einer zweieinhalb Zentimeter dicken Kreppsohle. Als Paddy hereinkam, wandte er sich zur Tür, hob die Hand und winkte ihr mit seinen langen Fingern zu.

»Du hättest mir sagen können, dass heute Abend offenes Mikro ist«, sagte sie und zog ihren dicken Schal aus der Tasche. »Dann wäre ich nicht gekommen. Das ist unmenschlich.«

Dub nahm ihr den Schal ab, knüllte ihn zu einem Ball zusammen und warf ihn in eine Ecke hinter der Bar, wo die Mäntel aufbewahrt wurden. Als der Barmann zu ihr herübersah, bestellte sie ein halbes Pint Shandy für Dub und eine Cola für sich.

»Ich war nicht sicher, ob du heute kommen würdest«, sagte er.

»Wo sollte ich sonst hin? In den Press Club? Du bist der einzige Mann, den ich kenne, der nicht mit dem Gedanken spielt, seine Frau zu verlassen.«

»Abgesehen von Sean.«

Er grinste immer so spöttisch, wenn er ihren Ex erwähnte. Paddy wusste nicht so recht, warum. Die beiden kannten sich nicht einmal.

»Wer ist zuerst dran?«

»Ein Typ, der einen lispelnden Bankmanager mimt.«

»Lustig?«

Er zuckte mit den Schultern. »Die Zuschauer lachen und klatschen. Aber nicht wie nach einem Song, sondern die ganze Zeit.«

Dub hatte eine Theorie, dass Comedy Songs niemals lustig waren und das Publikum nur aus Erleichterung klatschte, wenn der Song vorüber war. Als großer Comedy-Theoretiker hatte er unzählige Gesetze zu diesem Thema formuliert und verfügte über ein enzyklopädisches Wissen zur Geschichte der Comedy. Er konnte einen Witz über Hunderte Erscheinungsformen zurückverfolgen und hatte eine erstaunliche Sammlung mit Aufnahmen zusammengetragen, die von der Goon Show, einer Radio-Comedy der BBC, bis zu Bootlegs von Lenny Bruce und dem frühen Ivor Cutler reichten. Paddy war schon oft bei Dub gewesen und hatte sich in seinem vollgestopften Zimmer im Bungalow seiner Eltern seine Comedy-Platten angehört. Sie saßen auf dem Bett, tranken Tee, rauchten und lachten die Tapete an, seine Mutter störte das nicht. Gelegentlich hob Dub die Nadel von der Platte und erklärte ihr einen Gag. Die wenigen Male, bei denen sie Dub wirklich lachen sah, konnte sie an einer Hand abzählen, dennoch unterhielt ihn nichts so gut wie Comedy. Sie hatte gesehen, wie er bei einer guten Vorstellung regelrecht in Trance verfiel.

Langsam füllte sich der Club. Um neun sollte es losgehen. Immer wieder kamen Gäste zu Dub und gratulierten ihm zu seinem Auftritt in der letzten Woche, baten ihn um einen Gefallen oder richteten ihm Grüße von Comedians auf Tournee aus, die sie gesehen hatten. Paddy blieb an seiner Seite und sah immer wieder nervös zur Tür, wenn ein eintreffender Gast dem lustigen Polizisten ähnelte. Er würde nicht kommen, da war sie sich sicher. Und wenn er kam, würde sie so tun, als ob Dub ihr Freund wäre. Sie würde sich an ihn dranhängen, über seine Witze lachen oder so, ihn vielleicht am Arm fassen.

Das Publikum bot die übliche Mischung: Freunde der Künstler, einige Zuschauer, die sich wirklich für Comedy interessierten, und ein paar verschreckte, leichenblasse Jungs, die die Chance nutzen wollten, auf die Bühne zu gehen. Die Comedy-Interessierten sahen ziemlich normal aus, Typen im Hemd oder C&A-Pullover mit Freundinnen, die zitronengelbe Twinsets oder Blusen mit üppigen Schleifenkragen trugen, alles von der Stange. Sie hatten von der Comedy-Szene gehört und waren aus den Vororten gekommen, um den nächsten Ben Elton zu sehen. Freundliche, offene Zuschauer, die gern lachten, nicht das für seine Intoleranz berüchtigte Publikum der Glasgower Varietés, das die größten britischen Künstler der vergangenen fünfzig Jahre hatte abblitzen lassen.

Ohne dass es eine direkte Aufforderung gegeben hätte, zog es nun alle zu den Klappstühlen vor der Bühne. Die Zuschauer setzten sich, stellten ihre Getränke auf dem Boden ab und legten sich die Mäntel über die Knie. Dub schlüpfte hinter die Bühne und prüfte noch einmal die Lautsprecheranlage. Paddy schaute ein letztes Mal zur Tür. Der lustige Polizist kam nicht. Erleichtert setzte sie sich nach hinten, an den Gang, wo Dub ihr Gesicht im Bühnenlicht sehen konnte. Er brauchte kein aufmunterndes Lächeln aus dem Publikum mehr, sie tat es aus Gewohnheit. Es war ihm nicht immer leicht gefallen, auf der Bühne zu stehen.

Das Licht ging aus, und Paddy hatte gerade noch genug Zeit, um zu überlegen, wie groß die Brandgefahr in einem abgedunkelten Keller voller Raucher war, dann stürmte auch schon Dub durch den Gang und streifte dabei ihre Schulter. Die Scheinwerfer gingen an, Dub erklomm mit seinen schlaksigen Beinen die steile Stufe zur Bühne, nahm das Mikrofon vom Ständer und legte mit seiner Nummer »Dann geh doch nach Russland« los.

III

Es war, als ob man Veganer zwingen würde, beim Schlachten von Robbenbabys zuzusehen. Die Zuschauer waren zum Teil weite Strecken gefahren und waren nette Leute, sie hatten sich entschieden, ihren Freitagabend lachend zu verbringen, anstatt sich zu betrinken und mit ihren Ehepartnern oder Nachbarn zu streiten. Und da saßen sie nun, schauten betreten auf ihre Knie oder schielten zum Notausgang, während ein junger Mann auf der Bühne einen drittklassigen Nervenzusammenbruch simulierte.

Muggo the Magnificent beschrieb die Symptome seiner Panikattacken in der Reihenfolge ihres Auftretens: Sein Hals wurde trocken, und dann begann er zu zittern – seht nur seine Hand, seht, wie sie zittert, bei den Partys, bei denen er sonst auftrat, war alles ganz anders, ehrlich. Meine Füße lösen sich nicht mehr vom Boden, erklärte er ihnen, ich kann sie nicht mehr bewegen, und ich schwitze. Ich glaube, ich fange gleich an zu weinen. Es wäre besser gewesen, wenn man ihm den Gnadenschuss verpasst hätte.

Dub polterte aus den Kulissen, sammelte ihn ein wie eine Requisite und schleppte ihn durch den Gang bis zur Bar. Paddy fing an zu klatschen, die anderen fielen zögernd ein.

Der nächste Freiwillige kam ohne eine Vorstellung von Dub auf die Bühne, der sich im Hinterzimmer um den sterbenden jungen Mann kümmerte und ihm ein zuckerhaltiges Getränk verabreichte. Der neue Kandidat trug einen braunen Anzug und eine Narrenkappe, er schwitzte und war aufgeregt, er zitterte sogar ein bisschen. Er ging zu nah ans Mikro und sorgte dadurch für ein ohrenbetäubendes »Plopp«.

»Okay«, sagte er. »Hört gut zu, ihr Arschlöcher, denn jetzt wird's witzig.« Irgendwo in der Welt hätte er dafür sicher einen Lacher bekommen, aber nicht hier.

»Mein Gott«, murmelte Paddy und stand auf, um dem Elend auf der Toilette zu entfliehen.

»Hey, Dickerchen!« Der Clown auf der Bühne hatte sie bemerkt. »Womit verdienst du dein Geld?«

Sie drehte sich zu ihm und warf ihm einen dieser tödlichen Blicke zu, die sie bei der Zeitung gelernt hatte. Er zuckte zusammen: Ihm war klar, dass er zwar am Mikrofon stand und deshalb den Vorteil hatte, dass seine Worte verstärkt wurden, aber dass er sich heute Abend trotzdem die falsche fette Frau ausgesucht hatte. Er war verunsichert, und das Publikum merkte das sofort. Einige Zuschauer drehten sich um und sahen Paddy an.

»Und, was machst du?«, wiederholte er.

»Ich manage Comedians«, sagte sie laut.

Das Publikum lachte, überrascht über die Aggression in ihren Worten. Und die Zuschauer lachten immer weiter, dankbar, dass Paddy ihnen einen Vorwand geliefert hatte, ein bisschen Dampf abzulassen, dafür hatten sie schließlich bezahlt. Paddy nutzte die Unterbrechung und schlich sich aufs leere Damenklo.

Sie musterte sich kritisch im Spiegel. Quer durch einen abgedunkelten Raum hatte ein schlechter Comedian erkannt, dass sie dick war. Sie griff sich eine Speckfalte unter ihrem Kinn und drückte sie kräftig. Sie bemühte sich einfach nicht genug. Alle nahmen mit der F-Plan-Diät ab, nur sie träumte von reichlich Zuckerguss auf klebrigen Rosinenschnecken und Schokolade und sog die Kalorien förmlich in sich hinein. Seit Monaten hatte sie nichts mehr zu sich genommen, ohne ein schlechtes Gewissen zu haben. Warum war sie nicht dünn auf die Welt gekommen wie Mary Ann?

Sie kämmte sich mit den Fingern die Haare an der Seite zurück, wo sie ein bisschen schlaff herunterhingen, korrigierte den zähen schwarzen Kajal unter ihren Augen und kam gerade wieder rechtzeitig zur Pause in den Keller.

Der lustige Polizist stand an der Bar. Schon von Weitem sah man ihm den Polizisten außer Dienst an, es hätte nur noch gefehlt, dass er seinen Knüppel schwenkte. Er trug Polyesterhosen und einen Pulli mit V-Ausschnitt über einem Hemd. Der Barmann brachte ihm einen klaren Longdrink mit Zitrone und Eis. Er nippte daran und lächelte schwach Richtung Bühne.

Paddy überlegte, sich wieder aufs Damenklo zurückzuziehen und dort zu verschanzen, bis er wieder ging. Aber irgendwann würde Dub nach ihr suchen. Schlimmer noch, womöglich fragte der Polizist nach ihr, und dann würden alle wissen, dass er ihretwegen gekommen war. Sie holte tief Luft und ging zur Bar.

»Alles klar?«

»Hi«, sagte er mit einem Krokodilsgrinsen. »Hi. Du siehst gut aus.«

Er hatte nicht nur zum vertraulichen Du gewechselt, sondern auch seinen Ehering abgelegt.

»Hast du noch etwas von den Auftritten mitbekommen?«

»Nein.« Er musterte sie von oben bis unten. Sein Lächeln rutschte in seine Mundwinkel und blieb dort. »Nein, kann ich nicht behaupten.«

»Sie waren auch nicht gut.«

Um sie herum drängten die Zuschauer zur Bar und wiederholten Paddys Einschätzung der Auftritte. Sie schaute sich um und sah, wie sich Dub an der Tür zum Getränkekeller herumdrückte, den sie scherzhaft Backstage-Bereich nannten.

Unter der Theke, im Hüftbereich, fand die Hand des Polizisten die von Paddy. Er griff nach ihren Fingern und drückte sie bedeutungsvoll. Schockiert zog Paddy die Hand weg und murmelte »Nein!«. Das klang so angeekelt, dass sie es nicht zurücknehmen oder beschönigen konnte.

»Aber du hast mich doch eingeladen, verdammt!« Er rückte noch näher.

Paddy packte ihn am Ärmel und zog ihn weg von der Bar und den drängelnden Zuschauern zu den Klappstühlen. Manche waren noch belegt, einige Zuschauer wollten ihren Platz behalten oder hüteten die Habseligkeiten ihrer Freunde. Sie starrten auf die leere Bühne und musterten den zerrissenen Vorhang und den kaputten Stuhl, der halb dahinter versteckt war.

Paddy drückte ihn auf einen Stuhl. »Ich habe dich eingeladen, weil du lustig bist, nicht, weil ich auf dich stehe. Das tue ich nämlich nicht. Es war mitten in der Nacht, und ich war durcheinander und habe versehentlich nach deiner Hand gegriffen. Du bist echt lustig. Du solltest wissen, dass es hier einen Comedy Club gibt. Weil du lustig bist.«

Das klang wie eine Abfuhr, versüßt durch ein Kompliment.

Er sah auf die leere Bühne und die Zuschauer davor, dann wieder zu Paddy. Paddy hatte den Eindruck, als fiele ihm gerade wieder ein, dass er ohnehin nicht auf sie stand. Er beschloss offenbar, die Sache auf sich beruhen zu lassen und nickte. »Ich *bin* lustig.«

»Ja, das bist du.«

»Und was willst du von mir? Willst du mich managen oder was?«

»Ich will gar nichts von dir. Ich will nicht einmal mit dir befreundet sein. Ich komme hier jede Woche her und sehe mir die Vorstellung an. Dabei kommt ein guter Comedian auf sechs schlechte. Ich dachte nur, dass dich das interessiert.«

Dub erschien neben Paddy und starrte den Polizisten an, der aufstand und die Hand ausstreckte.

»Alles klar, Kumpel? Bist du einer der Comedians?«

»Ja.« Dub drückte dem Polizisten kräftig die Hand und ließ sie wieder los. »Ich bin der Conférencier. Dub McKenzie.«

»Ich bin George Burns.«

Dub taumelte, als ob ihm jemand kräftig auf den Rücken geschlagen hätte. Kopfschüttelnd sah er Burns an. »Nein, Kumpel«, sagte er. »Du bist reinstes Comedy-Gold.«

15

Schlechte Zeiten für kräftige Frauen

I

Die Zuschauer waren nach Hause gegangen. Die Comedians und der Barmann saßen an einem Tisch in der Ecke im leeren Keller und nippten an ihren kostenlosen Getränken. Für die Debütanten am offenen Mikro war das die einzige Vergütung, ein mickriges Getränk, ein Pint vom billigsten Bier oder ein Glas süßen Wein. Paddy hielt sie dennoch für überbezahlt.

Lorraine schüttelte kokett die Locken und kicherte. Sie stand kurz davor, sich hier und jetzt George Burns in die Arme zu werfen. Paddy beobachtete ihn. Ihm schmeichelte die Aufmerksamkeit des Mädchens, aber irgendwie wirkte er abwesend, als ob er Lorraines Verhalten eher beobachten und darüber nachdenken würde. Lorraine hörte sich wie die anderen am Tisch seine Geschichten an, lachte extra laut bei den Pointen, beugte sich nach vorn, damit er sie besser sehen konnte, fasste sich an die Haare, die Lippen und ans Dekolleté, um seinen Blick darauf zu lenken.

Der gesamte Tisch hing an seinen Lippen. Er hatte noch nie auf der Bühne gestanden, trotzdem hörte ihm fast jeder Comedian am Tisch zu. Wenn sonst ein Comedian einen Witz erzählte, trumpfte der nächste gleich mit einem besseren auf oder unterbrach seinen Kollegen und änderte die Pointe, aber jetzt hielten sich alle zurück, lachten über Burns' Geschichten und amüsierten sich. Es lag auch nicht an seinem Alter: Er war einfach ein guter Erzähler, und die Arbeit bei der Polizei bot ihm natürlich einen ungeheuren Fundus an Material. Sogar Dub hörte zu, lächelte auf die Tischplatte hinunter und nickte gelegentlich. Wahrscheinlich hakte er im Geiste die handwerklichen Kniffe ab, die Burns instinktiv draufhatte.

Paddy trank den letzten Rest ihrer schalen Cola aus, die sie vor einer Stunde gekauft hatte, stand auf und erklärte, sie müsse jetzt los, um den letzten Zug zu erwischen. Normalerweise begleitete Dub sie zum Bahnhof, aber bevor er auch nur nach seinem Mantel greifen konnte, sprang Burns auf und stieß dabei fast Lorraine um.

»Ich fahr dich heim.«

»Nein«, wehrte sie ab. »Ich habe eine Transcard, das kostet mich nichts.«

»Ich muss mit dir über den Typen sprechen, den du neulich erwähnt hast.« Er warf einen kurzen Blick auf seine neuen Fans am Tisch, stufte sie als diskret ein und nannte den Namen: »Lafferty.«

Dub nahm die Hand vom Mantel und überließ ihm das Feld. Er konnte nur anbieten, sie zum Bahnhof zu begleiten, er hatte kein Auto.

»Oh«, sagte sie. »Okay.«

Burns wandte sich an die anderen. »Wir sehen uns nächste Woche.«

»Wunderbar«, sagte Muggo the Magnificent.

Burns und Paddy sammelten ihre Sachen zusammen und verabschiedeten sich. Sie war stolz, dass er sie nach Hause fuhr. Sie stand nicht auf ihn, aber es gefiel ihr, dass Lorraine und die anderen sie zusammen weggehen sahen. Lorraine wirkte ziemlich niedergeschlagen. Selbst Dub, der gerade seine Position als Anführer eingebüßt hatte, hob die Hand zum Gruß. »Tschüss, Paddy.«

Paddy ging auf der Treppe voraus. Ihr war bewusst, dass Burns' Blick dadurch auf ihren dicken Hintern gelenkt war, und sie verpasste ihren Hüften sogar einen zusätzlichen Schwung, es war fast schon ein Schwanken. Ausnahmsweise schämte sie sich nicht für ihren Körper, wenn sie sich beobachtet fühlte.

Oben im Pub war das Personal dabei aufzuräumen, wusch die Aschenbecher aus und stapelte die schmutzigen Gläser an der Bar. Ein Mitarbeiter zog eine Mülltüte hinter sich her und sammelte den Abfall von den Tischen ein. Niemand beachtete Paddy und Burns, als sie zur Tür gingen und sich selbst in die Kälte hinausließen.

Burns warf sich stolz in die Brust, als sie bei seinem Auto anlangten, einem Triumph TR7. Der beigefarbene Sportwagen mit schwarzer Stoßstange hatte eine steil nach hinten geneigte Windschutzscheibe, als ob sie von den unglaublichen Geschwindigkeiten, die das Auto fuhr, zurückgebogen worden wäre. Durch die Scheiben sah Paddy Sportsitze aus schwarzem Leder, die sich an den Körper schmiegten, dazu die passenden üppig gepolsterten Kopfstützen und ein ebenfalls mit Leder bezogenes Lenkrad. Sie war beeindruckt, aber fest entschlossen, es nicht zu zeigen.

»Ich wohne in Eastfield, kennst du das?«

»Klar.« Er wirkte ein bisschen überrascht. »Hatte dich eigentlich als Mädchen aus Pollockshaws eingeschätzt, um ehrlich zu sein. Aus einer etwas netteren Gegend.«

»Eastfield ist nett, es macht nur gerade schwere Zeiten durch.«

Er schloss die Beifahrertür für sie auf und sah sie dabei ganz unverhohlen und viel zu lange an. Während Paddy sich in den niedrigen Sitz sinken ließ, lief er um die Motorhaube herum wieder zur Fahrerseite. Das Auto war innen makellos sauber:

Sie konnte sich gut vorstellen, wie Burns an seinen freien Tagen liebevoll das Leder einölte.

Er öffnete die Fahrertür und ließ sich neben ihr in den Sitz fallen, lächelte dabei vor sich hin und dachte schon an seinen nächsten Besuch im Comedy Club in der kommenden Woche: »Du schaust dir doch viele Auftritte an. Was meinst du: Was kommt besser an, Typen oder Alltagsbeobachtungen?«

Sie überlegte. »Also, Typen kommen anfangs gut an, aber Beobachtungen sind langlebiger. Mit Beobachtungen kann man eine Nummer jahrelang beibehalten, allerdings ist der Durchbruch mit einer neuen Figur einfacher.«

Er ließ den Motor an und lächelte zur Straße hin. »Und was zieht die meisten Frauen an?«

Unbehaglich zog sie sich ihren engen schwarzen Rock über die fetten Schenkel. »Wie lange bist du eigentlich schon verheiratet?«

Er schnalzte gekränkt mit der Zunge und sah sie an. »Du nimmst kein Blatt vor den Mund, was?«

Sie zuckte mit den Schultern. »Ich frag ja nur.«

Burns setzte den Blinker und kontrollierte mit einem Schulterblick, ob die Straße frei war. Er mied eine direkte Antwort. »Warum? Bist du verheiratet?«

»Burns, wenn ich verheiratet wäre, würde ich immer meinen Ehering tragen, und jeder würde es wissen.«

Lastendes Schweigen, während sie sich durch die verlassenen schmalen Straßen zwischen den hohen Gebäuden manövrierten. Das Duftbäumchen mit Kiefernadelaroma baumelte rhythmisch am Spiegel, die Zellophanhülle halb heruntergerutscht wie bei einer Hose, die bis zu den Knien heruntergelassen war.

Sie hätte den Zug nehmen sollen.

Sie erreichten die Durchgangsstraße und damit auch den

üblichen Freitagabendverkehr. Auf den Straßen tummelten sich nach der Sperrstunde die Betrunkenen, stolperten vor die Autos und sorgten für Unruhe zwischen den Warteschlangen an den Bushaltestellen. Eine Frau in einem Fliegeroverall mit goldenem Gürtel und Riemchenpumps mit hohen Absätzen schwang spielerisch ihre Handtasche nach ihrem Freund. Paddy sah kurze Stufenröcke, wattierte Hosen und enge Taillen. Schlechte Zeiten für kräftige Frauen. Sie musste an Vhari Burnett denken. Wenn sie etwas über Lafferty erfahren wollte, musste sie mit Burns reden.

»In der Stadt ist es seit etwa einem Monat oder so ruhiger geworden«, sagte sie zur Scheibe. »Oder vielleicht wirkt das auch nur so.«

»Es ist ruhiger. Willst du wissen, warum?«

»Ja, warum?«

»Ich zeige es dir.« Burns drehte abrupt um, ein höchst illegales Manöver noch dazu, weil er dabei eine rote Ampel überfuhr. Sie fuhren die Trongate wieder zurück, weiter zur Hochhaussiedlung von Gorbals über die Rutherglen Road und dann über eine Nebenstraße zur St. Theresa Chapel an den Hochhäusern entlang. Paddy dachte kurz, dass es keine gute Idee war, mit diesem Mann allein zu sein, er strahlte eine beängstigende Energie aus. Wenn er ihr etwas antat, könnte sie sich nicht einmal an die Polizei wenden. Er war die Polizei.

II

Burns hielt an, machte den Motor aus und rutschte in seinem Sitz tiefer.

»Schau«, sagte er.

Sie standen gegenüber vom Einkaufszentrum, einem hohen und breiten Durchgang, über dem sich die massiven Stützen eines Wohnhochhauses spreizten. Die Breite des Gebäudes wurde durch graue und schwarze Streifen noch betont. Der untere Teil der Wohnungen hatte eine fleckige Betonfassade. Zwischen den Stelzen befand sich eine Reihe gedrungener, mit Rollläden verrammelter Geschäfte.

Paddy war der Anblick vertraut. Sie und Billy machten auf ihrer nächtlichen Tour beim nahegelegenen Polizeirevier halt. Normalerweise war es ihre letzte Anlaufstelle, bevor sie sich um halb drei am Death-Burger-Imbiss stärkten. Schon beim Anblick des blauen »Polizei«-Schildes bekam sie Hunger und freute sich auf einen Cheeseburger. Auf dem Revier wurden meist Familienstreitigkeiten im Zusammenhang mit Alkohol gemeldet.

»Warum sind wir hier?«

»Wart's ab, du siehst es gleich.«

»Erzählst du mir was über Lafferty?«

»Im Ernst – schau einfach hin.« Er zeigte auf das Hochhaus, das sich über ihnen auftürmte. Ihr fiel auf, dass viele Fenster offen standen. Ungewöhnlich viele für Februar. Sie hatte gehört, dass in den älteren kommunalen Wohnblocks die Heizung manchmal zentral gesteuert wurde und die Wohnungen oft überheizt waren, wenn etwas mit dem System nicht stimmte. Aber dann hätten alle Fenster offen stehen müssen.

Zuerst dachte sie, dass aus einem Fenster im dritten Stock etwas langsam herunterfiel, aber dann sah sie, dass ein Stück Papier an einer Schnur heruntergelassen wurde. Als es etwa eineinhalb Meter über dem Boden war, erschien eine kleine, schattenhafte Gestalt, die sich hinter einer Stelze versteckt hatte, nahm das Papier und verschwand wieder. Die Schnur baumelte sanft hin und her, bis ein weiterer junger Mann auftauchte und einen Umschlag daran festband. Dann sah er zu, wie die Schnur wieder hochgezogen wurde. Ein Stück weiter wurde aus einem Fenster im ersten Stock ebenfalls eine Schnur mit einem Gewicht daran heruntergelassen, auch hier trat jemand aus dem Schatten, griff danach und band etwas daran fest.

»Was läuft da?«, flüsterte Paddy.

»Da geht Geld hoch, und Heroin kommt runter. Das ist der Grund, warum es in der Stadt gerade so ruhig ist. Früher waren die Leute freitagabends in der Stadt unterwegs, und es gab Messerstechereien. Heute sind sie bei sich oder bei Freunden daheim, setzen sich einen Schuss und schauen fern.«

Ihr fielen die Kokainspuren auf ihrem Geldschein ein, von denen Sullivan erzählt hatte, ihre schönen fünfzig Pfund, die derzeit in McDaids Tresor lagerten. »Was ist mit Kokain? Wird das hier auch verkauft?«

»Nein, das sind andere Kunden. Reiche Leute. Die werden nie geschnappt, sie haben zu gute Beziehungen. Wir dürfen die Wohnungen ohne Gerichtsbeschluss nicht durchsuchen, und die Bewohner machen sowieso nur auf, wenn sie wissen, wer reinwill. So können sie dealen, ohne die Haustür aufmachen zu müssen.«

Burns hielt kurz inne. »Ich habe mich übrigens auch wegen Lafferty umgehört. Er steckt bis über beide Ohren mit drin.«

»Echt?«

»Ja.« Er deutete auf die Schattengestalten an den Schnüren. »Er ist bekannt, aber niemand weiß, für wen er arbeitet. Und zur Zeit läuft auch keine Anklage gegen ihn.«

»Wurde er je von Vhari Burnett angeklagt?«

»Die Bearsden-Barbie?«

Sie wollte Sullivans Tipp nicht ausplaudern und wünschte sich, sie hätte die Verbindung nicht erwähnt, trotzdem nickte sie leicht.

»Nicht dass ich wüsste.« Burns strich über das Lederlenkrad. »Das hat neulich schon mal jemand gefragt. Hast du etwas gehört, das wir wissen sollten?«

»Nein, der Name taucht nur immer wieder auf, mehr nicht.« Paddy sah ihn an und stellte fest, dass sein Blick an ihrem nackten Hals und an ihren Lippen hing, er verschlang sie förmlich mit den Augen. Er hörte auch nicht auf, als ihre Miene hart wurde, sondern lächelte nur reumütig, als ob er wüsste, dass er sie nie berühren würde, und es bedauerte.

Er startete den Motor und scheuchte damit die Käufer auf. Die schwarzen Gestalten zerstreuten sich wie eine Schar Fledermäuse unter dem dunklen Gewölbe des Hochhauses.

16

Sich vor Begierde verzehren

I

Kate saß starr vor Schreck am Tisch der kleinen grünen Küche und flüsterte den Namen Knox wie ein Mantra vor sich hin, um sich irgendwie zu beruhigen. Sie konnte sich nicht überwinden, sich umzudrehen und noch einmal nach dem Mann zu schauen, der neugierig durch das Fenster hereinspähte. Sie hörte, wie seine Hand Schmutz von der Scheibe des kleinen Fensters über der Spüle wischte, wie seine Schuhe über die toten Pflanzen unter dem Fenster knirschten, während er von einem Fuß auf den anderen trat. Wahrscheinlich war ihm genauso kalt wie ihr.

Es war auch wirklich kalt im Haus. Sie hatte Brennholz hinten auf der Terrasse und Kohle im Keller gefunden, aber sie traute sich nicht, ein Feuer anzumachen. Sie wusste nicht, wer sie beobachtete. Zum Glück hatte sie im hinteren Schlafzimmer einen Schrank voller Wollpullover und warmer Hosen entdeckt und trug jetzt drei Schichten übereinander, was nicht gerade ihrer Figur schmeichelte. Es war ihr egal. Sie hatte alle Spiegel zur Wand gedreht. Sie konnte ihren eigenen Anblick nicht ertragen.

Der Strahl einer Taschenlampe fiel auf den Tisch. Sie sah lange, zungenförmige Spuren im Staub. Sie hatte die Platte gestern Abend abgeleckt, weil sie sparsam sein wollte und kein Stäubchen verloren gehen sollte. Die Umschläge leerten sich wie von selbst. Den Inhalt des einen Umschlags hatte sie mit dem Milchpulver gestreckt, was aber nur zur Folge hatte, dass sie mehr davon nehmen musste, damit sich dasselbe tröstliche Gefühl einstellte, und das war schmerzhaft, weil ihre Nase so wund war. Sie musste die Nasenspitze hochschieben, wenn sie das Kokain hochzog. Der Inhalt des zweiten Umschlags war nicht mit Milchpulver verschnitten, dennoch schmolz er nur so dahin. Kaum vorstellbar, dass sie das alles genommen hatte. Aber es war niemand sonst im Haus, obwohl sie gestern Nacht eine Zeit lang gedacht hatte, da wäre jemand. Aber nein, sie allein hatte das Kokain verbraucht.

Kate stellte sich vor, dass das Gesicht am Fenster verzerrte Züge hatte, weil Erde an der blassen Haut klebte. Wo das Auge sein sollte, war wahrscheinlich nur ein tiefes blutiges Loch. Sein Fingernagel kratzte langsam über die Scheibe, ein schrilles Kreischen, das ihr durch Mark und Bein ging.

Kate legte die Hand über die Augen und versuchte, ruhig zu atmen. Egal, in welches Zimmer sie ging, egal, wo sie sich hinsetzte, der Mann aus dem Bootshaus war immer hinter ihr, manchmal sang er sogar leise vor sich hin, eine vage Melodie, eigentlich mehr ein tiefes Brummen, um sie auf sich aufmerksam zu machen. Er drängte sich in jeden Winkel ihres Kopfes; sobald sie die Augen schloss, sah sie ihn wieder vor sich, und ihre Fingerspitzen kribbelten, wenn sie wieder spürte, wie ein Bleistift durch ein Blatt Papier stach.

Seit letzter Nacht vermischte sich sein Bild mit Vhari. Sie sah die beiden als Paar, glücklich, aber ihr gegenüber feindselig, denn Kate war der Grund für ihre Probleme, die Schuldige an ihrem Tod. Vhari hatte keinen Freund mehr gehabt, seit der dicke Mark Thillingly ihr den Laufpass gegeben hatte, aber jetzt fühlte sie sich durch ihren Hass auf Kate zu diesem Einäugigen hingezogen. Das Paar lauerte im Schatten, wurde mit jeder Nacht mutiger, schlich auf Zehenspitzen über die

Treppe, lachte hinter der Tür und flüsterte laut, um die hässliche Kate zu ärgern, die keinen Schlaf fand.

Die hässliche Kate. Sie war jetzt hässlich. Dabei hatte sie sich das nie vorstellen können. Vielleicht mit fünfzig oder sechzig, aber nicht mit zweiundzwanzig. Wenn sie tagsüber ihr Spiegelbild im Fenster sah, war da eine Fremde, so dünn, dass sie ein Junge sein könnte, die Nase flach, wodurch ihr Gesicht breiter wirkte und sie zwar nicht einfältig, aber wie eine Verrückte aussah. Sie war mit dem Wissen aufgewachsen, dass sie schön war. Ihr Aussehen verschaffte ihr Privilegien, die sie immer gern genutzt hatte. Mit sechzehn war sie von der Schule abgegangen, hatte nie gearbeitet, hatte es nie nötig gehabt, hatte nicht einmal um Gefälligkeiten bitten müssen, ihr wurde einfach alles gegeben. Man hatte sie gern als Gesellschaft. Aber jetzt nicht mehr.

Sie blickte auf den zweiten, fast leeren Umschlag. Am Fenster war niemand, auch wenn sie diese Geräusche hörte. So viel wusste sie noch. Sie musste weg von hier. Sie musste zurück in die Stadt, zurück in Bernies Werkstatt. Wenn sie nicht bald aufstand und sich bewegte, würde man sie im nächsten Mai finden, wie sie im Treppenhaus baumelte.

II

Paddy fühlte sich gekränkt, als Burns das Auto in einiger Entfernung von ihrem Haus parkte und den Motor abstellte. Nicht er sollte entscheiden, ob sie sich noch eine Weile unterhielten oder er gleich weiterfuhr. Und doch blieb sie sitzen. Ein kampflustiges Schweigen lag zwischen ihnen. Beide hatten gerade mehrere Nachtschichten absolviert, weder sie noch er waren müde.

Das Haus der Meehans hockte wie ein fetter Frosch im überwucherten Garten. Nur das Licht im Wohnzimmer brannte. Marty und Gerard sahen sich noch das Spätprogramm im Fernsehen an. Sie mussten heute Nacht zusammen in einem Zimmer schlafen, wie früher, als Caroline noch nicht verheiratet gewesen war und noch bei ihnen wohnte. Wahrscheinlich hatte Con sie den ganzen Abend herumkommandiert, sie hatten Gerards Bett zurück in Martys Zimmer getragen und Carolines staubiges, schmales Mädchenbett über die enge Leiter vom Dachboden heruntergeholt. Das Feldbett, eine Todesfalle für jeden, der mehr als fünfundzwanzig Kilo wog, war für Baby Con aufgebaut und in Carolines Zimmer gestellt worden, damit er bei seiner Mum schlafen konnte. Paddy musste daran denken, wie demütigend die Busfahrt für Caroline zu ihren Eltern gewesen sein musste. Jeder hatte sehen können, was ihr Mann ihr angetan hatte. Trisha würde darauf bestehen, dass Caroline zu John zurückging. Sie würde sie zwingen, wieder und wieder zu ihm zurückzukehren, bis sie sich ihrem Mann fügte, sich selbst so sehr erniedrigte, dass die Beziehung funktionierte. In ihrer Familie durfte es keine gescheiterten Ehen geben. Scheiden ließen sich nur die anderen, die Protestanten oder Filmstars.

Paddy sah zum Haus. Besser heiraten, als sich vor Begierde verzehren, hieß es. Sie würde sich lieber vor Begierde verzehren.

Ein sanfter Wind bewegte die Äste eines Baums in der Straße hinter ihnen. Die gedämpften Lichter der Straße und Häuser schoben sich zu einer Landschaft aus Schwarz und Grau zusammen.

Burns drehte sich zu ihr, das Leder quietschte unter ihm. »Hier wohnst du also.«

Die Stimmung im Auto war angespannt und irgendwie unfreundlich.

»Ja«, sagte sie steif und fragte sich, warum sie nicht einfach die Tür öffnete und ausstieg. »Und wo wohnt ihr, du und deine Frau?«

Er versuchte zu lächeln. »Du interessierst dich ja sehr für meine Frau.«

»Ich interessiere mich für die Tatsache, dass du bei der Arbeit einen Ehering trägst, ihn aber ablegst, wenn du in den Pub gehst.«

Er seufzte geduldig und legte die Hand auf den Schaltknüppel. Beide schauten nach unten. Wenn er die Finger streckte, waren sie nur wenige Zentimeter von ihrem Oberschenkel entfernt. »Du weißt nicht, wie es bei der Polizei ist. Es ist wichtig, dass man sich einfügt. Du kannst nicht jedem in der Kantine erzählen, dass deine Frau psychische Probleme hat und du Angst hast, nach Hause zu gehen.«

Er sah zu ihr hoch, wollte sich überzeugen, dass seine Lüge bei ihr verfangen hatte, aber sie war skeptisch. »Deine Frau hat also psychische Probleme?«

»Was sonst würde eine Frau veranlassen, so was zu tun?« Er hob den Bund seines Pullovers und öffnete zwei Hemdknöpfe, zog es aus der Hose und zeigte ihr seinen nackten Bauch. Die Haut war glatt und schimmerte wie Karamell. Sie konnte die Umrisse seiner Muskeln sehen. Ein schmaler Streifen schwarzer Haare zog sich bedeutungsvoll Richtung Hosenbund.

»Schau.« Er zeigte auf eine Stelle perfekter Haut.

»Wo?«, fragte sie, erfreut über die Gelegenheit.

»Da.« Er berührte wieder seine Haut.

»Ich sehe nichts.«

»Hier.« Er griff nach ihrer Hand und presste sie auf seine warme Haut. Ihre Hand glitt über seinen Bauch und erspürte eine kleine Narbe.

»Da?«

»Ja. Ein Flaschenöffner. Sie ist mit einem Flaschenöffner auf mich losgegangen.«

Er musste sie für ziemlich dämlich halten, wenn er es mit einer so billigen Lüge bei ihr probierte. Noch dazu beleidigte er seine Frau, nur um Paddy rumzukriegen. Und trotzdem strichen ihre Finger weiter über seine seidige Haut. Ihr Mund wurde feucht. Er legte seine Hand auf ihre und presste ihre Finger auf seinen Bauch.

»Ich glaube, du bist ein Lügner«, flüsterte sie.

Seine freie Hand glitt über ihren Schenkel. Es war ihr egal, ob er das Fett dort spürte. Er verdiente keine dünne Freundin.

»Du siehst mich völlig falsch«, sagte er atemlos. »Ich bin einer von den Guten.«

Die dunkle Nacht drückte gegen den Wagen, verdunkelte die Fenster, schlich sich durch die Ritzen und Spalten ins Innere und füllte es mit ihrem feuchten, moschusartigen Geruch.

Paddys Hand glitt unaufgefordert zu seiner Brust, und ihre Finger spürten eine harte Brustwarze, ein weiches Büschel Haare und einen so heftigen Herzschlag, dass sie fast das Echo im Auto hören konnte.

Er fasste in ihren Mantel, umschloss ihren weichen, runden Bauch, sein Daumen streichelte die Unterseite ihrer Brust. Ihre Hand glitt wieder zu seinem Bauch, eine federleichte Berührung der weichen Haut, bei der er genüsslich die Augen verdrehte. Er lehnte sich zurück, verschmolz förmlich mit dem Sitz, doch sie zog die Hand zurück.

»Nicht vor dem Haus meiner Eltern.«

Burns setzte sich auf. »Und wo fährt man hier hin?«

Paddy lehnte sich zurück. »Fahr auf die Hauptstraße und dann rechts«, sagte sie.

Sie nahmen die alte Straße zum Stahlwerk, einer stillgelegten Metallscheideanstalt, die sich früher einmal über fünf Quadratkilometer erstreckt hatte. Nach der Schließung war eine zerstörte Landschaft zurückgeblieben, wo der Schwefelgeruch des Teufels noch im Boden hing.

Burns fand eine schlaglochübersäte Abzweigung von der Hauptstraße und fuhr mit abgeblendeten Scheinwerfern weiter.

Das Mondlicht beleuchtete ein zerklüftetes Gelände, wo Seilreste und Schrott herumlagen. Als sie weit genug von der Hauptstraße entfernt waren, hielt er an, machte den Motor aus und sah sie an.

Paddys Erregung war ein bisschen abgeebbt, sie hatte quasi durchgeatmet und war sich nun nicht mehr so sicher, doch Burns' Finger strichen über ihr Ohr.

»Dein Hals«, flüsterte er und zog an ihrem Schal. Der löste sich, entrollte sich wie eine Schlange von einem Ast.

Es gab gute Gründe, warum das alles keine gute Idee war, aber Paddy hatte Mühe, sich daran zu erinnern. Er zog ein kleines quadratisches Päckchen aus der Hosentasche, ein Kondom, und legte es mit einer so selbstgefälligen Gewissheit aufs Armaturenbrett, dass sie ihn hasste. Doch er spürte ihre Ablehnung nicht, sondern fasste sie an der Hüfte und zog sie auf seinen Schoß, gleichzeitig schob er ihren Rock hoch. Seine heißen Hände waren auf ihren Oberschenkeln, ihrem Po, auf ihren nackten Brüsten, seine Lippen waren feucht und leidenschaftlich.

Paddys letzter klarer Gedanke war eine leise Warnung zur Vorsicht, doch die war so fern, dass sie sich auf ganz andere, weit entfernte Vorgänge zu beziehen schien.

Sie lehnte sich nach hinten und gab ihm das Kondom. Sie überließ es ihm, es überzustreifen, während sie mit ihrer Strumpfhose und dem Slip kämpfte, sie bis zum Knöchel hinunterschob, ungraziös und verzweifelt, und dort an ihrem linken Fuß baumeln ließ. Sie setzte sich auf ihn, küsste ihn, schob sein Hemd hoch und presste ihre nackte Haut auf seine.

Als Burns in sie eindrang, hatte er immer noch den Streifen der Kondomverpackung im Mund. Paddy spürte, wie ihre Vagina aufblühte und ihn eifrig begrüßte, eine riesige fleischige Rose. Sie sah nicht mehr scharf, sah nur noch die Haare auf seinem Nacken, das Labyrinth aus feinen Fältchen auf der ledernen Kopfstütze hinter ihm. Sie hatte ihren Atem nicht mehr unter Kontrolle. Sie umklammerte seine Schulter, vielleicht tat sie ihm weh, sie wusste es nicht, es war ihr auch egal, sie zog sich vor und zurück und streichelte dabei mit der freien Hand ihre Klitoris.

Sie bestand nur noch aus Verlangen; sie hätte gar nicht mehr aufhören können, selbst wenn sie es gewollt hätte. Plötzlich verkrampfte sich ihre Vagina, ihre Beine schlossen sich, und sie umklammerte seine Brust. Jede Pore ihrer Haut bebte, und ein kalter Schauder überkam sie.

Etwas Warmes rann über ihre nackten Schenkel. Die Haut zwischen ihren Beinen war nass, nicht schleimig; sie war sich sicher, dass sie ihm in den Schoß uriniert hatte. Beschämt verharrte sie steif, wo sie war, kam sich lächerlich, nackt und verletzlich vor. Seine große Hand auf ihrem feuchten Hintern fühlte sich mit einem Mal obszön an. Sie verlagerte das Gewicht, erlöste ihre zitternden Beine, doch Burns hielt sie zurück, und so blieb sie, wo sie war, während er mit offenem Mund ihren Hals küsste und ihren Namen keuchte.

Sie sah ihn nicht an, als sie wieder zurück auf den Beifahrersitz kletterte, sondern starrte aus dem Fenster und tat so, als wäre sie völlig fasziniert von dem flachen, zerstörten Gelände draußen. Sie fragte sich, was um alles in der Welt gerade mit ihr geschehen war. Ihr Slip und ihre Strumpfhose hingen immer noch um ihren Knöchel, doch sie zog prüde den Rock herunter. Wie sollte sie einigermaßen würdevoll ihre Strumpfhose und den Slip hochziehen?

Neben ihr zog Burns das Kondom herunter und verknotete es. So, wie er dabei vor sich hin lächelte, fühlte sie sich ausgeschlossen und dumm. Es machte sie wütend. Die Scheiben waren beschlagen. Burns fuhr mit dem Finger über das Glas und grinste wieder. Er machte den Motor an, lehnte sich zurück und wartete darauf, dass die Scheiben frei wurden. Geduldig klopfte er dabei mit den Fingern auf sein Knie. Er beugte sich zum Radio, doch Paddy dachte, er wollte sie noch einmal anfassen, und wich panisch zurück.

»Wir sollten gehen«, sagte sie überflüssigerweise. »Ich bin müde.«

Es war halb zwei, und sie hatte an fünf Tagen in der Woche Nachtschicht. Sie war es gewohnt, die ganze Nacht wach zu sein, das wussten sie beide. Burns lächelte halbherzig und blieb bei seiner Suche nach einem Sender bei »Running with the Night« von Lionel Richie hängen. Kindliche Freude zeichnete sich auf seinem Gesicht ab, bis er sie kichern hörte und den Sendersuchlauf schnell weiterdrehte. Ein anderer Sender. Echo and the Bunnymen.

»Besser?«

»Ich mag Lionel Richie nicht, aber geh ruhig wieder zurück, wenn du den Song hören willst.«

»Nein. Ich mag ihn auch nicht.« Die platte Lüge war ihm dann doch peinlich. »Okay. Ich mag ihn. Ist er denn nicht cool?«

Sie lächelte. »Lionel Richie?«

»Ja. Er ist also nicht cool?« Er biss sich auf die Lippe.

»Burns, wie alt bist du eigentlich?«

»Dreiundzwanzig.«

»Du bist nur ein Jahr älter als ich. Warum ziehst du dich dann an wie Val Doonican?«

Er lehnte sich zurück, zog seinen Pulli mit V-Ausschnitt glatt und lächelte sie an. Nicht sein übliches zähneblitzendes Bühnenstar-Lächeln, sondern ein verschämtes, asymmetrisches Grinsen, bei dem sich sein ganzes Gesicht in Falten legte. »Ich bin Polizist. Bei der Polizei ist der Typ cool. Magst du die Band?« Er zeigte aufs Radio.

»Ja, ich mag Echo and the Bunnymen.« Das stimmte zwar nicht, aber sie wollte sie mögen.

»Ich denke einfach, dass der Kerl nicht singen kann.«

Beide nickten zögernd und sahen sich dabei ganz offen an. Einen Moment lang stellte sie ihn sich gut angezogen vor, ohne den strengen Haarschnitt und die furchtbaren Klamotten. Er hatte dunkle Augen und eine große, charaktervolle Nase. Jetzt kratzte er sich am Hals. »Ich würde dich gern wiedersehen.«

Paddy lächelte über die Umschreibung und musste dann richtig lachen. »Ist es das, was wir gerade getan haben? Haben wir uns ›gesehen‹?«

»Oh ja.« Er seufzte zufrieden. »Ja, und wie.«

Sie fühlte sich unglaublich entspannt und ruhig, als sie ihre Strumpfhose hochzerrte und sich dabei den Mantel um die Hüften legte, um nicht ganz so viel von sich zu zeigen. Anschließend ließ sie sich mit einem Grinsen wieder zurück in den Sitz fallen. »Fahr mich nach Hause, Burns.«

Sie fuhren zur Musik aus dem Radio zurück. »Killing Moon« war vorbei, und der Moderator kündigte einen Tempowechsel an und spielte Madness. Sie sangen mit – auch wenn Madness eine Teenie-Band waren, irgendwie kannten sie doch den Text. Schon bald waren sie in Eastfield.

»Okay.« Paddy sammelte ihre Sachen zusammen. »Ich

kenne viele Polizisten. Wenn du je einem das hier erzählst, ruf ich deine Frau an.«

Er griff sich prüde an die Brust. »Ich schäme mich genauso wie du.«

Sie wollte nicht lächeln oder ihn noch einmal ansehen, sonst wäre sie womöglich noch ewig sitzen geblieben. Also öffnete sie die Beifahrertür, stieg aus und sah ihm nach, während sie allein auf dem kaputten Gehweg zurückblieb.

Wenn ihre Mutter gesehen hatte, dass sie vorhin schon vor dem Haus gehalten hatten und dann wieder weggefahren waren, würde Paddy einfach sagen, sie hätte etwas im Comedy Club vergessen, ihren Schal. Sie seien zurückgefahren und hätten noch etwas getrunken.

Sie sah dem Auto hinterher. Burns drehte sich nicht um, aber an der Haltung seines Kopfes sah sie, dass er sie im Rückspiegel beobachtete. In dem Moment fiel ihr der rote Ford Capri auf, der vor Mrs. Mahons Haus parkte. Sie sah genau hin, obwohl der Wagen im Schatten der Straßenlaternen stand, doch sie konnte niemanden darin sehen. Sie war paranoid. Die Autos konnten hier in der Straße ohne ihre Erlaubnis parken.

Erst als sie im Bett lag und sich noch einmal jede Berührung und Liebkosung ins Gedächtnis rief, fiel ihr ein, dass der Ford noch nicht da gewesen war, als sie zuerst vor ihrem Haus gehalten hatten. Mrs. Mahon war über siebzig. Sie bekam nicht mehr um halb zwei Uhr nachts Besuch.

Paddy setzte sich auf, zog ihren Morgenmantel über und tappte leise die Treppe hinunter. Von der Haustür aus sah sie auf die silbrig gefrorene Straße.

Der Ford Capri war weg.

17

Subjekte, keine Objekte

I

Bernie trank kalten Tee aus der Plastikthermoskanne und sah auf seine Uhr. Es war spät, aber er war völlig in seine Arbeit vertieft gewesen und hatte darüber die Zeit vergessen. Das Auto war hochgebockt, und seine Werkzeuge lagen fächerförmig um das Rollbrett verteilt, sodass er alles leicht erreichen konnte, ohne aufstehen zu müssen. Die Reparatur war knifflig und erforderte seine volle Konzentration, und wenn seine Gedanken mal abschweiften, dann wurden sie mit dem Geplapper aus dem Radio gefüllt, wo gerade die Zuschauer anrufen und ihre Meinung sagen konnten.

Der Tee schmeckte bitter, aber er trank ihn trotzdem in der Hoffnung, damit seinen Hunger zu vertreiben. Er hatte seit sechs Stunden nichts mehr gegessen, wollte aber nicht zurück in seine Wohnung, denn dort würde er nur hellwach herumsitzen und über Kate und Vhari nachgrübeln. Und die »Sorry, Bernie«-Botschaft betrachten, die Kate ihm hinterlassen hatte. Vhari war tot, und Kate war verschwunden.

Stirnrunzelnd sah er wieder auf die Uhr. Halb drei. Wenn er bis drei oder vier weiterarbeitete, wäre er so müde, dass er vielleicht sogar schlafen konnte, wenn er nachher nach Hause ging.

Während er wieder zurück unter das Auto rollte, wandte sich die Diskussion im Radio dem Thema Privatschulen zu. Bernie erinnerte sich, wie oft er an einem nassen Wintermorgen zusammen mit Kate und Vhari an der Bushaltestelle gewartet hatte, und wie sie sich gekabbelt hatten, damit ihnen warm wurde. Die nackten Beine der Mädchen waren vor Kälte rosa und fleckig gewesen. Er erinnerte sich auch an die Fahrten nach Hause, wenn sie an der Haltestelle standen und hofften, dass keine Kinder von der lokalen Gesamtschule vorbeikamen und sie in ihren dunkelblauen Schuluniformen sahen. Er war der einzige Junge an ihrer Haltestelle gewesen – bis im fünften Jahr Paul auf ihre Schule gekommen war. Danach war nichts mehr wie vorher.

Paul Neilson war vom Internat geflogen, weil er geklaut hatte. Das wussten alle, noch bevor er bei ihnen anfing, weil der Bruder eines der anderen Schüler auf dasselbe Internat ging und es überall herumerzählte. Viele Mädchen hatten beschlossen, nicht mit Paul zu reden. Die braven Mädchen. Vhari sagte, es sei falsch, andere Leute aufgrund eines Gerüchts unfair zu behandeln. Kate sagte nichts, das war ihm schon damals aufgefallen.

Aber als Paul dann kam, änderten alle ihre Meinung. Er sah nicht nur gut aus, sondern war auch noch cool. Er trug sein Rugby-Shirt mit aufgestelltem Kragen und hatte etwas von bedrohlicher Rebellion an sich. Kate, das hübscheste Mädchen der Schule, war von der ersten Busfahrt an fasziniert. Sie beobachtete, wie er sich den anderen vorstellte und freundlich auf ihre Fragen einging, wie er sagte, wo er wohnte, dass sein Vater mit Importen aus Südafrika sein Geld verdiente, und welche Umsätze die Firma jedes Jahr machte. Kate beobachtete ihn mit ihren hübschen grauen Augen, wickelte sich dabei eine blonde Strähne um den Finger und schob sie hinters Ohr. Als sie in Mount Florida aus dem Bus stiegen, ließ sie sich zu einem Lächeln für ihn herab. Er ging mit ihnen die Straße entlang, obwohl er in der anderen Richtung wohnte. Am nächsten Morgen standen Kate und Paul etwas abseits von den anderen an der Haltestelle an die Wand gelehnt und unterhielten sich. Wenn Bernie gewusst hätte, was passieren würde, hätte er Kate an den Haaren von ihm weggeschleift.

In der Dunkelheit unter dem Motor rollten Bernie Tränen über die Schläfen und in die Haare. Er schüttelte den Kopf. Verdammt, sie hatte ein Auto von ihm geklaut. Sogar für Kate war das übel. Der Mini war nicht viel wert, andererseits besaß er auch nicht viel. Zum Glück hatte sie nicht das Auto eines Kunden genommen, das zur Reparatur in der Werkstatt war. Alle anderen Bekannten von Kate hatten mehr Geld als er, andererseits war er froh, dass sie ihn bestohlen hatte und nicht die anderen. Mit den Leuten, mit denen sie in letzter Zeit rumhing, legte man sich besser nicht an.

Die Diskussion im Radio wandte sich dem Thema Yuppies und Steuerhinterziehung zu. Bernie konnte seinen nagenden Hunger nicht mehr länger ignorieren und verzichtete darauf, alles noch einmal nachzustellen und anzuziehen. Er rollte unter dem Wagen hervor. Er war immer noch nicht müde.

Während er das Auto langsam wieder absenkte, versuchte er, sich auf die Schlaumeier im Radio zu konzentrieren, die dieses lobten und jenes verdammten. Ein Mann, der seinem Akzent nach zu urteilen aus Birmingham kam, wetterte gegen Südengland, weil der Süden dem restlichen Land eine zweite Legislaturperiode der Thatcher-Regierung beschert hätte. Bernie sammelte seine Schraubenschlüssel ein und wischte das Öl von ihnen ab. Das war doch nichts Neues. Vor dem Tisch ging er in die Hocke, öffnete die Schubladen der Werkzeugbox, legte die Schraubenschlüssel an ihren Platz und schob sie zurück. Die Schublade ließ sich nicht schließen. Er zog sie noch einmal auf und prüfte, ob sich etwas in der Leiste verfangen hatte, aber da war nichts. Er versuchte noch einmal, die Schublade zurückzuschieben, aber wieder blieb sie gut einen Zentimeter weit draußen, gerade weit genug, dass er hineinsehen konnte. An der Rückseite musste irgendetwas die Schublade blockieren.

Bernie ging in die Hocke und kroch unter den Tisch. Hinter der Werkzeugbox lugte die Ecke einer durchsichtigen Plastikhülle hervor. Er lächelte, weil er dachte, es wäre Essen darin, vielleicht schon ein bisschen älter, aber wenn er den Schimmel abkratzte, würde es schon gehen, und er könnte noch eine Stunde weiterarbeiten. Er packte die Plastikhülle mit zwei Fingern und zog. Sie war schwer und auch deutlich größer als eine Sandwichverpackung. Er zog weiter und griff schließlich blind mit beiden Händen danach.

Die klare Hülle war mehrfach gefaltet worden, und im Inneren befand sich eine Art weißes Pulver. Das häufig geöffnete und wieder verschlossene silberne Klebeband hatte sich an der Stelle gelöst, an der Bernie gezogen hatte, und so wusste er, was in der Hülle war. Weißes Pulver rieselte heraus und bildete ein kleines Häufchen auf dem Boden. In seiner Panik bekam Bernie kaum noch Luft, seine Kehle schnürte sich zusammen, als ob er eine Gräte verschluckt hätte. Er konnte nicht atmen.

Deshalb tat es Kate so furchtbar leid. Deshalb hatte sie geschrieben, dass sie ihn liebte. Ein Auto zu stehlen oder unbeabsichtigt Vharis Tod zu verursachen war im Vergleich zu dem hier geradezu harmlos.

II

Schneidender Wind wehte über den frühmorgendlichen George Square und um die Monumente vergessener Helden aus vergessenen Kriegen. Der Platz war der kälteste Ort im Stadtzentrum; auf der weiten, offenen Ebene gewann der kräftige Wind an Fahrt und drängte die Passanten in die Nebenstraßen.

Paddy passierte das riesige Postamt und ging an dem mit Türmchen verzierten Rathaus und dem beeindruckenden weißen Ehrenmal vorbei quer über den Platz. Da waren sie: eine kleine Gruppe weiß gekleideter Demonstranten mit Plakaten. Manche trugen weiße Pullover oder Mäntel, einer einen dünnen weißen Anorak. Sie drängten sich zusammen, entzündeten kleine, flackernde Kerzen und schützten die Flamme vorsichtig mit Händen, Körpern und Mänteln.

Auf dem Weg hierher hatte sie eine ganze Tüte Zitronenbonbons gegessen. Eigentlich hatte sie die Bonbons als Geschenk für ihre Mutter gekauft, im Süßwarenladen am Bahnhof. Sie hatte nur eins probieren wollen, und dann noch eins und noch eins und wieder und wieder, bis die Tüte halb leer war. Danach stand sie vor der Wahl, entweder die Bonbons wegzuwerfen, oder alle aufzuessen und eine neue Tüte zu kaufen. Ihre Zähne waren mit Zucker überzogen und quietschten vom Bikarbonat der Brause.

Ihr war ein bisschen flau vom vielen Zucker und ihrem schlechten Gewissen. Als sie sich der Gruppe näherte, sah sie eine bekannte grüne Sportjacke, die zwischen den rein weiß gekleideten Demonstranten hervorstach. Es war JT, mit einem Notizbuch in der Hand, den Kopf schräg zur Seite gelegt – eine Haltung, die immer von einer harten Befragung kündete. Er hatte von Thillingly gehört und war ihr zuvorgekommen. Sie blieb stehen, seufzte angesichts ihrer Niederlage und schloss die Augen. Der Wind wehte ihre Haare hinter den Ohren hervor, und plötzlich spürte sie, wie Burns ihren Hals liebkoste, spürte seinen heißen, feuchten Atem auf ihrer Haut. Ein freudiger Schauer durchfuhr sie.

Sex war für sie immer ein verwirrendes Gefummel gewesen,

bei dem sie sich leicht ablenken ließ, in dem sie sich aber nie verlor. Bisher hatte es beim Sex immer einen Moment gegeben, in dem sie mehr mit alltäglichen Überlegungen beschäftigt gewesen war als mit dem, was sie da gerade tat: Wo hatte sie noch gleich den Hausschlüssel, wann würde endlich ihre Diät anschlagen, sollte sie sich die Haare schneiden lassen? Aber dieses Mal war es anders. Wahrscheinlich, weil Burns ihr nichts bedeutete. Sie lächelte, öffnete die Augen und stellte fest, dass ihr sehr warm war. Dann fiel ihr wieder ein, wo sie war und was sie eigentlich vorgehabt hatte. Die grüne Sportjacke bewegte sich entlang der Menschenkette. Fluchend ging sie zu JT, stellte sich dicht neben ihn und lauschte so unauffällig wie möglich. Er befragte gerade eine große Frau mit einer aristokratischen Nase und dicken, grauen Haaren, die hochgesteckt und mit einem Lederband zusammengebunden waren.

»Für die Freilassung Nelson Mandelas.« Ein weicher englischer, aber auch irgendwie autoritärer Akzent, als ob sie es gewohnt wäre, in der Öffentlichkeit zu sprechen. »Er ist ein Aktivist, der in Südafrika in Haft ist …«

»Weil er zu einem gewalttätigen Aufstand aufrief.« JT redete schnell wie immer, wenn er auf Konfrontation aus war. »Man könnte auch sagen, dass Sie gewalttätige Kriminelle unterstützen. Was würden Sie dem entgegnen?«

»Nun ja«, die Frau lächelte unbehaglich. »Amnesty unterstützt ja nicht seine Freilassung als politischer Gefangener. Wir setzen uns für sein Recht auf einen fairen Prozess ein.«

JTs Stift auf dem Papier rührte sich nicht. Er wartete darauf, dass sie etwas Provokantes sagte.

»Sie sollten das aufschreiben«, sagte die Frau. »Das ist ein wichtiger Punkt.«

»Keine Sorge, das kann ich mir merken. Es gibt Leute, die behaupten, Mandela wäre der Kopf einer Organisation, die sich mit der IRA vergleichen lässt. Was würden Sie dazu sagen?«

Paddy stand hinter JT und hörte seinem Geschwätz zu. Er erkundigte sich überhaupt nicht nach Mark Thillingly, und sie fragte sich, was er hier machte. Amnesty hielt jeden Samstag eine Mahnwache mit Kerzen auf dem George Square ab, jede Woche für eine andere Person. Mandela war allerdings umstritten, weil er nach dem Sharpeville-Massaker einen bewaffneten Aufstand unterstützt hatte.

»Auf der Suche nach einer Story?«, fragte sie.

JT wandte sich um und musterte sie misstrauisch. »Was machst du denn hier?«

»Tja, weißt du, ich habe gehört, dass die Gruppe diese Woche für Nelson Mandela eintritt, und wollte ein paar Fragen dazu stellen.«

»Du suchst wohl was, um Ramage zu beeindrucken? Tja, da kommst du zu spät.« JT lächelte selbstgefällig. »Das habe ich schon gemacht. Und jetzt gehe ich zurück in die Redaktion und schreibe meinen Artikel.« Er klappte sein Notizbuch zu und zog davon. Paddy sah ihm nach und schüttelte dabei enttäuscht den Kopf, nur für den Fall, dass er sich noch einmal umdrehte.

Die Anhänger von Amnesty bildeten einen Halbkreis um zwei Plakate: eins mit dem Abzeichen von Amnesty International, das andere mit einer maschinengeschriebenen Zusammenfassung von Mandelas Fall und einem etwas unscharfen Foto von ihm als ernstem jungem Mann mit Seitenscheitel in der Afrokrause. Darüber stand mit pinkfarbenem Filzstift in Großbuchstaben: »20 JAHRE OHNE VERFAHREN«.

Paddy stampfte mit den Füßen, ihr war kalt. Die Demonstranten sahen sie misstrauisch an und mieden den Blickkontakt, schließlich war sie eine Bekannte von JT.

»Ähm, also …« Sie trat einen Schritt zurück, um sich von

JTs forschem Befragungsstil abzuheben. »Ich weiß nicht, wie ich anfangen soll. Ich bin noch neu, kein wichtiger Reporter wie er«, sie zeigte mit dem Daumen Richtung JT, »aber ich wollte ein paar Fragen zu einem Mann namens Mark Thillingly stellen.«

Die Gruppe wurde unruhig, die Demonstranten waren verdutzt. Ein Mann am Ende der Reihe scharrte mit den Füßen, jemand hustete. Ein zierliches Mädchen in der Mitte schluchzte auf und schlug die Hände vors Gesicht. Ihr Nebenmann legte den Arm um ihre Schultern, zog sie an seine Brust und tätschelte ihren Hinterkopf, während sie in seinen weißen Arran-Pullover weinte. Anklagend sah er Paddy an. »Mark war unser Freund.«

»Das tut mir sehr leid«, sagte Paddy. »Ich möchte wirklich niemandem zu nahe treten.«

Das Mädchen schluchzte erneut auf und holte geräuschvoll Luft. Die grauhaarige Frau verdrehte die Augen, daher wandte sich Paddy lieber an sie. »Ich weiß, dass Mark ein guter Mensch war.«

Die Frau nahm Paddy beim Ellbogen und zog sie beiseite. »Mark war ein guter Mensch, da haben Sie recht. Er war sehr engagiert.« Sie nickte zu dem weinenden Mädchen hin. »Natasha kannte ihn kaum, aber sie nutzt jede Gelegenheit zum Drama.«

»Es tut mir leid, dass er tot ist.«

Die Frau wartete, bis sie außer Hörweite waren, und senkte vertraulich die Stimme. »Sein Selbstmord war ein Schock.«

»Warum?«, fragte Paddy im selben Tonfall.

Die Frau schüttelte den Kopf. »Er war letzte Woche noch hier. Alles schien in Ordnung zu sein. Er wirkte aufgekratzt. Irgendetwas muss zwischen Samstag und Dienstagnacht passiert sein.«

Paddy blickte auf das Ehrenmal und suchte nach einer weiteren Frage. »Er war Anwalt, nicht wahr? Wo hat er gearbeitet?«

»Im Easthouse Law Centre.«

Paddy nickte mit gesenktem Kopf. »Stimmt.«

Die Frau sah sie neugierig an. »Das wussten Sie bereits.«

Die Nase der Frau leuchtete rot vor Kälte. Sie kniff die Augen gegen den eisigen Wind zusammen. Paddy fielen die vielen kleinen Fältchen um ihre Augen auf, sie sah aus, als ob sie viel Zeit an der frischen Luft verbrachte, und Paddy stellte sich vor, wie sie über die Wiesen eines großen Landsitzes marschierte, gefolgt von einem Rudel kleiner kläffender Hunde.

»Könnte das etwas mit dem Mord an Vhari Burnett zu tun haben?«

Die Frau nickte traurig. »Ja, die arme Vhari. Sie war ebenfalls Mitglied bei Amnesty. Mark brachte sie zu unserem ersten Treffen mit. Sie waren damals ein Paar.«

»Wann damals?«

»Das ist Jahre her.« Sie überlegte. »Vor fünf Jahren? So um den Dreh. Damals haben wir hiermit angefangen.« Sie drehte sich zurück zur Gruppe und betrachtete das schlechte Plakat und die weinende Natasha. Verächtlich zog sie eine Augenbraue hoch und brummte vor sich hin.

»Mark war damals also verheiratet?«

»Oh nein, damals noch nicht. Er und Vhari waren vorher zusammen. Sie kannten sich schon seit dem Studium. Bevor er Diana heiratete. Ich glaube, ihre Familien wohnten sogar nicht weit voneinander entfernt.«

Paddy nickte. »Warum haben sie sich getrennt? Hat sie ihm den Laufpass gegeben?«

Sie lächelte über Paddys forsche Frage. »Tatsächlich war es umgekehrt. Er machte Schluss und zog mit der Frau von dannen, die er dann auch heiratete. Vhari kam dann nicht mehr zu unseren Treffen, engagierte sich aber weiter. Schrieb Briefe von daheim aus, spendete, solche Sachen.«

»War Mark je gewalttätig?«

»Mark?«

»Ja, war er je gewalttätig?«

»Die Polizei glaubt, dass er sie umgebracht hat, stimmt's?«

»So heißt es.«

Die Frau überlegte kurz. »Ehrlich gesagt, glaube ich nicht, dass er überhaupt fit genug war, um gewalttätig zu sein. Er war schon atemlos, wenn es irgendwo bergauf ging. Rauchte wie ein Verrückter, außerdem war er ein bisschen ...« Ihre Augen huschten über Paddys Figur, doch sie beherrschte sich, um nicht genauer hinzusehen. »Mollig.«

Paddy nickte in ihr Notizbuch und versuchte, nicht rot zu werden.

»Er war traurig, als er mit Vhari Schluss machte.« Die Frau redete schnell, um ihren Schnitzer wiedergutzumachen. »Er hat mit mir darüber geredet, scheinbar wollte er sich mir anvertrauen, aber in Wirklichkeit wollte er mich auf seine Seite ziehen. Mark war der geborene Politiker. Sah immer eine Gelegenheit, Einfluss zu nehmen. Er war sehr auf Ausgleich bedacht.«

»Das war nicht sehr nett, Vhari wegen einer anderen zu verlassen.«

»Tja, seine Frau Diana ist eher der hartnäckige Typ. Vhari war mehr wie Mark, sehr ausgeglichen. Diana hat ein bisschen mehr Feuer.« Sie sah Paddy dabei nicht an.

»Sie mögen sie nicht.«

Die Frau schenkte ihr ein breites Lächeln. »Nein. Diana hat nach der Heirat aufgehört zu arbeiten. Ich kann Frauen nicht ausstehen, die nicht arbeiten, obwohl sie es könnten. Ich bin wie Vhari: Ihre Familie hatte Geld, aber sie wollte es nicht nehmen und hat stattdessen gearbeitet. Ich habe nie geheiratet. Habe immer für mich selbst gesorgt.«

»Sie sind Ihren eigenen Weg gegangen.«

»Genau.«

Sie lächelten sich an, die beiden berufstätigen Frauen, die den armen Männern ihren Job wegnahmen und der Natur zuwiderhandelten, weil sie sich nicht mit dem Spülbecken in der Küche als Lebensmittelpunkt begnügen wollten. Zwei Frauen, die draußen in der Welt unterwegs waren, aktiv, nicht passiv, Subjekte, keine Objekte.

II

Zufrieden verließ Paddy die Gruppe und fühlte sich fast ein bisschen überlegen, als ihr einfiel, dass JT wahrscheinlich denselben Weg hatte wie sie. Sie beeilte sich, in der Hoffnung, dass sie seine Route richtig erraten hatte, und sah ihn tatsächlich einige Hundert Meter vor sich. Er wollte auf dem Weg zurück zur Redaktion gerade in die Albion Street einbiegen. Sie rannte los und bekam ihn außer Atem noch am Ärmel zu fassen.

»Warte JT, warte kurz. Ich muss dich um einen Gefallen bitten.«

Er sah sie direkt an, skeptisch, ob sie ihm irgendetwas bieten konnte.

»Ich übernehme am Montag deine Recherchen zu Mandela im Archiv, wenn du mir zwei Taxischeine gibst. Dann hast du deinen Artikel für Ramage doppelt so schnell fertig. Womöglich bekommst du sogar einen Kuss von ihm, das wäre doch was – wo er doch so ein schönes großes rotes Gesicht hat.«

Er legte misstrauisch den Kopf zurück. »Wozu brauchst du einen Taxischein?«

»Um auf Kosten der Zeitung Taxi zu fahren«, stellte sie sich dumm.

»Willst wohl einen Mann besuchen, was?« Er fing an zu lächeln und glaubte wohl, sie würde auf seine sexuellen Anspielungen eingehen, doch als sie keine Miene verzog, gab er schnell wieder auf. »Mandela und eine weitere Recherche.«

»Nein, nur Mandela«, sagte sie knapp. Für ihn war es kein großes Ding, ihr die Taxischeine zu geben. Es handelte sich um vorab unterschriebene Formulare, die man bei der Taxi-Firma einreichte, die für die Zeitung fuhr. Als wichtigstem Reporter standen sie JT unbegrenzt zur Verfügung, ohne dass die Buchhaltung nachhakte. Eigentlich sollten die Scheine nur für berufliche Fahrten verwendet werden, aber Paddy sah JT an den meisten Abenden in ein Taxi steigen, wenn er nach Hause fuhr. Er sah sie an und knirschte mit den Zähnen, während er nach einem Schlupfloch suchte. »Vollzeit-Recherche«, sagte sie. »Und eine für seine Frau Winnie.«

Er zog einen kleinen Block aus der Innentasche seiner Jacke, riss zwei gelbe Zettel ab und reichte sie ihr.

Paddy nahm sie gierig entgegen und prüfte gleich, ob sie auch unterschrieben waren.

»Wofür brauchst du sie? Bist du an einer Story dran?«

Sie lächelte ihn an, erfreut über die leichte Neugier in seiner Stimme. »Ich schreibe einen Artikel über den illegalen Handel mit Taxischeinen. Aber jetzt muss ich mich leider verabschieden. Ich habe zu tun.«

Erfreut über ihren gekonnten Abgang, drehte sie sich um und marschierte davon.

IV

Kate fuhr den zerbeulten Mini durch die altvertrauten Straßen und wurde dabei ganz sentimental. Jede Straßenecke, jede Hecke barg eine Erinnerung an ein Ereignis, eine Person, ein Gerücht oder ein Spiel. Mount Florida. Auf dem Weg zum Haus ihrer Eltern konnte sie den Namen jeder zweiten Familie nennen, die damals dort gelebt hatte, und erinnerte sich an die Sommernachmittage, die sie in deren Gärten verbracht hatte. Da war die Haltestelle für den Schulbus und die Mauer, wo sie Paul Neilson zum ersten Mal getroffen hatte.

Sie hatte eigentlich gar nicht herkommen wollen, doch die Erinnerung hatte sie hergelockt. Sie hatte ihr Schnupfdöschen bei sich, eine gute Prise genommen und fühlte sich großartig.

Sie betrachtete das Haus. Der Rasen ihres Vaters war glatt und gepflegt wie immer, dahinter lag das kleine Einfamilienhaus aus den Dreißigerjahren, perfekt instand gehalten und makellos. Sie hätten ein größeres Haus haben können. Sie hätten ein großes Haus in Bearsden haben können, wie das ihres Großvaters, mit einem eigenen Zimmer für jeden und einer großen Rasenfläche hinter dem Haus. Ihre Eltern ließen ihre Kinder gern wissen, dass sie sich vieles leisten könnten, aber bewusst darauf verzichteten. Das Geld war da, aber die Kinder hatten es nicht verdient. Ihre Schulen waren teuer. Das wussten sie alle, es wurde ihnen detailliert aufgezählt, die Kosten für das Schulessen, für die Uniformen, das alles zehrte am Familienbudget, deshalb war der Urlaub lieb und teuer. Die stets wechselnden Testamente ihrer Eltern baumelten über allen wie ein Damoklesschwert und warfen einen furchterregenden Schatten, der jede Familienfeier verdarb. Die drei hatten unterschiedliche Strategien entwickelt, damit umzugehen: Vhari hörte auf, sich Gedanken um Geld zu machen, und Bernie weigerte sich, auch nur einen einzigen Penny von ihnen anzunehmen. Aber Kate war Geld zu wichtig. Sobald sie etwas in die Finger bekam, von Paul, wie sie zugeben musste, gab sie es für Schmuck, Reisen und Kleider aus, für schöne Dinge eben.

Vom Auto aus taxierte sie das Haus ihrer Eltern. Dabei wühlte sie blind in ihrer Handtasche, bis sie die kalte Oberfläche der silbernen Dose spürte. Im Haus rührte sich nichts. Angst überkam sie und schnürte ihr die Kehle zu. Sie hatte ihre Eltern seit drei Jahren nicht mehr gesehen. Wenn sie jetzt hineinging, musste sie ihre Reaktion ertragen, ihr Entsetzen über das Aussehen ihrer Tochter. Sie würden um Vhari trauern, nun, da sie tot war, obwohl sie doch so gemein zu ihr gewesen waren, als sie noch lebte.

Ein fettes Mädchen in einem grünen Ledermantel lief an ihr vorbei. Kate beobachtete sie im Rückspiegel. Sie sah billig aus, vom Saum des Mantels hing ein loser Faden. Sie hatte einen kleinen Rucksack auf dem Rücken und fransige Haare, die aussahen, als ob sie sie selbst geschnitten hätte. Aber viel interessanter war, dass sie auf der anderen Straßenseite stehen blieb, vor dem Tor der Thillinglys.

Kate sah noch einmal zum Haus ihrer Eltern und wünschte sich zurück an den Anfang der Geschichte. Wenn sie noch einmal die Chance hätte, würde sie es anders machen. Ihren Konsum begrenzen, Geld auf einem Geheimkonto auf die Seite legen. Jetzt hatte sie nichts außer dem Päckchen. Und Knox. Sie hatte immer noch Knox. Und sie wusste, wo er wohnte.

18

Hunderte Grautöne

I

Paddy zögerte am hölzernen Gartentor und sah über die große Rasenfläche hinauf zum Haus. Bis jetzt war ihr das Witwenschütteln erspart geblieben. Die Redakteure schienen sie immer zu übersehen, wenn der Auftrag verteilt wurde, und ausnahmsweise glaubte sie, dass es tatsächlich aus Freundlichkeit war. Dub war nach einem solchen Auftrag nahegelegt worden, bei der Zeitung zu kündigen. Er hätte die Frau eines geköpften Mannes befragen sollen, wurde aber stattdessen in einem Café gesehen, wo er saß und Gedichte las.

Für die Laufbahn eines Journalisten war dies oft ein entscheidender Moment. Selbst erfahrene Journalisten hassten es. Wenn sich jemand verwundert über JTs völligen Mangel an Empathie äußerte, wurde immer gern das Gerücht angeführt, dass JT nach seinem ersten Witwenschütteln auf der Toilette geweint hatte, als ob sein Mangel an Menschlichkeit dadurch gemindert würde, dass er einst anders gewesen war, man ihm aber diese Menschlichkeit ausgetrieben hatte. Noch beunruhigender war jedoch, dass manche Gefallen daran fanden: Ein Reporter, dem der Sprung zu einem Londoner Boulevardblatt gelungen war, hatte sich Exklusivinformationen beschafft, indem er den Hinterbliebenen vor dem Haus auflauerte und den Toten beleidigte, wenn sie herauskamen. Der Idiot sei doch selbst schuld, sagte er dann, er hätte kein so mieses Auto fahren sollen. Die Familie war so gekränkt, dass sie mit keinem anderen Journalisten mehr sprach.

Es war zwei Uhr nachmittags, doch im Wohnzimmer waren immer noch die Vorhänge zugezogen. Vor Anspannung zitternd, ging Paddy über den grauen Kiesweg, der mitten durch den gepflegten Rasen führte, und erinnerte sich an den entsetzten Schrei, den sie vor vier Nächten durch die Hecke gehört hatte. Sie würde der Frau wieder wehtun, das wusste sie. Und trotzdem trugen ihre Füße sie weiter zur Tür, setzten einen Fuß vor den anderen, ließen den Kies unter ihrem Gewicht knirschen und schoben ihn beiseite. Sie wünschte, sie hätte Dubs Anstand.

Sie erreichte das Haus, bevor sie bereit war.

Die Tür der Thillinglys wurde vor den Elementen durch einen Tunnel aus Weinranken geschützt, die jedoch um diese Jahreszeit ihre Blätter verloren hatten und wie blutleere Adern um die Tür herumhingen. Die Türglocke aus Messing gab ein leises zweitöniges Läuten von sich.

Paddy trat einen Schritt zurück, strich ihren Mantel glatt und zupfte sich die Haare an der Seite zurecht, immer in der Hoffnung, dass sie wie eine glaubwürdige Journalistin aussah, oder zumindest wie eine Erwachsene.

Schlurfende Schritte näherten sich – vermutlich lag ein dicker Teppich in der Diele –, dann öffnete sich die Tür. Eine hübsche, aber zerzauste Frau stand in dem schmalen Spalt, den Kopf gebeugt, als erwartete sie einen Schlag. Ihre aschblonden Haare standen oben wirr am Kopf ab und lagen auf der Seite, auf der sie geschlafen hatte, flach an.

»Sind Sie von der Versicherung?« Ihre Stimme war so hoch und atemlos wie die eines Kindes.

»Nein. Tut mir leid, Sie in dieser schweren Zeit zu stören, aber …« Paddy sah auf die kleine, unglückliche Frau und fragte sich, was in aller Welt sie hier tat. Hatte sie wirklich so viel Angst vor Ramage?

Die Frau lehnte sich an den Türrahmen und versuchte, sich auf Paddys Gesicht zu konzentrieren. »Wer sind Sie?«

»Ich bin von der *Scottish Daily News*. Könnten wir vielleicht über Mark reden?«

Eine Träne rollte langsam über das Gesicht der Frau. Sie leckte sie mit der Zunge weg. »Sie sagten, dass Sie kommen würden.«

»›Sie‹?«

»Die Polizei. Sie sagten, dass Sie kommen würden. Von der Zeitung.«

Also war sonst noch niemand da gewesen. »Oh.« Paddy nickte und versuchte, die Worte herauszubringen. »Ich wollte nach Marks Beziehung zu Vhari Burnett fragen.«

Plötzlich hellwach, schaute Mrs. Thillingly auf, schwankte leicht und schlug die Tür zu.

Paddy starrte auf die rote Farbe vor ihrer Nase. Wenn sie nicht so müde gewesen wäre und ihren Verstand einigermaßen beieinander gehabt hätte, hätte sie diesen Fehler vermeiden können. Natürlich war das ein schwerer Vorwurf; Thillingly wurde beschuldigt, Vhari Burnett umgebracht zu haben. Die Frau hinter der Tür war nicht nur zur Witwe gemacht worden, ihr Mann wurde auch noch übel verleumdet.

Der Regen pladderte auf ihre Schultern und tropfte kalt auf ihre Kopfhaut. Was für ein blöder vergeudeter Nachmittag. Noch dazu musste sie am Montagmorgen im Büro bleiben und für JT im Austausch für die Taxischeine im Archiv recherchieren.

Paddy schaute auf den nassen Garten und überlegte, ob es irgendwo eine Telefonzelle in der Nähe gab, um sich ein Taxi zu rufen. Mount Florida lag weit entfernt vom George Square und noch weiter von Eastfield. Sie hätte den Nachmittag daheim verbringen können, in der Garage, hätte den Ofen anheizen und ein Buch oder so lesen können, gemütlich warm und ganz für sich. Sie stellte sich gerade vor, wie sie in dem großen Sessel saß und Tee trank, als sie ein Keuchen und danach noch einmal lautes Atmen hörte. Mrs. Thillingly war immer noch auf der anderen Seite der Tür, und ihr Schluchzen wurde immer heftiger.

»Hallo, es tut mir wirklich leid«, sagte Paddy zur Tür. »Es tut mir leid wegen Mark. Alle, mit denen ich gesprochen habe, sagen, dass er ihr kein Haar krümmen könnte. Mrs. Thillingly?«

Nach einer Weile meldete sich eine leise Stimme. »Diana. Nennen Sie mich Diana. Mit wem haben Sie gesprochen?«

»Mit den Leuten von Amnesty auf dem George Square. Diana, sind Sie ganz allein?«

Ein lautes Schniefen. »Ja.«

»Ist das denn gut?«

Diana schniefte erneut. »Weißnich.«

»Bitte ... Kann ich nicht reinkommen und mit Ihnen reden?«

Der Riegel wurde zurückgeschoben, die Tür öffnete sich und gab den Blick in einen ordentlichen Flur frei.

Feuchte Wärme strömte heraus und strich über Paddys Gesicht, ein deutlicher Kontrast zu der Kälte draußen.

Diana wandte sich um und ging den Flur entlang, tappte mit bloßen Füßen über den Teppich. Sie hatte eine kindliche Figur, schmale Hüften und schlanke Fesseln, sie trug Caprihosen und einen grauen Männerpullover mit V-Ausschnitt, in dem sie fast ertrank, die Ärmel hingen ihr bis zu den Fingerspitzen. Sie schlenkerte beim Gehen mit den Armen und schien sich zu beeilen, um die Frau loszuwerden, die sie gerade selbst eingelassen hatte.

Paddy schob die Tür mit den Fingerspitzen weiter auf, ging hinein und schloss sie sorgfältig hinter ihr. Das Haus war überheizt, die Luft abgestanden und voller Fasern und Staubpartikel von dem neuen Teppich. Der lange Flur war in Rosa und Grau tapeziert, mit zwei passenden Bordüren in Hüft- und Kopfhöhe, die den Gang allerdings noch schmäler wirken ließen. Am Ende des Flurs befand sich eine Küche, erfüllt mit grauem Tageslicht.

Paddy ging auf das Licht zu und lauschte auf Schniefer und andere Hinweise darauf, wo Diana sich befand. Sie hörte das Zischen eines Streichholzes, und ihr Hals zog sich vor Sehnsucht nach einer rauen, kratzigen Zigarette zusammen.

Die Küche war später an das kleine Haus aus den Dreißigerjahren angebaut worden, ein großer Raum auf der Rückseite, sodass die Küchenschränke an der einstigen Außenmauer entlangliefen. Der hintere Teil ging in einen Wintergarten mit geneigtem Dach über, der den Blick auf einen großen Garten und eine Terrasse freigab.

Diana saß am Esstisch unter dem Glasdach und rauchte eine Zigarette. Nach dem zu schließen, was auf dem Tisch herumstand, hatte sie schon stundenlang hier gesessen. Ein blauer Glasaschenbecher war geleert, aber nicht gespült worden. In ihm schwelte eine nur zur Hälfte gerauchte, nicht richtig ausgedrückte Zigarette. Eine dunkelblau-goldfarbene Schachtel Rothmans lag neben einer sehr schmutzigen weißen Kaffeetasse, an deren Rand überall getrocknete braune Tropfen hingen.

Paddy zog den Mantel aus, legte ihn auf der leeren Arbeitsplatte ab und setzte sich an die andere Seite des Tisches. Diana umklammerte ihre Tasse und blies Rauchschwaden in die Luft, doch selbst durch den Geruch der Zigarette konnte Paddy das scharfe Aroma von Brandy im Kaffee riechen. Diana war so betrunken wie ein Landstreicher bei einer Gratis-Whisky-Verkostung.

»Irgendwie sitze ich schon den ganzen Tag hier rum.« Sie zog eine frische Zigarette aus der Schachtel und zündete sie an. »Hab auf den Garten geschaut. Das Haus hat Marks Eltern gehört. Seine Mutter hat es ihm vor ein paar Jahren hinterlassen. Deshalb ist der Garten so schön eingewachsen. Er wollte nichts daran ändern.«

Paddy schaute auf den Rasen, gesäumt von Büschen, an denen braune Blütenbälle wuchsen. Sie hatte keine Ahnung von Pflanzen und konnte nur mit Mühe eine Eiche von einer Grünlilie unterscheiden.

»Das sind bestimmt hübsche Blumen. Die runden da an den Büschen – sie sehen aus wie Weihnachtsdeko.«

Diana starrte sie ungläubig an. »Die Hortensien?«

»Heißen die so? Die brauchen sicher viel Pflege.«

»Nein. Im Grunde wachsen sie fast von selbst.«

Diana klang streitlustig. Paddy würde hart für jede Information arbeiten müssen.

Bevor sie sich weiter mit ihrem Geschwätz blamierte, zog Paddy eine Schachtel mit zehn Embassy Regal aus der Tasche und öffnete sie. Eine Arme-Leute-Marke – Frauen rauchten sie bei Bingo-Abenden und Gemeindefesten. Zigaretten für Frauen, die keine Blumennamen kannten. Sie betrachtete die hübsche, schmale Frau ihr gegenüber und verspürte plötzlich eine heftige, ungewollte Abneigung. Diana mit ihren zarten Gesichtszügen und schönen Zähnen konnte sie mal. Sie und ihr schickes Haus und ihr Anwalt-Ehemann.

Paddy klemmte sich die stummelige Zigarette zwischen die Zähne, holte ihr Notizbuch aus der Tasche und schlug es an einer Stelle mit leeren Seiten auf. Sie zog den winzigen Stift aus dem Lederetui und schrieb in unleserlicher Kurzschrift »verdammte Scheiße« oben auf die Seite. Sie unterstrich die Zeichen zweimal, um Dianas Aufmerksamkeit auf ihre Welt zu lenken, eine Welt, in der Frauen ihren eigenen Weg gingen, eine Welt der Arbeit und speziellen Kenntnisse, die nur Paddy verstand.

»Also«, sagte sie mit gezücktem Stift, »haben Sie Kinder?«

Volltreffer. Diana schüttelte traurig den Kopf. Ihre Hand zitterte, als sie die Zigarette zum Mund führte.

»Und Mark arbeitete im Easterhouse Law Centre?«

»Ja. Wir haben genug Geld. Er konnte es sich leisten.«

»Im Law Centre wird man also nicht reich?«

Diana schnaubte. »Mein Gott, nein. Ein Rechtsbeistand verdient Peanuts im Vergleich zu einem privaten Anwalt.« Sie hob die Hände, als hätte sie dieses Argument schon oft vorgebracht und ziehe nun müde die Schlussfolgerung. »Aber Mark wollte es so – er wollte den Leuten helfen. Verstehen Sie nun, was für ein Mensch er war? Er kam abends nach Hause und weinte, und ich meine: Er weinte manchmal wirklich, wenn er mir von den Leuten erzählte, mit denen er am Tag zu tun gehabt hatte. Die Armut dieser Leute. Ihr armseliges Leben. Schrecklich.«

Paddy stellte sich vor, wie die beiden abends in ihrem Wintergarten saßen, eine Flasche französischen Wein tranken, rauchten, in den großen Garten hinausschauten, den seine Mutter ihm hinterlassen hatte, und sich im Mitleid für die Leute suhlten, denen es nicht so gut ging. Und sie dachte an ihre Brüder und ihren Vater und ihre Mutter, die billiges Hackfleisch mit Karotten und Zwiebeln streckte. Am liebsten hätte sie sich über den Tisch gebeugt und Diana Thillingly eine geknallt.

»Hat er Vhari Burnett öfter getroffen?«

Dianas Gesicht wurde grau. Sie nahm ihre Zigarette aus dem Aschenbecher und rauchte vor sich hin.

Paddy brach das Schweigen »Tut mir leid, ich wollte Ihnen nicht wehtun.«

»Vhari und Mark, das ist längst abgehakt, damit tun Sie mir nicht weh.« Sie zog heftig an ihrer Zigarette. »Sie haben sich getrennt, und das war es. Danach haben wir uns manchmal bei Partys gesehen. Sie wirkte resigniert. Ging nie mit einem anderen aus, soweit ich weiß. Aber sie war trotzdem über Mark hinweg. Tatsächlich waren sie gute Freunde.« Der Satz endete in einem etwas schrillen Ton und einem zittrigen Lächeln. Ungeschickt drückte sie ihre halb gerauchte Zigarette aus, die im Aschenbecher weiter vor sich hin glomm. »Er würde sie ja wohl kaum aus heiterem Himmel umbringen.«

Paddy dachte an Sean und daran, dass sie ihn immer noch als ihr Eigentum betrachtete. Vielleicht hatte Vhari ähnlich empfunden. »Aber er starb eine Nacht nach Vhari, oder nicht? Er muss von ihrer Ermordung im Radio gehört haben. Wie hat er reagiert?«

Diana schüttelte den Kopf und blickte suchend auf dem Tisch herum. »Ich weiß es nicht.« Sie holte tief Luft, um sich gegen die Tränen zu wappnen, allerdings ohne Erfolg. Ein tiefes Schluchzen drang aus ihrer Brust, ihr Gesicht verzog sich, der Mund wurde ganz breit, und sie presste die Augen fest zusammen.

»Haben sie gemeinsam an einem Fall gearbeitet? Gibt es da eine Verbindung? Eine Anklage gegen einen Mandanten?«

Diana schüttelte den Kopf »Ich kann nicht …« Sie saß weinend am Tisch, enthemmt vom Alkohol, gelähmt durch den furchtbaren Verlust.

Paddy griff nach ihren Zigaretten. »Soll ich Ihnen noch einen Kaffee machen?«

Diana nickte und hatte immer noch Mühe zu sprechen. »Ich … Nein, es geht schon wieder.«

Paddy zündete zwei von ihren Zigaretten an und gab ihr eine. Die kurzen Zigaretten ließen die Hand, die sie hielt, klein und stummelig wirken. Diana nahm eine, rieb sich mit dem Handballen über die Augen und ließ die Schultern hängen.

»Ich glaube, ich hole Ihnen mal einen Brandy«, sagte Paddy und stand auf. »Sie brauchen jetzt was Starkes.«

Diana sah sich um und tat verwirrt, als ob sie sich gar nicht vorstellen könnte, dass es hier im Haus Brandy gab. »Oje, ja vielleicht ... Schauen Sie mal im Schrank unter der Spüle nach. Ich glaube, ich kann mich erinnern, dass Mark ihn dort aufbewahrte. Glaube ich.«

Die Flasche war außen nass, Diana musste sie unter dem Wasserhahn abgewaschen haben, und auch im Regal hatte sich ein feuchter, klebriger Ring gebildet.

Paddy nahm ein Glas vom Abtropfgitter, schenkte großzügig zwei Fingerbreit ein und stellte es vor Diana.

»Also, keine Widerrede, ich kenne mich ein bisschen mit solchen Sachen aus, und das wird Ihnen helfen, sich zu beruhigen.«

Diana nippte am Glas, als ob sie noch nie Brandy getrunken hätte, und schüttelte sich, als sie das Glas wieder abstellte. »Wollen Sie nicht auch einen?«

»Man sollte es nicht meinen, aber ich vertrage nicht viel, und heute Abend gehe ich noch mit meiner Mum weg. Sie wäre böse, wenn ich angesäuselt bei ihr auftauchen würde.«

»Wo gehen Sie hin?«

»Zur All-Priests Holy Roadshow. Eine Bühnenshow. Im Vergleich dazu ist jedes Schul-Krippenspiel ausgefeiltes Entertainment.«

»Davon habe ich noch nie etwas gehört. Ist das etwas Katholisches?«

»Ja. Meine Familie ist katholisch. Ich glaube ja nicht daran«, Paddy beugte sich verschwörerisch über den Tisch, »aber sagen Sie das nicht meiner Mutter.«

Diana fand sie mittlerweile schon ein wenig sympathischer, Paddy sah es ihr an. Das musste am Brandy und an ihrer katholischen Herkunft liegen. Sie lächelte schwach und hob ihr Glas. »*Slàinte.*«

Paddy prostete ihr mit einem imaginären Glas zu. »Auf Ihre Gesundheit.«

Aufgrund der willkürlichen Verhaftungen und der Folter von Verdächtigen durch die Special Forces in Nordirland standen plötzlich alle Katholiken in dem Ruf, eine unterdrückte Minderheit zu sein. Paddy war noch nie mit Vorurteilen gegen Katholiken konfrontiert worden, abgesehen vielleicht von der wohlwollenden Haltung wohlmeinender Liberaler, dennoch genoss sie diesen Status. Manchmal ließ sie wissen, dass sie katholisch war, um jemanden für sich einzunehmen, wie gerade bei Diana.

Sie rauchten eine Weile und sahen zu, wie es draußen dämmerte und die Farben des Gartens zu Hunderten Grautönen verblassten.

Als Diana schließlich redete, wirkte sie mit einem Mal ganz nüchtern. Mit leiser Stimme sprach sie Richtung Aschenbecher und drehte dabei die Spitze ihrer Zigarette auf dem Glasrand hin und her.

»Vhari Burnett war eine Zeit lang nicht direkt mit Fällen beschäftigt. Sie arbeitete für die Staatsanwaltschaft, glaube ich. Beruflich hatten sie und Mark nichts miteinander zu tun. In der Nacht, in der sie ermordet wurde, kam Mark später nach Hause als üblich, so gegen acht. Er war sehr aufgewühlt. Seine Nase war geschwollen und blutete, als ob er einen Schlag abgekriegt hätte.«

»Acht Uhr abends in der Nacht, als sie ermordet wurde? Also bevor sie starb?«

»Ja. Ich habe im Fernsehen gehört, dass Vhari gegen halb

drei noch mit einem Polizisten sprach. Aber Mark kam an dem Abend um acht nach Hause.«

»Ist er noch mal weggegangen?«

»Nein, aber es war eine sonderbare Nacht.«

Paddy hatte vermutet, dass es eine Verbindung zwischen Marks gebrochener Nase und seinem Tod gab, aber nicht gedacht, dass die Verletzung so viele Stunden vorher erfolgt war. »Sie sagten, er war aufgewühlt?«

»Oh ja, sehr.« Diana starrte auf den Tisch und nickte leicht, wieder und wieder, als ob die rhythmische Bewegung sie trösten würde. »An dem Abend regnete es. Als er heimkam, war seine Nase geschwollen und blutig, und sein Wollmantel war auf der einen Seite klatschnass, weil er so feste gestoßen worden war, dass er hinfiel.«

Paddy erinnerte sich an den kalten Regen, an die Nässe vor Vhari Burnetts Tür und ihr eigenes Zögern, überhaupt aus dem Auto zu steigen. Diana fasste sich beim Gedanken an Mark an den eigenen Nasenrücken.

»Mark war kein sportlicher Typ, nicht hart im Nehmen. Er mochte keine Gewalt.«

»Und was hat er Ihnen gesagt? Was war passiert?«

»Er kam spät, aber das kam manchmal vor, deshalb machte ich mir keine Sorgen – es war ja auch erst acht. Er kam heim und sagte, er sei auf dem Parkplatz vor dem Büro überfallen worden. Aber er wollte nicht die Polizei rufen oder zum Arzt gehen. Er sagte, es sei ein Klient gewesen, jemand, den er kannte, und er wollte ihn nicht in Schwierigkeiten bringen.«

»Und Sie haben das geglaubt?«

»Keine Sekunde lang. Es war nicht Marks Art, jemanden mit etwas durchkommen zu lassen. Er fand, dass jeder für seine Taten geradestehen musste. Deshalb machte er auch kein Strafrecht. Er kümmerte sich um zivile Fälle, Arbeitsrecht, ungerechtfertigte Kündigungen, Sozialhilfeansprüche, solche Sachen. Als er sagte, dass er nicht die Polizei rufen wollte, wusste ich, dass er log. Ich habe in seiner Geldbörse nachgeschaut, als er unter der Dusche war, und da war noch Geld drin. Der Überfall war also erfunden. Ich flehte ihn an, die Polizei anzurufen, aber er weigerte sich.«

Paddy konnte sich die Szene vorstellen: Diana, nach ein paar Gläsern Wein angetrunken, nach Zigaretten stinkend, insgeheim stinksauer, dass Mark so spät nach Hause gekommen war, dieser unerbittliche Zorn intelligenter Frauen, die den ganzen Tag zu Hause hockten, hier und da ein bisschen umdekorierten, Staub wischten und für jemanden kochten, der sich auf dem Heimweg ein Sandwich geholt hatte.

»Ich fürchte, ich bin wütend geworden.« Dianas Augen füllten sich wieder mit Tränen. »Am Ende ging ich ins Bett, aber als er dachte, ich wäre auf dem Klo, hörte ich, wie der Zweitapparat im Schlafzimmer kurz ›pling‹ machte, und wusste, dass er telefonierte. Er dachte, ich könnte ihn nicht hören.« Sie sah ein wenig schuldbewusst drein. »Ich habe nur gelauscht, weil ich dachte, er hätte seine Meinung geändert und würde die Polizei anrufen.«

»Gott sei Dank haben Sie gelauscht.«

»Er hat mit jemandem geredet. Er fragte, mit wem er spreche und wo Vhari sei und ob sie ans Telefon kommen könne. Ich ging runter und fragte ihn, mit wem er telefonierte, aber er behauptete, er hätte niemanden angerufen. Sie war gerade erst umgezogen, Vhari, meine ich. Ihr Großvater war gestorben und hatte ihr dieses lächerlich große Haus hinterlassen. Mark wusste, wo es ist, er war schon mal dort, als sie noch jünger waren.« Sie sank über ihrem Glas zusammen. »Er wollte nicht mit mir rauf ins Bett gehen, sondern blieb auf, sah fern und trank.«

Ihre Stimme wurde immer leiser, je länger sie an den Abend zurückdachte. »Am nächsten Morgen war er weg, bevor ich wach war. Ich glaube, er hat auf der Couch geschlafen und ist dann direkt ins Büro gefahren. Ich habe erst so gegen Mittag das Radio eingeschaltet, da war es schon überall in den Nachrichten: Vhari war ermordet worden. Ich rief im Law Centre an, aber er war nicht da. Er ist nicht wieder nach Hause gekommen.«

»Denken Sie, dass er sich umgebracht hat?«

Diana kippte den restlichen Brandy in sich hinein und schnappte nach Luft. Paddy überlegte, ihr noch einen Drink anzubieten, andererseits könnte das so wirken, als glaubte sie, Diana würde mehr als einen Brandy vertragen. Also zwang sie sich stillzusitzen, damit Diana weiterredete.

»Ja.« Diana schnipste wieder und wieder die Asche von ihrer Zigarette, bevor sie zögernd weiterredete. »Mark war ein enttäuschter Mann. Er war von sich selbst enttäuscht, ziemlich – depressiv. Er sagte immer, wenn er sich einmal umbringen würde, dann würde er sich in den Fluss stürzen, bei der Fußgängerbrücke. Das war sein Lieblingsort in der Stadt. Die Kanzlei seines Vaters war am Fluss, er ging dort immer mit ihm spazieren, als er ein kleiner Junge war. Ich glaube, irgendetwas ist auf diesem Parkplatz passiert, etwas, mit dem er nicht fertig wurde, deshalb ist er am nächsten Abend in den Fluss gesprungen. Ich habe versucht, ihn glücklich zu machen.« Sie sah auf. »Es ist nicht so, dass ich … Sie wissen schon, dass ich regelmäßig trinke.«

»Ich habe gehört, dass er einen Abschiedsbrief im Auto hinterlassen hat?«

»Ja«, sagte sie leise und drehte das Glas in ihrer Hand. »Er schrieb, es tue ihm leid, aber er könne – nicht weitermachen. Es tue ihm leid, dass er alle enttäuscht habe, dass er mich im

Stich gelassen habe, mich und Vhari. Depressives dummes Geschreibsel, das bedeutet gar nichts. Schon gar nicht, dass er sie umgebracht hat.«

»Aber er hat sie erwähnt?«

Diana nickte unglücklich. »Deshalb denkt die Polizei, dass er sie umgebracht hat.«

»Was genau hat er geschrieben?«

»Es tue ihm leid, dass er sie im Stich gelassen hat. Das war's.« Sie zuckte mit den Schultern. »Er hat zuerst ihren Namen genannt und dann meinen. Als ob sie ihm wichtiger wäre.«

Paddy saß da und ging noch einmal die Fakten durch. Marks Nase, der Überfall auf dem Parkplatz, das Telefonat mit Vharis mysteriösem Besucher. Sie wartete auf eine passende Gelegenheit, sich zu verabschieden, obwohl sie wusste, dass sie Diana dann mit ihrem Kummer und dem Brandy allein ließ.

Als sie aufstand, war es draußen dunkel. Das einzige Licht in der Küche war das orangerote Aufleuchten von Dianas Zigarette. Paddy wollte etwas Nettes sagen, doch ihr fiel nichts ein.

»Hätten Sie ein Foto von Mark, das ich verwenden könnte?«

Diana zuckte zusammen und war augenblicklich wieder hellwach. »Sicher, sicher habe ich eins.« Sie ging hinaus in den Flur, wobei sie sich problemlos durch die Dunkelheit bewegte, und kam mit einer großen Zigarrenkiste aus Walnussholz zurück, in der sich die Schnappschüsse stapelten. »Das ist schön.« Sie gab Paddy ein Foto von Mark bei seiner Abschlussfeier an der Uni, ein schlanker, lächelnder Mark im Sommer. Ganz und gar nicht der Mann, den Paddy gesehen hatte. Außerdem passte es nicht zu einem Artikel über einen toten Anwalt mittleren Alters.

»Ein schönes Bild«, sagte Paddy und legte es mit Nachdruck wieder hin, um Diana zu zeigen, dass es völlig unbrauchbar war.

Diana nahm ein anderes aus der Kiste, Mark im Kilt, in dem er sich sichtlich unwohl fühlte, bei einer Hochzeit. Er stand etwas abseits von drei glücklich aussehenden Freunden, wirkte verloren und ausgeschlossen. Perfekt für einen Artikel über Selbstmord.

Paddy nutzte die Gelegenheit und stand auf, um das Foto in die Manteltasche zu stecken. Diana sah zu, wie sie ihn sich anschließend überzog, und blickte dann hinaus in den Garten.

Paddy stand neben ihr und hoffte, dass sie sich endlich loseisen konnte. »Es tut mir furchtbar leid«, sagte sie. »Es tut mir furchtbar leid, was Ihnen passiert ist.« Sie meinte es aufrichtig – Diana tat ihr leid –, musste aber zu ihrem eigenen Unbehagen feststellen, dass es nicht so klang.

II

Kate wachte davon auf, dass ihr Handrücken mit einem Zucken gegen das Lenkrad des Minis schlug. Ihr linker Arm kribbelte und brannte. Sie rieb sich die Schulter in der Hoffnung, dass die Schmerzen vergehen würden, doch das Kribbeln blieb, wenn auch etwas abgeschwächt. Als sie sich wieder beruhigt hatte, stellte sie fest, dass sie direkt vor dem Haus ihrer Eltern parkte. Die hätten jederzeit herauskommen und sie sehen können. Lieber traf sie mit Lafferty und dem Toten zusammen als mit ihrer Mutter.

Sie ließ den Wagen an und fuhr los, verlangsamte vorsichtig an der Kreuzung, um das fette Mädchen im grünen Mantel über die Straße zu lassen, und fuhr dann zu Bernies Werkstatt, folgte dem leisen Ruf des Päckchens, das Trost versprach.

19

Die All-Priests Holy Roadshow

I

Draußen vor dem Zugfenster war schwarze Nacht. Paddy nahm den Zug jeden Tag zur Arbeit, doch heute sah sie alles mit anderen Augen, weil Trisha dabei war.

Während sie mit ihrer Mutter in dem ruhigen Pendlerzug saß, überlegte sie, wer an Vhari Burnetts Telefon gegangen war, als Mark Thillingly angerufen hatte. Vielleicht Lafferty oder der gut aussehende Mann von der Tür. Warum hatte Mark Vhari angerufen, und warum hatte er Diana deswegen angelogen? Das wirkte nicht so, als ob die beiden eine Affäre hätten, eher klang es, als ob Thillingly und Vhari in massiven Schwierigkeiten gesteckt hatten, als ob er sie angerufen hatte, um sie zu warnen, um ihr zu erzählen, was ihm auf dem Parkplatz passiert war, und ihr zu sagen, dass sie fliehen sollte. Bei dem Gedanken an die Beziehung zwischen Burnett und Thillingly musste Paddy plötzlich an ihren heißen Atem an Burns' Hals denken. Rasch wandte sie den Blick ab, als ob ihre Mutter ihre Gedanken lesen könnte.

Trisha sah, wie Paddy die Stirn runzelte und auf ihrem Sitz hin und her rutschte. Sie beugte sich lächelnd über den Gang und tätschelte ihr Knie. Paddy lächelte reflexartig zurück. Ihre Mutter wirkte außerhalb des Hauses oder außerhalb der Kirche oder fern der Main Street von Rutherglen verloren, ihre Kleidung leicht fadenscheinig. Sie trug einen steifen, beigefarbenenen Regenmantel. Am Ärmel war ein Flicken, wo sie versucht hatte, einen Fleck wegzurubbeln. Unter dem Saum sah man ihre geschwollenen Knöchel in dicken Strümpfen, dazu schwarze bequeme Schnürschuhe, in denen sie alt und verbraucht aussah.

Auch Trisha war bewusst, dass sie sich außerhalb ihrer gewohnten Umgebung aufhielt. Während sie auf die mondbeschienene Szenerie hinausschaute, die am Fenster vorbeizog, flackerten ihre Augen, als ob ängstliche kleine Gedanken darin aufleuchteten, die sie jedoch sofort mit einem Blinzeln und einem Blick auf ihre Handtasche unterdrückte. Paddy wusste, was ihre Mutter dachte: Sie hatte das Geld für den Busfahrschein in ihrem Portemonnaie. Was immer auch geschah, sie konnte einfach wieder heimfahren. Paddy hatte trotz ihrer Jugend schon mehr von der Welt gesehen, als ihre Mutter je sehen würde.

»Der Speisewagen hat offen«, sagte Paddy.

»Sei nicht albern.« Trisha runzelte die Stirn und blickte forschend den Gang entlang. »Der Zug fährt nur in die Stadt. Es gibt keinen Speisewagen.«

»Tatsächlich?« Paddy griff in ihre Tasche und zog eine zerknitterte weiße Papiertüte heraus. »Und wo habe ich die dann her?« Sie faltete die Tüte auf und hielt sie ihrer Mutter hin.

Trisha schaute in die Tüte und lächelte. »Zitronenbonbons.« Das Goldgelb der Bonbons ließ ihr Kinn aufleuchten.

»Zitronenbonbons«, lächelte Paddy zurück.

Trisha bot ihr mehrfach an, sich auch eins zu nehmen, aber Paddy beharrte darauf, dass sie auf Diät sei, außerdem sei sie gar nicht so wild auf Zitronenbonbons, und überhaupt seien sie für Trisha gedacht. Der Verzicht fiel ihr nicht schwer. Von ihrer Fressattacke am Morgen taten ihr immer noch die Zähne weh.

Die Argyle Street war dunkel, als sie die Treppe vom tiefer liegenden Bahnsteig heraufkamen. Die Straße war nass und glänzte von einem Schauer, der offenbar heruntergekommen war, während sie im Zug gesessen hatten. Der Verkäufer der *Evening Times* hatte seinen Stand unter dem Vordach des Ladens gegenüber aufgestellt, und Paddy hörte mit halbem Ohr auf die Schlagzeilen, die er ausrief: eine Sonderbeilage über Fußball. Ein schmuddeliger Mann in einem vom Regen verfilzten Wollmantel stolperte mit ausgestreckter Hand und dem verzweifelten Blick des Alkoholikers auf sie zu. Trisha hakte sich bei ihrer Tochter ein und zerrte sie ängstlich weg.

Bei diesem Ausflug in die Stadt fiel sie regelrecht in sich zusammen. Paddy spürte die Angst und Anspannung in ihrem Arm, als ihre Mutter sich an sie klammerte. Eigentlich sollte der Ausflug Trisha aufmuntern und nicht einschüchtern. Sobald ihnen jemand in Partykleidung begegnete, drängte sie sich enger an ihre Tochter, zog sie am Ärmel und lenkte sie näher zum Bordstein, weg vom Licht der Straßenlaternen, stets kurz davor, mit dem Arm zu fuchteln und einen Bus heranzuwinken, der sie nach Hause bringen würde.

Vor den City Halls drängten sich die Menschen. Sie schlängelten sich durch die fröhlich plaudernde Menge zum Eingang und stießen dort auf Mary O'Donnagh. Mary gehörte zu einer Gruppe Frauen, die in St. Columbine's ehrenamtlich tätig waren und ihren Rang danach bemaßen, wie nahe sie den Priestern standen. Eigentlich sah man sie selten ohne Schürze, doch heute Abend trug sie marineblaue Hosen und hatte die Haare zu einer Art gigantischem Heiligenschein auftoupiert.

»Oh Mary«, sagte Trisha höflich, »was für eine wunderbare Frisur.«

Mary fasste sich ans Haar und lächelte kokett. »Unsere

Theresa hat mich frisiert. Du musst auch mal zu ihr gehen, Trisha, sie ist toll.«

»Das werde ich, ja, unbedingt«, erklärte Trisha so eifrig, dass selbst Mary wusste, sie würde es nie tun.

Paddy merkte, dass Trisha sich entspannte, sobald sie sich zwischen all den anderen Frauen bewegte. Es waren nur wenige Männer zu sehen, die eindeutig ihre Frauen begleiteten und sich mit den Mänteln im Arm geduldig wartend im Hintergrund hielten.

Sie hatten Plätze auf der Empore. Als Paddy nach unten in den Saal blickte, sah sie ein Meer von Frauen, die sie alle an ihre Mutter erinnerten. Sie legten die billigen Mäntel ab, unter denen pastellfarbene Oberteile aus Polyamid zum Vorschein kamen. Auf der Bühne standen bereits ein Schlagzeug, ein Tisch mit Requisiten und mehrere Gitarren in ihren Ständern. Darüber hing ein durchhängendes Banner mit brauner Schrift vor weißem Hintergrund – »The All-Priests Holy Roadshow«.

Trisha beugte sich auf ihrem Sitz vor und blickte aufgeregt auf die Zuschauermenge hinunter, entdeckte flüchtige Bekannte und machte Paddy auf sie aufmerksam. Jede Einzelne wurde anhand der Tragödien charakterisiert, die ihre Familien heimgesucht hatten. Mary O'Leery – Sohn mit multipler Sklerose; Katherine Bonner – Ehemann nach Schlaganfall gestorben, Bruder vom Zug überfahren; Pauline Trainer – Eltern starben im Abstand von nur zwei Tagen an der Grippe, hatte schon in der Schule eine Gehbehinderung, der Bruder hatte Tuberkulose; als Kinder durften sie sie nicht anfassen, um sich nicht anzustecken.

Die Saallichter gingen aus, und eine Aufnahme der *Planeten* von Gustav Holst ertönte. Ein Raunen ging durch die Zuschauer, sie lehnten sich in ihren Sitzen zurück und gaben aufgeregt ein kollektives Kichern von sich. Vier Schatten erschienen auf der Bühne, die Bühnenscheinwerfer gingen an, und ein ohrenbetäubender Applaus brach los.

Vier ganz normal aussehende Männer unterschiedlichen Alters standen mit ihren Instrumenten auf der Bühne. Alle trugen einen Priesterkragen, unauffällige schwarze Hosen und Hemden. Der Mann ganz vorne hob eine Hand zum Gruß, und das Publikum jubelte, als die Priester »When Irish Eyes Are Smiling« anstimmten und dann schon bald zu »A Mother's Love's a Blessing« wechselten. Paddy musste zugeben, dass sie ihr Publikum zu nehmen wussten.

Für sie selbst schien sich der Abend endlos in die Länge zu ziehen. Nach dem Auftritt der Priesterband versuchte sich einer von ihnen mit uraltem Material als Stand-up-Comedian. Er erzählte einen etwas anzüglichen Witz über ein uneheliches Kind, doch das Publikum lachte trotzdem, schließlich war er ein Priester, dann musste das ja in Ordnung sein. Sobald Irland oder die irische Nationalität erwähnt wurden, brach spontaner Beifall los und rollte durch den Saal, als ob sich zwischen Schottland und der alten Heimat Tausende Meilen Wüste erstreckten und nicht nur eine Fährüberfahrt von fünfundvierzig Minuten. Ein dürrer junger Priester, der nicht in der Band mitgespielt hatte, trat als schlechter Elvis-Imitator auf, wurde aber dennoch stürmisch beklatscht.

Es war warm im Saal, die Hitze stieg vom Parkett hoch zu den Rängen, und Paddy merkte, wie sie schläfrig wurde. Sie dachte an Thillingly, wie er aus dem Fluss gezogen wurde, wie das schwarze Wasser von ihm ablief und über die Klippe rann, als er auf dem kalten Gras lag, wie der pietätlose Burns, der noch dazu verheiratet war, und die anderen Polizisten Witze über Thillingly machten, nur wenige Minuten nachdem seine Seele seinen Körper verlassen und er sich an einem Ast das Gesicht aufgerissen hatte.

Paddy nickte ein in der warmen Dunkelheit, geborgen zwischen all den Frauen und mit Trisha an ihrer Seite, die endlich einmal glücklich war. Sie wachte erst wieder auf, als das Licht zur Pause anging und Trisha in ihrer Handtasche nach Bonbons kramte. Paddy war jetzt klar, dass Thillingly Burnett nichts getan hatte. Er war in der Nacht, als sie starb, nicht einmal in ihrem Haus gewesen. Er hatte sich umgebracht, und zwar nach dem Vorfall auf dem Parkplatz, weil er gedemütigt worden war, weil er verprügelt worden war und das alles irgendwie mit Vhari zu tun hatte. Wenn man unvoreingenommen an die Sache heranging, war die Schlussfolgerung völlig offensichtlich, und wenn sie für sie so offensichtlich war, war sie das wahrscheinlich für jeden. Deshalb war Sullivan hinter dem Rücken seiner Vorgesetzten aktiv geworden. Deshalb hatte er sie gebeten, sich mit ihm in einer dunklen Gasse vor der Leichenhalle zu treffen. Irgendjemand hatte hier die Finger im Spiel, hatte ein Interesse daran, den gut aussehenden Mann in Hosenträgern, der an der Tür von Vhari Burnetts Haus gestanden hatte, aus den Mordermittlungen herauszuhalten. Das war die Story, mit der sie endlich die Nachtschicht hinter sich lassen würde; die Story, die sie für Ramage schreiben würde.

Sobald im Saal das Licht anging, drängte eine Herde verzweifelter Frauen mit von zahlreichen Geburten geschwächten Blasen Richtung Toiletten. Die meisten Zuschauer allerdings blieben auf ihren Plätzen und ersparten ihren müden Beinen die Mühe der Treppen. In den Sitzreihen vor und hinter ihnen war man sich offenbar einig, dass es eine sehr gute Show war. Wirklich sehr gut. Sogar noch besser als letztes Jahr.

Trisha aß das letzte Bonbon und schaute niedergeschlagen in die leere Papiertüte. »Ich nehme nicht an, dass du noch eine Tüte Bonbons für die Pause gekauft hast?«

Paddy tat ungehalten: »Hast du denn nie genug, Weib?«

Sie kicherten, bis die Lichter wieder ausgingen und der zweite Teil der Show begann, diesmal mit einem Priester mit Sonnenbrille, der ein Medley mit Roy-Orbison-Songs vortrug.

Als sie auf dem Weg zurück zum Bahnhof durch die dunklen Straßen gingen, immer dicht bei den anderen, die auch alle zurück nach Rutherglen wollten, tastete Paddy nach der Fotokopie von der Burnett-Beisetzung in ihrer Tasche. Sie strich mit dem Finger darüber und hätte sich am liebsten von den anderen abgesetzt. In Eastfield würde Caroline schmollend vor dem Fernseher hocken, die Jungs waren sicher ausgegangen, und Mary Ann würde oben beten oder ein frommes Buch lesen – Sie sah nicht mehr fern. Niemand hätte den Abwasch nach dem Tee gemacht, Trisha würde gleich die Schürze umbinden und sich an die Arbeit machen, sobald sie zur Tür herein war.

Paddy wäre am liebsten in die Stadt zurückgefahren, zurück zu ihrer Arbeit, und fragte sich, was ihre Stadt heute Nacht wohl aushecken würde.

20

Sunday Bloody Sunday

I

Paddy hatte dreißig Minuten damit vergeudet, das Easterhouse Law Centre im Adressverzeichnis von Glasgow zu suchen. Sie schlug das Buch zu, ließ es neben ihrem Sessel auf den Boden gleiten und legte die Hände auf das Tablett-Tischchen vor sich, wie eine Hellseherin, die einen Geist beschwören will.

Eigentlich hätte sie über Patrick Meehan und ihr Buch nachdenken sollen, hätte eine Seite nach der anderen über diesen echten Kriminalfall zu Papier bringen sollen, aber ihr fiel nichts ein.

Meehan stammte aus armen Verhältnissen, aus einer Familie irischer Einwanderer, und war im Stadtteil Gorbals aufgewachsen, zur Zeit der Razor Kings, als Banden junger Männer in den schmalen Straßen zwischen den Hochhäusern mit Rasierklingen aufeinander losgingen. Er wurde auf eine Schule für Schwererziehbare geschickt, nachdem er in einem Park einen Ast von einem Baum gebrochen hatte. Dort lernte er dann, wie man Tresore knackt. Die sogenannten *petermen* waren Experten, Ehrenmänner, die wussten, wie man Sprenggelatine in der Pfanne schmilzt, und wie man beim Safeknacken ruhig bleibt und auf das leise, ferne Klicken des Schlosses lauscht. Safeknacker wurden respektiert. Meehan war aus dem Gefängnis von Nottingham ausgebrochen, wo er wegen

Raubes einsaß, und hatte sich nach Ostdeutschland abgesetzt. Die Grenze hatte er auf einem gestohlenen Fahrrad überquert. Er wollte den Sozialisten die Baupläne britischer Gefängnisse verkaufen, ein Agent Provocateur des MI5 hätte ihn dazu angestiftet, wie er später behauptete. Die Ostdeutschen verhörten ihn achtzehn Monate lang und übergaben ihn dann den britischen Behörden, damit er seine Strafe absaß. Voller Reue und knapp bei Kasse, verkaufte er seine Story an eine britische Zeitung und erklärte, er habe den Plan nur ausgeheckt, um den britischen Doppelagenten George Blake zu befreien. Er behauptete, er habe den MI5 vorab informiert, doch dieser sei untätig geblieben, was beweisen würde, dass dort lauter Doppelagenten wären. Sechs Monate nach Veröffentlichung des Artikels wurde Meehan des brutalen Mordes an einer alten Frau in Ayr bezichtigt. In Glasgow war jeder von seiner Unschuld überzeugt. Der wahre Mörder versuchte nur wenige Tage nach Meehans Verurteilung, seine Geschichte an den *Sunday Express* zu verkaufen. Meehan war ein Spezialist. Natürlich war er ein Krimineller, aber ein Fachmann, kein gewalttätiger Mörder.

Paddy war von Patrick Meehans Geschichte fasziniert, seit sie ein kleines Mädchen war. Da sie zufällig den gleichen Namen hatten, horchte sie jedes Mal auf, wenn sein Name im Radio erwähnt wurde, versuchte die Zeitungsartikel über ihn zu lesen, obwohl das kein Stoff für ein kleines Mädchen war, und bekam mit, wie jede Berufung in seinem Fall niedergeschlagen wurde. Doch nachdem ein Journalist ein Buch über den Fall und die Verfahrensfehler geschrieben hatte, wurde der Fall neu aufgerollt. Schließlich wurde Meehan nach sieben Jahren Haft von der Königin begnadigt – für ein Verbrechen, das er nicht begangen hatte. Für Paddy wurde Meehan zum Symbol für die Angriffe gegen Katholiken, für die Voreingenommenheit und Heuchelei der britischen Justiz und für die enorme Bedeutung des Journalismus.

Sie kannte die Geschichte, die wirklich alles hatte, was eine gute Story brauchte, in- und auswendig: exotische Handlungsorte, Mauscheleien der Geheimdienste, eine Verfolgungsjagd mit Schießerei quer durch Glasgow, eine treue Ehefrau und einen geplagten Helden, der am Ende triumphierte.

Paddy kaute auf ihrem Stift herum, starrte auf das leere Blatt vor sich und spürte, wie ihr Wille, alles über Patrick Meehan aufzuschreiben, mehr und mehr schwand. Sie hatte nur damit angefangen, weil sie gedacht hatte, dass es einfach sein würde.

Jetzt griff sie nach ihrem Notizbuch, das auf der anderen Seite des Sessels auf dem Boden lag, und zog die Zeitungsausschnitte heraus, die sie über Vhari Burnett aufbewahrt hatte.

Der grüne Holzofen strahlte eine angenehme Wärme ab, während sie es sich im Sessel gemütlich machte, am Rand ihres Blocks herumkritzelte und zuhörte, wie das Graphit über das Papier kratzte. Vhari Burnett war im Haus geblieben, obwohl man ihr die Zähne herausgebrochen hatte. Zu dem Zeitpunkt musste sie gewusst haben, dass die Männer zu allem bereit waren und sie auch töten würden. Dennoch hatte sie sich aus Paddys Blickfeld entfernt, anstatt die Möglichkeit zur Flucht zu nutzen. Paddy konnte sich nichts vorstellen, das sie veranlasst haben könnte, zur Märtyrerin zu werden. Geld konnte es nicht sein, darüber musste sich Vhari keine Gedanken machen. Aber offenbar ging es auch nicht um einen Fall, an dem sie arbeitete. Was immer es gewesen war, es war ihr so wichtig, dass sie ihre einzige Chance zur Flucht nicht genutzt hatte.

Paddy sah wieder auf die leere Seite, und versuchte sich Patrick Meehan in irgendeiner Situation vorzustellen: bei der ersten Begegnung mit Betty, im Verhör, vor Gericht. Doch sie sah nur einen pockennarbigen Mann vor sich, der an einem Tisch saß, sie erwartungsvoll anblickte und ungeduldig auf ihren ersten Einfall wartete. Aber sie hatte keinen.

Wenn sie je etwas über ihn schreiben wollte, musste sie etwas unternehmen. Und der Einzige, der ihr helfen konnte, war McVie.

II

Aus Gründen, die so tief reichten wie eine Magma-Ader, war Schottland an Sonntagen ein trostloser Ort. Nur Kirchen, Pubs und Zeitungskioske hatten geöffnet. Selbst im Fernsehen kam nur Mist. Zur Teezeit waren fast überall die Rollläden heruntergelassen und die Straßen verwaist. Die Autos fuhren langsam, als hätten sie Angst, die bleischwere Luft aufzuwirbeln.

Die Adresse, die McVie ihr gegeben hatte, befand sich in einer Seitenstraße hinter den alten Lagerhäusern, die renoviert und an interessierte Yuppies verkauft wurden. Seine Wohnung lag am Ende einer schmalen Gasse mit hohen Gebäuden auf beiden Seiten, die das wenige Licht schluckten. An der Ecke war ein Pub: ein schmuddeliges, schäbiges Arbeiterlokal, ein Relikt aus einer Zeit, als in der Gegend noch gearbeitet wurde und das Viertel noch eine Funktion hatte.

Paddy passierte den Lichtschein, der aus dem Pub fiel, und sagte sich, dass sie sich hierher flüchten könnte, falls jemand aus einer dunklen Ecke hervorsprang und sie überfiel.

Der Eingang zu McVies Gebäude hatte eine beeindruckende Doppeltür in einem Rahmen aus blassgrünen glänzenden Fliesen, doch in der schmalen Gasse verpuffte die ganze

Pracht. Eine neue, unberührt wirkende Reihe Klingeln mit Namensschildern summte neben der Tür leise vor sich hin. Paddy drückte den Knopf mit »McVie« und wartete.

»Ja bitte?«

Eine Männerstimme, aber mit englischem Akzent und deutlich jünger.

»Hallo?«, stotterte sie. »Ich wollte eigentlich zu George McVie?«

Eine kurze Pause. »Wer sind Sie?«

»Ich bin Paddy Meehan, eine Kollegin von der Arbeit.«

Die Stimme fragte jemanden etwas und war dann wieder bei der Sprechanlage. »Kommen Sie rein. Zweiter Stock.«

Verwundert drückte sie mit den Fingerspitzen gegen eine Türseite, die mit einem Klicken nachgab und in eine holzvertäfelte Eingangshalle mit einer modernen Treppe auf der rechten Seite führte. Paddy hörte, wie sich irgendwo über ihr eine Tür öffnete. Der weiche Klang eines Radio-Klavierkonzerts drang zu ihr herunter.

Sie folgte der Musik die Treppe hinauf und fragte sich, ob George einen Sohn in England hatte oder vielleicht einen Cousin. Sie kannte seine Familienverhältnisse nicht. Bevor er sich kürzlich so verändert hatte, hatte sie angenommen, dass er irgendwo mit schon fast erwachsenen Kindern und der dazugehörigen Mutter in einem gutbürgerlichen Vorort wohnte, in einem Haus, das von außen besser aussah als von innen, ein unglücklich verheiratetes Paar, das zu feige oder zu träge war, sich zu trennen.

Auf dem Treppenabsatz stand ein Mann. Er hatte nackte Füße, und er lächelte, als sie um die Ecke bog, und lehnte sich mit der Hüfte gegen das Treppengeländer, während er sich die Hände an einem Geschirrtuch abtrocknete. Mit erwartungsvollem Blick sah er ihr entgegen und streckte die Hand aus.

Er trug einen Bürstenhaarschnitt, ein weißes T-Shirt, das vom vielen Waschen ganz weich war und stonewashed Jeans mit Bundfalten.

Paddy nahm seine Hand und schüttelte sie.

»Ich bin Ben«, sagte er mit einem aufgeregten Kieksen in der Stimme.

Paddy war von Bens Gesicht so abgelenkt, dass sie fast vergessen hätte, sich vorzustellen: Sie hätte schwören können, dass er Wimperntusche und Lipgloss trug. Oder er war gerade schwimmen gewesen und hatte, kaum dass er aus dem Becken gestiegen war, ein fettiges Hähnchen verzehrt, ohne sich danach den Mund abzuwischen.

»Paddy.«

»Hallo.« Ben hielt ihre Hand fest und zog sie durch eine kleine Tür in einen niedrigen Flur, der in einen großen Raum mit einer Küchenzeile an der hinteren Wand führte. Auf der anderen Seite zog sich an der gesamten Wand eine riesige Fensterfront entlang. Leider blickten die Fenster nur auf eine Backsteinmauer sechs Meter weiter, deren Monotonie durch ein paar kleine, schmutzige Bürofenster durchbrochen wurde, die nun dunkel waren.

Unter den großen Fenstern, so weit wie möglich von der Tür entfernt, saß McVie in einem mit Chintz bezogenen Sessel, der wohl einmal für eine andere Wohnung ausgesucht worden war, und tat so, als würde er ein Buch lesen. Jeder Muskel in seinem Gesicht war angespannt, und über seinen Augenbrauen standen zwei tiefe Falten wie umgedrehte Kommas.

»Georgie«, sagte Ben, als wollte er ihn warnen.

McVie sah auf und tat überrascht. »Oh, hallo Paddy.«

Da lief doch irgendetwas zwischen den beiden, etwas Homosexuelles, aber Paddy war nicht weltgewandt genug, um es zu verstehen. Ihre Mutter sagte, Schwule seien so verdorben, dass sie alles andere ausprobiert hätten, womit sie implizierte, dass es nichts Schmutzigeres gab als die Liebe zwischen zwei Männern. Paddy hatte über Trishas Naivität gelacht, aber die angespannte Atmosphäre gab ihr nun doch zu denken. Der einzige Schwule, den sie aus Filmen kannte, war der einsame Typ aus *Fame,* der eine Afrofrisur hatte und zum Psychiater ging. Würde sie gleich nackte Körper sehen? Erwartete man von ihr, dass sie tanzte? Dass sie womöglich nackt tanzte? Sie sah McVie panisch an.

»Was?« Er stand auf, zittrig und ängstlich.

Paddy hob abwehrend die Hände.

»Was ist los mit ihr?«, fragte Ben scharf.

Sie wollte gehen, aber zwischen ihr und der Tür stand Ben. Suchend blickte sie sich nach einem zweiten Ausgang um. Alles war brandneu, nur die Möbel waren altmodisch. Die Wände waren neu, die Küche wirkte makellos. Sie hatte so ihre Zweifel, ob der Herd je benutzt wurde.

»Schöne Wohnung«, sagte sie, um Zeit zu gewinnen.

Ben zog sein T-Shirt hoch und kratzte sich am Bauch. »Wir sind gerade erst eingezogen.«

»Wo hast du früher gewohnt?«

»Er hat in Mount Vernon gewohnt. Und ich in einem möblierten Zimmer in Govanhill.« Er sah McVie anklagend an. »Das war scheiße. Ich musste monatelang warten.«

McVie sah Ben an, ein intensiver Blick, der an seinem nackten Bauch begann, nach oben wanderte und dabei immer weicher wurde, bis er Bens Augen erreichte. Mit einem Mal verstand Paddy, dass McVie Ben liebte. Also kein Nackttanzen, kein unerwünschtes Betatschen. Ben war der Grund, warum McVie Blumen gekauft hatte, warum er jünger aussah und sich besser anzog.

»Bin ich die Erste von den Kollegen, die hierherkommt?«

Ben antwortete für ihn. »Ja. Georgie hat all meine Freunde vom College kennengelernt, aber ich habe noch keinen einzigen seiner Freunde getroffen.«

»Weil ich keine Freunde habe«, erklärte McVie und legte mit einer heftigen Bewegung sein Buch weg.

»So«, sagte Paddy, die nicht in einen Streit hineingezogen werden wollte, »auf welches College gehst du denn?«

»Royal Academy of Music.«

»Stark. Welches Instrument?«

Ben lächelte arrogant. »Viele.«

McVie runzelte die Stirn und sah durchs Fenster auf die Backsteinwand. Ihre Einladung war ein Test. Paddy war sehr wohl bewusst, dass er ihr seine Adresse gegeben und sie eingeladen hatte, weil sie nicht zählte. Wenn der Besuch nicht gut lief, hielt sich der Schaden in Grenzen, weil bei der Arbeit sowieso niemand auf sie hörte. Es war schon hart, als einzige Frau unter diesen Kollegen zu arbeiten, aber als verliebter Schwuler wäre es sicher die Hölle.

»McVie, ich bin auf dem Weg zur Arbeit, aber ich wollte dich um einen Gefallen bitten. Ich muss Patrick Meehan treffen. Kannst du das arrangieren?«

McVie setzte sich auf. »Ich dachte, du wolltest ihn nicht kennenlernen.«

»Ich versuche, ein Buch über ihn zu schreiben.« Persönlichen Ehrgeiz einzugestehen war fast so gefährlich, wie sich als schwul zu outen. »Aber es klappt nicht.«

»Zieh doch den Mantel aus«, sagte Ben und zog an ihrem Ärmel. »Wir sind hier doch nicht auf dem Bahnhof.«

»Nein.« Paddy schob seine Finger so freundlich wie möglich von ihrem Arm. »Ich muss zur Arbeit.«

»Deine Freundin ist unhöflich«, sagte Ben, machte auf dem Absatz kehrt und stolzierte davon.

Paddy lächelte zu McVie herunter. »Georgie?«

McVie grinste zurück, stand auf und schob sie zur Wohnungstür.

Draußen auf dem Treppenabsatz war es kalt, und er trug nur Hausschuhe ohne Socken. Er versuchte, mit ihr zu reden, aber sie zog ihn am Jackenärmel, bis sie zwei Treppen weiter unten standen, dicht beieinander vor der zugigen Eingangstür.

Ihr fiel auf, dass sie sich näher waren als je zuvor. McVie sah sie an, zitternd vor Kälte, aber auch ungeheuer erleichtert. »Du magst Ben nicht, oder?«

»Nein.«

Sie kicherten beide, obwohl sie nicht so recht wussten, warum, und betrachteten die Briefkästen aus Messing an der Wand neben der Tür. Paddy mochte Ben nicht, McVie dagegen schon. Er mochte ihn so sehr, dass er sich gut anzog, Blumen kaufte und lächelte, auch wenn er nicht gerade Zeuge eines Unfalls war. Als sie sich kennengelernt hatten, war er der unglücklichste Mensch gewesen, neben dem sie je gesessen hatte, und völlig verbittert. Er war schwul, aber sie hatte wilden Sex im Auto mit einem verheirateten Mann und war damit ziemlich glücklich.

»Ich kenne dich seit vier Jahren, und du warst immer furchtbar schlecht drauf und gehässig. Aber jetzt ...« Sie sah ihn an – ein Kompliment wäre ihnen beiden peinlich. »Bist du – es nicht mehr.«

McVie nickte zu den Messingbriefkästen hin. Sein Blick huschte über die handgeschriebenen Namensschildchen hinter den kleinen Fenstern. »Aye. Nettes Kompliment.«

»Das ist es. Ich bin ein netter Mensch.« Wieder mussten sie kichern. »Ich werde nichts dazu sagen. Es geht mich nichts an.«

McVie kniff ein Auge zu und sah sie an. »Du magst ihn wirklich nicht.«

»Was macht das für einen Unterschied? Ich vögle ja nicht mit ihm.«

Er wurde blass, schockiert über ihre Unverblümtheit. »Was redest du da? So benimmt sich doch kein braves katholisches Mädchen.«

Sie wollte ihm jetzt nicht erzählen, was das vermeintlich brave Mädchen so trieb. »Ich meine ja nur. Es ist doch toll, wenn man nicht mehr deprimiert ist, oder? Es hat seinen guten Grund, dass wir diese Instinkte haben.«

»Ich nehm's an.« Er kratzte die gummiartigen Überreste eines Aufklebers von einem Briefkasten. »Ich hatte die Wahl: Entweder bringe ich mich um, oder ich folge meinen Bedürfnissen.«

Ein wenig erschrocken über diese ungewohnte Ehrlichkeit, mieden sie den Blick des anderen.

»Vielleicht hättest du dir die erste Option noch einmal überlegen sollen«, scherzte Paddy. Er musste lächeln. »Okay, ich muss los. Arrangierst du das Treffen mit Meehan für mich?«

»Klar.«

Sie wandte sich zur Tür.

»Übrigens, du hast nach Bobby Lafferty gefragt? Er ist auf dem Polizeirevier von Govan. Seit heute Morgen. Anscheinend wird er zum Mord in Bearsden verhört.« Er sah auf die Uhr. »Du solltest gleich hin. Sie haben ihn nur noch für vier Stunden.«

III

Vor Bernies Werkstatt war alles ruhig. Kate lehnte sich nach hinten und holte den Bolzenschneider mit den blauen Griffen vom Rücksitz. Er war unglaublich schwer, so schwer, dass ihre

Hände das Gewicht kaum halten konnten. Sie saß mit dem Bolzenschneider auf dem Schoß da und spürte, wie er ihre dünnen Beine nach unten drückte. Sie war inzwischen so abgemagert, dass ihre Faust der Breite nach zwischen ihre Schenkel passte. Sie holte tief Luft, öffnete die Wagentür und stieg aus. Mit dem Bolzenschneider im Arm ging sie an den Bögen der Eisenbahnbrücke entlang.

Bernie hatte ein neues Vorhängeschloss angebracht. Sie zwickte den Metallbügel durch, allerdings ging es dieses Mal viel schwerer. Sie wurde schwach. Seit Tagen hatte sie nichts gegessen und konnte sich nicht einmal daran erinnern, wie es war, Hunger zu haben. Der Dosenschinken mit Sülze, den sie aus dem Cottage mitgebracht hatte, blieb ihr im Hals stecken wie ein Ballen trockenes Laub.

Das Schloss sprang auf, und sie schlüpfte hinein, tastete an der Wand nach dem Lichtschalter und lächelte beim Gedanken an den Lohn, der sie erwartete. Überrascht stellte sie fest, dass sie sabberte, wenn sie daran dachte, wie sie ihr Kokainkissen wieder in den Armen hielt, die warme, hautähnliche Beschaffenheit der Hülle unter ihren Fingern spürte und das saubere, süße Plastik roch. Das Licht ging flackernd an, ein scharfes, brutales Weiß, das ihr in den Augen wehtat. Sie musste mehrfach blinzeln, bis sie sich daran gewöhnt hatte. Jedes Mal, wenn sie die Augen wieder öffnete, dachte sie, sie würde sich täuschen, doch das Bild klärte sich allmählich. Als sie die Augen endlich offen halten konnte, sah sie alles deutlich vor sich: Der Tisch war nach vorne gezogen worden, und die rote Werkzeugkiste stand nicht mehr an der Wand. Sie hastete dorthin und schaute hinter die Kiste.

Das Päckchen war weg.

Schluchzend sank sie auf die Knie. Sie konnte es ertragen, dass Vhari ermordet worden war, sie wurde damit fertig, dass sie ihr gutes Aussehen verloren hatte, sie konnte sich sogar damit abfinden, dass sie aus dem Haus in Killearn hinausgeworfen worden war, wo sie vier Jahre lang gelebt hatte, aber das war zu viel.

Das Päckchen musste da sein. Geblendet von Tränen, stand sie auf, zog ein paar Sachen vom Tisch und warf einen Quittungsblock auf den Boden, bevor sie erschöpft innehielt. Wenn Lafferty hier gewesen wäre, hätte er ein ähnliches Chaos wie im Cottage hinterlassen. Alles wäre kaputt. Es war Bernie. Er hatte ihr Päckchen gestohlen.

Ohne das Licht auszuschalten oder die Türen zuzuziehen, verließ Kate die Werkstatt und stieg wieder in den Mini. Doch bei genauerem Überlegen wurde ihr klar, dass sie sich mit Bernie gutstellen musste, wenn sie ihr Päckchen zurückhaben wollte. Sie stieg wieder aus dem Auto, schaltete das Licht in der Werkstatt aus und schloss die Türen.

Dann ließ sie den Motor an, tätschelte aufmunternd das Lenkrad, als der Wagen ansprang, und fuhr zu Bernies Wohnung.

21

Lafferty, der Hund

I

Sullivan führte Paddy durch einen dunklen Gang in ein Zimmer und schloss leise die Tür. Der kleine enge Raum roch nach Staub und Schweiß, die schwarzen Wände um sie herum waren dick und ließen nur wenige Geräusche durch. Sie konnte gerade noch Sullivans Gesicht im silbrigen Schein erkennen, der von der verspiegelten Scheibe des Verhörzimmers kam. Er drehte sich von ihr weg, reckte den Hals und spähte durch das fleckige Glas in den anderen Raum. Auf der Treppe und im Gang hatte er den Bauch eingezogen, aber jetzt war er so fasziniert von der Szene hinter der Scheibe, dass er sich entspannte, den Rücken krumm machte und den Bauch hängen ließ. Paddy fühlte sich an ihren Vater erinnert und lächelte.

Sullivan hatte sie gewarnt, etwas zu sagen, der Raum sei nicht schalldicht, dennoch rutschte Paddy ein Ton heraus, als sie Lafferty sah. Sein Kopf war kahlrasiert, und er hatte breite Schultern, als ob er im Fitnessstudio trainieren würde. Auf beiden Seiten seines dicken Halses zog sich ein dicker Strang Sehnen entlang, die Haut war hart, mit messerschnittartigen Falten, wo die Muskeln seit dreißig Jahren angespannt wurden. Er sah aus wie ein Hund mit dickem Hals. Wenn Lafferty auf jemanden losging, würde er auch zubeißen.

Seine Augen schweiften durch den Raum, während ihn einer der beiden Beamten befragte. Wo war er in der Nacht auf den fünfzehnten, einem Dienstag, gewesen? In Bearsden? Laffertys wütende Tieraugen huschten hin und her, über die Wände und die verspiegelte Scheibe, glitten über Paddys Gesicht und Sullivans Brust. Tote Augen, unfreundlich und kalt, bösartig.

Wenn Lafferty den Mund aufmachte und etwas sagte, sah man eine Reihe kaputter und toter Zähne. Er starrte direkt auf die Scheibe und fragte mit dem schleppenden Akzent eines Schlägers: »Wer will'n das wiss'n?« Der Beamte ignorierte ihn und wiederholte die Fragen. Er klang gelangweilt, als ob er dieselben Fragen schon seit einiger Zeit wieder und wieder gestellt hatte.

»Aye.« Lafferty stand langsam auf, stützte die Fingerknöchel auf den Tisch und reckte den Hals Richtung Scheibe. »Sullivan. *Hurensohn.*«

Die beiden Beamten sprangen auf und hoben die Arme, bereit, ihn aufzuhalten, falls er sich auf die verspiegelte Scheibe stürzten sollte, doch Lafferty ließ sich langsam wieder auf seinen Stuhl sinken.

Paddy sah zu dem Mann, der neben ihr stand. Im schummrigen Licht der Scheibe glänzten Schweißperlen auf seiner Stirn. Er schaute sie an und hob leicht den Kopf, als wolle er sich für seine Angst entschuldigen. Mit vor dem Unterleib verschränkten Armen, wie um seine Genitalien zu schützen, trat er unbehaglich von einem Fuß auf den anderen und wandte sich dann wieder der verspiegelten Scheibe zu.

Paddy schaute zu Lafferty und stellte sich ihn in Vhari Burnetts Wohnzimmer vor. Vhari war schlank und schmal gewesen. Verglichen mit Lafferty, war sie nicht mehr als eine ätherische Erscheinung.

»War im Lucky Black Snooker Club in Calton bis morgens

um sieben. Jamesie Tobar kann das bezeug'n. Um acht bin ich nach Hause gegangen und ins Bett gefall'n. Meine Alte wird's euch bestätigen.« Wieder sah er zur verspiegelten Scheibe. »Scheiße, was wollt ihr noch?«

Die Beamten am Tisch wurden bei diesen Informationen ganz geschäftig, zogen ihre Notizblöcke heran und begannen zu schreiben. Immer wieder hakten sie nach und fragten nach Details oder wollten genaue Zeitangaben, die nur ein Zwangsneurotiker mit einer neuen Uhr nennen könnte.

»Wir haben Ihre Fingerabdrücke auf einem Gegenstand im Haus gefunden.« Der Beamte ließ Lafferty nicht aus den Augen. »In der Nacht, als sie starb.«

Paddy sah, wie Laffertys maskenartiger Gesichtsausdruck verrutschte. Er überlegte. Seine Lippen zuckten. »Gegenstand? Was soll das heißen?«

»Das beweist, dass Sie in der Nacht dort waren, Lafferty.«

»Was soll das heißen? Aber das kann sowieso nicht sein«, sagte er selbstbewusst, »ich war im Lucky Black.«

Sullivan legte sachte seine Hand auf ihren Rücken. Paddy zuckte zusammen. Er nickte zur Tür, und sie folgte ihm in den dämmrigen Gang hinaus und einen weiteren Flur entlang. Sie sprachen erst, als sie auf der Treppe waren.

Sullivan räusperte sich unbehaglich. »Wenn sein Alibi bestätigt wird, müssen wir ihn in ein paar Stunden wieder gehen lassen.«

»Er könnte erraten, dass es der Geldschein ist, auf dem seine Fingerabdrücke waren. Und dann bin ich dran. Er weiß, wo ich arbeite und alles, verdammt noch mal!«

Sullivan mied ihren Blick. »Manchmal müssen wir schwere Geschütze auffahren. Aber er denkt wahrscheinlich, dass es etwas im Haus ist.«

»Wenn sie das ganze Haus gereinigt haben, sind sie bestimmt gründlich gewesen. Es war nicht irgendeine Schlägerei im Pub, sie werden sich daran erinnern, was sie gemacht haben und was nicht.«

Sullivan nickte langsam. »Tja, wir müssen ihn mit dem Beweis konfrontieren. Wenn er jetzt nicht darauf kommt, fällt es ihm irgendwann später ein. Besser, wir überraschen ihn damit, dann bekommen wir vielleicht etwas aus ihm heraus.«

Sie gingen eine Treppe hinunter, und Paddy blieb abrupt auf dem Treppenabsatz stehen, quasi im Niemandsland. »Sullivan, was steckt hinter der Geschichte mit den Polizisten, die bei Burnett vor der Tür standen? Warum lenkt jemand die Ermittlungen in die falsche Richtung?«

»Ich habe Vorgesetzte. Das sind nicht meine Entscheidungen.« Sullivan schaute die Treppe hinunter; traurig und bedrückt hielt er sich am Geländer fest. »Sie mussten ja unbedingt Journalistin werden. Essen auf Rädern verteilen oder Avon-Kosmetik vertreiben war wohl nicht Ihr Ding.«

»Sie wissen, dass er nicht der Typ ist, mit dem ich an Burnetts Tür gesprochen habe, Lafferty ist weder wortgewandt noch gut gekleidet.«

»Ich weiß. Wir haben noch andere Fingerabdrücke auf dem Geldschein gefunden. Machen Sie sich keine Sorgen. Wir hängen uns an Lafferty ran, finden heraus, mit wem er arbeitet, und dann kennen wir auch den Namen von seinem Boss.«

»Aber wenn die Polizisten, die beim Haus waren, nicht sagen, mit wem sie geredet haben, bin ich die Einzige, die Lafferty mit dem Tatort und dem Geldschein in Verbindung bringt. Er wird sich an mir rächen.«

»Ihnen wird nichts passieren. Ich habe niemandem von dem Fünfzig-Pfund-Schein erzählt, und McDaid auch nicht.«

Paddy war nicht überzeugt, Sullivan dagegen schon. Das war immerhin ein Trost.

»Haben Sie Lafferty verhaftet, oder ist er selbst hergekommen?«

Sullivan sah sie misstrauisch an. »Warum?«

Paddy zuckte mit den Schultern. »Nur so eine Frage. Ich weiß ja nicht, wie das hier abläuft.«

»Wir haben seinen Anwalt angerufen, und der hat ihn selbst hergefahren. Sonst hätten wir ihn verhaftet. Das wusste er.«

Während sie ihm zuhörte, sah sie Sullivan wieder vor sich, wie er im Dunkeln geschwitzt hatte, wie sein Bierbauch über die Gürtelschnalle quoll und wie er sich vor dem Tier im Verhörraum gefürchtet hatte. »Ich fluche ja normalerweise nicht, Detective Sullivan, aber Lafferty ist ein verdammter, elender Scheißkerl.«

Sullivan gab ihr einen spielerischen Klaps auf den Hinterkopf und musste angesichts ihrer Sympathiebekundung ein bisschen lächeln. »So was sagt man nicht, junges Fräulein.«

Er wandte sich zur Treppe und führte sie durchs leere Treppenhaus wieder zurück zum Empfang. Paddy folgte ihm und spürte die Feuchtigkeit, die seine Hand auf dem Geländer hinterlassen hatte. Wahrscheinlich hatte er eine Tochter in ihrem Alter und war deswegen nett zu ihr.

»Überlassen Sie das einfach uns«, sagte er. »Sie sind zu hübsch, um so viele Fragen zu stellen.«

Sie lächelte zurück. Er hielt ihr die Tür zum Wartebereich auf und schob sie vor sich her. Er hatte definitiv eine Tochter in ihrem Alter. Und wahrscheinlich empfand sie eine ähnliche Mischung aus Sympathie und Abneigung.

II

Paddy ging nicht direkt zu Bill und zum Auto zurück, nachdem Sullivan sie an der Tür verabschiedet hatte. Sie ging zwar über die Straße Richtung Wagen, bis das gelbe Licht auf dem Gehweg vor ihr schwarz wurde, und sie wusste, dass die Tür zum Revier geschlossen war, doch dann drehte sie sich um und rannte zum Parkplatz hinter dem Polizeirevier. Fords, Minis, Rover, zwei Mini Metro, sogar ein Honda-Kombi und ein alter brauner Morris Minor, aber kein BMW. In welchem Wagen auch immer Lafferty hergekommen war, es war nicht in einem von denen, die sie hinter Burnetts Haus in der Nacht des Mordes gesehen hatte.

Wieder im Auto, lehnte Paddy sich zurück und betrachtete die Lichter der Stadt, die am Fenster vorbeizogen. Sie dachte über den Besitzer des BMW nach. Wenn Laffertys Alibi bestätigt wurde, musste man ihn wieder freilassen, und wer auch immer in jener Nacht beim Haus gewesen war, musste wahrscheinlich sterben. Sie dachte an Laffertys Hals, an seine brutale Kraft und das Elend und den Schmerz, den er anderen zugefügt hatte. Sie hätte heulen können. Vhari Burnetts und Mark Thillinglys Tod waren kein Zufall, sondern geplant gewesen. Es gab Menschen, die anderen so etwas absichtlich antaten.

Es war eine ruhige Nacht in der Stadt. Wenn es Probleme an einem Sonntagabend gab, waren sie zwar hässlich, aber meist persönlicher Art. Auf die frühe Schließung der Pubs folgte eine Reihe häuslicher Gewalttaten. Die Trinkgelage des Wochenendes kamen allmählich zu einem Ende, und den Leuten blieb nichts anderes übrig, als nach Hause zu gehen und sich mit der Familie zu streiten.

Billy war empört über die Kündigungen bei der *Daily News*. Aber noch wütender war er, weil niemand etwas dagegen unternahm. Früher wäre so etwas nicht passiert, niemals, da hätte man es nicht zugelassen, dass einem die Chefetage die Bedingungen diktierte. Dass man tatenlos mit angesehen hatte, wie Farquarson entlassen wurde, sei der erste Fehler gewesen. Alle hätten sich für ihn einsetzen, auf die Straße gehen müssen.

Paddy war anderer Ansicht. Die Verkaufszahlen fielen schneller als ein Sack Ziegelsteine aus einem Hochhaus. Wenn sich nichts änderte, war die Zeitung bald bankrott. Doch sie hatte ohnehin andere Dinge im Kopf und nickte daher nur vage, wenn er sie im Rückspiegel ansah.

Die Nacht war so ruhig, dass sie schon früh Station am Death-Burger-Imbiss machten. Obwohl die Hygieneverhältnisse höchst zweifelhaft waren, schmeckten die Burger dort besonders lecker. Nick, der faszinierend fette Imbissbetreiber, nutzte das kleine Handwaschbecken, um darin die gebutterten Brötchen aufzubewahren.

Trotz seines enormen Umfangs bewegte sich Nick graziös wie ein Balletttänzer in dem engen Imbisswagen. Sein Tanz begann beim Spülbecken: Er nahm ein bereits gebuttertes Brötchen aus der Spüle, gab Sauce darauf und machte eine elegante halbe Drehung zur Fritteuse, hob den Drahtkorb aus dem Fett, gab den Inhalt auf ein Abtropfgitter und legte dann den Burger oder das Würstchen samt Pommes frites aufs Brötchen. Das Einzige, was er nicht frittierte, waren die Becher mit Tee oder Kaffee. Alles andere, ob Fischstäbchen oder Tiefkühlpizza, landete im brodelnden Fett. Der aromatische Duft war noch fünfzig Meter weiter in der Hauptstraße zu riechen.

Der Imbisswagen stand in einer steil ansteigenden, leeren Nebenstraße, die von der geschäftigen Durchgangsstraße zu einem Park führte und in der häufig Taxen standen. Wenn Paddy und Billy gegen zwei oder drei Uhr nachts kamen, waren meist nur Nachtschicht-Leute am Stand. Man nickte sich zu und genoss die ruhigsten Stunden der Stadt.

Normalerweise holte Paddy die Burger für Billy und sich, das war so Tradition, und setzte sich dann wieder ins Auto. Sie stellten den Polizeifunk leiser und saßen dann da, meist in behaglichem Schweigen, doch manchmal tratschten sie auch ein wenig über Kollegen. Doch heute war Billy ausgestiegen und hatte sich zu einem Taxifahrer gestellt, den er kannte. Wahrscheinlich erzählte er von den Entlassungen und war froh, ein frisches Publikum zu haben, vor dem er seiner Wut Luft machen konnte. Paddy war es recht, dass sie ihre Ruhe hatte, daher brachte sie ihm seinen Burger und setzte sich ins Auto. Sie freute sich auf eine ruhige halbe Stunde.

Als sie sich gerade das Fett von den Fingern leckte und darüber nachdachte, dass sie am liebsten noch einen weiteren Burger verdrückt hätte, fuhr ein Streifenwagen vor. Ihre Kehle schnürte sich kurz zusammen, doch dann öffnete sich die Tür des Wagens, und das Licht im Wageninnern ging an. Sie kannte die beiden uniformierten Polizisten nicht, George Burns war jedenfalls nicht dabei.

Die beiden schlenderten zum Imbisswagen, blickten auf die geparkten Taxis und beanspruchten das Terrain für sich wie zwei Cowboys, die einen Saloon betraten. Sie ließen sich von Nick kostenlose Burger servieren und prosteten ihm zu, bevor sie sich zu Billy und dem Taxifahrer stellten. Andere Taxifahrer gesellten sich dazu, um zu hören, was in der Stadt so los war, wo es Unfälle gegeben hatte und welche Strecken man meiden sollte. Paddy fiel auf, dass sie zu ihr herübersahen.

Sullivan schien davon überzeugt zu sein, dass Lafferty sie nicht mit den Fingerabdrücken in Verbindung bringen würde, aber Paddy war sich da nicht so sicher. Beim Gedanken an seinen dicken Hals und seine bösen Augen krampfte sich ihr Magen zusammen.

Die Männergruppe um den Imbisswagen löste sich mit

Schulterklopfen und einem letzten Witz auf, und Billy kam langsam zurück zum Auto. Ein Taxifahrer hupte, wendete und fuhr davon. Billy hob langsam die Hand zum Gruß.

Sie hatte noch nie gehört, wie jemand so laut eine Autotür zuschlug. Ihr Trommelfell schmerzte vom plötzlichen Luftdruckunterschied. Billy blieb reglos sitzen und seufzte, dann ließ er den Motor an und riss beim Losfahren abrupt das Steuer nach rechts, sodass Paddy zur Seite geschleudert wurde und mit der Stirn gegen die kalte Scheibe stieß. Sie schrie ihn über den Lärm des Polizeifunks hinweg an, aber Billy gab Gas und fuhr über die Kreuzung, ohne nach rechts und links zu blicken. Paddy kämpfte sich auf dem Rücksitz hoch, beugte sich nach vorn, schlug Billy auf die Schulter und schrie: »Beruhig dich, verdammt noch mal!«

Billy beschleunigte nur noch mehr, fuhr über eine rote Ampel und raste über eine Kreuzung zur Autobahn. Tagsüber wäre auf der Kreuzung viel los gewesen, Paddy malte sich aus, wie die anderen Autos sie seitlich gerammt hätten. Sie griff zwischen den Sitzen durch nach der Handbremse, ihr Daumen war schon über dem Knopf.

»Halt sofort an, sonst ziehe ich die Bremse.«

Billy trat abrupt auf die Bremse. Er war ein guter Fahrer, deshalb trat er dreimal aufs Pedal. Paddy wurde nach vorn geschleudert, ihre Schulter steckte zwischen den beiden Sitzen fest. Der Motor erstarb. Auf der verlassenen Straße hinter ihnen hupte der Taxifahrer, der ebenfalls beim Imbiss gewesen war, irritiert und fuhr an ihnen vorbei.

Paddy berührte Billys Haare am Hinterkopf. »Was ist passiert?«

Er schüttelte den Kopf und sah sie im Rückspiegel an, zutiefst verletzt.

»Billy?«

»Du blöde Kuh.« Er presste die Lippen zusammen, und einen Augenblick lang dachte sie, er würde anfangen zu weinen. »Du hast mit einem Polizisten in seinem eigenen Auto gevögelt.« Er griff nach dem Schlüssel und startete den Motor. »Du blöde Kuh.«

Er fuhr mit knapp zwanzig Stundenkilometern durch die trostlose, tote Stadt.

III

Eine Stunde später saß Paddy immer noch wie erstarrt und schweigend auf dem Rücksitz, steif an die Rückenlehne gepresst, als ob Billy hundertfünfzig fahren würde. Sie nickte stumm, als er sie fragte, ob sie zum einzigen Notruf, den es bisher gegeben hatte, fahren wollte, eine kleinere Handgreiflichkeit in Govanhill. Sie hielten hinter zwei Fiat Pandas, die schlecht geparkt schräg zum Gehweg standen, als ob es sich um einen enorm wichtigen Einsatz handeln würde.

Paddy stieg aus, schlug die Tür zu und wickelte sich ihren Schal um den Hals. Billy griff nicht wie üblich nach seinen Zigaretten auf dem Armaturenbrett. Er saß da und sah sie an, ganz direkt, gekränkt, wütend und angeekelt. Paddy ging in die Knie, erwiderte seinen Blick und bedeutete ihm mit der Hand, dass er das Fenster herunterkurbeln sollte. Doch er starrte sie nur weiter an, während der kalte Wind ihr heftig die Haare ins Gesicht blies und in die Wangen stach.

Sie machte einen Schritt zur Seite, öffnete die hintere Tür und schrie ihn an: »Kümmere dich um deinen eigenen Scheiß, du blöder Arsch!«

Billy fuhr los, bevor sie richtig beiseitespringen konnte. Fünfzig Meter fuhr er mit wild schlackernder Tür auf der Straße, dann hielt er an, stellte einen Fuß auf die Straße, streckte den Arm, knallte die Tür zu und fuhr rückwärts in ihre Richtung. Als er an ihr vorbeifuhr, wurde er langsamer, um ihr zu zeigen, dass er alles unter Kontrolle hatte. Paddy hob das Bein und trat mit dem Absatz gegen das vorüberfahrende Auto, so fest sie konnte, allerdings verlor sie dabei das Gleichgewicht und taumelte zur Seite. In der Tür blieb eine Delle in Form ihres Absatzes. Billy raste davon.

Sie würden ihn entlassen, weil er sie hier hatte stehen lassen. Sie hatten noch nicht einmal die Runde bei den Krankenhäusern gemacht. Um ihn zu decken, musste Paddy ein Taxi zurück zur Zeitung nehmen. Und das Geld konnte sie nicht einmal zurückfordern, sonst würde Ramage erfahren, was passiert war.

Wütend näherte sie sich dem feuchten, von Grün gesäumten Hauseingang. In den unteren Etagen waren die Lichter aus, dort spiegelte sich nur der schwache Lichtschein aus den höheren Etagen. Sie folgte dem Klang von Stimmen bis in die zweite Etage. Eine betrunkene Frau protestierte mit einem lang gezogenen »Nein, nein, nein«, sobald jemand etwas zu ihr sagte. Zwei Polizisten versuchten, einen Mann zu beruhigen, der erklärte, sie hätte dies gesagt und er das und dann hätte sie dies getan und er jenes. Was würden Sie denn machen? Na? Mit so einer Frau? Was würden Sie tun?

Seine Oberlippe war blutig. Paddy musste an Vhari Burnett denken. Neben dem Mann hing eine dürre Frau im Türrahmen, die niemanden in die Wohnung lassen wollte. Sie trug eine stonewashed Jeans und einen zitronengelben Pullover, der am Hals herunterhing, als ob heftig an ihm gezerrt worden wäre, und den Blick auf eine knochige Schulter freigab.

Der Polizeibeamte sah auf, als Paddy die Treppe hochkam. Es war George Burns, zusammen mit seinem Partner. Seine

Augen lächelten spontan, ein warmes, liebevolles Grinsen, aber er schaute sofort wieder weg. Er trug seinen Ehering.

Paddy hatte Mühe, sich zu erinnern, wie man sich in solchen Situationen verhielt, wenn man kein schlechtes Gewissen hatte. Sie holte ihr Notizbuch heraus; jede Bewegung, ihre Hände und ihr Hals waren ihr unangenehm bewusst. Der andere Polizist fuhr mit der Befragung der Frau fort, und Paddy machte viel Aufhebens darum, sich die Nummer der Wohnung und den Namen auf dem Türschild zu notieren. Sie arbeitete eifrig, als ob daraus ein lohnender Artikel werden könnte.

Georges Partner konnte die Frau schließlich davon überzeugen, sie in die Wohnung zu lassen und dort weiter über die Sache zu sprechen, damit die Nachbarn endlich Ruhe hatten. Als er dem streitenden Paar hinein folgte, drehte er sich zu Paddy um und grinste abfällig. Burns zögerte und wartete, bis sein Kollege und das Paar außer Hörweite waren. Doch er hatte nicht die Chance, etwas zu sagen.

»Du verdammter Hurensohn.« Sie hatte das Wort noch nie benutzt, und ihr sträubten sich die Haare im Nacken, als sie es aussprach.

Er lachte oder hustete, so genau war das nicht zu erkennen. »Was?«

»Ganz Glasgow weiß es, Billy hat es gleichzeitig mit einer Horde von Taxifahrern vor dem Death-Burger-Imbiss erfahren.«

Burns wirkte völlig perplex. »Ich habe kein Wort gesagt.«

Sie war so wütend, dass jeder Muskel in ihrem Körper angespannt und ihre erstickte Stimme kaum zu hören war. »Hast du auch nur irgendeine Ahnung, was du mir damit antust? Ich werde mein ganzes Leben lang die dumme Schlampe sein, die es mit einem Bullen in seinem Auto getrieben hat.«

Er blieb relativ ruhig und ließ sich nicht beirren. »Paddy, ich habe es niemandem erzählt.«

Weinend vor Zorn wandte sie sich um und ging blind die Treppe hinunter. Sie hielt sich am klebrigen Geländer fest und wurde langsamer, sobald sie nach der Biegung außer Sicht war. Auf dem dunklen Treppenabsatz blieb sie stehen, trocknete sich das Gesicht und versuchte, ruhig zu atmen und das Schluchzen in ihrer Brust zu unterdrücken. Sie konnte zu Fuß zurück zur Zeitung laufen. Sie würde nur eine Stunde brauchen. Es war eine ruhige Nacht, wahrscheinlich würde sie nichts Wichtiges verpassen, und niemand würde davon erfahren. Sie würde eine Nebenstraße nehmen, damit Burns nicht in seinem Streifenwagen vorbeifuhr. Wenn er anhielt und sie mitnehmen wollte, würde sie ihm wahrscheinlich eine runterhauen. Aber eine Seitenstraße war keine gute Idee, wenn Lafferty inzwischen wieder auf freiem Fuß war und nach ihr suchte. Es würde nicht schwer sein, sie zu finden, schließlich hatte es heute Nacht nur einen Notruf gegeben.

Als sie auf die Straße hinaustrat, stand der Wagen direkt vor dem Wohnblock. Billy sah hoffnungsvoll zum Eingang. Als er sie sah, lächelte er nervös und hob die Hand. Sie öffnete die verbeulte Tür und ließ sich auf den Sitz fallen.

»Okay?«, fragte er und drehte sich zu ihr um.

»Nichts passiert. Heute ist sowieso nichts los. Lass uns noch die Krankenhäuser abklappern, bevor wir zurück in die Redaktion fahren«, sagte sie und nutzte dabei die üblichen Standardsätze, die sie jede Nacht verwendeten.

»Okay«, stimmte Billy vorsichtig zu, da er sah, wie aufgewühlt sie war. »Das machen wir.«

Er hatte nicht nur Angst um seinen Job. Sie sah ihm an, dass es ihm leidtat, weil er ausgerastet war. Und wahrscheinlich tat es ihm leid, dass sie allein auf der Straße stand und weinte. Er suchte mehrmals ihren Blick, aber sie wich ihm aus.

Burns hatte es allen erzählt. Es war erst zwei Tage her, und schon wusste es ganz Glasgow. Er hatte ihr in die Augen gesehen und sie angelogen. Das würde sie ihm nie verzeihen, nie. Sie würde es ihm heimzahlen. Und wenn sie jahrelang auf eine Gelegenheit warten musste, sie würde ihn genauso demütigen wie er sie.

22

Feuer

I

Sie parkten in der Dunkelheit vor dem Royal Hospital. Abgesehen von den diskreten, aber teuren Fahrzeugen einiger Chefärzte, war der Parkplatz leer. Die meisten Fenster in dem rußgeschwärzten gigantischen viktorianischen Gebäude leuchteten gelb, in der Luft hing silbriger Frost. Im warmen Auto herrschte gemütliches Dunkel wie zur Schlafenszeit. Paddys Herzschlag hatte sich so weit verlangsamt, dass sie Probleme hatte sich zu erinnern, warum sie jetzt nicht einschlafen durfte.

Billy kurbelte sein Fenster einen Spalt herunter und zündete sich eine Zigarette an, doch Paddy blieb sitzen. Sonntage waren immer relativ ruhig, doch in der Notaufnahme des Royal Hospital konnte man manchmal Geschichten aufschnappen, die der Polizei entgangen waren. Kriminelle fuhren oft durch die halbe Stadt, wenn sie bei einer Messerstecherei verletzt wurden, manche fuhren über fünfzehn Kilometer im Taxi und pressten sich Handtücher auf die Wunde, weil die Chirurgen des Royal Hospital als die besten der Stadt galten.

Zum ersten Mal wünschte sich Paddy eine friedliche Nacht für die Stadt. Sie wollte so schnell wie möglich zurück in die dämmrige Redaktion, weg von Billy, und sich die Wunden lecken, bis es Zeit war, nach Hause zu gehen.

Billy beobachtete sie im Rückspiegel. »Gehst du nicht rein?«

»Doch.« Sie blickte über den Parkplatz auf den Eingang des Krankenhauses. Vor der Tür stand ein dürrer Mann rauchend in einem dünnen braunen Hemd und hatte gegen die Kälte die Arme um den Oberkörper geschlungen. An einem Ohr hatte er einen großen weißen Verband. Paddy rührte sich nicht. »Hast du eine Zigarette für mich, Billy?«

»Du rauchst doch gar nicht.«

»Um mich ein bisschen munter zu machen.«

Er sah sie missbilligend an, reichte ihr aber eine Zigarette und zündete sie sogar für sie an. Sie holte tief Luft und füllte ihre Lungen, bis ihre Fingerspitzen kribbelten. Sie fühlte sich besser, wenn auch ein bisschen schwindlig. Schnell nahm sie noch einen Zug, bevor sie ihm die Zigarette zurückgab.

»Heb sie für mich auf, ja? Es dauert nicht lange.«

»Bist du jetzt wach?«

Sie öffnete die Tür und stieg aus. »Ein bisschen, ja.«

Vorsichtig ging sie über den rutschigen gefrorenen Parkplatz und an dem Mann mit dem verbundenen Ohr am Eingang vorbei. Sie ging hinein, durchquerte einen zugigen beigefarbenen Korridor, passierte die automatischen Doppeltüren und trat in das grelle Licht des Wartebereichs der Notaufnahme.

Eine bunte Mischung an Menschen hatte sich auf den Sitzen verteilt. Manche wirkten elend und erschöpft, andere aufgekratzt und fröhlich. Auf den ersten Blick ließ sich nicht erkennen, wer krank war und wer nur die Begleitung. Hinter der Plexiglasscheibe des Empfangs saß eine hübsche Brünette mit dem Akzent der Äußeren Hebriden und einer Vorliebe für blutrünstige Geschichten.

»Hallo Marcelli, irgendwelche aufregenden Geschichten heute?«

Marcelli schüttelte den Kopf. »Nichts. War nicht viel los heute, fürchte ich.«

»Keine verletzten Gangster? Keine Messerstechereien oder Schwertkämpfe?«

»Nein, sorry. Der Deutsche ist weg.«

Paddy lächelte. »Der Deutsche, der seine Doktorarbeit schreibt?«

»Aye. Ich bin in Trauer.« Wenn der deutsche Arzt nicht gemerkt hatte, dass Marcelli für ihn schwärmte, war er entweder blind oder schwul oder beides, überlegte Paddy. Er arbeitete an einer Doktorarbeit über Schwertverletzungen, die er in seiner Zeit im Royal Hospital behandelt hatte, und vertrat die These, dass die stumpfen, schweren Schwerter ähnliche Verletzungen verursachten wie einst die Waffen, die in mittelalterlichen Schlachten verwendet wurden.

»Und wie läuft's sonst? Viel zu tun?«

»Genug.«

Marcelli sah auf die abwischbare Tafel hinter ihrem Kopf. Die Putzfrauen der Morgenschicht wischten die Tafel regelmäßig mit Seifenwasser ab. Anhand der Anzahl der Einträge und der blauen Schmierer konnte man abschätzen, wie viel los war. Heute war die Tafel fast makellos sauber.

»Heute Nacht haben wir nur Erkältungen und Stürze, fürchte ich.«

Die beiden Frauen lächelten sich höflich an und erkundigten sich bei der jeweils anderen nach deren Familie. Marcellis Mann arbeitete auf einer Ölbohrinsel und war immer zwei Wochen zu Hause und zwei Wochen auf See. Heute hatte sie den zufriedenen, entspannten Gesichtsausdruck, den sie immer hatte, wenn ihr Mann auf der Bohrinsel war. Paddy vermutete, dass sich die beiden häufig stritten, wenn er daheim war.

Sie klopfte auf die Theke und verabschiedete sich.

»Ich schau mal, ob ich nicht einen Bandenkrieg für dich anzetteln kann.«

»Danke, Marcelli.«

Paddy ging zurück durch den Gang und das Foyer hinaus in die dunkle kalte Nacht.

Der Mann mit dem Verband am Ohr stand immer noch mit gegen die Kälte hochgezogenen Schultern am Eingang und rauchte. Er erwiderte ihren Blick mit einem hoffnungsvollen Lächeln. Offenbar hatte er ihr unverhohlenes Starren als Aufforderung interpretiert, dabei war Paddy einfach nur erschöpft und deshalb unhöflich gewesen. Sie sah zum Auto und erkannte das rote Glühen von Billys Zigarette auf der Fahrerseite. Am anderen Ende des Autos sprang ein schwarzer Schatten in Richtung Straße davon.

Ein glühender Ball aus orangerotem Licht verbrannte die empfindliche Hornhaut von Paddys Augen, bevor sie auch nur die Zeit hatte, zu blinzeln. Sie fiel nach hinten, hielt sich die Hand vor Augen und stolperte über die Treppe. Sie hörte, wie ihr Hinterkopf auf der Steinstufe aufschlug. Lafferty würde über den Parkplatz kommen, womöglich hatte er den Hammer dabei, mit dem er Vhari totgeschlagen hatte, aber Paddy konnte immer noch nicht die Augen öffnen oder aufstehen und wegrennen. Blind wie ein neugeborener Welpe rollte sie sich zu einem Ball zusammen und wartete. Sie hörte das Feuer im Auto aufflammen und knistern, spürte die kalte Feuchtigkeit der Treppenstufe, die in ihre Wange biss.

Jemand rannte, eilige Schritte auf Linoleum, ein wortloser Schrei. Die Schritte kamen aus dem Krankenhaus, und es wurden immer mehr, viele Leute, die auf den Parkplatz rannten. Schwestern und Sanitäter hasteten an ihr vorbei zum Auto. Billy war im Auto.

Paddy setzte sich auf und stützte sich an der Wand ab, um wieder auf die Füße zu kommen. Ihre Knie fühlten sich wacklig an. Sie spürte immer noch die Hitze des Feuers auf ihrem Gesicht, doch sie zwang sich, die Augen zu öffnen. Jede Scheibe im Auto war geplatzt und zersplittert, wütende orangefarbene Flammen züngelten bis zum Dach. Die Fahrertür stand offen, Billy lag auf dem Boden, doch ihr Blick auf ihn war verstellt durch Ärzte und Schwestern. Zwischen den Beinen der Mediziner sah man einen verkohlten Arm, die rohen roten Finger zu einer Klaue zusammengekrümmt.

Eine Schulter stieß gegen ihre. Sie zuckte zusammen und drehte sich um. Der Mann mit dem Ohrverband stand neben ihr, an eine der kalten Marmorsäulen gepresst. Der Verband an seinem Ohr baumelte an weißen Pflasterstreifen von seinem Kopf.

Sie packte ihn am Arm und schüttelte ihn. »Haben Sie ihn gesehen? Haben Sie gesehen, wer es war?«

Er schüttelte den Kopf und zeigte auf ihre Lippen, um ihr zu verstehen zu geben, dass sie langsamer sprechen sollte, weil er nichts hörte. Sie zeigte auf den dunklen Parkplatz, das Durcheinander und den brennenden Wagen, wo Mitarbeiter des Krankenhauses versuchten, das Feuer mit Eimern voll Sand zu ersticken.

»Ein Mann ist aus dem Schatten herausgerannt gekommen«, sagte der Mann. »Ich konnte sein Gesicht nicht sehen. Er hatte dunkle Sachen an. Schlich sich ans Auto. Ich habe nicht gerufen, weil ich dachte, er will seinem Kumpel im Auto einen Streich spielen. Dann kamen Sie, wir schauten uns an, und ich sah wieder zurück zum Wagen. Er schlich sich ans Fenster. Hob den Arm, warf etwas ins Auto. Und dann …« Er machte ein Explosionsgeräusch und stolperte nach hinten.

»War es ein großer Mann? Hatte er den Kopf rasiert?«

Er zuckte mit den Schultern. »Sah aus wie ein großer, kahler Schlägertyp.«

II

Paddy saß in der Kantine im obersten Stockwerk des *Daily-News*-Gebäudes, sah zu, wie über der schmutzigen Stadt der Morgen anbrach, und stopfte eine Tafel Schokolade in sich hinein. Zucker ist gut gegen den Schock, sagte ihre Mum immer. Deshalb machten sie sich in Kriegsfilmen auch immer süßen Tee. Zucker gegen den Schock.

Ihr Kopf dröhnte, ihre Augen waren immer noch ganz trocken und schmerzten, sodass sie sie minutenlang schließen musste.

Wahrscheinlich hatte sie jede Menge Ruß in den Augen, überlegte sie und biss noch ein Stück Schokolade ab. Sie musste dauernd an Billy denken. Er war bei dem Anschlag versehentlich getroffen worden, was bedeutete, dass Lafferty nicht wusste, wie sie aussah. Billys Frau war jetzt bestimmt im Krankenhaus. Seine Frau, mit der er ständig stritt, und sein Sohn, den er nicht mehr mochte, standen jetzt neben ihm, nahmen ihn für sich in Beschlag.

Sie waren allein in der Kantine. Scary Mary und ihre Kolleginnen kamen erst in einer Stunde. Der Raum war kalt und still.

»Ich sage es Ihnen noch einmal: Es war Bobby Lafferty.«

Die drei Polizisten saßen in einer Art Halbkreis um den Kantinentisch und nickten, obwohl sie ihr nicht glaubten. Sie hörten ihr schon über eine Stunde lang geduldig zu, Paddy wusste nicht so genau, wie lange schon. Ihr Tee war jedenfalls kalt. Für sie sahen die drei Männer alle gleich aus, sie verschmolzen zu einem einzigen großen skeptischen Gesicht. Paddy wusste genau, warum sie bei ihr blieben und so taten, als ob sie ihr zuhörten, obwohl sie ihnen die Antworten auf ihre Fragen bereits gegeben hatte.

»Also«, sagte der eine, »gehen wir die Sache noch einmal

durch: Warum sollte ein Verbrecher wie Lafferty Sie umbringen wollen?«

»Das habe ich Ihnen doch schon gesagt.«

Er grunzte und sah zum Fenster hinaus. »Lafferty hat die Frau in Bearsden nicht getötet. Der Typ, der sie umgebracht hat, hat anschließend Selbstmord begangen. Wir haben ihn letzte Woche aus dem Fluss gezogen. Warum also sollte Lafferty es auf Sie abgesehen haben?«

»Ich habe es Ihnen doch gesagt ... Fragen Sie Sullivan.«

»Und wir haben Ihnen gesagt, dass wir Sullivan angerufen haben. Er weiß auch nicht, was Sie wollen.«

Niedergeschlagen biss Paddy noch einmal von der Schokolade ab. Mit vollem Mund konnte sie nicht sprechen. Der dicke Brocken überzog ihre Zunge, bis sie ihn bewegte und dadurch etwas Speichel erzeugte.

Sullivan war überhaupt nicht auf ihrer Seite. Sie hatte schon erste Zweifel gehabt, als sie in dem dunklen Raum gestanden und Lafferty beim Verhör beobachtet hatten. Man musste kein Genie sein, um zu begreifen, dass sie die einzige Zeugin war, die mitbekommen hatte, was in Bearsden abgelaufen war. Selbst Lafferty würde das kapieren – der Geldschein war das Einzige, was er und der gut aussehende Typ nicht abgewischt hatten, bevor sie gingen. Lafferty war auf freien Fuß gesetzt worden, kurz nachdem sie das Polizeirevier verlassen hatte. Sullivan hatte sie nicht einmal kontaktiert, um es ihr zu sagen, und jetzt wollte er sich nicht hinter sie stellen und zugeben, dass Lafferty eine Gefahr darstellte. Sie konnte nicht nach Hause. Wenn Lafferty sie im Krankenhaus gefunden hatte, würde er auch ihre Adresse herausfinden und ihr dort auflauern.

»Was ist mit dem Typ mit dem Ohrverband auf dem Parkplatz? Er hat jemanden gesehen, auf den die Beschreibung passt.«

Der Polizeibeamte seufzte geduldig. »Wir haben Ihnen doch schon gesagt, dass wir ihn nicht finden können.«

Sie setzte sich auf und sah die Beamten an. »Er wurde wegen einer Ohrentzündung in der Notaufnahme behandelt. Marcelli nimmt immer den Namen und die Adresse auf. Er wollte danach mit der Polizei reden, er hat gewartet. Er hat den Kerl gesehen, der es getan hat, und Sie erzählen mir, dass Sie ihn nicht finden können?«

Die drei Polizisten mieden ihren Blick. Paddy hatte das Gefühl, als hätte sie seit Jahrhunderten nicht mehr geschlafen. »Was würden Sie denn an meiner Stelle tun?«

Niemand sagte etwas.

»Also gut. Wann ist denn Ihre Schicht zu Ende? In zwanzig Minuten?«

Sie sahen sich schuldbewusst an, einer von ihnen lächelte.

»Wenn Sie also noch zehn Minuten hier sitzen bleiben und so tun, als ob Sie mir zuhören würden, und dann zurück zum Revier fahren, dann können Sie ausstempeln, oder?«

Der Polizist direkt neben ihr plusterte sich auf. »Nun werden Sie mal nicht frech, Miss Meehan.«

»Hören Sie. Lafferty hat einen Molotowcocktail in Billys Auto geworfen, und ich kann nicht nach Hause, solange Sie ihn nicht festnehmen. Ich nenne Ihnen den Namen des Täters. Ich kann Ihnen auch noch seine Adresse besorgen, wenn Sie wollen – wenn das helfen würde. Sind Sie denn nicht verpflichtet, mich zu schützen? Was ist, wenn er jemandem aus meiner Familie etwas antut?«

Der Empörte blinzelte langsam.

»Sie sind Reporterin, Miss Meehan, Sie berichten über Verbrechen und bringen damit zwangsläufig viele Leute gegen sich auf. Böse Menschen.«

»Dann darf also jeder mal draufhauen? Bin ich ein legitimes Ziel? Und was ist mit Billy? Was hat er sich zuschulden kommen lassen?«

Auch die Polizisten wurden müde, und so kurz vor Ende ihrer Schicht hatten sie keine Lust mehr, sich mit einer so widerspenstigen Göre anzulegen. Einer der drei lehnte sich zurück, stieß sich vom Tisch ab und schaukelte auf seinem Stuhl hin und her. »Ich habe gehört, dass Sie einen Kollegen gut kennen. Sogar sehr gut.« Er grinste hämisch.

Er redete von Burns, verwies auf die Gerüchte. Paddy spürte, wie ihr heiß wurde und die Röte ihren Nacken hinaufkroch, dennoch sah sie den Polizisten trotzig an. Die Polizei war eine eingeschworene Gemeinschaft. Sie tranken alle in denselben Pubs, waren Fans desselben Fußballvereins. Tratsch und Klatsch waren gang und gäbe, jeder wusste, wer es mit wem trieb, wer zu viel trank, wer ein Idealist war und wer korrumpierbar oder korrupt.

Ein Beamter sah verstohlen auf die Uhr.

»Abgesehen von Gourlay und McGregor, bin ich die Einzige, die diesen Mann in jener Nacht in dem Haus in Bearsden gesehen hat«, sagte sie. »Die zwei behaupten, es sei der Selbstmörder aus dem Fluss, Mark Thillingly. Er soll Vhari Burnett umgebracht haben. Ich sage, er war es definitiv nicht. Kommt Ihnen das nicht irgendwie komisch vor?«

Sie sahen sich unsicher an. Garantiert wussten sie, dass Gourlay und McGregor hin und wieder wegschauten. Doch der wissende Blick verschwand schnell wieder, und es blieb nur Gleichgültigkeit. Noch zehn Minuten, dann konnten sie nach Hause. Es war ihnen einfach egal.

Paddy spürte, wie ihr große, dumme Tränen in die Augen stiegen. »Wenn Lafferty mich umbringt, sind Sie schuld.«

Die Kantinentür ging auf, und der dünne Copy Boy spähte herein. »Meehan? Ramage will Sie sehen, wenn Sie hier fertig sind.« Er musterte das unglückliche Grüppchen am Tisch und schlüpfte schnell wieder hinaus. Die Tür schloss sich lautlos hinter ihm.

Paddy betrachtete die gelangweilten Polizisten und spürte gerechten Zorn in sich aufwallen. »Sind Sie deswegen zur Polizei gegangen? Um einander zu schützen? Was ist, wenn Gourlay und McGregor bestechlich sind?« Sie war zu weit gegangen. Ein Polizist gab ein warnendes Zischen von sich.

Sie stand abrupt auf, ihre Beine fühlten sich an wie Gummi. »Wenn diese Bestie meiner Mum etwas antut, dann werden Sie drei dafür büßen.«

Sie hätte ihre Ängste nicht laut aussprechen sollen. Sie fing an zu weinen, ihr Gesicht zog sich zusammen, und sie drängte sich blindlings am Tisch vorbei. Als sie schon in der Tür stand, hörte sie einen Beamten murmeln: »Endlich Feierabend, Jungs.«

III

Ramage rief barsch: »Herein!« Paddy wischte sich mögliche Schokoladenspuren von Mund und Kinn, öffnete die Tür und marschierte so aufrecht, wie es ihre angeschlagene Wirbelsäule zuließ, in sein Büro.

Ramage wirkte hinter seinem riesigen Schreibtisch geradezu zwergenhaft, sein am frühen Morgen noch glatt rasiertes Gesicht ließ ihn jung und verletzlich wirken. Ein kleiner Junge mit gestärktem Hemd und Krawatte. Er lehnte sich auf seinem Stuhl zurück. Auf seinem Schreibtisch lagen drei perfekt ausgerichtete Stapel mit Unterlagen. Farquarson hatte um diese Zeit immer schon zerknittert ausgesehen. Die Papiere waren überall auf seinem Schreibtisch verstreut gewesen, und er hatte sich völlig in seine Arbeit vertieft darüber gebeugt.

»Meehan«, sagte Ramage ohne lange Einleitung, »ich will dreihundert Wörter über den Brandanschlag – ausdrucksstark und in der ersten Person geschrieben. Frankie Mills soll ein Foto von Ihnen machen, wie Sie richtig elend aussehen, und dann können Sie nach Hause, bis ich Sie anrufe.«

Sie schüttelte den Kopf. »Nein, kein Bild von mir. Der Typ, der das getan hat, ist hinter mir her, aber bisher hat er nur meinen Namen. Ich will nicht, dass er auch noch weiß, wie ich aussehe.«

»Sie glauben, er hat versehentlich Billy getroffen, weil er dachte, das wären Sie?«

»Von hinten sieht Billy aus wie eine Frau«, erklärte sie. »Er hat eine Dauerwelle. Der Typ hat sich von hinten angeschlichen und den Molotow-Cocktail durchs Fenster geworfen. Womöglich denkt er sogar, dass er mich erwischt hat. Wenn er von der Polizei erfährt, dass es einen anderen getroffen hat, kommt er zu mir nach Hause.«

Ramage lächelte und bekam große Augen, als sie die Polizei erwähnte. »Sie glauben, dass ihm jemand bei der Polizei Informationen zukommen lässt?«

»Nur die Polizei weiß, dass ich die Einzige bin, die nicht dasselbe sagt wie die Polizisten, die in Bearsden vor Ort waren.«

Ramage nickte und sah dabei auf seinen Schreibtisch. »Ah«, sagte er zu sich selbst. »Eine junge Dame, die kurz vor ihrer ersten großen Story steht.« Er leckte sich den Daumen, griff nach einem Blatt auf dem mittleren Papierstapel und legte es auf den daneben, bevor er die Blätter wieder zu einem akkuraten Stapel zusammenschob. Sie sah die Bezeichnungen der jeweiligen Stapel förmlich vor sich: Kündigung, mögliche

Kündigung, kann bleiben. Sie hoffte, dass er sie zu »kann bleiben« gelegt hatte.

»Okay. Dreihundert Wörter, dann können Sie nach Hause.«

»Ich kann nicht nach Hause. Die Polizei hat den Kerl nicht festgenommen, und soweit ich weiß, kennt er meine Adresse. Vor meinem Haus parkt immer wieder derselbe Wagen, ich werde beobachtet. Ich brauche ein Hotelzimmer.«

Ramage musste angesichts ihrer Dreistigkeit grinsen. Er legte seinen Füllfederhalter weg, richtete sich auf und musterte sie. »Gut für Sie, Patricia.«

»Ich heiße Paddy«, korrigierte sie ihn.

Er zog die Brauen zusammen. »Sie müssen sich hier nicht als vorlaute Göre aufspielen.« Er starrte sie an, leckte wieder den Daumen ab und legte das Blatt zurück auf den ursprünglichen Stapel.

»Boss«, sagte sie, obwohl sie fast an dem Wort erstickt wäre, »ich bin an einer wirklich großen Story dran. Das gibt eine Mega-Auflage. Mega.«

Er lächelte reptilartig. »Wir werden sehen. Ich zahle Ihnen ein Bed and Breakfast, aber nur für drei Tage ...«

»Nein, es muss ein Hotel sen. In einem Bed and Breakfast muss man tagsüber aus dem Zimmer, ich muss aber tagsüber schlafen.«

Er mochte es nicht, wenn man ihm ins Wort fiel. Er hob die Hand und leckte wieder seinen Daumen, aber dann hielt er inne, lächelte und ließ die Hand wieder sinken, ohne den Zettel auf einen anderen Stapel zu legen. »Dreihundert Wörter, und die müssen gut sein. Sie brauchen einen Fahrer. Haben Sie einen Vorschlag?«

Sie dachte an Sean. Er hatte gerade erst den Führerschein gemacht, doch der Gedanke, ihn an ihrer Seite zu haben, beruhigte sie. »Ich weiß jemanden, aber er hat kein eigenes Auto.«

Ramage zuckte mit den Schultern. »Nehmen Sie einen Wagen aus dem Fuhrpark. Sagen Sie, dass ein neues Funkgerät eingebaut werden soll.« Er musterte sie wieder von oben bis unten. »Sie sind jung, Meehan. War Farquarson der erste Redakteur, unter dem Sie gearbeitet haben?«

Sie nickte stumm.

»Wahrscheinlich vermissen Sie ihn und halten mich für einen Arsch.«

Sie hätte am liebsten genickt, vermutete aber, dass das nicht so gut ankommen würde. »Weiß nicht.«

Dieses Mal war Ramages Lächeln beinahe echt. Er nahm einen goldenen Füllfederhalter und klopfte damit einen langsamen Rhythmus auf die weiche grüne Schreibtischunterlage aus Leder. Sie hätten oben im lauten, geschäftigen Trubel der Redaktion sitzen sollen, wo sich das dumpfe Klopfen eines protzigen goldenen Füllers verloren hätte.

Er verlagerte das Gewicht. »Mit den Jahren werden Sie lernen, dass Sie Ihre Zeit verschwenden, wenn Sie in diesem Geschäft jemandem die Treue halten, der abgesägt wurde. Trauern Sie, kommen Sie darüber hinweg, und machen Sie weiter, kriechen Sie dem nächsten Vorgesetzten in den Arsch. So läuft das in unserer Branche.« Er lächelte schwach, als ob er auf seine brutale Gier auch noch stolz wäre. »Sie können sich mir anschließen, oder Sie können weiterhin die hochnäsige Kuh spielen, aber dann landen Sie früher oder später in der Annoncenabteilung und verticken Anzeigen. Haben Sie mich verstanden?«

Paddy nickte, und Ramage entließ sie mit einem Kopfnicken.

Sie ging rückwärts aus dem Zimmer und schloss leise die Tür hinter sich.

Die Fenster im Gang ließen schwaches Tageslicht herein. Sie blieb stehen, lehnte sich an die Fensterbank und blickte über die Dächer der Lieferwagen der *Scottish Daily News*, die draußen parkten. In Zukunft würde die Druckerei nicht mehr zur Zeitung gehören. Sie würde ausgelagert werden. Das Gebäude hier wäre dann nur noch ein Bürohaus, und sie könnten genauso gut Versicherungen verkaufen.

Sie schaute hinaus auf den grauen Tag. Billys Familie war sicher im Krankenhaus und wartete auf sie, damit sie ihnen im Namen der Zeitung ihr Beileid aussprach. Sie sollte Sean anrufen und ihm sagen, dass sie einen guten, bezahlten Job für ihn hatte, falls er ihn haben wollte. Sie musste einen Artikel mit dreihundert Wörtern schreiben, und morgen wurde sie auf dem Revier erwartet, wo der Polizeieinsatz bei Burnetts Haus untersucht werden würde. Trotzdem blieb sie auf dem nach Zitrone duftenden Gang stehen, schaute aus dem Fenster auf die windige Straße und spürte, dass eine Ära vorbei war und eine neue begann.

IV

Bernie wusste, dass es Kate war, die vor seiner Tür stand. Ein ganz leises Klopfen, eher ein Hauch, um zehn Uhr morgens, das Zögern zwischen dem Klopfen – er kannte niemand anderen, der so klopfte. Er stand hinter der Tür und spürte sie auf der anderen Seite, wollte ihr öffnen, obwohl er sie doch eigentlich nie wiedersehen wollte.

»Bernie?« Ihre Stimme war ihm so vertraut wie seine eigene, er konnte darin lesen wie in einem Buch. Sie war verängstigt und machte sich Sorgen, dass er wütend werden könnte. Und sie war krank, sie klang schwach. Ihre normale Stimme hatte einen rauchigen Unterton, aber jetzt war keine Luft mehr in dieser Stimme. »Bernie? Lass mich rein.«

Er stellte sich vor, was sie ihm sagen würde, wenn er die

Tür öffnete: Überall in seinem engen, kleinen Flur lagen Motorenteile und Stapel mit alten Zeitungen auf dem Boden. Er trug eine blassblaue gestreifte Pyjamahose und eine Strickjacke: kaum die passende Kleidung für so hohen Besuch. Aber Kate hatte beschlossen, ihn in seiner Sozialwohnung zu besuchen; sie war noch nie hier gewesen, vielleicht war sie nicht mehr so versnobt wie früher.

»Darling? Mir ist kalt.«

Bernie fasste nicht bewusst den Entschluss, die Tür zu öffnen. Der Reflex, Kate jede Unannehmlichkeit zu ersparen, saß so tief, dass er sich vorbeugte, den schweren Werkzeugkasten vor der Tür wegzog, die Tür aufschloss und öffnete.

Bei ihrem Anblick schnappte er nach Luft – und wusste sofort, dass er ihr damit das Herz gebrochen hatte.

»Du bist so dünn«, sagte er, um sie zu schonen.

Sie wusste, warum er gekeucht hatte. Er sah es daran, wie sie den Kopf hängen ließ und auf ihre Füße starrte. Sie hob die Hand zum Gesicht, um ihre Nase zu verbergen, die völlig eingefallen war, und deren Spitze über ihre Oberlippe hing wie bei einer Hexe in einem Kinderbuch.

Als sie sich das letzte Mal begegnet waren, bei der Beerdigung ihres Großvaters, hatte sie so atemberaubend ausgesehen wie immer. Sie hatte diese Schönheit, die alle Blicke auf sich zog, von der man sich nicht mehr losreißen konnte, die einem Mann das Gefühl gab, er müsse die Hände um dieses vollkommene Gesicht legen, um diese schmale Taille. Sie war sich damals ihrer Schönheit voll und ganz bewusst gewesen, hatte diesen Anspruch, dass ihr alles zustand, wie ihn wirklich schöne Mädchen haben. Und genauso war ihr bewusst, wie sie jetzt aussah.

»Wann hast du zum letzten Mal etwas gegessen?«

Sie hob den Blick und wirkte so schutzlos wie ein kleines Mädchen. »Mir ist so kalt, Bernie.«

Jahrelang hatte sie kaum ein Wort mit ihm gewechselt. Sie war der Grund, warum Vhari hatte sterben müssen, sie hatte ihm ein Auto gestohlen und ein Päckchen in seiner Werkstatt versteckt, für das man ihn töten würde, wenn man es bei ihm fand, doch Bernie nahm ihre Hand, zog sie in seine bescheidene Wohnung und schloss die Tür hinter ihr.

V

Der Boden war unglaublich schmutzig. Paddy hatte drei Stunden auf dem Fußboden in Farquarsons abgedunkeltem Büro geschlafen und war dabei etwa alle zwanzig Minuten durch ein Geräusch aus der Redaktion nebenan aufgeschreckt.

Jetzt lag sie mit offenen Augen da. Sie wusste, sie sollte aufstehen und noch einmal ihre Mutter anrufen, nur um zu hören, ob alles in Ordnung war. Ihre brennenden Augen blickten über den staubigen Teppich, an den Abdrücken des Konferenztisches vorbei Richtung Tür. Durch die halb offenen Jalousien sah sie Schatten, die sich bewegten, und die stillen, gedrungenen Umrisse der Copy Boys, die auf ihrer Bank hockten und darauf warteten, dass man ihnen eine Aufgabe zuteilte. Sie sollte aufstehen und ihre Mutter anrufen, fragen, ob sie einen roten Ford draußen vor dem Haus gesehen hatte. Sie sollte sich bei JT entschuldigen, weil sie ihm nicht die Zeitungsausschnitte über Mandela besorgt hatte. Eigentlich hatte sie den ganzen Morgen damit gerechnet, dass er hier hereinplatzen und ihr die Hölle heiß machen würde.

Ein kurzes, routiniertes Klopfen an der Tür ließ sie den Kopf wenden. Die Tür öffnete sich und ließ einen hellen Lichtstrahl herein, der in ihren Augen brannte.

»Ramage hat ein Hotelzimmer für Sie gebucht.«

Blinzelnd setzte sie sich auf, wischte sich Staub und Teppichfasern von der Wange und widerstand dem Drang, sich die Augen zu reiben. Es war einer der Copy Boys.

»Ist JT da?«

»Nein.«

»Ist er unterwegs für einen Artikel?«

»Nein.«

Der Junge zog sich wieder auf seine Bank zurück, ließ aber die Tür offen.

Erfreut über das Hotelzimmer, bürstete Paddy den Staub von ihren Kleidern und trat hinaus in die geschäftige Redaktion. Anscheinend hatte die Morgenkonferenz unten in Ramages Räumen stattgefunden: Redakteure und wichtige Journalisten kamen gerade wieder durch die Doppeltür, manche mit finsterem Blick, andere aufgekratzt, je nachdem, wer für die Morgenausgabe gelobt oder getadelt worden war. Sie musterte die Gruppe, bis die letzten Nachzügler hereingekommen waren und sich an ihre Schreibtische gesetzt hatten. JT war nicht dabei.

Sie ging zu Reg von der Sportredaktion.

»Wo ist JT?«

Reg schüttelte den Kopf. »Gekündigt.«

Sie riss die Augen auf. »Aber er ist doch gerade erst Reporter des Jahres geworden.«

»Aye.« Reg nickte traurig und schaute auf seine Schreibmaschine. »War aber zu teuer für die Zeitung. Hab gehört, du hast ein Hotelzimmer bekommen.«

»Aye.« Sie sah auf ihre Füße und fragte sich, ob es klug gewesen war, ein Hotelzimmer zu verlangen, anstatt einfach nur um die Chance zu bitten, sich zu beweisen.

23

Hässliche Dinge

I

Die Möbel waren funktional und abgenutzt, vermutlich aus billigen Secondhandläden. Das graue Sofa und der Sessel mit Holzrahmen, der Couchtisch aus Rauchglas, lauter hässliche Dinge. Zudem war Bernies Wohnzimmer voller Motorenteile, öligen Lumpen und Werkzeug. Kate hasste das Zimmer. Sie war froh, dass sie früher nie hier gewesen war, trotzdem war Bernies Gesellschaft ein Trost. Allein der Anblick seines viereckigen Gesichts und des billigen Bürstenhaarschnitts gab ihr das Gefühl von Sicherheit, als ob sie sich in einer anderen Zeit befände, als ob sie noch Kinder wären, damals, bevor alles anfing, lange bevor sich alles zum Schlechten wendete.

Kate stellte ihre zweite Tasse Tee auf dem Tisch ab. Sie trank normalerweise keinen Tee. Sie wusste, dass Tee hässliche braune Flecken an den Zähnen hinterließ, und hatte sich eingeredet, dass sie keinen Tee mochte, genauso wenig wie Eiscreme und Schokolade. Jetzt stürzte sie ihn hinunter, um sich aufzuwärmen, und bat dann um eine weitere Tasse aus der angelaufenen Metallkanne. Bernie brachte ein Päckchen Vollkornkekse und gab ihr zwei.

»Versuch sie zu essen. Du bist so dünn, ehrlich, deine Beine sehen aus wie Seile mit Knoten.« Er zeigte auf ihre Knie unter den mit Laufmaschen übersäten blauen Strümpfen und hoffte im Stillen, dass das getrocknete braune Zeug hinten an ihren Fußknöcheln nur Schlamm war.

Kate lächelte sanft, den Blick in die Ferne gerichtet. Sie nagte an einer Ecke des Kekses und tat so, als ob sie ihn essen würde, Bernie zuliebe. Früher hatte sie diesen Blick, wenn sie von zu Hause wegwollte, es aber nicht sagen konnte. »Hast du mein Kissen?«

Er hätte nicht gewusst, was sie meinte, wenn er nicht erwartet hätte, dass sie danach fragen würde. »Kissen.«

Sie lächelte. »Mein Trostkissen.«

Bernie lächelte zurück, hörte aber damit auf, als er sie ansah. »Du bist auf dem besten Weg, dich selbst umzubringen.«

Sie blickte ihn müde an. Es ging ihr nicht gut, sie konnte jetzt keine Szene ertragen. Ihr Herz klopfte zum Zerspringen, und sie hatte stechende Magenschmerzen. »Du nimmst immer alles viel zu ernst, Bernie. Du warst schon immer so, seit wir klein waren.«

Sie wollte ihn damit wütend machen, ihn davon abhalten zu sagen, dass er sich Sorgen um sie machte. Emotionalität war bei den Burnetts verpönt. Aber Bernie war kein Burnett, er hatte sich entschieden, kein Burnett zu sein, er hatte Emotionen.

»Schau dich doch an«, sagte er und wurde plötzlich laut, »in was für einem Zustand du bist. Was er aus dir gemacht hat.«

Sie griff nach der Tasse und trank. »War er hier?«

»Verdammt, was denkst du eigentlich, Kate? Wäre denn mein Scheiß-Schädel noch intakt, wenn er hier gewesen wäre? Er hat Vhari totgeprügelt.«

Sie senkte den Blick und faltete die Hände, damit sie aufhörten zu zittern. »Ich will mein Kissen«, sagte sie, als ihr kurzer Anflug von Reue vorüber war.

»Kate, du stirbst, wenn du das Zeug weiter nimmst.«

Er hatte recht, und sie wusste es. Sie spürte, wie ihr Herz schwächer wurde, wie sich manchmal der Rhythmus veränderte, wie es sich ähnlich wie der Motor des Austin Mini mühte, weiterzumachen.

»Bernie, ich bin nicht doof. Ich hol mir schon Hilfe, aber jetzt ist gerade der denkbar falsche Zeitpunkt.«

Bernie fuhr sich unwirsch mit der Hand übers Gesicht. »Katie? Schau mich an. Katie, schau mich an, verdammt noch mal! Du lebst nicht mehr lange genug, um Hilfe zu bekommen, sie bringen dich um, weil du das Päckchen mit Koks geklaut hast.«

Kate hörte einen Singsang in ihrem linken Ohr. Das leise Murmeln des toten Mannes. Es war schwach, kaum wahrnehmbar, doch er sang eine Hymne – sie überlegte –, einen alten protestantischen Grabgesang über Sünden und Sünder.

»Katie, hörst du mich?«

Sie wusste nicht, ob es Bernie war, der mit ihr redete, oder der tote Mann, deshalb wartete sie ab.

»Katie?« Bernie, es war definitiv Bernie, sein Mund bewegte sich. »Kannst du mich hören?«

»Ich höre dich, Darling.«

»Sie bringen dich um, wie sie Vhari umgebracht haben.«

»Nein, das werden sie nicht. Ich habe einen Plan.« Sie begann zu zittern.

Bernie beugte sich vor und fasste sie grob am Kinn. »Hör mir zu.« Er hielt ihr Gesicht fest und zwang sie, ihn anzusehen. In ihren Augen stand panische Angst. »Hör zu.« Kate hob das Kinn und wollte das Gesicht wegdrehen, aber er hielt sie fest, seine Finger gruben sich in ihre Haut. »Hör mir zu.« Sie sah ein, dass es hoffnungslos war, also hielt sie still und sah ihn an. »Katie, du bist eine dumme, planlose Gans. Deine

Pläne sind dumm. Du wüsstest nicht einmal, wie du den Weg aus einem Kiosk herausfindest. Du musst zur Polizei gehen.«

Sie lachte ihm ins Gesicht, ein aufrichtiges, spontanes Lachen, Bernie lockerte seinen Griff und lächelte zurück. Sie war wieder die alte Katie, und Bernie fühlte sich ungeheuer erleichtert, als ob er in einer feindseligen Menschenmenge eine alte Freundin getroffen hätte.

»Ich habe ja auch vor, zur Polizei zu gehen«, sagte sie.

Bernie musterte sie, versuchte, ihre Miene zu deuten und glaubte ihr. »Mein Gott, Kate, ich bin ja so froh. Wenn du dich unauffällig benimmst und zur Polizei gehst und das Kokain einfach nicht erwähnst, wird alles gut. Sag ihnen, dass du dich versteckt hast, und sag ihnen das mit Vhari, aber selbst wenn sie dich unter Druck setzen, darfst du die Drogen auf keinen Fall erwähnen. Versprochen?«

Sie zog einen Schmollmund und sah ihn an. »Bernie, Schätzchen, ich brauche mein Kissen, um mich unauffällig zu benehmen.«

Bernie runzelte die Stirn, verärgert, dass sie nur an das Kokain dachte. »Du hast ja keine Ahnung, wie ernst die Sache ist. Mark Thillingly hat sich deswegen umgebracht.«

»Der dicke Mark?«

»Er ist nicht dick, Kate, er ist tot.«

»Mein Gott, ich bin doch nicht für jeden Toten in Schottland verantwortlich.« Sie wollte das Kissen. Sie brauchte es.

Der Gedanke, wie sie die nächsten zehn Minuten überstehen sollte, ohne es zurückzubekommen, nagte an ihrem Gehirn. »Kann ich es zurückhaben?«

Bernie sah sie traurig an. Sie hatte nicht weiter nach Mark gefragt, nicht einmal, warum er sich umgebracht hatte. »Katie.«

»Gib es mir sofort, oder ich nehme das Messer hier und tue mir was an.«

»Sag mir, wie dein Plan aussieht.«

Der tote Mann kicherte in ihr Ohr, und sie zögerte. »Knox. Knox.« Wieder starrte sie in die Ferne, während sie seinen Namen wiederholte wie ein Gebet, das sie beschützen sollte. »Knox ist der Ausweg. Paul würde alles tun, um ihn zu schützen. Wenn ich Knox dazu bringen kann, mit ihm zu reden, wird er mich definitiv in Ruhe lassen.«

Bernie beugte sich vor und hakte sanft nach. »Wer ist Knox?«

»Gib mir mein Kissen, und ich sag es dir.« Sie lächelte kokett, wie früher, doch aufgrund ihrer flachen Nase wurde daraus eine groteske Grimasse.

»Du bist völlig durchgeknallt und siehst aus wie eine Pennerin.«

»Leck mich.«

Er stand auf und begann, den Tisch abzuräumen, nahm den Keksteller und fegte die Krümel vom Tisch darauf. Plötzlich hasste Kate ihn. In diesem Moment wusste sie, dass sie alles tun würde, auch das Schlimmste, was sie sich vorstellen konnte, nur damit er ihr das Kissen zurückgab. »Ich rufe meine Eltern an.«

Er sah zu ihr herunter, die Farbe wich aus seinem Gesicht, bis es ganz grau war.

»Ich rufe sie an und gebe ihnen deine Adresse und die Adresse deiner Werkstatt. *Sie werden kommen und dich besuchen.*«

Die Muskeln in seinem Gesicht verkrampften sich. Er sah aus, als ob ihm gleich übel würde, wie früher als kleiner Junge, wenn er das Gefühl hatte, in der Falle zu sitzen, was daheim auch meistens der Fall gewesen war. Er sah auf die Uhr. »Ruf deine Eltern an, wenn du willst. Ich habe kein Telefon. Wenn du vom Telefonieren zurückkommst, bin ich weg. Wenn sie sehen, was du aus dir gemacht hast, bist du zur Teezeit im Sanatorium.«

»Ich könnte sie morgen anrufen«, sagte sie und spielte mit dem Messer. »Sie kommen, darauf kannst du dich verlassen.«

Bernie ließ die Hand mit dem Teller sinken. Die Krümel fielen auf den Teppich. »Es ist mir scheißegal, Katie.« Aber das stimmte nicht. Sie sah, dass er zitterte.

»Du musst mir nur das Kissen geben.«

»Ich habe es weggeworfen.«

»Du hinterhältiges kleines Arschloch!« Sie sprang auf und schlug ihn heftig ins Gesicht. Er ließ den Teller fallen und schlug zurück. Er spürte, wie seine Hand ihre flache Nase streifte. Sie strauchelte, landete auf der Couch und hielt ihre Nase. Er hatte sie blutig geschlagen.

Kate setzte sich auf und drückte die Hände aufs Gesicht. Hellrotes Blut strömte durch ihre Finger. Sie sah ihn an und neigte sich vorsichtig zur Seite, damit ihr Blut über seine Couch lief. Sie nahm die Hand weg und lächelte auf ihre blutige Handfläche hinunter. »Wenn Paul mich ohne das Kissen findet, bringt er mich um. Mein Blut ist überall auf deinem Sofa. Die Polizei wird hierherkommen, es sehen und glauben, dass du mich umgebracht hast. Jetzt musst du mir das Kissen geben.«

Er schwankte, sie sah es ihm an.

»Bernie.« Sie setzte sich auf und hielt sich die Hand wieder unter die Nase. »Bernie, ich will mein Kissen, damit ich wieder einen klaren Kopf bekomme und mir etwas einfallen lassen kann. Bitte! Ich will nicht, dass irgendjemand zu Schaden kommt. Wenn ich nicht in Ordnung bringe, was ich angerichtet habe, bringen sie uns beide um. Das ist dir doch klar, oder?«

Bernie sah zu ihr auf der Couch. »Du wirst alles nehmen und dich damit umbringen.«

»Schau mich an, Bernie. Ich habe einen Plan. Ich bin hart im Nehmen. Wenn morgen die Welt untergehen würde, wäre ich die einzige Überlebende. Ich würde Handtaschen und Schmuck klauen. Eisenhart.« Sie lachte über ihre eigene Formulierung und hielt sich dabei die Hand vor die Nase, um den letzten Blutstropfen aufzufangen.

Bernie betrachtete sie mit einem traurigen Lächeln. Er liebte sie und wünschte, dass alles anders wäre, dass sie Freunde geblieben wären und füreinander da gewesen wären, anstatt so bald wie möglich von zu Hause wegzugehen, in ganz unterschiedliche Richtungen.

Als Kate lachend zu ihm hochsah, hörte sie ein Schnauben: Der tote Mann lachte ebenfalls, ganz tief in ihrem Ohr.

II

Paddy überkam schreckliche Angst, als sie wieder vor dem Royal Hospital stand. Der Parkplatz war voller Autos, auch ein paar Lieferwagen standen herum, jeder Platz war belegt, nur nicht die Stelle, in der Billy letzte Nacht geparkt hatte. Der Asphalt war schwarz vom Feuer. Sie versuchte, nicht hinzusehen, doch aus dem Augenwinkel nahm sie alles wahr, auch den Ruß an den Gebäuden in der Nähe. Das Auto war abtransportiert worden, hatte aber auf dem blasigen Teer seine Spuren hinterlassen. Die umliegenden Gebäude und der Boden waren noch nass von den Löscharbeiten der Feuerwehr.

Paddy schauderte. Sie hatte das gruslige Gefühl, dass der Ruß an den Gebäuden zum Großteil von Billy stammte, von seiner verbrannten Haut. Ein Schluchzen stieg in ihr auf. Am liebsten hätte sie sich auf die Stufen vor dem Krankenhaus gesetzt, den Kopf in den Händen vergraben und geweint. Sie sah wieder seine zuckenden Füße vor sich, seine Fersen, die gegen den Boden schlugen, und die weißen Kittel, die um ihn herumstanden.

Sie sah am Gebäude hoch. Wahrscheinlich spielten sich hier an jedem Tag der Woche Hunderte Tragödien ab und doppelt so viele am Wochenende. Der Gedanke war irgendwie tröstlich – sie war nur ein Teil einer großen Welle aus Furcht und Trauer. Alle anderen waren tapfer. Sie würde die anderen im Stich lassen, wenn sie nicht auch die Zähne zusammenbiss.

Am Eingang herrschte lebhafter Betrieb, Krankenhausmitarbeiter und Besucher strömten hinein und hinaus. Die Verkaufsautomaten im Foyer wurden gerade neu bestückt, Getränkedosen und Kartons mit Chips wurden angeliefert. Paddy blieb inmitten der geschäftigen Menge stehen und studierte die Schilder an der Wand auf der Suche nach der richtigen Station. Sie lag isoliert in einem weit entfernten Teil des riesigen Gebäudes.

Während sie den Schildern durch die Gänge folgte, kam sie auch auf der Krebsstation vorbei und musste an ihren Freund Dr. Pete denken, der sie dort mit seinen furchtlosen Augen angesehen und ihr gesagt hatte, dass er sterben würde. Sie vermisste ihn. Und Terry Patterson auch. Bei genauerem Nachdenken vermisste sie gerade so ziemlich jeden Menschen, den sie je gekannt hatte. Sie wünschte sich in eine andere Zeit. Wenn sie doch nur endlich tagsüber arbeiten könnte! Sie wünschte, ihr Vater hätte eine Arbeit und ihre Mutter hätte die Wechseljahre hinter sich. Sie wünschte, dass der Anschlag gestern nie passiert wäre und sie nie mit diesem Arschloch George Burns geschlafen hätte. Sie wünschte, Mary Ann wäre keine religiöse Fanatikerin und Sean immer noch ihr Freund, Sie wünschte, sie wäre dünn.

Mit gesenktem Kopf stapfte sie durch den Gang und war

so in ihre Gedanken vertieft, dass sie fast den Eingang zur Station 7H verpasst hätte. Er war auch leicht zu übersehen. Nur ein kleines Schild an der Wand wies darauf hin. Sie kehrte um und holte tief Luft. Billy bot sicher einen furchtbaren Anblick. Sie öffnete die Tür.

Der kleine Empfangsbereich war in einem beruhigenden hellen Fliederton gestrichen. Bei Paddy löste die Farbe allerdings eher leichte Panik aus. Eine freundliche Matrone saß hinter einer Theke, lächelte sie an und fragte, ob sie ihr helfen könne. Paddy nannte Billys Namen und wartete auf eine Reaktion, Entsetzen oder irgendetwas, sie wusste nicht, was. Die Frau lächelte weiter und sah in einer Tabelle auf ihrem Tisch nach.

»Sind Sie verwandt, meine Liebe?«

»Nein. Ich – war bei ihm, als es passierte.« Paddy deutete mit dem Daumen in die Richtung, in der sie den Parkplatz vermutete.

Die Schwester sah sie an, studierte sorgfältig ihr Gesicht.

»Wir möchten nicht, dass sich die Besucher zu sehr aufregen«, sagte sie sanft. »Ich möchte nicht, dass die Patienten beunruhigt werden. Können Sie ruhig blieben? Fühlen Sie sich dazu in der Lage?«

Paddy nickte, obwohl sie sich nicht sicher war. »Ist seine Familie bei ihm?«

Die Schwester nickte. »Sie freuen sich sicher über Ihren Besuch.« Sie stand auf, öffnete Paddy die Tür und deutete auf einen wacklig konstruierten Gang aus weiß gestrichenen Stellwänden. Paddy war schon auf anderen Stationen im Krankenhaus gewesen und wusste, dass nur die Station für Verbrennungen diese Wände und Türen hatte. Vermutlich wollte man Besucher davon abhalten, die verbrannten und mit Blasen übersäten Patienten anzustarren.

Zögernd ging sie zu der Tür, die die Schwester ihr gezeigt hatte. Sie hörte das Piepsen der Maschinen und das Rascheln von Betttüchern an feuchter Haut. Ein starker medizinischer Geruch kam von den Wänden, Pfefferminze, gemischt mit Desinfektionsmitteln.

Leise klopfte sie an die Tür und hoffte beinahe, dass niemand reagieren würde. Eine Raucherstimme rief »Herein!« Paddy drehte den Türknauf und öffnete die Tür.

Mitten im Raum stand ein hohes Metallbett. An der hinteren Wand befand sich ein winziges Waschbecken, daneben ein Schränkchen mit einem Plastikkrug mit Orangensaft und ein Glas.

Billy saß, durch das Bett gestützt, in aufrechter Position. Auf der einen Seite stand eine Frau, auf der anderen Seite saß ein junger Mann auf einem Plastikstuhl und las eine Boulevardzeitung. Billy hatte einen erstaunten und gleichzeitig beschämten Gesichtsausdruck, was daran lag, dass seine Augenbrauen und Lider verschmort waren und seine Haut durch die Verbrennung permanent gerötet war. Er trug ein blaues Krankenhausnachthemd aus Papier, seine Hände waren dick bandagiert und sahen aus wie übergroße Ohrenstäbchen. Er wirkte sehr klein. Und er hatte keine Haare mehr.

Seit sie Billy kannte, hatte er immer die gleiche schulterlange Dauerwelle gehabt. Sie wusste, dass es eine Dauerwelle war, weil sie ihn Nacht für Nacht von der Rückbank aus betrachtet hatte. Früher oder später hatte sie dann jedes Mal hier und da eine gerade Haarwurzel erspäht, und nach zwei Wochen wirkten die Haare plötzlich ganz platt, kurz bevor er zum Friseur ging und sich wieder eine Dauerwelle machen ließ. Als sie Billy vor vier Jahren kennengelernt hatte, war die Frisur schon seit fünf Jahren aus der Mode gewesen, doch mit der Zeit hatte Paddy eine Art widerwilligen Respekt für Billys Hartnäckigkeit entwickelt. Ein tapferer Mann, der dem Disco-Zeitalter treu blieb und dafür sogar seine Haarpracht riskierte. Sean und Paddys Brüder hatten furchtbare Angst, eines Tages kahl zu werden.

Aber jetzt musste sich Billy wohl eine neue Frisur überlegen, seine Dauerwelle war geschmolzen. Über seinem linken Ohr – das Feuer, überlegte Paddy, war ja von der anderen Seite gekommen – stand noch ein Haarbüschel, doch sein restlicher Kopf war kahl. Zwischen den rosafarbenen, fleischigen Stellen waren allenfalls noch ein paar einzelne Härchen zu sehen.

Erleichtert und überrascht zeigte Paddy auf seinen Kopf und bellte los – ein schrilles, mitleidloses Lachen. Billys Frau und Sohn starrten sie an.

»Ach du Scheiße, Billy.« Sie trat ins Zimmer. »Ich dachte, du wärst richtig schwer verletzt.«

Halb amüsiert, halb gekränkt , streckte Billy ihr seine bandagierten Hände entgegen. »Das ist wirklich übel.«

»Ich weiß«, sagte sie. »Tut mir leid, aber ich dachte, du wärst viel übler dran.«

Die Frau starrte sie aggressiv an. Sie war stämmig wie ein Panzer und hatte die Hände vor ihrer gewaltigen Brust und dem Bauch verschränkt. Der Sohn kam nach der Mutter. Er war noch jung und fit durchs Fußballspielen, würde aber Gewicht ansetzen, sobald er nicht mehr trainierte. Abwartend beobachtete er, wie seine Mutter auf die Fremde reagierte, die über seinen verbrannten Vater kicherte.

»Womöglich kann ich meine Hände nie wieder benutzen«, sagte Billy. »Womöglich kann ich nie wieder fahren. Und es tut verdammt weh.«

Es war falsch, aber sie war so erleichtert, dass er fast so aussah wie immer, dass sie schon wieder lachen musste.

Die Frau riss die Augen auf, kniff die Lippen zusammen

und machte einen Schritt auf sie zu. »Wer um alles in der Welt sind Sie?« Sie hatte das heisere Knurren einer Kettenraucherin. Paddy konnte den Rauch riechen, als sie auf sie zukam.

Billy rief sie mit einem leisen, bestimmten *»Agnes«* zurück.

Sein Sohn schnaubte hinter vorgehaltener Hand. Billy forderte die beiden auf, in der Cafeteria eine Tasse Tee trinken zu gehen und ihn zehn Minuten mit Paddy allein zu lassen.

Sie sammelten ihre Sachen zusammen. Die Frau warf Paddy einen finsteren Blick zu und rempelte Paddy auf dem Weg zur Tür mit der Schulter an.

»Sie steht unter Schock«, erklärte Billy, als sich die Tür mit einem Klicken hinter ihnen schloss. »Sie reagiert so, wenn sie Angst hat.«

»Du bist schon ziemlich lange verheiratet, oder?«

»Wir haben mit siebzehn geheiratet.«

Das war wirklich schon lange her. Paddy setzte sich auf den noch warmen Stuhl neben dem Bett und überlegte, dass Billy schon ziemlich alt war. Mindestens Ende vierzig. Sie sahen sich sonst nur im Dunkeln, außerdem schaute sie normalerweise immer auf seinen Hinterkopf, aber irgendwie hatte sie ihn sich jünger vorgestellt.

Sie sahen sich an und lächelten. Paddy tätschelte das Bett, sozusagen stellvertretend für ihn, weil sie Angst hatte, ihm mit ihrer Berührung wehzutun. »So siehst du also von vorne aus, Billy?«

Billy zeigte mit seinen dicken weißen Bandagen an den Händen auf sein Gesicht. »Ist es schlimm?«

»Du siehst einfach aus, als würdest du dich ganz schrecklich für irgendwas schämen.«

»Sie lassen dich hier nicht in den Spiegel sehen. Das macht einem Angst.«

Sie sah sich suchend nach einem Spiegel um, aber da war keiner, also griff sie in ihre Handtasche, zog ihr Puderdöschen heraus, klappte es auf und hielt es ihm hin. Billy musterte sich und drehte den Kopf hin und her. »Ziemlich rot, was?«

Paddy nickte und grinste. »Tut es weh?«

»Meine Hände brennen höllisch.«

Sie konnte trotzdem nicht aufhören zu lächeln. »Ich dachte, du liegst unter einem großen Zelt, bist überall mit Creme eingeschmiert und hast keine Lider mehr oder so.«

»Der liegt nebenan.«

Sie nickten sich eine Weile lang zu. Fast konnte sie das tröstliche Knacken des Polizeifunks hören. »Als wir beim Haus von Vhari Burnett waren, hast du da jemanden hineingehen oder herauskommen sehen?«

Er überlegte. »Nein.«

»Könntest du etwas gesehen haben, was mir nicht aufgefallen ist?«

»Was zum Beispiel?«

»Dass jemand von der Rückseite des Hauses kam oder noch ein anderes Auto dort stand oder dass die Polizisten irgendetwas gemacht haben?«

Er versetzte sich in Gedanken zurück in jene Nacht. »Nein. Ich habe eine Zigarette geraucht, sah dich an der Tür stehen und sonst nichts weiter.«

»Hast du das irgendjemandem erzählt?«

»Keiner Menschenseele.«

»Gut. Tja, ich bin nicht so vorsichtig wie du: Ich habe es in der ganzen Stadt herumerzählt. Ich glaube, sie waren hinter mir her und haben stattdessen dich erwischt. Tut mir leid.«

»Ich sehe aber nicht aus wie du.«

»Sie wissen gar nicht, wie ich aussehe. Und von hinten,

deine Haare …« Sie wollte es nicht aussprechen und machte einfach nur eine Handbewegung zu ihrem Nacken. »Du hast immerhin lange Haare.«

»Und deshalb hielten sie mich für eine Frau?«

»Könnte doch sein. Ist dir vor dem Feuer was aufgefallen? Vielleicht, dass sich jemand ans Auto herangeschlichen hat, oder so?«

Billy überlegte. Er schaute auf seine Hände, die untätig in seinem Schoß lagen. Sie sah, dass seine Lider völlig unversehrt waren. Er schaute nach vorn, mit derselben Kopfhaltung, mit der er immer in den Rückspiegel sah. »Ich rauche und warte auf dich. Du bist noch nicht lange weg. Ich höre dem Polizeifunk zu, ob es irgendwelche Meldungen gibt. Nichts los. Ich war sauer, ich habe an dich gedacht und den Bullen mit seinem Auto.« Er sah sie vorwurfsvoll an und blickte dann wieder auf seine Hände. Er hob den rechten Ellbogen, als würde er ihn am Autofenster abstützen, führte die linke, dick bandagierte Hand zum Mund, als würde er rauchen, und atmete tief ein. Dann sah er wieder in den Spiegel und sagte: »Ich rauche. Ich sehe einen Schatten hinter mir. Er bewegt sich schnell. Der Kerl war ganz in Schwarz, wer auch immer es war. Und dann – wusch – sind überall Flammen.«

Sie fragte ihn, ob der Schatten ein großer Mann gewesen sei, ein Mann mit Glatze, aber Billy sagte, er hätte nur den Oberkörper des Mannes gesehen, vom Hals an abwärts. Nein, er wirkte nicht so groß, eher schlank. Hatte Billy ein Auto hinter sich gesehen? Aber Billy lachte, öffnete den Mund und ließ ein hustendes Geräusch ertönen, damit er nicht die Wangen bewegen musste.

»Er wird ja wohl kaum seinen Wagen hinter mir parken und dann einmal quer über den Parkplatz rennen und eine Brandbombe nach mir werfen, oder? Aber abgesehen davon, war nur ein weiteres Auto auf dem Parkplatz. Es kam, nachdem du hineingegangen warst, und parkte, als ob der Fahrer dort etwas zu erledigen hätte.«

»War es zufällig ein roter Ford?«

»Nein, hast du es nicht gesehen? Es war ein BMW.«

24

Easterhouse

Paddy war ganz flau im Magen vor Erschöpfung, außerdem roch es auf dem Oberdeck des Doppeldeckerbusses wie im Rachen eines Rauchers. Sie hatte eine Tüte Chips in der Tasche, doch ihr war so übel, dass sie keinen Appetit darauf hatte. Sie saß still, versuchte die Magenkrämpfe zu ignorieren, und blickte durchs Fenster hinaus auf die Stadt.

Irgendwo da draußen war Lafferty und suchte sie. Mittlerweile wusste er, dass sie nicht im Auto gewesen war, bestimmt war er sauer und schlich durch die Stadt wie ein hungriger Köter. Ihr war elend, und sie machte sich Sorgen um ihre Familie. Sie lehnte den Kopf an die Scheibe. Ihrer Mutter hatte sie gesagt, sie solle im Haus bleiben, und sie gebeten, Mary Ann davon abzuhalten, zu oft rauszugehen, außerdem sollten alle von den Fenstern wegbleiben. Von der Brandbombe oder von Billy hatte sie nichts erzählt; sie wollte ihre Mutter nicht ängstigen und hatte ihr nur gesagt, dass jemand hinter ihr her sei und vielleicht auch bei ihr zu Hause vorbeischauen würde. Ihre Mutter solle die Polizei rufen, wenn sie einen BMW oder einen roten Ford sehe. Normalerweise hätte Trisha am Telefon geweint und Paddy angefleht, nach Hause zu kommen, aber sie war in einer ihrer seltsamen Stimmungen gewesen und hatte eher ärgerlich und grantig geklungen, als ob sich Paddy wichtigmachen wollte und viel zu viel Aufhebens machte.

Die Gebäude an der breiten Edinburgh Road glichen einer linearen Darstellung der Geschichte des Sozialbaus, angefangen bei kleinen Häusern mit ungepflegten matschigen Rasenflächen, die den Traum von der Gartenstadt wahr werden lassen sollten, bis zu hoch aufragenden Wohnmaschinen. Gelegentlich kam der Bus an noch nicht abgerissenen Stadthäusern alten Stils vorbei, die ihre Aufgabe über Jahrhunderte tadellos erfüllt hatten.

Easterhouse war noch keine zwanzig Jahre alt, doch in dieser kurzen Zeit hatte sich das Viertel den Ruf eines der härtesten Ghettos in Europa erworben. Es war Teil eines sozialpolitischen Projekts, das die sozialistische Stadt in unpassierbare, von Autobahnen umgebene Inseln zerteilte. Besonders unzufriedene Bewohner aus dem Stadtzentrum waren in Satellitenstädte am Stadtrand umgesiedelt worden, eine lange Busfahrt entfernt von spontanen sozialen Aufständen. In Abwesenheit eines gemeinsamen Feindes schwelte der Frust der Bewohner vor sich hin, bis sie schließlich aufeinander losgingen. Überall bildeten sich Gangs. Wenn Easterhouse ein Wappen hätte, bräuchte es Symbole für Trunkenheit, Drogensucht und Verzweiflung. Ein Drittel der Bewohner lebte von Erwerbsunfähigkeitsrenten und besetzte damit die Grauzone zwischen extremer Langzeitarmut und Krankheit.

Easterhouse war keine Gegend zum Spazierengehen. Die Gangs hatten ihre Territorien abgesteckt und waren bekannt dafür, dass sie jeden angriffen, der ihnen in die Quere kam. Nachts war es noch schlimmer. Paddy wusste das, weil sie manchmal mit Billy durchgefahren war, wenn sie eine Abkürzung genommen hatten. Jugendliche lungerten, mit Stöcken und Schwertern bewaffnet, auf den Straßen herum und sahen dem vorbeifahrenden Auto nach, wachsam wie Hyänen. Sie hoffte, dass es tagsüber nicht ganz so übel war.

Kaum war sie aus dem Bus gestiegen, fühlte sie sich nicht mehr sicher. Die Haltestelle lag neben einer Brachfläche, die

Gebäude waren ein Stück von der Straße zurückversetzt. Die wenigen Häuser in Sichtweite hatten undurchsichtige Kunststoffscheiben, das Licht fiel von der Rückseite in die Häuser und ließ sie glühen wie die Bespannung einer Trommel. Auf der Straße und im Gras lagen zerbrochene Flaschen. Rutherglen mit seiner gemütlichen Kleinstadtatmosphäre schien hier sehr weit weg.

Eine Frau rumpelte mit einem Kinderwagen über den schlammigen Fußpfad in ihre Richtung, die Kapuze ihres Anoraks hochgezogen gegen den imaginären Regen, den Kopf gesenkt. Weiter hinten jagten sich ein paar Kinder über einen Spielplatz, auf dem die Schaukeln gemeinerweise über die Stange gewickelt worden waren. Hier konnte niemand mehr schaukeln, und das Karussell war niedergebrannt worden, die hölzerne Plattform zu einem rußigen Stumpf verkohlt. Paddy ging vor bis zur Ecke und folgte den Schildern zum Einkaufszentrum.

Sie erreichte eine Reihe armseliger Geschäfte. Drei waren geschlossen, zum Schutz gegen die Anwohner waren die Rollläden heruntergelassen. Ein Lebensmittelladen mit Alkohollizenz und das Law Centre hatten noch geöffnet. Am Wettbüro waren die Fenster mit Brettern geschützt, doch ein Schild verhieß »Wir haben geöffnet«, wie eine Aufforderung an die Vandalen, es doch noch einmal zu versuchen.

Das Easterhouse Law Centre befand sich in einem unscheinbaren Geschäft. Nur ein Plakat im Schaufenster wies darauf hin. Die Glastür war mit Zetteln beklebt, gelben Postern für die Unterstützung eines ehemaligen Straftäters, die Bekanntgabe eines neuen Treffpunkts für eine Versammlung über Mietrecht und Informationen über die Kostenerstattung für Gefängnisbesuche.

Als Paddy die Tür öffnete, fielen die Zettel herunter und

flatterten auf den Boden, gleichzeitig bimmelte fröhlich eine Türglocke. Sie bückte sich, hob die Zettel auf und wandte sich zur Tür, wo sie versuchte herauszufinden, an welcher Stelle sie abgefallen waren.

»Lassen Sie es«, sagte eine barsche Stimme. »Geben Sie sie mir.«

Eine Frau streckte die Hand aus. Sie trug die Haare zu einem asymmetrischen Pony frisiert, mit blonden Strähnchen, gelb auf schwarz wie bei einer Wespe. Sie war jung, ungefähr in Paddys Alter, aber sie hatte einen bitteren Zug um den Mund und eine steile Falte zwischen den Augenbrauen. Die Frau musterte Paddy von Kopf bis Fuß, den Kopf schräg zur Seite gelegt, als ob sie nicht glauben konnte, was ihr das Leben nun wieder präsentierte.

Paddy drückte der Frau die Zettel in die Hand und erwartete wenigstens ein beiläufiges Danke. Als jedoch nichts kam, war Paddy so verwirrt, dass sie stattdessen selbst Danke sagte. Die junge Frau runzelte die Stirn, als ob Paddy gerade auf den Boden gemacht hätte. Paddy entschuldigte sich reflexartig und erntete dafür einen weiteren angeekelten Blick.

Die Frau warf die Zettel in den Papierkorb, als ob sie es nicht mehr ertragen könnte, sie auch nur eine Sekunde länger in der Hand zu halten. Dann setzte sie sich an einen von Papieren übersäten Schreibtisch, auf dem auch eine Schreibmaschine thronte. Eine pinkfarbene Dose Diätcola stand auf einem Stapel benutzten Kohlepapiers neben einem vollen Aschenbecher.

Paddy sah sich im Büro um, aber da war niemand sonst, mit dem sie hätte sprechen können. Es gab zwar einen anderen Schreibtisch, aber der war nicht besetzt. Die unhöfliche Frau war allein. Sie nahm eine Zigarette aus einer Schachtel Marlboros, zündete sie mit einem Wegwerffeuerzeug an, lehnte sich zurück und musterte Paddy erneut. Vermutlich war ihr klar, dass Paddy nicht wegen einer Rechtsberatung gekommen war. Dreist blies sie Paddy den Rauch ins Gesicht.

»Wollen Sie was verkaufen?«

»Nein.« Paddy machte einen Schritt auf sie zu. »Ich wollte mich nach Mark Thillingly erkundigen.«

Die ungehobelte Frau kniff die Augen zusammen. »Tja, also, Mark ist tot. Es heißt, dass er sich umgebracht hat.« Sie schloss kurz die Augen und zog an ihrer Zigarette.

Paddy nahm an, dass brutale Offenheit hier als Anstand galt.

»Ich weiß, ich war dabei, als er aus dem Wasser gezogen wurde.«

Die Frau zuckte zusammen, betrachtete sie nun aber mit neuem Interesse. »Wer sind Sie?«

»Ich bin Paddy Meehan von der *Scottish Daily News.*« Sie streckte die Hand aus, doch die Frau reagierte nicht. Also zog sich Paddy einen Stuhl vom anderen Schreibtisch heran und setzte sich. »Mark Thillingly ...« Sie zog ihr Notizbuch aus der Tasche. »Er hat hier gearbeitet, richtig?«

»Ja. Er hat hier gearbeitet.« Die Frau zögerte. »Er arbeitete hier.«

»Hat er je eine Frau namens Vhari Burnett erwähnt?«

»Aye, sie hat auch hier gearbeitet. Mark hat ihr einen Job für den Sommer gegeben, als sie noch an der Uni war.«

»Und waren Sie damals auch hier?«

»Aye. Damals waren Vhari und Mark noch zusammen. Sie waren ein Paar, bis Diana kam und sich Mark unter den Nagel riss.« Sie zog heftig an ihrer Zigarette und atmete tief ein. Paddy spürte ein Kratzen im Hals, sie musste an ihr Rauch- und Trinkgelage mit Diana im Wintergarten vor zwei Tagen denken.

»Mir war Vhari lieber. Sie hat hier echt Abschaum kennengelernt, aber den Leuten trotzdem geholfen, hat Formulare für Sozialhilfe ausgefüllt, Sachen, für die sie nicht bezahlt wurde und die sie nicht hätte tun müssen. Sie hat sich echt für die Leute eingesetzt.«

»War Mark auch so engagiert?«

»Nur, wenn sie da war. Die beiden haben sich ergänzt. Jeder war dadurch netter.«

Die Frau wurde rot, weil sie das alberne Wort »nett« verwendet hatte. »Wissen Sie, was ich meine?«

»Ich weiß genau, was Sie meinen«, sagte Paddy.

Wenn das so weiterging, liefen sie Gefahr, doch noch freundlich zueinander zu sein. Die junge Frau zog an ihrer Zigarette und sah Paddy mit zusammengekniffenen Augen an, verärgert, dass sie einseitig die Grenze grober Unhöflichkeit überschritten hatte.

Paddy studierte intensiv ihr Notizbuch, um nicht zu lächeln. »Gab es bestimmte Fälle, an denen Mark und Vhari gemeinsam gearbeitet haben?«

»Sie arbeiteten nicht an denselben Fällen. Jeder hatte seine eigenen.«

»Fällt Ihnen jemand ein, der wegen einer Rechtsberatung hierherkam und eine Verbindung zwischen den beiden herstellte?«

Sie zuckte mit den Schultern. »Jeder, der damals im Büro war, nehme ich an. Jeder wusste, dass sie ein Paar waren.«

»Wer war damals im Büro?«

»Keine Ahnung.« Sie überlegte nicht einmal. »Leute eben.«

»Keine besonderen Fälle damals? Gangster?«

»Nein. Wir machen hier keine Straffälle. Wir helfen nur bei Sozialhilfeansprüchen und der Kostenerstattung bei Gefängnisbesuchen. Kleine Sachen, Zivilprozesse.«

»Es ist so«, Paddy beugte sich vor und legte die Hände auf den Schreibtisch. »Wie heißen Sie?«

Die Frau schürzte die Lippen. »Evelyn McGarrochy.«

»Evelyn, ich nehme an, Sie lesen keine Zeitung?«

»Lauter Lügen.«

»Es tut mir leid, dass ich diejenige bin, die Ihnen das sagen muss: Die Polizei glaubt, dass Mark Vhari umgebracht hat.«

Evelyn McGarrochys harte Schale bekam Risse: Sie ließ die Schultern hängen, ihr Gesicht wurde schlaff, und ihr Mund stand offen.

Plötzlich verstand Paddy die gebeugten Schultern der Polizisten, die am Dienstag mitten in der Nacht den Weg zu Mark Thillinglys Haus hinaufgegangen waren. Es war furchtbar, die Reaktion der Angehörigen direkt mitzubekommen.

Schließlich fragte Evelyn: »Warum?«

»Weil er sich einen Tag später selbst umgebracht hat.«

Evelyn sah auf ihre Hand und merkte, dass ihre Zigarette zu einem öligen Stummel heruntergebrannt war. Sie ließ sie in den Aschenbecher fallen und zog langsam eine neue aus der Schachtel, die sie lethargisch in den Mund steckte wie eine Diabetikerin, die nach einem Bonbon griff. Paddy zündete ein Streichholz für sie an und hielt es an die Zigarette. Evelyns Stirn zuckte beim Rauchen. Sie wollte die Nachricht nicht glauben.

»Evelyn, arbeiten Sie jeden Tag hier?«

Sie blinzelte. »Ähm, ja. Meistens. Es sei denn, ich bin krank.«

»Haben Sie letzten Montag gearbeitet?«

»Aye.«

»Und Mark war auch hier?«

Sie nickte und deutete auf den Tisch hinter ihr. »Da.«

»Wann hat er Feierabend gemacht?«

»Gegen sechs.« Sie zuckte mit den Schultern. »An dem Tag war viel los.«

»Kam er am nächsten Tag früh?«

Evelyn wedelte mit dem Finger und verstreute dabei Asche über das Kohlepapier. »Er kam gar nicht am nächsten Tag.«

»Wo war er? Hat er angerufen?«

»Er sagte, er wollte Bernie besuchen, aber ich sollte es nicht Diana sagen. Wenn sie anrief, sollte ich einfach sagen, er wäre unterwegs.«

»Wer ist Bernie?«

»Vharis Bruder.«

»Und wo ging Mark hin, um Bernie zu treffen?«

»Zu Bernies Werkstatt in Yorkhill.«

Paddy leckte sich die Lippen, während sie alles in Kurzschrift notierte. Am Tag nach dem Mord an Vhari war Mark nicht zur Arbeit gegangen, sondern hatte stattdessen Vharis Bruder besucht. Das würde er ja wohl kaum tun, wenn er den Mord begangen hätte.

»Wissen Sie, was man Vhari angetan hat?« Evelyns Stimme klang kleinlaut. »Wie wurde sie ermordet?«

Paddy brachte es nicht über sich, ihr von den herausgebrochenen Zähnen oder dem Geld zu erzählen, geschweige denn, dass Vhari nur zwei Schritte hätte machen müssen, um in Sicherheit zu sein, sich aber dagegen entschieden hatte. »Ich glaube, sie wurde erschlagen. Die Polizei meinte, dass es schnell ging. Sie haben wohl versucht, sie einzuschüchtern, und sind zu weit gegangen.«

Evelyn schüttelte den Kopf und sah Paddy direkt an. »Mark hat Vhari nicht ermordet. Sie waren Freunde. Er war ein weicher Typ, verstehen Sie? Kein Mann, der andere schlägt.«

»Ich habe Diana besucht. Sie sagte, Mark sei hier draußen überfallen worden, am Montag.«

Evelyn hustete überrascht. Ein Schwall beißenden Rauchs strömte über den Tisch. »Was?«

»Hier draußen. Auf dem Parkplatz. Er kam völlig durchnässt heim, weil er im Regen auf den Boden geschubst worden war, außerdem war seine Nase aufgeplatzt.«

Evelyn versuchte, sich an den Montag zu erinnern. »Ich habe ihm noch zugewunken, als er ins Auto gestiegen ist. Es war nicht einmal sonderlich dunkel, als wir gingen.«

»Gegen sechs?«

»Ja. Es dämmerte gerade.«

»Haben Sie Mark wegfahren sehen?«

Sie überlegte. »Nein, jetzt, wo ich darüber nachdenke, habe ich ihn nicht gesehen. Ich stand an der Bushaltstelle, und normalerweise fährt er in der anderen Richtung an mir vorbei. Er winkte mir dann noch einmal, aber an dem Abend habe ich ihn nicht gesehen. Es hat furchtbar geregnet, und meine Füße waren klitschnass. Ich sah ihn nicht vorbeifahren.«

»War jemand da an dem Tag? Hing irgendjemand hier im Büro rum?«

»Nein, ich glaube nicht.«

»Ist Ihnen am Montag irgendetwas aufgefallen? Standen Autos draußen auf dem Parkplatz?«

Evelyn schüttelte den Kopf, hielt dann aber inne. »Da *war* ein Auto. Es war irgendwie ungewöhnlich. Hier gibt es nicht viele Autos. Es war schwarz. Und glänzte. Es war neu.«

»Erinnern Sie sich an das Nummernschild?«

»Nein.«

»Aber vielleicht an die Marke?«

Ihre Augen huschten suchend über den Schreibtisch. »Nein«, sagte sie schließlich. »Ich fahre kein Auto. Ich kenne niemanden, der Auto fährt. Ich interessiere mich nicht für Autos.«

25

Der rote Ford

I

Paddy stand oben auf der Treppe. Der mitternächtliche Wind wirbelte dünne Staubwolken von der leeren Straße auf und wehte Splittkörnchen in ihr Gesicht, die in ihren Augen kratzten und sich in den Haaren festsetzten.

Sie steckte ihr Notizbuch in die Tasche und ging die Treppe hinunter zur Straße.

Sean hatte offenbar die Tür beobachtet und schon den Motor gestartet. Er fuhr mit dem Wagen an die Bordsteinkante direkt vor der Treppe, und sie beugte sich zu ihm ins Auto.

»Gab es eine Meldung?«

»Hä?«

»Gab es eine wichtige Meldung?«

Er sah zum Funkgerät, ein bisschen perplex, und dann wieder zu ihr. »Nein. Ich weiß nicht. War da was?«

»Egal.«

Sie öffnete die Wagentür und setzte sich auf den Rücksitz. »Aber du hast schon den Polizeifunk abgehört, oder?«

»Ich habe gehört, wohin die Streifenwagen geschickt werden«, sagte er und wiederholte damit Wort für Wort ihre Anweisungen. »Nichts.«

»Okay. Gut gemacht. Jetzt fahren wir zum Partick-Marine-Revier.«

Er sah sie mit großen Augen an. Paddy versuchte sich an einer Wegbeschreibung. Sie hatte sich nie mit so was abgeben müssen. »Fahr zum Partick Cross, von dort sage ich dir dann, wie es weitergeht.«

»Okay.« Er lächelte sie an. »Du bist der Boss.«

Sean war unterwürfig und hilfsbereit. Das war schon fast unheimlich. Er freute sich über den Job, auch wenn er zeitlich befristet war. Sie hatte das dumpfe Gefühl, wenn man bei der Zeitung eine Kopie seines Führerscheins zu sehen bekam und feststellte, dass er erst vor zwei Tagen die Prüfung bestanden hatte, würde man einen älteren Ersatz finden, der nicht noch einmal genauso viel an Versicherung kosten würde wie sein Lohn. Aber egal, vorerst hatte Sean einen Job und verdiente gutes Geld. Er bekam fast so viel wie Paddy, und sie wusste, dass der Lohn stieg, je länger er dabei war.

Das Auto war neuer als das, in dem Billy sie gefahren hatte, ein silberner Wagen, in dem man sich fühlte wie in einer leeren Blechdose. Das Metall im Wageninnern war mit Plastik verkleidet, aber den Rahmen sah man trotzdem. Es klapperte auf der Straße, und die Instrumente am Armaturenbrett wirkten spärlich, als ob man nur die nötigsten eingebaut und sich die anderen geschenkt hätte. Paddy tastete unwillkürlich nach dem kaputten Türgriff und dem kleinen Riss in der Türpolsterung von Billys Wagen. Ihr fehlte sein ruhiger, souveräner Fahrstil.

Sean hielt an roten Ampeln abrupt an, bog ungelenk ab und fluchte leise, wenn etwas seine Fahrbahn kreuzte, egal, ob es sich um einen Fußgänger oder einen Bus handelte. Sie war froh, dass sie seine erste Passagierin war; sein Fahrstil konnte seine mangelnde Erfahrung nicht verbergen.

Er kämpfte sich durch die Stadt, mal zögerlich, mal forsch, bis zum Partick Cross, von wo aus sie ihn von der Hauptstraße zum dunklen Revier dirigierte.

»Warte einfach hier, und achte wie vorher auf Einsätze, die du über den Polizeifunk mitbekommst.«

»Okay, Boss.«

Sie hatte schon die Hand am Türgriff. »Und nenn mich nicht so, das macht mich ganz kirre.«

»Ganz, wie du wünschst, Boss.«

Sie stieg aus und war schon fast an der hohen Tür des Polizeireviers.

Dann blickte sie als sie noch einmal zur Straße und sah ihn: Er parkte in der Nähe des Reviers, machte sich nicht einmal die Mühe, sich in einer Seitenstraße oder an einer unbeleuchteten Stelle zu verstecken. Der rote Ford.

Paddy blieb wie angewurzelt stehen. Ihr kam ein schrecklicher Gedanke. Sean saß völlig wehrlos im Auto. Mit pochendem Herzen rannte sie zurück und riss so heftig die Fahrertür auf, dass sie fast hingefallen wäre. Sean konnte sie nicht einmal mehr verwundert ansehen, so schnell zerrte sie ihn aus dem Wagen. Sie ließ seinen Arm erst wieder los, als er auf der Straße kniete.

»Was zum Teufel ...?«

»Auto«, keuchte sie und zeigte zur Straße. »Das Auto verfolgt mich.«

Sean stand auf und bürstete sich den Staub von den Knien. »Hol erst mal tief Luft, und erzähl mir dann alles.«

»Das Auto ...«

Sie packte ihn bei den Schultern und drehte ihn in Richtung der Straße. »Der rote Ford parkte letzten Freitag bei uns vor dem Haus und davor – davor habe ich ihn auch schon gesehen.«

»Die sieht man überall.« Sean ging leicht in die Knie, um besser in den Innenraum zu sehen. »Wie auch immer, da sitzt niemand drin.«

»Wahrscheinlich wird der Fahrer gerade auf dem Revier verhört.« Sie zog ihn am Arm. »Komm einfach mit.«

Im Wartebereich war es ruhig. Die resignierte nächtliche Stille einer Schicht ohne besondere Vorkommnisse lag über dem Revier. Sie schickte Sean zu einem Stuhl weiter hinten. Er sah sie finster an, schlurfte dann aber hinüber und setzte sich, auch wenn er sich wahrscheinlich wie ein Hund vorkam, der vor dem Supermarkt angebunden wurde. Murdo McCloud hob grüßend die Hand.

»Meine Liebe«, rief er, »ich habe von Ihrem Fahrer gehört und was da passiert ist. Geht es Ihnen gut?«

»Murdo, wer wird gerade verhört?«

»Oh, nun.« Er schüttelte den Kopf. Sie wusste, dass er ihre Frage nicht beantworten konnte. Verhöre waren eine heikle Sache, die vertraulich behandelt werden musste, sonst würde die Polizei nie etwas Nützliches erfahren. Außerdem war ein Verhör ein wichtiges Druckmittel, die Polizei konnte einem Kriminellen drohen, das Verhör bekannt zu machen. Wenn sich herumsprach, dass jemand mit der Polizei gesprochen hatte und wichtige Informationen weitergegeben hatte, schaffte es derjenige aller Wahrscheinlichkeit nach nicht einmal mehr nach Hause.

»Keine Sorge, es kann kein Informant sein«, sagte sie. »Das Auto parkt direkt draußen. Wem immer es gehört, er macht kein Geheimnis daraus.«

Murdo wackelte mit dem Kopf. »Ich weiß nicht so recht.«

»Ein großer roter Ford. Sieht aus wie ein Sportwagen. Steht draußen vor der Tür.«

Murdo überlegte, den Blick zur Seite gerichtet. Er lauschte auf die Geräusche im Revier. Dann dirigierte er sie mit einem Kopfnicken zur Tür. »Also gut, kommen Sie.« Er stand auf, lief geräuschvoll die drei Stufen hinunter und eilte durch den

Warteraum. Er rannte wie ein alter Mann, mit hochgezogenen Ellbogen, und machte dabei auch keine größeren Schritte, als wenn er gehen würde. »Aber wir müssen uns beeilen.«

Sie gingen zur Tür und öffneten sie. Paddy trat hinaus auf die Straße und zeigte auf den Wagen. Murdo blieb in der Tür stehen. Er nickte freudig und rannte zurück, die Fäuste zur Brust hochgezogen, mit hastigen kleinen Schritten, als ob jemand hinter ihm her wäre.

Als Paddy wieder hereinkam, stand er hinter seinem Tresen und grinste atemlos, ein bisschen aufgeregt, weil er gegen eine Regel verstoßen hatte.

»Das ist nicht der Wagen eines Verbrechers«, schnaufte Murdo.

»Woher wissen Sie das so genau?«

»Er gehört einem jungen Beamten.« Er wurde gerade erst hierher versetzt.«

»Kenne ich den?«

»Keine Ahnung. Ein junger Bursche, wie gesagt, kam gerade erst hierher, wurde versetzt. Tam Gourlay heißt er.«

Gourlay. Er musste gedacht haben, sie würde sein Auto erkennen, als er vor ihrem Haus parkte, aber sie kannte sich überhaupt nicht mit Autos aus. Sie überlegte, ob sie es Sean erzählen sollte, doch der würde nicht verstehen, warum es so schlimm war, dass Gourlay vor ihrem Haus stand. Er wollte sie vor der Befragung durch die Untersuchungskommission einschüchtern, damit sie sich gut überlegte, was sie sagte. Und jetzt war er auch noch zum Partick Marine versetzt worden, genau dorthin, wo Sullivan wegen des Mordes in Bearsden ermittelte.

»Mein Gott, natürlich, das ist Tam«, sagte sie und versuchte, fröhlich zu lächeln.

»Ah, Sie kennen ihn?«

»Ich kenne ihn gut. Und seine Frau. Und das Baby. Wir sind etwa im gleichen Alter.«

Murdo war alt, er hatte nichts bemerkt. Er blickte zu ihr hoch. »Aye, gut, das ist anzunehmen.«

»Wo ist er denn gerade, wissen Sie das zufällig?«

Er wurde vorsichtig. »Er hat Nachtschicht.«

»Ich weiß, dass er Nachtschicht hat. Wir sind uns in den letzten beiden Monaten ständig bei der Nachtschicht begegnet.« Sie beugte sich vor. »Wir waren in der Mordnacht beide bei der Villa in Bearsden.«

Murdo trat unbehaglich von einem Fuß auf den anderen. Er wollte nicht mit einer Journalistin über die Sache reden, das wollte kein Polizist, nicht bevor die Untersuchung beendet war und man festgestellt hatte, dass sich niemand etwas zuschulden hatte kommen lassen.

»Nein, nein«, sagte sie. »Das interessiert mich nicht, das ist eine viel zu große Geschichte für ein kleines Licht wie mich. Ich wollte mich nur später mit ihm treffen. Kein Problem, wenn Sie mir nicht sagen wollen, wo er ist, wir laufen uns nachher sicher noch über den Weg.«

Sie tätschelte den Schreibtisch und wartete, aber Murdo war ein alter Hase und kannte jeden Trick. Sein Gesicht blieb völlig ausdruckslos.

»Ist es nicht komisch, dass er hierher versetzt wurde?« Sie beugte sich erneut vor. »Wenn man bedenkt, dass die Untersuchung zum Bearsden-Fall ansteht und die Ermittlungen hier laufen? Ist das nicht ein bisschen ungewöhnlich?«

Murdo sah ihr direkt in die Augen, bis sie genug hatte, sich umdrehte und ging. Sie kam sich ziemlich blöd vor, außerdem war ihr das alles peinlich. Sean folgte ihr.

»Ich will versuchen, einen Beamten zu treffen, der heute Nacht auf Streife ist«, sagte sie draußen zu Sean. »Am besten bleiben wir so dicht wie möglich an den Einsätzen im Westen dran.«

»Ich habe zwar kein Wort verstanden, aber okay.«

Sie ging zu dem roten Ford und betrachtete ihn genauer, stellte sich so hin, dass sie ihn aus dem gleichen Winkel sah wie in Eastfield. Es war definitiv dasselbe Auto. Sie hatte sich nicht bewusst daran erinnert, aber als sie jetzt den Lufterfrischer am Rückspiegel sah, fiel ihr wieder ein, dass sie ihn gesehen hatte, ein kleines Rechteck, das an einer Kette hing.

Als sie wieder beim Wagen war und sich auf den Rücksitz fallen ließ, fragte Sean, ob Whiteinch zum Westen zählte.

»Absolut. Warum?«

»Hab gerade eine Meldung von dort gehört. Ein Schaufenster wurde zerdeppert.«

»Sehr gut, fahren wir.«

Sean wendete ungeschickt und fuhr Richtung Westen.

Die ganze Nacht folgten sie den Meldungen und fuhren zu jeder demolierten Straßenlaterne und jedem Farbspritzer auf einem Schaufenster, aber Tam Gourlay war ihnen immer eine Nasenlänge voraus. Paddy wollte nicht nach ihm fragen, denn er würde es erfahren und wäre gewarnt. Andererseits war sie ganz froh darüber. Dank Sean sah sie sich mit anderen Augen und konnte sich tatsächlich vorstellen, beachtet zu werden statt ignoriert, nicht mehr unsichtbar zu sein. Sie war froh, dass sie die ganze Nacht im Westen unterwegs waren und deshalb nicht auf Burns trafen, denn sie fürchtete, Sean würde sofort merken, was zwischen ihnen beiden gelaufen war, wenn er sie miteinander reden sah.

Gourlay blieb außer Sichtweite. Später in der Nacht fuhren sie zu einer Studentenparty, die außer Kontrolle geraten war, als ein paar Jungs von der Straße die Party gesprengt und in der Küche randaliert hatten. Bilder waren von der Wand gerissen worden und die Tapete in der gesamten Eingangshalle zerkratzt. Als Paddy wieder zurück zum Auto kam, stand Sean auf dem Gehweg und beobachtete, wie einige Jungs, die nicht viel jünger waren als er, von der Polizei zusammengetrieben wurden. Er rauchte und hörte durch das offene Fenster den Polizeifunk ab, mit roten, müden Augen, aber er grinste angesichts der Show, die ihm geboten wurde.

»Was Neues reingekommen?«, fragte sie und nickte zum Funkgerät.

»Nein«, grinste er. »Nichts Neues.«

Sie sah ihm an, dass er es genoss. Fast hätte sie ihm gesagt, dass es nicht immer so viel Spaß machte, er würde genauso abstumpfen wie sie, wenn die Müdigkeit die Oberhand gewann und sich alles wiederholte. Aber sie hielt den Mund. Sie war auch so begeistert gewesen, als sie anfing. Es hatte ihr Spaß gemacht, einen kleinen Einblick in das Leben anderer Leute zu bekommen.

»Los, fahren wir.«

Sie setzte sich ins Auto und musterte die Polizisten, falls Gourlay zufällig doch darunter war. In dem Moment fiel ihr ein, dass er Freitagnacht vor ihrem Haus gestanden hatte. Wenn er schon früher da gewesen war, war er ihr vielleicht einfach nicht aufgefallen, und dann hatte er sie womöglich mit Burns dort ankommen sehen. Ihr wurde ganz heiß bei dem Gedanken, dass Gourlay ihnen möglicherweise, nur möglicherweise, bis zur alten Fabrik gefolgt war und sie beim Sex beobachtet hatte. Und er hatte es überall herumerzählt. Plötzlich ergab alles einen Sinn. Er wollte vor der Befragung durch die Untersuchungskommission ihre Glaubwürdigkeit ruinieren.

»Sean«, rief sie über den Lärm des Funkgeräts hinweg und klang so alarmiert, dass er es schnell leiser stellte. »Sean, lass uns eine rauchen, ja?«

Bereitwillig hielt er am Straßenrand und reichte ihr seine Zigaretten. Im Rückspiegel beobachtete er, wie sie eine aus der Schachtel nahm und mit seinem Feuerzeug anzündete.

Paddy zog gierig an der Zigarette. Sie kannte die Marke nicht. Der Rauch kratzte ihr im Hals, sie bekam Herzklopfen, und ihre Hände fingen an zu zittern. Burns war also unschuldig. Na ja, nicht gerade komplett unschuldig, aber unschuldiger, als sie gedacht hatte.

»Macht es wirklich Sinn, dass wir dauernd herumfahren?«

»Was?«

Sean nahm sich auch eine Zigarette und zündete sie an. »Macht es wirklich Sinn, dass wir herumfahren, wenn wir gar kein Ziel haben? Wir könnten doch auch einfach irgendwo anhalten und den Polizeifunk abhören.«

»Aye, klar, was immer du meinst.«

Er parkte am Straßenrand, und sie saßen da, rauchten und hörten auf das Quäken des Funks, ohne sich zu unterhalten. Sean sah sie nicht einmal an und merkte gar nicht, wie durcheinander sie war, weil ihr so viel durch den Kopf ging. Mit ihm im Auto war es eigentlich angenehmer als mit Billy, was sie überraschte. Gleichzeitig rechnete sie jedes Mal, wenn sie in den Spiegel sah, damit, Billys Blick zu begegnen.

Sie fuhren noch zu einem Selbstmord, bei dem jemand von einem Hochhaus gesprungen war, und danach zum Burger-Imbiss, wo Paddy für Sean den Nick Special bestellte, einen frittierten Burger im Brötchen mit Fischstäbchen und einer Extraportion Zwiebeln. Sie aßen im Auto und hörten weiter den Polizeifunk nach Einsätzen im West End ab. Doch sie glaubten beide nicht mehr, dass sie Gourlay finden würden.

Paddy schaute aus dem Fenster und freute sich auf das Hotelzimmer, das sie bisher noch gar nicht genutzt hatte. Gleichzeitig ging sie im Kopf noch einmal all ihre Probleme durch und tat sich selbst leid. In dem Moment fiel ihr ein, dass Lafferty immer noch auf freiem Fuß war. Wenn er sie fand und sie das überlebte, würde sie diesen Moment im Auto wahrscheinlich als einen der Höhepunkte ihres Lebens betrachten.

26

Burns

I

Das Hotelzimmer war klein und lag unter dem Dach. Es hatte ein Einzelbett, das so schmal war, dass es schwierig werden würde, sich im Schlaf umzudrehen, und ein Dachfenster, das nichts als Himmel zeigte. Das Laken war aus Nylon, und die Decke war kratzig, aber es war ruhig, und Paddy war allein. Seit ihrer Geburt teilte sie sich das Zimmer mit Mary Ann, sie hatte noch nie allein geschlafen. Wenn sie wollte, konnte sie nackt schlafen. Sie zog sich komplett aus und legte sich ins Bett, betrachtete die durchhängende Tapete an der Deckenschräge und genoss die Ruhe.

Kurz vor dem Einschlafen, im letzten bewussten Augenblick, horchte sie wie immer auf das leise Atmen ihrer Schwester.

Heute Nachmittag musste sie der Untersuchungskommission von den fünfzig Pfund und ihrer Bestechung erzählen, immer in dem Wissen, dass Lafferty durch die Stadt streifte und ihr auflauerte. Ihr Schlaf war entsprechend unruhig und angespannt. Sirupartige Träume durchzogen ihn, von Billy, der plötzlich in grellem Licht verbrannte, und Ramage, der sie finster anstarrte und ihr die Schuld dafür gab.

Ein Klopfen an der Tür riss sie aus dem Schlaf. Sie setzte sich auf, mit heißem Gesicht und verwirrt, weil sie einen Moment lang nicht wusste, wo sie war. Wieder das aufdringliche Klopfen, dreimal hintereinander, dann eine Pause, dann ein viertes Mal. Eine Männerstimme rief, er sei vom Roomservice. Schlagartig wurde ihr bewusst, dass sie nackt und allein in einem ruhigen, abgeschiedenen Teil des Hotels war.

»Ich habe nichts bestellt«, sagte sie und setzte sich auf, noch immer verwirrt und wacklig. Sie zog sich ihren Pullover über den Kopf, stand unsicher auf und zog auch den Bleistiftrock an.

Hinter der Tür atmete jemand.

Es gab keinen Türspion und auch keine Kette. Sie stand hinter der Tür und lauschte. Wieder das Klopfen, dieses Mal wirkte der langsame Rhythmus unheilverkündend. Suchend sah sie sich im Zimmer um. Ihr Blick fiel auf den Hosenbügler, einen Stuhl, das Telefon. Das Kabel war lang genug, es reichte bis zur Tür. Sie zog den Apparat zu sich, nahm den Hörer ab und wählte die »0« für die Rezeption. Mit dem Hörer in der Hand schob sie den Riegel auf und öffnete die Tür einen Spalt breit, wobei sie den Fuß hinter die Tür stellte, falls der Mann auf dem Flur versuchte, sich ins Zimmer zu drängen.

Burns trug keine Uniform, sondern ein Hemd und eine Hose, die so sauber waren, als kämen sie gerade frisch aus dem Laden. Er lächelte sie reumütig an, und sie schlug ihm die Tür vor der Nase zu.

»Hallo, Zimmer 745?« Die Rezeptionistin ließ nicht locker. »Zimmer 745, kann ich Ihnen helfen?«

»Nein danke, alles in Ordnung, das war ein Versehen.« Paddy legte auf und wandte sich wieder zur Tür.

»Paddy«, flüsterte Burns, »ich habe es niemandem erzählt, ehrlich nicht.«

Paddy atmete schwer. »Wie hast du herausgefunden, in welchem Zimmer ich bin? Eigentlich soll das hier ein Versteck sein.«

»Ich bin Polizist.«

Tam Gourlay auch. Womöglich war Lafferty schon im Fahrstuhl und auf dem Weg nach oben. Aber sie machte ja schon seine Arbeit, machte sich selbst Angst. Paddy rieb sich übers Gesicht und wünschte, sie hätte einen Spiegel. Sie sah bestimmt völlig verschreckt aus, rot im Gesicht, verschwitzt und aufgequollen. Burns sollte sie nicht so verletzlich sehen.

»Ich habe von Billy gehört«, sagte er. »Ich wollte nur schauen, ob es dir gut geht. Darf ich reinkommen?«

»Es geht mir gut.« Sie wuschelte sich die Haare an den Seiten zurecht und bemühte sich um einen gelassenen Gesichtsausdruck.

»Bitte?«

Sie ließ ihn noch kurz zappeln, öffnete dann die Tür einen Spalt breit und zog sich ins Zimmer zurück. Es gab keine andere Sitzgelegenheit als das Bett oder den einzelnen Stuhl. Es würde zu anzüglich wirken, wenn sie sich aufs Bett setzte, also nahm sie den Stuhl und legte einen Arm steif auf die Rückenlehne, dabei wollte sie möglichst lässig wirken. Burns trat ins Zimmer und schloss die Tür. In dem engen Raum wirkte er sehr groß und massig. Verlegen blieb er einen Moment stehen, die Hände an den Hüften, und sah sich mit einem seltsam nervösen Ausdruck im Gesicht in dem kleinen, bescheidenen Zimmer um. »Ich habe niemandem von uns erzählt.«

»Nein, ich weiß. Das war Tam Gourlay.«

Er runzelte die Stirn. »Woher soll Gourlay das wissen?«

»Er hat mich beschattet, wollte mich wegen der Untersuchungskommission einschüchtern. Er hat an dem Abend, als du mich heimgebracht hast, vor dem Haus geparkt. Ich glaube, er hat uns gesehen.«

Burns presste die Lippen zusammen und machte große Augen. »Wirklich? Bist du sicher?«

»Ich habe sein Auto an dem Abend vor dem Haus gesehen.«

»Okay, okay.« Er beruhigte sich wieder und sah sie an. »Du hältst Gourlay sowieso für korrupt, oder? Das haben mir die Kollegen erzählt, die dich gestern befragt haben.«

»Na ja«, sagte sie und wusste nicht so recht, ob sie ihm trauen konnte. »Ich weiß nicht. Wir werden sehen. Sie machten nicht den Eindruck, als ob sie mir richtig zuhören würden. Ich habe ihnen gesagt, dass Lafferty die Brandbombe ins Auto geworfen hat, aber sie schienen fest entschlossen, nicht auf das zu hören, was ich sagte.«

»Wir wirken manchmal so, als ob wir nicht zuhören würden, aber wir tun nur so, das gehört zum Spiel.«

»Die Typen taten nicht nur so.«

Burns trommelte sich mit den Fingern gegen die Hüften. Er wirkte unsicher. Er sah zum Bett, und ein kleines Lächeln huschte über sein Gesicht, das er sofort unterdrückte, als es ihm bewusst wurde. »Darf ich …?«

Sie bedeutete ihm, dass er sich hinsetzen konnte, wo er wollte. Er schob die Decke zurück und hockte sich auf die Kante des schmalen Bettes, hüpfte einmal prüfend darauf herum und lächelte wieder. Es war ihr erstes eigenes Bett, und es gefiel ihr nicht, wie er es für sich beanspruchte. »Warum bist du hier, Burns?«

»Ich habe mir Sorgen um dich gemacht. Du warst vorgestern ziemlich aufgebracht … Und dann das Feuer. Ich habe mich für dich nach Lafferty umgehört.«

»Warum wollte die Polizei nicht auf mich hören?«

Er seufzte tief und strich mit der Hand über das Laken. »Du musst das verstehen, die Polizei will die Geschichte am liebsten abhaken. Gourlay … Typen wie er, das sind kleine Fische, er wird nie groß befördert werden und was zu sagen haben.«

»Es geht um Gourlay und McGregor.«

»Okay, also beide, das wissen wir schon. Wir kümmern uns darum.«

»Aber ihr wollt nicht, dass sich jemand von außen einmischt und verhindern will, wenn ein Mörder ungestraft davonkommt?«

Er grinste sie an, schüttelte den Kopf und sah durch das kleine Fenster in den Himmel. Das blasse Morgenlicht stand ihm gut, es betonte seine lange Nase und die dunklen Wimpern, die einen Schatten auf seine Wange warfen. »Paddy, Mörder kommen andauernd ungestraft davon. Mangel an Beweisen, keine Zeugen, das gibt es jeden Tag. Wir kriegen Lafferty schon noch. Vielleicht nicht für den Mord, aber für irgendetwas kriegen wir ihn dran.«

»Wie Patrick Meehan?«

»Ah, Paddy Meehan. Aber das war ja nicht die Polizei, das war der MI5. Dumm. Das ging von Anfang an total daneben.«

Sie lehnte sich zurück und sah ihn an. »Dann funktioniert also das System? Ihr schiebt einfach irgendjemandem die Schuld zu?«

»Unsere Aufgabe ist es, die Straßen sicherer zu machen, für Leute wie dich, Paddy. Die Wahrheit ist doch, dass das Rechtssystem nicht funktioniert. Verbrecher kommen andauernd wieder frei, böse Menschen, Männer wie Lafferty. Wenn Lafferty für etwas verurteilt wird und dadurch ins Gefängnis kommt und du dich wieder frei bewegen kannst, wärst du dann auch so gegen unsere Arbeitsweise?«

»Es geht ums Prinzip. Es geht darum, das Richtige zu tun, auch wenn es den eigenen Interessen zuwiderläuft.«

Er war abgelenkt; er betrachtete ihren Hals und hatte die Augen halb geschlossen.

»Burns, bist du hergeschickt worden, um mir zu sagen, dass ich die Sache auf sich beruhen lassen soll?«

»Du weißt, warum ich hier bin.«

»Nein, weiß ich nicht.«

Er sprang vom Bett und war mit einem großen Schritt bei ihr. Er nahm ihr Gesicht in beide Hände und zog sie hoch, bis ihr Gesicht ganz nah an seinem war, ihre Nase an seiner, Augen an Augen, ihr offener Mund an seinem. Die Stoppeln an seinem Kinn kratzten über ihre Lippen. Er war noch nicht zu Hause gewesen, hatte sich nach der Nachtschicht noch nicht rasiert und auch noch nicht geduscht. Er roch wunderbar.

George Burns stand in seinem frisch gebügelten Hemd, der neuen Hose und seinen ehebrecherischen protestantischen Schuhen vor ihr und erkundete ihren Körper mit seinen schmutzigen, erfahrenen Fingern, zog ihr die Kleider aus und ließ sie auf den Boden fallen.

Sie plumpsten aufs Bett, Paddy unter ihm, und mussten lachen, weil es so schmal war. Gemeinsam robbten sie auf die Seite. Burns' harter, rosa Schwanz stach durch seine Hose. Sie kniete sich zwischen seine Beine. Er seufzte wie ein aufgeplatzter Reifen, als sie ihn küsste und leckte. Gefangen in einem Nebel aus Berührungen und Gerüchen, rutschten sie auf den Boden, glitten geräuschlos übereinander und vögelten, bis sie beide kamen, glorreich, verschwitzt und hemmungslos.

Keuchend lagen sie auf dem Boden und bedeckten sich Brust und Schamgegend mit der Hand.

Burns atmete tief durch. »Warte, bis ich den Jungs erst davon erzählt habe.«

Paddy grinste und gab ihm einen lethargischen Klaps. Sie war so entspannt, sie hätte auf der Stelle einschlafen können, auf einem Stuhl oder einem Sack mit Steinen.

Burns seufzte in ihr Haar. »Deshalb bin ich hergekommen.«

»Um mit mir zu vögeln?«

Er schüttelte den Kopf und zog sie an sich, immer noch

atemlos von der Anstrengung. »Sei doch nicht so. Lass uns doch einen Moment lang nett zueinander sein.«

»Du hast heute ja gar nicht deinen Ehering an«, sagte sie widerborstig.

»Nein, im Ernst.« Er drückte ihre Schulter. »Nur fünf Minuten.«

Sie stützte sich schwer auf Burns' Brust ab, setzte sich auf, wandte sich ab und zog ihren Pullover an. »Ich gebe bei Lafferty nicht nach, egal, wie oft du das mit mir machst.«

»*Ich* mache es mit *dir?*«, sagte er neckisch. »Du machst es mit mir. Ich lag einfach nur hier.«

Sie legte sich zurück, stützte das Kinn auf seine Brust und sog seinen Duft ein. Ein Stockwerk tiefer war das Brummen eines Staubsaugers zu hören. Draußen auf der Straße hupte ein Auto, doch es klang weit weg.

»Okay.« Burns sah sie an, seine Finger in ihren Haaren. »Lafferty arbeitet für einen Typen namens Paul Neilson. Neilson war früher mal mit Vhari Burnetts Schwester zusammen. Er hat eine schneeweiße Weste, war nie aktenkundig.«

»Vhari hatte eine Schwester?«

»Kate Burnett. Sie ist verschwunden.«

»Ist sie tot?«

»Das weiß niemand. Sie wurde ein paarmal gesehen, aber nichts Stichhaltiges. Vor ein paar Tagen wurde sie abends in einem Restaurant gesehen, aber seitdem haben wir nichts mehr gehört.«

»Was ist mit ihrem Bruder?«

Er sah sie stirnrunzelnd an. »Es gibt keinen Bruder. Die Eltern haben nie einen Jungen erwähnt. Nur die beiden Mädchen.«

Sie war sicher, dass Evelyn im Easterhouse Law Centre gesagt hatte, Thillingly wäre an seinem letzten Tag bei Vharis

Bruder gewesen. Sie rief sich das Gespräch noch einmal ins Gedächtnis: Bernie – Evelyn hatte von einem Bernie gesprochen, und er hatte eine Werkstatt. Aber wenn Vharis Eltern ihren Sohn nicht erwähnten, musste es einen Grund geben.

»Was ist mit Mark Thillingly? Verdächtigt ihn die Polizei immer noch?«

Burns nahm die Finger aus ihren Haaren, setzte sich auf, schlang die Arme um die Knie und betrachtete die auf dem Boden verstreut liegenden Kleidungsstücke.

»Also, ja oder nein?«

Er fand seine Unterhose, stand auf und zog sie an, ohne jedes Schamgefühl. »Paddy, du musst verstehen, dass die Polizei alles tut, um die eigenen Kollegen zu schützen. Aber wir regeln das. Wirklich.«

»Das reicht mir nicht.«

Sie sahen sich an. Burns hob verärgert die Augenbraue.

»Burns, du kannst mich nicht einschüchtern, wenn du in Unterhosen vor mir stehst.«

Er ignorierte den Kommentar, zog eilig seine Hose hoch und schloss den Reißverschluss mit einem entschiedenen Ruck. Auf seiner nackten Brust bildeten die Haare ein »T«, das hinunter zu seinem Hosenbund führte. Die Narbe auf seinem Bauch war rosa und unregelmäßig. Sie sah tatsächlich so aus, als ob sie von einem Flaschenöffner stammte. Paddy fragte sich, ob er sie wirklich angelogen hatte, was seine Frau betraf.

»Du sagst heute vor der Untersuchungskommission aus, stimmt's?«

»Ja.« Sie stand auf und zog ihren Slip und den Rock an, denn sie wollte nicht als Einzige im Raum nackt bleiben. Sie hockte sich auf die Bettkante und streifte die Strumpfhose über die Füße. »Wird nach Kate Burnett gesucht?«

»Lass es, Paddy.«

»Und wenn sie auch umgebracht wurde? Und wenn ich umgebracht werde?«

Er schlüpfte in seine Slipper mit Quasten und zog das Hemd über den Kopf, ohne es aufzuknöpfen. »Ich habe wegen der Untersuchungskommission gefragt, weil ich dich hinbringen wollte, damit dir nichts passiert.«

»Das macht sicher einen tollen Eindruck, wenn ich in einem schicken Sportwagen auftauche, zusammen mit dem Ehebrecher des Jahres.«

Das war eigentlich scherzhaft gemeint, doch Burns bekam den Kommentar in den falschen Hals. Er starrte sie an. »Du bist eine gemeine, hämische Kuh, das muss ich schon sagen.«

Ihr fiel keine passende Antwort ein. Burns griff nach seiner Jacke und ging. Paddy blieb allein auf dem schmalen Bett zurück.

27

Bernies Werkstatt

I

Bernies Werkstatt war nicht ganz so, wie Paddy sie sich vorgestellt hatte. Nach allem, was sie über Vhari Burnett wusste, hatte sie angenommen, dass Bernie mit schicken Neuwagen handelte, doch die Werkstatt lag in einer heruntergekommenen Gegend am Fuße eines steilen Hügels und weit weg von der Hauptstraße.

Paddy ging auf die rußgeschwärzte viktorianische Bogenbrücke zu. Dahinter verlief die Autobahn und noch ein Stück weiter der Fluss. Auf beiden Seiten der Straße waren ganze Wohnblocks abgerissen worden, auf dem Boden waren nur noch ihre Umrisse zu erkennen. In den einstigen Hinterhöfen gab es nur noch ein paar Baracken mit Werkstätten, in denen noch gearbeitet wurde. Paddy hörte Radios plärren und sah Licht, gelegentlich hörte man ein Bohren oder das Klappern von Metallteilen. An der Straßenecke stand ein rechteckiger, einstöckiger Pub, dahinter erstreckte sich ein Meer aus Bauschutt.

In den hohen Bögen unter der Brücke befanden sich weitere Werkstätten, hier fand man jedoch nicht die bunte Mischung einer organischen wirtschaftlichen Entwicklung, sondern gleichförmige, staatlich subventionierte Räume, die von einer Ökonomie im steten Niedergang kündeten. Die großen viktorianischen Bögen aus geschwärztem Backstein hatten eine Front aus gelbem Ziegelstein erhalten, und in der Mitte jeweils eine rot gestrichene doppelte Garagentür mit einer mit Schablonen aufgemalten Nummer.

In der Nähe der Brücke spürte man bereits die Feuchtigkeit des Flusses. Die meisten der Werkstätten waren dunkel und abgeschlossen, manche für immer. Nur an ein oder zwei Türen hingen Firmenschilder. Nummer sieben war einer der wenigen Bögen, in denen Licht brannte. Die roten Türen standen offen. Der Bogen befand sich am Ende der Straße, auf der anderen Seite war der Hof eines Schrotthändlers. Ein Schild am Zaun verkündete »Hier wache ich«. Darunter war die Silhouette eines knurrenden Wolfs abgebildet.

Wohin auch immer das Familienerbe der Burnetts geflossen war, hier war es definitiv nicht investiert worden. Bernie kam sicher nicht jeden Morgen aus seiner schicken Villa in Bearsden hierher. Durch die Tür fiel ein warmes, orangefarbenes Licht, im Radio lief ein Popsender. Das große handgemalte Schild »Bernies Werkstatt« war hinter den vielen Motorteilen, die sich an der Wand stapelten, kaum zu erkennen. Vor der Werkstatt parkten zwei Autos, bei dem einen fehlten beide Hinterräder, das andere war dem Anschein nach fahrtüchtig. Paddy kannte sich mit Autos nicht aus, doch sie sah, dass es sich um einen eleganten alten grünen Jaguar handelte, mit einer perfekt erhaltenen Chromzierleiste und gewölbtem Dach. Fahrer- und Beifahrersitz waren ausgebaut, an ihrer Stelle sah man nun nicht gerade bequem wirkende Achsen und Bolzen. Sie war so fasziniert von dem schönen Auto, dass sie Bernie erst sah, als sie ihm fast auf die Zehen getreten wäre.

»Ein echtes Schätzchen, was?«

Er betrachtete liebevoll den Jaguar. Sie hatte ihn schon einmal gesehen, er hatte auf dem Foto von der Beisetzung des Großvaters Vharis Arm gehalten. Bernie trug einen James-

Dean-Haarschnitt und einen marineblauen Overall mit schwarzen Schmierflecken und ausgebeulten Knien. Ein rotes Tuch um den Hals diente als modisches Statement. Sein Kiefer war so kantig, dass man meinen könnte, er wäre mit dem Lineal gezogen. »Ich habe versucht, ochsenblutrote Ledersitze zu bekommen, aber die sind schwer zu finden.«

»Sie glauben also nicht an die Moderegel ›Rot und Grün ist gar nicht schön‹?«

Er lachte und sah sie zum ersten Mal an, musterte sie genau und zeigte anerkennend auf ihren Mantel. »Schön.«

»Ein Pfund«, sagte sie.

Er nickte beeindruckt. »Super Qualität.« Er zeigte wieder auf den Jaguar. »Zweihundert Pfund. War in einem so schlechten Zustand, dass niemand dafür geboten hat. Wenn Sie sich mit diesen Autos auskennen, wissen Sie, dass die Zierleiste und das Fahrgestell rosten. Selbst wenn ich das Auto nur als Ersatzteillager nutzen würde, wäre es ein absolutes Schnäppchen.«

Sie konnte in seinem Gesicht keine Ähnlichkeit mit Vhari Burnett erkennen, doch sein Akzent kam ihr bekannt vor, so vornehm, dass er schon fast englisch klang. Sie hatte ihn schon irgendwo gehört, wusste aber nicht mehr wo. Bei der Arbeit vielleicht. Bei jemandem, den sie interviewt hatte. Sie konnte sich nur in etwa vorstellen, wie selbstbewusst man sein musste, um seinen Akzent in einem Arbeiterviertel beizubehalten. In Eastfield hätte man seine Sprechweise als Aufforderung verstanden, ihm die Autoscheiben einzuschlagen.

Paddy streckte die Hand aus. »Sind Sie Bernie?«

Mit einem Mal wurde er skeptisch. Er betrachtete ihre Hand, bevor er sie zögernd nahm und so schnell wie möglich wieder losließ.

»Wer sind Sie?«

»Paddy Meehan. Ich bin Reporterin bei der *Daily News.*«

Er steckte die Hände in die Taschen. »Ich will nicht über sie reden.«

»Ich auch nicht.«

Das stimmte zwar nicht so ganz, weckte aber sein Interesse. »Warum sind Sie dann hier?«

»Thillingly.«

Das machte ihn stutzig. »Was ist mit ihm?«

»Die Polizei ist überzeugt, dass Mark Vhari umgebracht hat.« Sie benutzte den Vornamen in der Hoffnung, dass Bernie sie für eine Freundin hielt. »Aber meiner Meinung nach ist das Blödsinn.«

Sie konnte sehen, dass er feuchte Augen bekam, obwohl er sie nicht anschauen wollte. »Wie kommen Sie darauf?«

»Er war der Vorsitzende der Amnesty-Ortsgruppe. Er würde niemanden foltern oder seinem Opfer die Zähne rausbrechen. Und ich glaube, dass er ein netter Kerl war.«

Er beugte sich vor und tat so, als ob er das skelettartige Innere des Jaguars betrachten würde. »Das war er wirklich«, nickte er.

»Ich glaube, Mark wurde auf dem Parkplatz hinter seinem Büro zusammengeschlagen, kurz bevor Vhari überfallen wurde. Ich glaube, dass er etwas wusste und deshalb unter Druck gesetzt wurde, und dass es bei Vhari auch so war, da ging es aber zu weit, und sie wurde umgebracht. Wo ist Kate, Bernie?«

Er runzelte die Stirn und biss sich auf die Lippe.

»Können wir drinnen weiterreden?«

Bernie blickte traurig die Straße entlang, dachte vielleicht an seine tote Schwester, und sah dann Paddy an, ihre fransigen, aufgestellten Haare, die Stiefeletten und den guten Mantel für nur ein Pfund.

»Es ist verdammt kalt hier draußen.«

»Stimmt«, sagte er abwesend. Ich hab Thermounterwäsche an.«

Sie nickte zur Werkstatt hin, und er wandte sich um und ging hinein. Er wartete, bis Paddy ihm gefolgt war, zog dann die großen Metalltüren zu und legte auch den schweren Riegel vor.

Paddy war einmal mit einem gewalttätigen Verrückten eingesperrt gewesen. Ihr stellten sich die Nackenhaare auf. Sie schob die Hände in die Taschen und tastete nach ihrem Schlüsselbund. Sie würde ihm das Gesicht zerkratzen, wenn er ihr zu nahe kam.

Als sie sich umsah, musste sie allerdings feststellen, dass ihre Abwehrmaßnahmen lächerlich waren. Auf dem Boden lagen Bohreraufsätze, überall waren Werkzeugkästen aus Metall und Schraubschlüssel. Wenn er sie totprügeln wollte, hatte sie keine Chance. »Haben Sie Ihre Schwester an jenem Abend gesehen?«

Bernie schüttelte den Kopf. »Ich habe Kate seit Jahren nicht mehr gesehen.«

»Ich meinte Vhari.«

Er zuckte zusammen angesichts dieses Fehlers. »Sie hatte ich auch schon länger nicht mehr gesehen.«

»Die Polizei hat Sie nicht dazu befragt, oder?«

Er sah sie neugierig an.

»Was sagt Ihnen das über die Ermittlungen, Bernie? Finden Sie es nicht beunruhigend, dass die Polizei nicht einmal weiß, dass Vhari einen Bruder hatte?«

Er lächelte leicht. »Die Polizei weiß nichts von mir?«

»Anscheinend haben Ihre Eltern keinen Sohn erwähnt, als sie befragt wurden.«

Er warf den Kopf in den Nacken und gab ein bellendes,

bitteres Lachen von sich, das im Gewölbe des Bogens widerhallte. Er legte die Hand auf die Brust. »Ich zähle nicht. Ich bin adoptiert. Vhari und Kate sind sechs Jahre auseinander. Sie dachten, sie könnten keine weiteren Kinder bekommen, deshalb holten sie sich mich, aber als dann Kate kam, war ich plötzlich überflüssig. Sie haben mich nie richtig aufgenommen.«

»Das tut mir leid.«

»Nicht blutsverwandt, verstehen Sie. ›Unser Adoptivsohn Bernie.‹ Als ich klein war, dachte ich, Adoptivsohn wäre mein Vorname. Sie boten mir Geld an, damit ich auf die Universität gehen konnte, aber um ehrlich zu sein, bin ich nicht so schlau. Ich wollte Mechaniker werden. Sie haben seit Jahren nicht mehr mit mir gesprochen.«

»Ich habe ein Bild von Ihnen.« Sie holte den Zeitungsausschnitt von der Beerdigung heraus und faltete ihn auf, bevor sie ihn Bernie gab, um seine Reaktion zu sehen.

Bernie lächelte traurig. »Das kenne ich noch gar nicht. Die Burnetts haben mich während der gesamten Trauerfeier ignoriert. Erst als sich alle an der Kirchentür aufreihten, standen sie neben mir, weil sie keine Szene machen wollten. Am Ende kamen sie, um mit mir zu reden, aber ich habe mich abgesetzt.« Er zeigte mit dem Finger auf das Foto. »Das ist Kate.«

Paddy drehte den Artikel zu sich herum. Er zeigte auf die Blondine mit den Locken. »Das ist Kate? Ich dachte, das wäre Vhari. Sie sehen sich ziemlich ähnlich, nicht wahr?«

Rasch wandte er den Blick ab. »Möchten Sie eine Tasse Tee?«

»Ja, gern.«

Während er zu dem großen Werkzeugtisch ging, fragte Paddy sich, ob er gerade versuchte, sie von Kate abzulenken. Bernie goss Tee aus einer karierten Thermoskanne in zwei fleckige Becher. In der Ecke stand ein großer Heizofen. Die kleine rosa Flamme am Gitter gab dem Raum einen leichten Rosaton, doch die Hoffnung auf Wärme wurde von der feuchten, durchdringenden Kälte der Backsteinwände zunichtegemacht.

Der Raum war nicht sehr tief, aber breit. Dicht an der linken Wand stand ein Sportwagen, ein beigefarbener MG. Rechts vor der roten Ziegelwand stand ein alter Küchentisch mit Heften und Quittungsblöcken, darunter eine zerbeulte rote Werkzeugbox mit drei Schubladen.

»Ich fürchte, ich habe keinen Zucker. Sie sagten, Sie wollten über Mark Thillingly reden?«

»Ich habe gehört, dass Mark an dem Tag, an dem er sich umbrachte, hier bei Ihnen war.«

»Ja.« Er gab ihr einen Becher. »Ich weiß, dass Mark Vhari nicht umgebracht hat, was immer die Polizei behauptet.«

Der Tee war nicht sonderlich heiß, trotzdem legte Paddy die Finger um die Tasse, um sie zu wärmen. Sie hatte Magenschmerzen und spürte die Kälte mehr als sonst. »Ich war an der Tür ihres Hauses in der Nacht, in der Vhari umgebracht wurde. Ich habe Vhari mit einem Mann gesehen.«

Bernie erstarrte. »Ich verstehe.« Er nippte vorsichtig an seinem Tee und mied ihren Blick. Er hätte fragen sollen, wer der Mann war, oder zumindest, wie er aussah, aber das tat er nicht. Er musste nicht fragen. Er wusste es.

»Das war Paul Neilson, oder?«, fragte sie und wartete gespannt auf seine Reaktion. Bernie nahm schnell noch einen Schluck Tee und blinzelte. Sie hatte also recht. »Warum hat Mark sich umgebracht?«

»Mark war deprimiert, oft richtig depressiv.« Bernie trank seinen Tee und ließ den Blick über das Werkzeug auf dem Boden huschen. Er log, noch dazu schlecht. Er war es nicht gewohnt, ein doppeltes Spiel zu spielen, was Paddy sehr sympathisch fand.

Sie sahen sich nach einer Sitzgelegenheit um, aber es gab keine. Nicht einmal auf den Boden konnte man sich setzen, er war zu sehr mit Öl verschmiert. »Normalerweise setze ich mich mit Besuchern einfach in ein Auto. Würde Ihnen das etwas ausmachen?« Er deutete mit der Hand auf den MG. »Fahrer oder Beifahrer? Die Sitze sind weich.«

»Fahrer.« Sie öffnete die Tür, stieg ein und ließ sich in den Ledersitz sinken. Bequem, abgesehen von einer widerborstigen Sprungfeder, die ihr in den Rücken stach, wenn sie sich bewegte.

Bernie setzte sich neben sie und schloss die Tür. »Warum interessieren Sie sich so für Mark?«

»Ich war dabei, als er aus dem Fluss gezogen wurde. Die Polizei hatte ihn schon des Mordes überführt, noch bevor er in der Leichenschauhalle war. Mir lief das alles zu glatt. Hatte Mark eine aufgeplatzte Nase, als er bei Ihnen war?«

Bernie zögerte und tat so, als ob er sich an Marks Gesicht an jenem Tag erinnern müsste, aber Paddy sah ihm an, dass er die einzelnen Lügen zusammenfügte, um zu sehen, ob sie passten.

»Ähm, nein, ich weiß nicht. Wäre mir nicht aufgefallen.«

»Er hatte eine Nase wie eine zermanschte Kartoffel, und Ihnen ist nichts aufgefallen?«

»Ich kann mich nicht erinnern.« Er schaute schuldbewusst in der Werkstatt herum. »Ich habe ihn nicht richtig angesehen.«

»Also gut. Mir wurde gesagt, dass er am Abend zuvor versucht hat, Ihre Schwester anzurufen. Er rief bei ihr an, und jemand anders ging an den Apparat.«

Bernie hörte ihr aufmerksam zu.

»Wer?«

»Mark fragte nach Vhari. Dann fragte er denjenigen, wer er sei und wo zum Teufel sie sei. Er war danach ganz durcheinander.«

»Wer hat Ihnen das erzählt?«

»Diana. Er sagte auch etwas über Kate ...«

»Hat er gesagt, wo sie war?«

»Möglich. Sie ist noch immer verschwunden, oder?«

»Keine Ahnung.« Bernie schüttelte etwas zu heftig den Kopf. »Ich habe Kate seit Jahren nicht mehr gesehen. Hab sie nie besucht. Sie kommt auch nie bei mir vorbei.«

Paddy unterdrückte den Impuls, ihm den Arm zu tätscheln. Bernie war kein guter Lügner.

»Aber Sie haben Vhari gesehen?«

»Vhari hielt Kontakt zu allen. Hat es sich nie leicht gemacht, nicht einfach die Flucht ergriffen wie ich.« Er nagte an seinem Finger und schaute durchs Autofenster. »Vhari war ein wunderbarer Mensch. Sie war *gut*. Das wird in den Zeitungen überhaupt nicht erwähnt. Sie war wirklich ein guter Mensch.«

Paddy musste an Mary Ann denken, wie sie im Dunkeln Gebete rezitierte. Ein Tag ohne ihre Familie war eine herrliche Abwechslung, aber sie konnte sich nicht vorstellen, über Jahre nicht mehr mit ihrer Mutter zu reden. Mit diesem angenehmen Abstand erkannte sie nun, wie warmherzig die Meehans waren. Eine Familie, die zu dicht aufeinandersaß, aber die Wärme war trotzdem immer zu spüren.

»Blieb Vhari mit Kate in Kontakt?«

»Oh ja. Rief sie jede Woche an. Sie hat uns beide angerufen.«

Sie schwiegen kurz, blickten durch die schmutzige Windschutzscheibe und betrachteten die Werkstatt, als ob sie gerade hineingefahren wären. »Und das gehört alles Ihnen?«

»Jedes einzelne Teil. Ich hab den Mietvertrag unterschrieben, und sogar das Schild selbst gemalt. Die Burnetts haben getobt.«

»Wie ist Kate denn so?«

Er konnte sich ein Lächeln nicht verkneifen. »Kate hat sich nie um die Meinung anderer gekümmert, die war ihr total egal. Sie ist mit fünfzehn von zu Hause weg und nie zurückgekommen. Großvater hat ihr ein Cottage am Loch Lomond hinterlassen, als er starb. Sie hat nicht einmal den Schlüssel abgeholt.«

»Haben Sie etwas geerbt?«

»Nein.« Er wirkte verbittert. »Ich bin nicht blutsverwandt. Ich habe nichts bekommen. Vhari erbte das Haus in Bearsden. Ist sicher ein Vermögen wert.«

Paddy dachte an die altmodischen Vorhänge, die ihr an dem großen Erkerfenster aufgefallen waren, in der Nacht, als Vhari ermordet wurde. »War sie gerade erst eingezogen?«

»Ja, drei Wochen vorher. Sechshundert Meter von ihren Eltern entfernt. Gott steh ihr bei.«

Sie tranken ihren Tee und schauten auf die stille Werkstatt und das rosa Flämmchen am Gitter des Heizofens, das die Farben in der Werkstatt veränderte. Paddy musterte Bernie aus dem Augenwinkel, damit er nicht merkte, dass sie ihn beobachtete. Er hatte besorgt die Brauen zusammengezogen. Und jedes Mal, wenn Kates Name fiel, machte er dicht.

»Und Mark hat seinen letzten Tag hier verbracht?«

Bernie blinzelte heftig in seinen Becher und zuckte mit den Schultern. »Er wartete schon draußen, als ich um halb neun kam, in seinem schicken Anzug und diesem albernen Midge-Ure-Mantel. Er hat furchtbar gefroren.« Er grinste bei der Erinnerung, doch dann zog sich sein Gesicht zusammen, als er an Mark dachte. Einen Moment lang rang er, von seinen Gefühlen überwältigt, nach Luft. Ihm lief sogar etwas Speichel aufs Kinn. Er hob die Hand und wischte sich das Kinn ab. »Tut mir sehr leid«, sagte er. Sein Akzent klang immer noch so frisch wie knackiger Kopfsalat. »Es ist nur ... Es ist viel passiert.«

Paddy suchte nach etwas Nettem, was sie sagen konnte. »Mir tut es auch leid.«

»Mark war gekommen, um mir zu sagen, dass Vhari tot ist. Er wollte es mir persönlich sagen. Ich habe kein Telefon in meiner Wohnung, und er wollte nicht, dass ich es aus dem Radio erfahre.«

»Sind Kate und Paul Neilson noch zusammen?«

»Keine Ahnung«, sagte er viel zu schnell. »Ich weiß nichts über Kates Leben.«

»Aber Sie kennen Neilson.«

Bernie nickte. »Wir waren zusammen auf der Schule, wir alle, Mark und Paul und wir. Marks Familie wohnte direkt gegenüber, auf der anderen Straßenseite. Paul wohnte ein Stück weiter weg, er war nicht oft bei uns. Ich kannte ihn kaum.«

»Er hat sich also nicht Ihrer Gang angeschlossen?«

»Nein, er hat uns nur irgendwie Kate weggenommen. Mit uns hatte er nichts zu tun. Nach der Schule haben sich Vhari und Mark verlobt. Große Familienfeier. Wir waren richtig gute Freunde, bis Diana auftauchte.«

Sie hatte gewusst, dass sie Bernies Akzent schon gehört hatte, jetzt fiel es ihr wieder ein: Es war der Akzent der Privatschulen. Das letzte Mal hatte sie ihn aus dem Mund des Mannes gehört, von dem sie mittlerweile wusste, dass er Paul Neilson hieß.

»Wo wohnt Neilson?«

»In Killearn. Huntly House oder Cottage oder so was – Huntly Lodge.«

»Wüsste Neilson, wo das Haus Ihres Großvaters ist?«

Bernies Blick streifte sie kurz. Unbehaglich rutschte er hin und her. »Weiß nicht. Vielleicht.«

»Aber Mark wusste es. Er und Vhari waren verlobt, wahrscheinlich hat er Ihren Großvater kennengelernt. Er kannte Vharis neue Adresse.«

»Na ja«, er räusperte sich unnötig. »Das ist anzunehmen.«

Paddy nickte und machte sich im Geist Notizen. »Warum ist Mark nicht zur Polizei gegangen?«

Bernie zuckte wieder mit den Schultern: Bei ihm kündigte das anscheinend eine Lüge an. »Mark war Anwalt. Er hatte keine besonders hohe Meinung von der Polizei.«

»Hat er Sie geschützt?« Ein Schuss ins Blaue und leider auch kein guter.

Bernie grinste sie an. »Vor der Polizei? Was habe ich verbrochen? Dass ich als feiner Pinkel in einem Arbeiterviertel meine Werkstatt habe?« Die Temperatur zwischen ihnen kühlte merklich ab, Paddy wechselte lieber das Thema.

»Bernie, hören Sie, Vhari hatte in jener Nacht die Chance, das Haus zu verlassen, aber sie hat sie nicht genutzt.« Sie ließ ihn nicht aus den Augen. »Welches Geheimnis auch immer Sie da bewahren, sie hat ihr Leben dafür gegeben. Ich glaube, sie hat Kate geschützt. Welchen Grund könnte sie gehabt haben, sie vor der Polizei zu schützen?«

Bernie sah sie bedauernd an, drehte den Kopf weg und rieb sich die Haare an der Scheibe. »Es tut mir leid«, flüsterte er.

»Das ist okay. Was auch immer es ist, es ist okay, Bernie. Selbst wenn sie Ihretwegen im Haus geblieben ist.«

Bernie kämpfte mit den Tränen und rieb sich mit der Hand über die Nase. »Nicht meinetwegen«, sagte er. »Wirklich nicht.«

»Hat Mark Vharis Adresse demjenigen gegeben, der ihn zusammengeschlagen hat?«

Bernie sah sie flehend an, sagte aber nichts.

»Und dann hat er sich umgebracht? Weil er das Gefühl hatte, dass er mit schuld an ihrem Tod war?«

Er schüttelte den Kopf. Paddy hatte das Gefühl, dass er es ihr erzählen würde, wenn er könnte.

»Ich werde es herausfinden, wissen Sie. Ich werde es herausfinden und zur Polizei gehen. Können Sie mir denn nicht wenigstens irgendwas sagen?«

Sein Blick wanderte langsam über ihr Gesicht, während er überlegte, was sie gesagt hatte. »Ich kann nichts tun, was ihr schaden würde.«

»Kate?«

Er nickte, den Blick aufs Armaturenbrett gerichtet. »Wir können nicht zur Polizei.«

»Warum? Hat Kate gegen das Gesetz verstoßen?« Er antwortete nicht. »Ich werde sie schützen, so gut ich kann, Bernie, aber Sie müssen mir irgendetwas sagen, damit ich weiter nachforschen kann, einen Namen oder einen Ort. Bitte! Tun Sie es für Vhari.« Bernie schüttelte den Kopf. »Für Mark?«

Er holte tief Luft und ließ den Blick durch die Werkstatt wandern. »Ich weiß nicht einmal, wer er ist, aber er ist wichtig.« Er bohrte den Fingernagel in den Sitz. »Er heißt Knox. Suchen Sie nach jemandem mit dem Namen Knox.«

28

Die Untersuchungskommission

I

Das Archiv war eine Oase der Ruhe im chaotischen Zeitungsbetrieb. Helen, die leitende Archivarin, war so gekleidet, wie man sich eine echte Bibliothekarin vorstellte, mit Bleistiftröcken aus Tweed und Twinsets. Ihre Brille hing ihr an einer roten Perlenkette um den Hals. Als Paddy bei der Zeitung angefangen hatte, hatte sie Helen nicht leiden können, doch seit ihrem Aufstieg in die Nachtschicht war Helen sichtlich aufgetaut. Manchmal schaute Paddy sogar auf ein Schwätzchen bei ihr vorbei, wenn es ihr in der von Männern dominierten Redaktion zu viel wurde und sie sich nach weiblicher Gesellschaft sehnte. Die Gerüchte über Burns hatten in der Redaktion sicher schon die Runde gemacht, da zog sie sich lieber eine Weile ins ruhige Archiv zurück.

Helen ließ einen Umschlag mit Zeitungsausschnitten auf die Theke fallen und lächelte Paddy zu. »Hier wären die Artikel über Robert Lafferty. Wir haben einen Musiker namens Neilson, aber nichts über einen Paul Neilson.«

»Überhaupt nichts?«

»Nicht einmal eine Geburtsanzeige. Und zum Namen Knox gibt es so viele Artikel, dass ich dich hier reinlassen muss, damit du sie selbst durchschauen kannst. Soll ich dir die ersten zwanzig Mappen geben?«

»Uff, danke, Helen, aber ich habe keine Zeit.«

»Ja, ich habe gehört, dass du heute Nachmittag vor der Untersuchungskommission zum Mord in Bearsden aussagen musst.«

Paddy zuckte zusammen. »Wer hat dir das erzählt?«

»Shug Grant war hier. Er berichtet über die Untersuchungskommission.«

Das war gar nicht gut. Shug Grant hasste Paddy, weil sie ihn wegen Margaret Mary lächerlich gemacht hatte, außerdem war er ein großmäuliger Dreckskerl. Einmal hatte er nach einer Party mit der Frau eines Korrektors geschlafen und es am nächsten Morgen allen bei der Zeitung erzählt. Wenn er über die Untersuchungskommission berichtete, würde halb Schottland von dem Fünfzig-Pfund-Schein erfahren, noch bevor die erste Auflage in Druck ging.

Hinter Paddy ging die Tür auf, und ein Copy Boy kam herein, stellte sich neben sie, die Hände auf die Abtrennung gestützt, und blickte sich erwartungsvoll um, doch Helen ignorierte ihn.

»Ich habe gehört«, sagte sie leise, »dass der Streifenwagen fünfundzwanzig Minuten brauchte, bis er am Haus war. Das wird jemanden den Job kosten.«

»Ich dachte, die Kommission ermittelt unter Ausschluss der Öffentlichkeit?«

»Stimmt, aber Grant kennt jemanden dort.«

Paddy lächelte nervös und nahm den Umschlag. »Shug kennt immer jemanden, stimmt's?«

»Scheint so.«

Auf der Treppe zögerte Paddy, ging dann aber doch langsam hinauf in die Redaktion. Sie konnte ihren Kollegen nicht für immer aus dem Weg gehen, sonst würden alle wissen, dass sie Angst hatte.

Behutsam schlüpfte sie durch die Tür, setzte sich auf den

nächsten freien Platz am Rande der Sportredaktion und zog die Artikel über Lafferty aus dem Umschlag.

Mit einem Ohr lauschte sie, was um sie herum vor sich ging, und nahm ein seltsames Murmeln wahr, eine fast schon hysterische Stimmung. Die Kollegen hatten ein starres Lächeln auf den Lippen, taten beschäftigt, bewegten sich hektisch, tippten hastig und arbeiteten ungewohnt fleißig. Im Epizentrum dieses merkwürdigen Verhaltens war ein Mann, den Paddy noch nie gesehen hatte: ein dunkler, kleiner, haariger Kerl, affenähnlich, mit breiten Schultern ohne Hals. Er tippte fleißig und wirkte sehr zufrieden mit sich. Ein unangenehmes Feixen lag auf seinem blau überschatteten Gesicht.

Sie stieß einen dicken Jungen aus der Sportredaktion an, der zwei Plätze weiter saß. »Wer ist das?«

Er sah hin, wandte dann aber sofort wieder den Blick ab. »Der Ersatz für JT. Aus London. Anscheinend berühmt für seine Spürnase. Soll uns alle auf Trab bringen.« Er senkte die Stimme. *»Ein Spion.«*

»War JT noch mal hier?«

Er schüttelte den Kopf. »Nicht einmal auf einen Abschiedstrunk. Ihm wurde telefonisch mitgeteilt, dass er nicht mehr herkommen soll. Gestern wurden zwei Korrektoren entlassen, und Kevin Hatcher auch. Bei ihm war's ja abzusehen. Wahrscheinlich laufen schon Wetten, wie lange es dauern wird, bis Kevin sich zu Tode säuft.«

Seit Paddy bei der Zeitung arbeitete, hatte sie Kevin noch nie nüchtern gesehen. Er war Bildredakteur und schaffte es wundersamerweise, seinen Job zu machen, auch wenn er so betrunken war, dass er kaum noch Konsonanten herausbrachte. Die alten Säufer in der Redaktion nutzten Kevin als Maßstab und rechtfertigten so ihr eigenes Trinken: Wenn es bei ihnen so schlimm wurde wie bei ihm, würden sie aufhören, aber so viel wie Kevin trank wirklich niemand.

Sie sah sich im Raum um und betrachtete das starre Grinsen der fünfzig Kollegen, die herumwuselten und so taten, als ob sie mit niemandem etwas zu tun hätten. Wenn das mit ihrer Bestechung bekannt wurde, war sie bald auch nicht mehr als eine geschasste Kollegin, über die man sich nur noch im Flüsterton unterhielt.

Sie schwitzte vor Nervosität, versuchte sich jedoch zu beruhigen, indem sie sich auf die Artikel konzentrierte. Lafferty hatte die Besserungsanstalt der Christian Brothers besucht, eine Schule, an der ein brutales Regime herrschte und die schon den Nährboden für viele gewalttätige Verbrecher in Glasgow geliefert hatte. Schwer erziehbare Jungen aus der gesamten Region wurden mit zwölf Jahren auf diese Schule geschickt; ihr Wohlergehen und ihre moralische Entwicklung wurden Mönchen überlassen, die im Grunde auch nichts anderes waren als gehässige, frustrierte Jungen. Ähnlich wie bei *Herr der Fliegen*, aber ohne Tischmanieren.

Lafferty wurde meist wegen Körperverletzung belangt, etwa nach Raufereien im Pub oder im Rahmen einer Schutzgelderpressung. Es gab auch eine Anklage wegen Mordes, bei der ihm jedoch nichts nachgewiesen werden konnte: Eine Prostituierte war von einem mehrstöckigen Parkhaus gestoßen worden, laut Aussage eines Zeugen, weil sie nicht genug Geld einbrachte. Der Artikel zeigte ein Bild von Lafferty vor dem Gerichtsgebäude, jünger, aber genauso durchtrainiert, wie sie ihn im Verhörraum gesehen hatte. Er freute sich über den Ausgang des Verfahrens und sah mit seinen kleinen Augen aus wie ein wütendes Schwein, das gleich auf jemanden losgehen würde.

Paddy dachte an den Fünfzig-Pfund-Schein, den Neilson ihr

gegeben hatte. Ramage hätte allen Grund, sie zu entlassen, er müsste ihr nicht einmal eine Entschädigung zahlen.

Wieder schaute sie zu ihren Kollegen, die auf und ab gingen, ihren Redakteuren Artikel reichten oder auf den Tasten der schweren Schreibmaschinen herumklapperten. Shug Grant saß an seinem Schreibtisch, kaute mit offenem Mund Kaugummi und beobachtete sie quer durch den Raum. Das Licht glänzte auf seiner fettigen Stirn. Er hob die Hand und zeigte mit langem Finger auf sie, stieß den Finger vor und zurück und kam dann zu ihr. »Ich komm grad von der Untersuchungskommission und tippe meine Notizen ab.«

»Aye«, tat sie unbeeindruckt. »Toll.«

»Heute bist du dran, stimmt's? Und? Nervös?«

»Warum sollte ich nervös sein?«

»Tam Gourlay ist befragt worden. Kam ziemlich schlecht rüber. Er hat dir widersprochen, was die Autos angeht. Sagte, wären keine BMWs gewesen.« Sie hatte niemandem außer der Polizei von den Autos erzählt. Shug nannte ihr Details, die er auf herkömmlichem Wege nicht in Erfahrung hätte bringen können, damit sie wusste, dass er Beziehungen zur Kommission hatte. Für die Polizei wäre es natürlich höchst nützlich, wenn man sie diskreditierte.

»Du kennst also jemanden in der Kommission.«

Er verzog den Mund zu einem falschen Lächeln. Wenn er von dem Geld wüsste, hätte er darauf angespielt. Sullivan hatte Wort gehalten. Der Gedanke, sang- und klanglos entlassen zu werden, war schon schlimm genug, aber dass Shug damit auch noch eine gute Story bekommen würde, schmerzte umso mehr.

»Wer ist es, Shug? Sullivan kann es nicht sein. Die Sekretärin? Ist es die Frau, die Protokoll führt?«

Eine Sekretärin anzuzapfen war naheliegend. Man fand heraus, in welchen Pub sie ging, wo sie einkaufte oder tanzte, nutzte ihre Schwächen und horchte sie aus. Shug lächelte geheimnisvoll.

Sie hob den Zeigefinger. »Nein, die Sekretärin kann es nicht sein, dafür ist die Information zu spezifisch.« Sie pulte zwischen ihren Zähnen herum in der Hoffnung, lässig zu wirken.

Verstört runzelte Shug die Stirn und fragte: »Wie meinst du das, ›spezifisch‹?«

»Na ja«, nickte sie, »wer ist wohl daran interessiert, die Informationen zu kontrollieren, die von der Untersuchungskommission nach draußen gelangen? Wenn es keine Sekretärin oder ein Büroangestellter ist, bleibt nur ein Polizeibeamter. Wie viele Mitglieder hat die Kommission? Normalerweise drei, oder? Das schränkt es schon mal ziemlich ein.«

Grant war Profi genug, um sein gekränktes Ego beiseitezuschieben und die richtige Frage zu stellen. »Was ist es? Du weißt was, oder?«

Sie versuchte, selbstsicher zu lächeln. »Du wirst benutzt, das ist dir doch klar, oder?«

»Fünfzehn Uhr.«

Shug sah zu, wie sie die Artikel einsammelte, zurück in den Umschlag schob und dann aufstand. An der Tür drehte sie sich noch einmal um und registrierte den bitteren Zug um seinen Mund. Er würde seinen Informanten warnen, dass sie Bescheid wusste, und ihm raten, sie in die Zange zu nehmen.

Im zugigen Treppenhaus dachte sie an Sean. Paul Neilson wohnte in Killearn; Paddy hätte zu gern das Haus gesehen und nachgeschaut, welche Autos davor parkten, um sich einen Eindruck von dem Mann zu verschaffen, doch das Dorf lag weit außerhalb, und sie konnte die Fahrt dorthin nicht rechtfertigen, wenn sie eigentlich über Polizeieinsätze in der Stadt berichten sollte. Von Sean kam sie auf Burns, und sie sah ihn wieder in Unterhose in ihrem Hotelzimmer stehen. Paddy wünschte wirklich, sie hätte stattdessen geschlafen. Wahrscheinlich war das für die nächste Zeit ihre letzte Gelegenheit gewesen, sich auszuruhen. Die Erschöpfung kroch ihr in alle Knochen, und ihre Haut fühlte sich feucht an. Ihr war schlecht, fast hätte sie sich im Treppenhaus übergeben.

II

Der graue Wartebereich roch nach Staub. Durch die hohen Fenster schien grell die tief stehende Wintersonne herein, wodurch die eine Hälfte des Raums unerträglich hell war. In der dunklen Hälfte, wo die Luft abgestanden war, Staubflocken herumflogen und es nach Bodenwachs roch, saßen Paddy, Shug Grant und drei Reporter von anderen Zeitungen dicht beieinander. Die Männer unterhielten sich, boten sich Zigaretten an und tratschten über Random Damage und die Umstrukturierung der *Daily News*. JT war noch am selben Tag, an dem er entlassen worden war, zu einer anderen Zeitung gewechselt. Er behauptete, sein neuer Job werde besser bezahlt, aber da war sich niemand sicher. Kevin Hatcher, der Säufer vom Dienst bei der *News,* hatte letzte Nacht auf einer Bank im Press Club übernachtet. Man hätte ihn in einem Taxi nach Hause geschickt, aber niemand wusste, wo er wohnte. Heute Morgen hatte er sein Bier halb ausgetrunken an der Bar stehen lassen, gesagt, er gehe auf die Toilette, und war verschwunden.

Shug hatte fünf Pfund darauf gewettet, dass er in den nächsten vier Wochen sterben würde. Ein Typ vom *Mirror* kannte Kevin noch aus Zeiten, als er ein nüchterner Freelancer gewesen war und Preise für seine Bildreportagen gewonnen hatte.

Damals war er anscheinend ein witziger Typ, clever, gebildet und belesen.

Ein uniformierter Beamter war neben der Tür postiert, um die Anwesenden davon abzuhalten, Informationen auszutauschen, bevor sie vor dem Ausschuss aussagten. Paddy kam es ausgesprochen dumm vor, Journalisten im Wartebereich zuzulassen, wenn eine Untersuchungskommission unter Ausschluss der Öffentlichkeit zusammentrat. Die Reporter verteilten Zigaretten an die wartenden Zeugen und gingen nach der Befragung mit ihnen noch einen trinken, um die Nerven zu beruhigen. Aber Paddy war klar, dass nicht die Zeugen Grants Quelle waren, denn er wusste, was kommen würde und welche Fragen gestellt werden würden. Die nach außen gedrungenen Informationen waren nicht zufällig, sondern bewusst gestreut worden. Sie kamen von jemandem, der die Berichterstattung über den Ausschuss kontrollieren wollte.

Sie lehnte den Kopf an die Wand und schloss die Augen, nur für einen Moment – sie würde hier nicht einschlafen, nur kurz die Augen ausruhen, außerdem musste sie dann nicht mit Grant reden. Als ihre Kopfhaut den Verputz an der Wand spürte, merkte sie am Kribbeln, das ihr vom Rücken in den Kopf kroch, wie der Schlaf die Oberhand gewann. Sie sah Billy in seinem Krankenhausbett vor sich und musste über seine verschmorten Haare lächeln. Wahrscheinlich würde es lange dauern, bis er wieder arbeiten konnte, aber er war am Leben und relativ unversehrt. Sie sah Lafferty in Billys Außenspiegel, der sich vorsichtig zum Auto schlich, während Billy rauchend und nichts ahnend im Wagen saß.

Es war warm im Raum, fast Körpertemperatur. Der Schlaf legte sich wie eine dunkle Kaschmirdecke über sie, bis ihr jemand mit dem Finger auf die Schulter tippte. Sie öffnete die brennenden Augen. Grant musterte sie aufmerksam.

»Hey, Fässchen, was wirst du sagen?«, lächelte er.

Der uniformierte Beamte ging dazwischen. »Also, Mr. Grant, Sie wurden schon mehrfach verwarnt, Sie wissen, dass das nicht geht.«

Sein Eingreifen war ähnlich effektiv, wie wenn eine Mücke einen Erdrutsch aufhalten wollte. Grant hob den Finger und sagte, er werde sich später mit ihr befassen, dann lehnte er sich zurück. Paddy zuckte mit den Schultern, als ob ihr nichts anderes übrig bleiben würde, und dachte an die vielen anderen Journalisten, die Ramage als Berichterstatter hätte schicken können. Er hielt an den gierigen, erfolgshungrigen Journalisten fest, an Leuten wie Shug oder auch an ihr, und nahm der *News* damit ihre freundliche Seite und die Kameradschaft. Die anderen Journalisten warteten geduldig auf ihre Antwort.

»Wer war heute Morgen schon da?«, fragte sie.

Ein aalglatt wirkender Reporter in einem billigen Anzug beugte sich vor. »Die Frau, die in der Leitstelle den Anruf entgegennahm. Und Tam Gourlay. Dan McGregor war gestern dran.«

»Also ziemlich viel los heute Morgen, was?«

Er lächelte kalt. »Nicht wirklich.«

Sie lächelte zurück und zeigte dabei die Zähne. Shug erwiderte ihr Lächeln. Auch die anderen Journalisten schlossen sich an, bis alle unaufrichtig lächelten und sich fragten, wann sie damit aufhören konnten. Die Tür öffnete sich, und Sullivan spähte in den Wartebereich. Als er Paddy entdeckte, schenkte er ihr ein breites Lächeln. »Meehan, bitte.«

Sie war so müde, dass sich ihre Beine wie Gummi anfühlten. Mit unsicheren Schritten ging sie zur Tür, wo sie kurz stehen blieb und tief Luft holte, bevor sie Sullivan durch die hohen Doppeltüren folgte.

Der Raum, in dem die Befragung stattfand, war groß und leer für eine so kleine Kommission. Es gab vier große, hohe Fenster mit Blick auf den Clyde und eine rote Marmorbrücke, auf der sich der Verkehr staute. An der hohen Decke verliefen dicke Rohre, die zu kaschieren sich niemand die Mühe gemacht hatte.

An der Seite stand ein langer Tisch. Am fernen Ende saß eine ältere Frau mit dicker Brille, den Kopf über einen Schreibblock gebeugt. An der Längsseite saßen drei Männer in prächtigen Uniformen, mit Litzen am Revers und goldenen Bordüren an den Taschen. Ihnen gegenüber stand ein leerer Stuhl. Sie wirkten zu alt, um Uniform zu tragen, zu würdevoll, und hätten ausgesehen, als ob sie Kostüme anhätten, wenn der Stoff nicht so hochwertig gewesen wäre. Sie sahen Paddy nicht an, als sie hereinkam, sondern schenkten sich ein Glas Wasser ein oder blätterten in ihren Notizen, die vor ihnen lagen.

Sullivan forderte Paddy auf, auf dem Stuhl Platz zu nehmen. Er selbst blieb stehen, hielt sich aber in ihrem Blickfeld in der Nähe der Tür.

Vor ihr saßen drei erfolgreiche Männer, Jungs aus der Arbeiterklasse, die sich im Laufe der Jahre nach oben gearbeitet hatten. In ihren Gesichtern zeichneten sich erste Anzeichen von Verfall ab, eine kleine Warnung, was passieren konnte, wenn man nicht auf sich selbst achtete. Der Mann, der der Sekretärin am nächsten saß, hatte ein rotes Gesicht und hervorquellende Augen mit roten Äderchen. Neben ihm saß ein dünner, fahlgesichtiger Mann mit verkniffenem Mund – vielleicht war er verbittert über irgendeine verpasste Chance in seiner Karriere. Der dritte Mann wirkte heiterer, musterte seine Kollegen jedoch ständig von der Seite, als ob er auf Bestätigung oder ein Zeichen ihrer Freundschaft hoffte, hilfsbedürftig und ein bisschen haltlos.

Paddy kämpfte mit ihrem Mantel, der unelegant auf den Boden rutschte. Anstatt sich die Mühe zu machen, ihn aufzuheben – der Boden schien meilenweit entfernt –, schob sie ihn mit dem Fuß unter den Stuhl, setzte sich und legte die Hände auf den Tisch. Sie musste unbedingt diesen schläfrigen Nebel abschütteln, der ihr Denken lähmte.

Der bleiche Mann klopfte mit der Handfläche auf den Tisch, um auf sich aufmerksam zu machen. »Guten Tag, Miss Meehan.«

Die Sekretärin hob den Stift und begann zu schreiben.

»Hallo.« Paddy hob die Hand und winkte in die Runde, kam sich dabei ziemlich dumm vor und ließ die Hand schnell wieder sinken. Sie strich über das Holz des Tisches und lächelte schwach. Sie musste offen und aufrichtig wirken, ihr Job hing am seidenen Faden, und diese Männer waren ihr nicht freundlich gesinnt.

Der bleiche Mann fuhr fort: »Wie Sie wissen, Miss Meehan, ist dieser Untersuchungsausschuss zusammengekommen, um Beweise aufzunehmen bezüglich des Polizeieinsatzes in der Drymen Road 17 in Bearsden, der vor einer Woche um 2.47 Uhr stattfand. Der Ausschuss ist nichtöffentlich. Verstehen Sie, was das bedeutet?«

Sie sah jung aus, das wusste sie, aber es gab keinen Grund, mit ihr wie mit einem dummen Kleinkind zu reden. »Ich verstehe, was ein nichtöffentlicher Ausschuss ist, ja.«

»Alles, was Sie uns sagen, wird vertraulich behandelt.«

Der Mann mit dem roten Gesicht sah misstrauisch zu Sullivan. Sein unsicherer Kollege bemerkte es und tat es ihm nach. Paddy schaute auf und sah, wie Sullivan mit Pokermiene intensiv seine Schuhe studierte. Das war eine direkte Beleidigung gewesen, doch sie kam von einem ranghöheren Beamten, deshalb musste Sullivan so tun, als ob er sie nicht gehört hätte. Bei der Zeitung hätte jeder es verstanden, wenn Sullivan den beiden eine verpasst hätte.

»Ja«, sagte sie bockig, »was immer man unter ›vertraulich‹ versteht, nicht wahr? Shug Grant ist bestens darüber informiert, was Sie mich fragen werden, und ich weiß, dass die Informationen nicht von Sullivan oder der Dame hier kommen, die Protokoll führt.«

Die Sekretärin hörte auf mitzuschreiben und hob den Blick von der Ringbindung ihres Schreibblocks. Die Polizeibeamten rutschten unbehaglich auf ihren Stühlen herum. Der Unsichere schaute zu seinen Kollegen, um zu sehen, was sie machten.

»Die Vertraulichkeit macht Ihnen also Sorgen.« Der Blasse ging einfach über ihren Kommentar hinweg. »Was wollen Sie uns denn erzählen?«

Geschockt von seiner Unbekümmertheit lehnte sich Paddy auf ihrem Stuhl zurück. »Interessiert es Sie denn nicht, dass es hier ein Leck gibt?«

Der Blasse wirkte überrascht, dass jemand es wagte, ihm Paroli zu bieten. Der mit dem roten Gesicht beugte sich vor und übernahm. »Miss Meehan …«

»›Ms‹.« Sie wusste, dass sie damit die Leute auf die Palme brachte.

Die Männer hielten inne und feixten. Der mit dem roten Gesicht setzte noch einmal an. »Wir sind befugt, Sie zur Kooperation zu zwingen. Ich kann Ihnen garantieren, dass nichts, was Sie sagen, nach außen dringt.« Wieder sah er anklagend zu Sullivan.

»Sie täuschen sich.« Paddy strich über die Tischplatte. »Ich weiß mit Sicherheit, dass Mr. Sullivan nicht die undichte Stelle ist, denn ich habe ihm das, was ich Ihnen sagen werde, bereits gesagt. Ich weiß auch, dass es nicht die Sekretärin ist, weil hinter den preisgegebenen Informationen eine Strategie steckt. Also, wenn diese Information *nach* diesem Gespräch an die Presse gelangt, weiß ich mit Sicherheit, dass es einer von Ihnen dreien war.«

Sie betrachtete die distinguierten Herren der Reihe nach. Alle wichen ihrem Blick aus. Sie wirkten perplex. Die bloße Vorstellung, dass eine pummelige junge Frau ihre Integrität in Frage stellen könnte, schien lächerlich.

»Ich will ganz offen sein.« Sie sah auf die Tischplatte, doch ihre Stimme klang scharf und lehrerhaft. »Ich kenne den Namen. Ich weiß, wer von Ihnen Shug Grant über die Vorgänge hier informiert. Ich werde Ihren Namen nicht in der *Daily News* nennen, aber ich weiß, wer Sie sind.«

Sie saßen reglos und sahen sie an. Der mit dem roten Gesicht hatte ein starres Grinsen aufgesetzt. Paddy unterdrückte ein Lächeln. Ein herrliches Gefühl, andere einzuschüchtern, die sie wieder einmal unterschätzt hatten: Der Überraschungseffekt gab ihr immer einen Vorsprung.

Die drei Männer rutschten weiter auf ihren Stühlen herum, der eine hob die Augenbraue, der andere reckte das Kinn, der dritte zuckte vor unterdrückter Wut.

Der Blasse übernahm wieder: »Sollen wir noch einmal anfangen?« Er nickte der Sekretärin zu, damit sie weiterschrieb.

»Okay, dann stellen wir uns doch erst einmal richtig vor. Ich bin Patricia Meehan.« Sie sah zu dem mit dem roten Gesicht und starrte ihn so lange an, bis er es nicht mehr aushielt.

»Superintendent Ferguson.«

Sie sah den Blassen an.

»Ich bin Chief-Superintendent Knox«, sagte er zögernd.

Der Dritte stellte sich ebenfalls vor, aber Paddy hörte ihn nicht. Knox war in Schottland ein häufiger Name, doch Paddy konnte nicht mehr weiterdenken. Dieser Knox schien ein verschlossener Typ zu sein, verbittert und verklemmt, außerdem wirkte er wie jemand, der seine Machtposition gern ausnutzte. Wenn an der Tür in Bearsden der Name eines Chief Superintendent genannt worden war, stand außer Zweifel, warum Gourlay und McGregor Vhari Burnett in ihrem Haus zurückgelassen hatten. Und es erklärte auch, warum Gourlay und McGregor noch während der laufenden Ermittlungen zu Vhari Burnetts Tod nach Partick versetzt worden waren. Kein Wunder, dass Tam Gourlay dachte, er könnte sie bedrohen.

Wenn Knox Bestechungsgelder annahm, ließ sich das feststellen: Er hatte sicher ein großes Haus, ein schickes Auto oder Kinder auf einer teuren Privatschule. Paddy könnte herausfinden, wofür er sein Geld ausgab, es sei denn, Lafferty erwischte sie vorher. Aber wenn Knox mit Neilson zusammenarbeitete, wusste Lafferty, dass sie hier war.

Sie unterdrückte ihre aufkommende Panik und sagte sich, dass Knox nichts tun konnte, solange sie hier war. Sie versuchte sich zu konzentrieren.

Nach einer sanften Ermunterung von Ferguson erzählte Paddy, wie sie vor dem Haus in Bearsden eingetroffen war und Gourlay neben dem Streifenwagen hatte stehen sehen. Sie widerholte das Gespräch über die BMWs. Ihr wurde ein Autokatalog vorgelegt, aus dem sie die Modelle aussuchen musste, die den von ihr gesehenen Autos am ehesten entsprachen. Und als sie es schließlich nicht länger hinausschieben konnte, erzählte sie von dem Mann mit den Hosenträgern, der ihr einen Fünfzig-Pfund-Schein in die Hand gedrückt hatte. Knox war ehrlich überrascht.

»Er hat Sie *bestochen?«* Er sagte das so, als ob es Paddys Schuld wäre, dass er das noch nicht wusste.

»Er hat mir Geld in die Hand gedrückt und mir gesagt, ich solle die Geschichte aus der Berichterstattung raushalten.«

»Aber Sie haben die Geschichte trotzdem gebracht?«

»Na ja, ich hätte das Geld zurückgegeben, aber er hat mir die Tür vor der Nase zugeschlagen.«

»Es war also Bestechung«, wiederholte er und musterte sie ärgerlich.

Sullivan trat an den Tisch und stützte sich mit den Fingerspitzen darauf ab, ohne jemanden anzusehen. »Der Fünfzig-Pfund-Schein ist der Gegenstand aus dem Haus, auf dem wir Robert Laffertys Fingerabdrücke fanden.«

Der Dritte, der immer auf die anderen schielte und dessen Namen sie nicht verstanden hatte, wiegte den Kopf. Sie alle hatten von den Fingerabdrücken gehört, aber nicht von dem Geldschein. Sullivan hatte Wort gehalten, er hatte es niemandem erzählt. Paddy beobachtete, wie er wieder zurücktrat. Knox schien ihn nicht mehr zu interessieren als die beiden anderen.

»Haben Sie gesehen, ob Tam Gourlay oder Dan McGregor ebenfalls Geld gegeben wurde?«

»Nein«, sagte sie, sichtlich erleichtert. »Ich habe nichts gesehen.« Und als ob sie einfach die Geschichte weitererzählen würde, fügte sie hinzu: »Ich ging zurück zu meinem Wagen, und als ich an Gourlay und McGregor vorbeikam, sagte Gourlay gerade: ›Es ist wirklich wichtig, dass das nicht in die Zeitung kommt, sie ist Juristin‹, oder etwas in der Art, und McGregor gab ihm einen Klaps auf den Hinterkopf.«

Die Mitglieder der Kommission wirkten etwas verblüfft. »Was glauben Sie, was er damit meinte?«

»Ich weiß nicht. Ich erzähle Ihnen nur, was passiert ist.«

Sie waren erfreut, dass sie keinen der beiden Polizisten direkt beschuldigt hatte, Bestechungsgeld anzunehmen. Fergusons Blick huschte zu der Sekretärin, die alles mitschrieb. Paddy begriff, dass hier eigentlich zwei Gespräche stattfanden: das, was gesagt oder angedeutet wurde, und das, was protokolliert wurde. Und nur das protokollierte Gespräch hatte für die Zukunft Konsequenzen.

Ferguson bot ihr ein Glas Wasser an, stand auf, beugte sich über den Tisch und schenkte ihr ein. Es war dazu gedacht, sie abzulenken, die Kette der Fragen zu unterbrechen. Ein Versuch zur Schadensbegrenzung. Sie würden Paddy nichts fragen, was sie nicht bereits wussten, sie würden sie auch nicht aufs Geratewohl vernehmen.

Knox sah sie prüfend an. »Wir haben die Unterlagen von Ihrer ersten Befragung durch DI Sullivan gesehen. Sie haben die fünfzig Pfund damals nicht erwähnt?«

»Nein.«

»Und obwohl Sie das Geld nahmen, haben Sie am nächsten Tag einen Artikel über den Vorfall veröffentlicht?«

»Welcher Teil daran stört Sie? Dass ich das Geld nahm oder mich nicht an den Deal gehalten habe? Ich habe die Bestechung ja nicht wirklich angenommen, er hat mir das Geld in die Hand gedrückt und die Tür zugemacht.«

»Aber Sie haben das Geld behalten?« Er betonte diesen Punkt, weil er wusste, dass er protokolliert wurde.

»Ich konnte es nicht zurückgeben. Er hatte die Tür geschlossen.«

»Gab es denn keinen Briefkasten?« Knox sah sie an. Seine grauen Augen waren halb geschlossen und blickten verächtlich. Einen jungen Polizeibeamten konnte er damit vielleicht einschüchtern, aber Paddy war Journalistin und musste jeden Tag mit dreisten Dreckskerlen fertig werden. Sie seufzte ungeduldig und trommelte mit den Fingern auf dem Tisch herum. »Sind wir hier fertig? Kann ich jetzt gehen?«

Ferguson beugte sich vor. »Würden Sie sagen, Sie waren, als Sie vom Haus wegfuhren, relativ überzeugt, dass Miss Burnett in Sicherheit war und ihr nichts weiter zustoßen würde?«

Das war die Gretchenfrage, die sie jedem stellten. Der Punkt, der entschied, ob Gourlay und McGregor wegen eines Amtsvergehens belangt werden würden oder nicht. Und dabei hatte Paddy nicht einmal das Gefühl gehabt, dass Vhari Burnett in Sicherheit war. Es war ihr egal gewesen. Als sich die blutverschmierte Vhari ins Wohnzimmer zurückgezogen hatte, aus ihrem Blickfeld heraus, hatte Paddy nur noch daran gedacht, sich so schnell wie möglich wieder ins warme Auto zu setzen. Sie hatte Burnett völlig falsch eingeschätzt: Sie hatte gedacht, sie wäre reich, selbstsüchtig und dünn, und dass sie bei Neilson bleiben wollte; sie hatte gedacht, die beiden wären ein Paar und würden die Sache unter sich ausmachen. Es gab Hunderte selbstsüchtige, beschämende Gründe, warum Paddy sich nicht ins Haus gedrängt und darauf bestanden hatte, Burnett mitzunehmen. Wenn sie das nicht zugeben wollte, würde sie Gourlay und McGregor den Rücken stärken.

»Nein, ich hatte nicht das Gefühl, dass sie in Sicherheit war. Trotzdem bin ich einfach gegangen.«

»Warum haben Sie das getan, Miss Meehan?«

Sie war zu müde, um sich eine Lüge auszudenken. »Aus dem gleichen Grund, aus dem McGregor und Gourlay einfach wieder gingen. Aus Dummheit.«

Die Männer spürten, dass das Gespräch eine unvorhergesehene Wendung nahm, und wurden nervös. Die Protokollantin sah auf. Knox beendete die Befragung so schnell wie möglich, um zu verhindern, dass Paddy noch etwas Unpassendes sagte.

Sullivan begleitete sie zur Tür, als ob sie den Weg nicht selbst finden würde, und ging mit ihr hinaus in den Warteraum. Er vergewisserte sich, dass Grant noch nicht in Hörweite war, und sagte: »Was Sie da sagten, dass sie nicht in Sicherheit war, das war – genau das Richtige.«

Sie sah ihn an und zitterte bei dem Gedanken, dass Lafferty

draußen auf sie wartete. »Ich dachte, Sie würden mir sagen, dass das dumm war.«

»Das war es natürlich auch.«

Er lächelte sie an, so beeindruckt, dass er den Bauch für sie einzog, und ging dann wieder zurück zum Verhörraum.

Draußen auf der Straße war es ruhig. Paddy ging schnell, die Augen fest auf den Taxistand zwei Straßen weiter vorne gerichtet, und sagte sich immer wieder, dass es keinen Grund zur Panik gab. Lafferty würde es nicht wagen, sie hier anzugreifen, direkt vor dem Revier. Als sich ein Auto von hinten näherte, pochte ihr Herz wie wild, und sie verfiel in einen ungelenken Trab. Sie zog ihren engen Rock über die Knie, sprintete über die viel befahrene Straße und rannte immer schneller, bis sie den Taxistand erreichte und in das erste Taxi in der Reihe sprang.

»Redaktion der *Daily News*, Albion Street«, sagte sie. Der einzige Ort, an dem sie sich sicher fühlte.

29

Killearn

I

Es war drei Uhr morgens, die tote Stunde, und Paddy dachte sehnsüchtig an Schlaf. Sie hätte heute Vormittag wirklich schlafen sollen. Jetzt stand sie vor dem durchgehend geöffneten Lebensmittelladen, fühlte sich merkwürdig benommen und musste sich setzen, weil plötzlich alles um sie herum die Farbe verlor. Die ungepflegte alte Frau neben ihr, die gerade von der Polizei verhört wurde, bemerkte ihr Taumeln, ignorierte die Polizeibeamten und beugte sich über Paddy.

»Ist Ihnen schlecht?«, fragte sie mit der Hand auf ihrem Knie und lachte wie der Tod persönlich. Fleckige Lider hingen ihr tief über die Augen. Die Haut auf ihrer Knollennase schälte sich und warf Falten, und am Hals hatte sie einen Mitesser so groß wie ein Daumenabdruck. Als Paddy in den Laden gekommen war, hatte die Alte auf einem Stuhl neben der Tür gesessen und Whisky aus einem kleinen Fläschchen getrunken, von dem sie behauptete, sie hätte es mitgebracht. Sie wurde von der Polizei zu dem vorangegangenen Gerangel befragt. Und warum hatte die Whiskyflasche eigentlich den gleichen rosa Preisaufkleber wie alle anderen Waren im Laden?

Der Ladenbesitzer wurde getrennt von ihr im Lager befragt. Paddy hörte, wie er die Beamten, die ihn hinter dem Vorhang aus Plastikstreifen festhielten, anschrie, er sei hier doch nicht der Verbrecher. Sie sei eine Hure, eine dreckige, diebische alte Hure.

Die Frau, die mehrere Mäntel übereinander trug, war in den Laden gekommen und hatte nach Alkohol und Lösungsmittel gestunken. Sie wohnte in der Nähe und kam laut Ladenbesitzer oft nachts vorbei, um ihn zu bestehlen. Sie nahm sich Sachen, die sie weiterverkaufen konnte, um sich Alkohol zu kaufen, und stahl Kaffee oder Teebeutel. Die wenigen überteuerten alkoholischen Getränke in den kleinen Flaschen, die zusammen mit den Zigaretten im Regal hinter der Kasse standen, rührte sie nicht an. Außerhalb der für den Alkoholverkauf genehmigten Verkaufszeiten waren sie hinter einem Tuch verborgen.

Heute Nacht war dem Ladenbesitzer der Kragen geplatzt, und er hatte beschlossen, der Frau eine Falle zu stellen, weil er nicht ständig beklaut werden wollte. Er hatte eine leere Dose Kaffee und ein Päckchen Teebeutel ins Regal gestellt. Die Frau war hereingekommen und wie üblich direkt zum Kaffeeregal gegangen. Sie stand davor, mit der leeren Dose in der Hand, und versuchte, sich einen Reim darauf zu machen, den Mantel schon geöffnet, um die Dose darin verschwinden zu lassen. Als sie sich schließlich davon überzeugt hatte, dass die Dose leer war, hatte sie sich an den Ladenbesitzer gewandt, die Dose fallen lassen und war auf ihn losgegangen. Schreiend hatte sie nach den Fläschchen unter dem Tuch greifen wollen. Der Ladenbesitzer behauptete, er hätte nur versucht, die Frau abzuwehren, doch eine Gruppe junger Gothic-Fans, die draußen vor dem Laden auf den Bus warteten, hatte durchs Schaufenster gesehen, wie er die Frau zu Boden stieß und ihre Kleider durchwühlte.

Niemand hat einen so ausgeprägten Gerechtigkeitssinn wie betrunkene Jugendliche, die nachts durch die Kneipen ziehen.

Die Gothics rannten in den Laden, gingen auf den Inhaber los und zerrten ihn von der alten Frau weg. Zwei Mädchen drückten ihn zu Boden, während sich die Übrigen bei den Getränken, Zigaretten und Chips bedienten. Auch die alte Frau konnte sich nach Herzenslust im Laden austoben, bis schließlich nach zehn Minuten die Polizei kam.

Es waren nicht genug Beamte, um die jungen Leute zu verhaften, deshalb konzentrierten sie sich auf die beiden Hauptakteure. Die stark geschminkten, schwarz und rot gekleideten Jugendlichen, die man ohnehin nicht richtig voneinander unterscheiden konnte, drängten sich draußen vor dem Laden und spähten durchs Schaufenster. Auf dem Gehweg lagen halb leer gegessene Chipstüten und Keksschachteln. Der Inhalt der belastenden Coladosen gluckerte in den Rinnstein.

Paddy kam mit zwei Seiten Notizen in Kurzschrift aus dem kleinen Laden, obwohl sie wusste, dass es sich nicht lohnte, die Meldung telefonisch an die Nachtredaktion weiterzugeben.

Im Auto beobachtete Sean fasziniert die versammelte Menge und wartete ungeduldig auf ihren Bericht. »Mann«, grinste er und schüttelte verwundert den Kopf, »man glaubt echt nicht, was da abgeht, wenn man nicht selbst dabei ist. Soll ich nach einer Telefonzelle suchen?«

»Hat keinen Sinn, die Meldung schafft es sowieso nicht in die Zeitung.«

»Warum nicht?«

»Weil es kein Autounfall und kein Mord ist. Milieuschilderungen werden nicht gedruckt, nur harte Fakten.«

»Eine Schande.« Sean ließ den Motor an. »War total interessant, da zuzusehen.«

Sean hatte immer ein wenig verächtlich getan, wenn es um Paddys Job ging, weil er gespürt hatte, dass sie sich dadurch von ihm entfernte. Er hatte sie unterbrochen, wenn sie versucht hatte, ihm die nächtliche Stadt zu schildern. Es war eine schöne Bestätigung, dass er jetzt so fasziniert war. Plötzlich liebte sie diesen Job, den sie seit Monaten loswerden wollte. Morgen früh würde Shug Grant entweder über die Schmiergeldzahlung von fünfzig Pfund Bescheid wissen oder nicht, je nachdem, wie der Informant die Situation beurteilte. Wenn Shug es erfahren hatte, würden auch alle anderen in der Redaktion davon wissen. Ramage würde sie zu sich rufen. Wahrscheinlich durfte sie dann nicht einmal mehr ihren Mantel ablegen. Oder vielleicht rief er auch nachher im Hotel an und sagte ihr, dass sie das Zimmer räumen müsste, sie sei entlassen.

»Dann gefällt dir der Job, Sean?«

Er fuhr auf die Straße. »Erzähl es niemandem, aber ich würde das auch für umsonst machen.«

Sean fuhr durch die leere Stadt, über der ein hoher gelber Himmel mit einem dicken Vollmond hing. Sein Fahrstil hatte sich verbessert, das musste sie zugeben, sogar schon nach einer einzigen Nacht.

»Du fährst heute schon deutlich sicherer. Du lernst schnell.«

»Ist 'ne gute Übung.« Er lächelte vor sich hin. »Und gutes Geld.«

Sie wollte nicht, dass er dachte, er hätte auf Dauer einen sicheren Job. »Du weißt, dass das nicht unbedingt was Dauerhaftes ist. Wenn du deinen Führerschein vorlegst, ist es vielleicht ein Problem, dass du erst vor Kurzem die Prüfung bestanden hast.«

Er nickte. Und nickte und nickte. Sie kannte ihn viel zu gut und wusste, dass das etwas zu bedeuten hatte. »Was?«

»Wie ›was‹?«

»Warum hast du gerade so oft genickt?«

Die Panik in seinen Augen sagte ihr, dass etwas nicht stimmte.

Sie holte entsetzt Luft und beugte sich vor. »Sean, du hast die Prüfung doch bestanden, oder?«

Er nickte und nickte wieder, doch sie wusste, dass er log.

»Sean, ich habe dir diesen Job besorgt. Wenn du ihn dir erschwindelt hast, kriege ich Probleme.«

»Na ja, jetzt werde ich die Prüfung auf jeden Fall bestehen, verstehst du? Jetzt habe ich ja richtig viel Praxis.«

»Verdammt, wir fahren jede Nacht hinter Streifenwagen her. Wenn du so weitermachst, bist du deinen Führerschien los, noch bevor du ihn hast.«

Er sah sie im Rückspiegel an. »Selbst wenn ich bestanden hätte, wäre der Führerschien erst in ein paar Monaten da, das dauert doch immer ewig. Wenn ich erwischt werde, sage ich, dass du nichts davon wusstest, okay?«

Paddy antwortete nicht. Sean war bereit gewesen, mit siebzehn zu heiraten, um seiner Mutter eine Freude zu machen. Er war während seiner ganzen Schulzeit Vertrauensschüler gewesen. Er ging an jedem gebotenen Feiertag zur Messe. Gegen das Gesetz zu verstoßen, um einen Job zu bekommen, war das Gewagteste, was er je getan hatte. Sie betrachtete ihn mit neuem Interesse.

»Okay?«, fragte er noch einmal.

Sie nickte und schaute auf seinen Hinterkopf. Mittlerweile war sicher auch in der Notaufnahme nichts mehr los. »Fahren wir nach Killearn.«

II

Der Empfang wurde immer schlechter, je weiter sie die Stadt hinter sich ließen, bis das Pfeifen und Knacken des Polizeifunks schließlich nur noch ein leises, beruhigendes Summen war. Helles, gelbes Mondlicht glitzerte auf dem Raureif, der die schlammigen Äcker bedeckte, und die kahlen Skelette der Hecken säumten die dunkle Straße.

Sie fuhren durch eine üppige Landschaft mit sanften Hügeln, gekrönt von alten Baumgruppen und malerischen Dörfern entlang der traditionellen Herdenwege, auf denen die Hirten aus den Highlands jahrhundertelang ihr Vieh in die Stadt getrieben hatten. Die Bevölkerung wuchs, die kleinen Dörfer breiteten sich aus, das Ackerland an ihren Rändern wurde zugebaut mit großen, neuen Häusern, bewohnt von golfspielenden Städtern, die sich gern als Landbewohner ausgaben.

Als sie nach Killearn hineinfuhren, kamen sie an Häusern vorbei, die etwas abseits der Straße standen, alten und neuen Villen mit großen Rasenflächen und kunstvoll gestalteten Gärten. Bei manchen standen Boote in der Auffahrt, bei den meisten große Autos.

Es war vier Uhr morgens, das ganze Dorf schlief, und die übliche Wachsamkeit, die man sonst in reichen Gegenden vorfand, fehlte: kein Hundegebell, keine teuren Autos, die langsamer fuhren, wenn ihnen ein fremdes Auto entgegenkam, mit Fahrern, die aufmerksam in das billige Auto spähten und sich die Gesichter der Fremden einprägten, die hier nichts verloren hatten und womöglich Probleme machen würden.

Die Auffahrt von Huntly Lodge war alles andere als spektakulär, eine schmale Lücke in der Hecke mit einem klapprigen Tor, moosverschmiert und verrottet, allerdings mit einer schimmernden neuen Kette und einem Vorhängeschloss gesichert.

Paddy wies Sean an, am Straßenrand zu halten, die Scheinwerfer auszuschalten und auf sie zu warten.

»Wo gehst du hin? Ich komme mit.«

»Nein«, sagte sie. »Ich muss nur was nachschauen. Du wartest hier.«

Sie war nicht passend angezogen. Seit Sonntag trug sie denselben Rock, und ihr Pullover muffelte allmählich. Der Rock war zu eng zum Klettern, aber sie hatte ja ihren Mantel an, also zog sie den Rock bis zu den Hüften hoch und stieg auf das Tor. Oben angekommen, mit einem Bein über dem Tor, neigte sich das windschiefe Gatter im Schlamm, und sie fiel nach hinten, mit dem Kopf voraus. Sie warf ihr Gewicht nach vorn und klammerte sich fest, dabei blieb sie mit der Strumpfhose im rauen Holz hängen und riss sich die Knie auf. Dicke Wollstrumpfhosen kosteten fünf Pfund. Sie verfluchte Paul Neilson, als sie auf die andere Seite kletterte. Ihr Knie hatte ebenfalls einen Kratzer abbekommen und blutete leicht.

Sie zog den Rock wieder runter und humpelte den schlammigen Weg entlang, dabei folgte sie der Kante einer tiefen Fahrrinne, die schwere Autos in den Boden gepflügt hatten. Die Bäume standen dicht am Weg, schlossen sich über ihrem Kopf und schwankten bedrohlich im leichten Wind. Paddy ging langsam, bis sich ihre Augen an die Dunkelheit gewöhnt hatten, rieb sich das Knie und bedauerte sich selbst.

Nach einer Biegung stand sie plötzlich vor einem großen Haus. Nervös zog sie sich ins Gebüsch zurück. Hier war jemand eindeutig sehr reich.

Das Haus war neu und riesig, ein schlecht proportionierter protziger Kasten mit einer unverhältnismäßig kleinen Eingangstür und Fenstern, die besser zu einer Doppelhaushälfte gepasst hätten. Um die Tür etwas gediegener wirken zu lassen, hatte man rechts und links Gipslöwen platziert, doch sie waren zu klein und ließen die Tür noch billiger wirken. Links vom Eingang befand sich ein zusätzlicher Anbau mit drei Garagen. Paddy schlich sich an den Büschen entlang über den mit Blättern bedeckten schlammigen Boden zur Seite des Anbaus. Der Boden war so weich, dass die Gummisohlen ihrer

Stiefeletten bei jedem Schritt ein schmatzendes Geräusch von sich gaben. Sie hoffte, dass es keinen Hund im Haus gab, achtete genau darauf, wohin sie ihre Füße setzte, und schlich auf Zehenspitzen so leise wie möglich zur Garage.

Das Fenster an der Seite war zu hoch, als dass sie richtig hätte hineinsehen können. Sie erspähte die Dachschräge und drei Dachfenster in einer Reihe, jedes für einen Abschnitt der Garage, aber bis zu den Autos reichte ihr Blick nicht.

Suchend schaute sie sich nach etwas um, auf das sie hinaufsteigen konnte, fand aber nichts. Sie schlich hinters Haus, wo sich eine große Betonplattform mit einem Wintergarten darauf befand, mitten auf einer sanft abfallenden großen Rasenfläche. Unter dem Glas schimmerte das Mondlicht und verriet, dass sich dort ein Swimmingpool befand. Der Garten wirkte nicht so, als ob er regelmäßig genutzt würde, es gab keine alten Rasenmäher oder verlassenen Spielgeräte an der hinteren Mauer, keine Kisten und keine Aussaatschalen, nicht einmal eine kaputte Waschmaschine wie bei den Meehans. Und vor allem nichts, das Paddy als Trittleiter hätte benutzen können.

Sie ging wieder zurück zum Garagenfenster, prüfte den Boden und hüpfte mehrmals auf und ab, um sich mit den wenigen Blicken ins Innere, die sie erhaschte, ein Bild vom Grundriss und der Ausstattung der Garage zu machen. Es standen nur zwei Wagen darin, obwohl Platz für drei war, ein großes und ein kleineres, und beide hatten genau die Form und Größe der BMWs, die sie hinter Vhari Burnetts Haus gesehen hatte.

Plötzlich raschelte es hinter ihr im Gebüsch, und sie musste sofort an Lafferty denken. Sie drehte sich um und eilte den Weg zurück zum Tor hinunter, an leises Schleichen war nicht mehr zu denken. Unten angekommen, zog sie ihren Rock wieder über die Hüfte und kletterte schnell über das Tor. Der Anblick von Seans Wagen ließ sie aufatmen, und sie legte noch ein bisschen an Tempo zu. Als sie wieder ins warme Auto stieg, war sie so erleichtert, dass sie fast die Tür zugeknallt hätte, um die beunruhigende Dunkelheit hinter sich zu lassen, doch sie konnte sich noch rechtzeitig zusammenreißen.

»Fahren wir.«

»Warum hast du deinen Rock ausgezogen?«

»Fahr los, Sean, aber lass die Scheinwerfer aus.«

III

Larry Grey Lips, der Nachtredakteur, sah sie bedauernd an. »Meehan, du musst noch hierbleiben.«

Paddy stand bei den Postfächern und hatte schon den einen Arm im Mantel und den Schal um den Hals. »Warum?«

Er wedelte mit einem gelben Memozettel. »Der kam gestern Nacht, als du schon weg warst: Ramage will dich sprechen, sobald er da ist.«

Ihr letztes bisschen Mut verließ sie. Knox hatte Shug von den fünfzig Pfund erzählt. Ramage würde sie entlassen.

Larry und Paddy hatten sich nie besonders gemocht, doch als er sah, wie hart die Nachricht sie traf, streckte er die Hand aus, überlegte es sich dann aber anders und zog sie wieder zurück. »Vielleicht geht es ja um was anderes.«

Sie musste an ihre Mutter denken und legte sich frustriert die Hand über die Augen. »Ich bin die Einzige in der Familie, die Arbeit hat.«

»Oh.« Alarmiert von ihren offen zur Schau gestellten Gefühlen, zog sich Larry schnell zurück. »Tut mir leid.«

Immer noch mit einem Arm im Mantel ließ sie sich auf einen Stuhl neben der Tür sinken. Dieser verdammte Shug

Grant. Sie hatte so viel in diesen Job investiert, hatte jahrelang darauf gewartet, dass es besser wurde, und jetzt war alles umsonst gewesen. Sie hatte nie etwas anderes machen wollen, hatte auch nicht die Noten, um auf die Uni zu gehen. Wenn sie an ihre Zukunft dachte, sah sie sich in der feuchten Garage sitzen und auf eine leere Seite starren, die so weiß war, dass es wehtat. Paddy war so niedergeschlagen, dass sie sich nicht einmal dazu aufraffen konnte, in die Teeküche zu gehen und sich einen Kaffee zu machen oder sich ein paar Kekse zu holen.

Schon bald füllte sich das Büro mit den Kollegen der Morgenschicht. Die flexiblen Anfangszeiten, die unter Farquarson gang und gäbe gewesen waren, waren längst Vergangenheit. Journalisten und Redakteure strömten in Zweier- und Dreiergruppen durch die Tür. Paddy hatte seit fünf Monaten nicht mehr in der Tagesschicht gearbeitet und vergessen, wie das Büro aussah, wenn es voll war. Die Copy Boys waren damit beschäftigt, Tee und Kaffee zu holen, die Journalisten legten sich an ihrem Schreibtisch ihr Arbeitsmaterial zurecht, stellten den Aschenbecher auf die Seite der Zigarettenhand und spannten Papier in die Schreibmaschine, während die Redakteure die Morgenzeitung dahingehend überflogen, welche Artikel fortgesetzt werden sollten, und die Ressortleiter Anweisungen erteilten.

Shug Grant kam drei Minuten zu spät, zusammen mit einem dicken Redakteur für internationale Politik. Er würdigte Paddy keines Blickes, blieb aber in ihrer Nähe stehen, um demonstrativ über einen Witz seines Begleiters zu lachen. Sie sah nicht auf.

Sie blieb am Ende des Schreibtisches sitzen und hatte die Hände über dem Bauch gefaltet. Den Kratzer an ihrem Knie nahm sie kaum wahr, doch die Magenschmerzen, die sie seit

Tagen plagten, machten ihr zu schaffen. Dann stand plötzlich einer der Copy Boys neben ihr. »Ramage möchte Sie sehen.«

Sie sah sich im Büro nach etwas um, das sie mitnehmen wollte. Vielleicht durfte sie nachher nicht mehr hinein. Ihr großer Becher stand in dem Schrank für Bürobedarf, aber sie wollte nicht den langen Weg quer durch den Raum gehen, außerdem hätte sie dafür an Shug Grant vorbei gemusst.

Sie stand langsam auf und steckte den anderen Arm in den Mantel. »Unten?«

Der Laufbursche nickte traurig. »Unten.«

Sie blieb noch einmal an der Tür stehen und schaute zurück auf das geschäftige Treiben. Draußen schien die Sonne. Goldene Lichtbündel fielen durch die Fensterwand auf den schmutzigen blauen Teppich. Niemand schaute zu ihr. Die Kündigung war noch nicht einmal ausgesprochen, aber für die anderen war sie nur noch ein trauriges Schulterzucken, ein Gerücht. Sie würde nicht die Letzte sein.

Sie schleppte sich nach unten und durch den stillen Korridor, klopfte zweimal und lehnte sich an die Wand, während sie wartete. Ramage rief sie herein. Er saß wie immer hinter seinem großen Schreibtisch, selbstgefällig auf seinem Stuhl zurückgelehnt. Auf der ledernen Schreibtischauflage lag kein einziges Blatt Papier, dafür aber eine kleine Stempelkanne aus Messing, daneben eine dunkelgrüne Tasse und eine Untertasse mit Goldrand. Das üppige, schokoladige Aroma von echtem Kaffee erfüllte den Raum.

»Tut mir leid, dass Sie nach Ihrer Schicht noch länger bleiben mussten.«

Sie blieb in der Nähe der Tür stehen und sagte achselzuckend: »Schon okay.«

Ramage musterte sie. »Es waren nur zwanzig Minuten, Meehan, kein Grund zum Schmollen.«

Sie fürchtete, dass sie gleich anfangen würde zu weinen, und biss sich seitlich auf die Lippe. Ramage legte die flache Hand auf den Messingstempel, drückte ihn langsam hinunter und sah zu, wie die Scheibe den gemahlenen Kaffee gegen den Glasboden drückte. »Kommen Sie her.«

Sie schlurfte zu seinem Schreibtisch.

»Was ist mit Ihrem Knie passiert?«

»Hängen geblieben. Bin über ein Tor geklettert.«

Er schenkte sich Kaffee ein, hob Tasse samt Untertasse, führte die Tasse mit abgespreiztem kleinem Finger zum Mund und trank geräuschvoll. »Wie läuft es mit der Story über Korruption bei der Polizei?«

Paddy sah Ramage an. Der schlürfte weiter seinen Kaffee und blickte sie erwartungsvoll an. Er wollte ihr gar nicht kündigen, sondern mit ihr reden,

Sie lebte sichtlich auf. »Also, ich habe den Kerl gefunden, dem die Autos gehören, die hinter dem Haus in Bearsden parkten. Er war früher mit Burnetts Schwester zusammen, aber die ist verschwunden. Ich denke, er sucht sie, er ist verzweifelt, aber nicht unbedingt, weil er sie liebt.«

»Er dachte, dass ihre Schwester sie versteckt hat?«

»Wahrscheinlich. Vhari Burnett war gerade erst umgezogen, und der Tote im Fluss kannte ihre neue Adresse.«

»Er hat sie also durch ihn gefunden?«

»Ich glaube schon.«

»Und was ist mit der Polizei?«

»Tja, die beiden Beamten, die in der Nacht in Bearsden waren, sagen nichts, was zu ihm führen könnte, da sind sie sehr vorsichtig. Was darauf hindeutet, dass sie bestochen wurden. Aber noch wichtiger ist, dass sie beide gerade auf das Revier versetzt worden sind, wo die Ermittlungen zu Burnetts Tod durchgeführt werden. Jeder weiß, dass sie korrupt sind, die Versetzung ist absolut ungewöhnlich, und ich glaube, ich weiß, welcher Vorgesetzte das angeordnet hat.«

»Er ist also auch korrupt?«

Sie zuckte mit den Schultern. »Das vermute ich. Ich bin mir nicht sicher, aber sein Name wurde mehrfach genannt.«

»Gut.« Ramage lehnte sich wieder zurück. »Haben Sie Beweise?«

»Die Fingerabdrücke des Schlägers. Er ist die Verbindung.«

»Hat er auch das Auto in Brand gesteckt?«

»Ja, der Typ mit der Brandbombe. Er ist die Verbindung, aber ich bin die Einzige, die ihn mit dem Haus in Bearsden in Verbindung bringt. Ich kann bezeugen, dass ein Stück Papier, auf dem seine Fingerabdrücke gefunden wurden, in jener Nacht aus dem Haus kam.«

Ramages Gesicht blieb ausdruckslos, als sie das »Stück Papier« erwähnte. Paddy schloss daraus, dass er nichts darüber wusste. Knox hatte Shug Grant doch nichts erzählt.

»Keine Spur von ihm? Verfolgt er Sie, war er bei Ihrem Haus?«

»Nein.« Sie hielt inne. Womöglich wollte Ramage, dass sie wieder daheim schlief. »Bis jetzt nicht. Ich habe ihn nicht gesehen.«

»War er der Mann an der Tür?«

»Nein. Der Mann an der Tür hat ebenfalls Fingerabdrücke auf dem Stück Papier hinterlassen, aber er ist nicht erfasst.«

»Er muss also erst verhaftet werden, bevor man seine Fingerabdrücke abgleichen kann?«

»Ja«, sagte sie und vergaß dabei, ihre Überraschung darüber zu verbergen, dass Ramage gar nicht so dumm war, wie sie gedacht hatte. Er merkte es, und seine rechte Wange zuckte irritiert, deshalb sprach sie schnell weiter: »Jedenfalls verschleppt die Polizei die Ermittlungen, was diesen Mann betrifft, und will den Mord an Burnett anderen in die Schuhe schieben. Irgendjemand beschützt ihn, definitiv.«

»Und das Team, das im Mordfall ermittelt? Sind die Leute sauber?«

Sie dachte daran, wie Sullivan die Beleidigung durch die Mitglieder der Kommission hingenommen und wie er den Bauch für sie eingezogen hatte, weil sie das Richtige getan hatte. »Blitzsauber. Der zuständige Beamte weiß, dass da etwas stinkt. Er trifft sich mit mir und gibt mir Hinweise.«

Ramage zeigte triumphierend mit dem Finger auf sie, als ob sie einen Vorschlag von ihm umgesetzt hätte. »Guter Kontakt. Behalten Sie den für sich, Meehan. Erzählen Sie keinem von den Geiern da oben was davon. Das ist allein Ihr Informant.«

Erleichtert, dass Ihre Hinrichtung verschoben worden war, lächelte sie Ramage eifrig an. »Super Tipp«, sagte sie, »danke«, als ob man sie tatsächlich warnen müsste, sich gegenüber Kollegen bedeckt zu halten.

Ramage nippte wieder an seinem Kaffee. Er sah aus, als ob ihm ein bisschen übel wäre, er presste die Lippen zusammen und saugte an seiner Zunge. Sie vermutete, dass der Kaffee besser roch, als er schmeckte. »Und wie lief es bei der Untersuchungskommission?«

»Dort war man anscheinend bestrebt, alle wichtigen Fragen zu vermeiden.«

Er nickte langsam. »Also ist es jemand aus der Kommission?«

Wieder war Paddy von seinem Scharfsinn beeindruckt. »Könnte sein.«

»Das gibt es. Ich habe das schon einmal erlebt. Die Typen sorgen dafür, dass sie in den Untersuchungsausschuss kommen, und versuchen dann, die internen Ermittlungen zu steuern.«

»Wirklich?«

»Sicher, genau dasselbe ist bei einer Story passiert, die wir vor zehn Jahren in Liverpool aufgedeckt haben. Also, was denken Sie, wie lange brauchen Sie noch?«

Sie hatte keine Ahnung. »Ein paar Tage«, sagte sie und fragte sich, wie sie darauf gekommen war. »Höchstens.«

»Gut. Gut.« Er stellte die Tasse ab und sah widerwillig auf den Kaffee. »Ich zahle Ihnen noch zwei Tage im Hotel, bis dann muss alles erledigt sein.« Er winkte mit der Hand zur Tür. »Und jetzt raus.«

Paddy lächelte ihn an, ein aufrichtiges Lächeln. Er war schlau und bereit, ihr das Hotel zu zahlen, außerdem hatte er ihr nicht gekündigt. »Danke, Boss.«

Draußen, auf dem stickigen Korridor, überkam sie wieder die Müdigkeit. Sie hatte nur noch zwei Tage. Um ihre Gedanken zu ordnen, tastete sie in ihrer Tasche nach dem zerknitterten Foto von der Beerdigung, holte es heraus und glättete es. Der schwarze Toner war an den Knicken schon abgeblättert, aber Kate Burnetts Gesicht war immer noch gut zu erkennen, jede Menge blonde Locken und ein kleines Lächeln auf den Lippen. Sie war die Verbindung. Paddy musste sie finden.

30

Das Meer ist so weit

I

Das Bett hatte sie verschlungen, sie hineingezogen in einen sargtiefen Schlaf. Sie träumte, dass Kate auf dem kopierten Foto zum Leben erwachte; sie lächelte, warf den Kopf zurück und lachte bei einer Beerdigung, die üppigen Locken tanzten auf ihren Schultern. Ramage hielt Kates Ellbogen und stützte sie, und plötzlich stand sie in Flammen, ihre Haare brannten, und sie lachte und nickte, die lodernden Haare fielen auf ihre Schultern und spuckten böse kleine Funken.

Paddy setzte sich abrupt auf. Das Telefon neben ihr klingelte. Die tief stehende Wintersonne fiel durchs Fenster und wärmte ihr Gesicht.

»Hallo?«

Die Vermittlung hatte ein Gespräch für sie, ein Mann namens George Burns – sollte sie durchstellen?

»Meehan.« Er klang nicht freundlich, aber sie war gerade erst aufgewacht und noch zu orientierungslos, um seine Kälte zu erwidern.

»Oh, hallo, wie geht's?« Sie sah auf die Uhr. Sie hatte nur drei Stunden geschlafen, es war erst Mittag.

»Ähm, gut, ja, gut. Ich wollte dir sagen, dass Tam Gourlay und sein Partner McGregor auf Beschluss der Untersuchungskommission suspendiert wurden. Ich habe Gourlay gesehen, als er aus dem Revier kam, nachdem er es gerade erfahren hatte. Er ist heute Morgen ein Häufchen Elend, ihm tut jeder Knochen weh.«

Sie brauchte einen Moment, bis sie kapierte, warum sie sich für Tam Gourlays Knochen interessieren sollte. »Du hast ihn verprügelt?«

Burns zögerte, aber sie konnte hören, dass er lächelte, als er schließlich weitersprach. »Aye, aber ich sage es dir verschlüsselt, um die Sache nicht an die große Glocke zu hängen.«

»Hast du ihn heimlich verprügelt?«

»Äh«, seufzte er. »Nein. Auf einem Parkplatz voller Polizisten.«

»Warum also verschlüsselt?«

»Ich weiß nicht. Ich dachte, das würde dich beeindrucken.«

Sie kicherten beide. Paddy rieb sich über ihr heißes Gesicht. »Mein Gott, ist das heiß hier drin.«

»Wie auch immer, der macht dir keine Probleme mehr.«

Sie dachte an Knox. Ihre Probleme reichten tiefer, als Burns wissen konnte. »Vielen Dank.«

»Schon in Ordnung. Ich bin nicht weit weg, eigentlich nur um die Ecke.«

Er machte eine bedeutungsvolle Pause. Sie hätte ihn auffordern können, zu ihr zu kommen, aber sie hatte nur noch zwei Tage Zeit und fühlte sich heute auch zu schwach, um die Gymnastik von gestern zu wiederholen.

»Burns, könntest du mir einen Gefallen tun?«

»Was immer du willst.« Er klang überzeugt, dachte, sie würde ihn zu sich hoch bitten.

»Könntest du mir die Privatadresse von Chief Superintendent Knox besorgen?«

Sie hatte ihn verärgert, das spürte sie selbst durchs Telefon. Er schnalzte mit der Zunge. »Klar«, sagte er kurz. »Klar. Besorge ich dir.«

»Du hast gesagt, was immer ich will.«

»Ja, das habe ich gesagt.«

Nachdem sie aufgelegt hatte, blinkte das rote Licht am Telefon weiter. Sie dachte zuerst, es wäre ein Fehler, aber dann hob sie ab, falls Burns noch in der Leitung war.

»An der Rezeption wartet Besuch auf Sie.« Die Rezeptionistin klang ungehalten. »Sie haben darum gebeten, dass niemand zu Ihrem Zimmer gelassen wird.«

Sie stellte sich vor, wie Gourlay in der Lobby stand und sein Blut auf den roten Marmorboden tropfte. Oder ein grinsender Lafferty mit einer Brandbombe in der Hand. »Wer ist es?«

Die Rezeptionistin seufzte, legte die Hand über den Hörer und fragte etwas. Dann meldete sie sich wieder. »Ihre Mutter.«

II

Die Fahrstuhltür ging auf, und Paddy sah Trisha verloren in der Lobby stehen. Sie trug ihren ärmlichen beigefarbenen »Für die Stadt«-Regenmantel und umklammerte ein paar zerknitterte, mehrfach gebrauchte Plastiktüten, die sie wie einen Schutzschild vor sich hielt. Die schweren Taschen zogen ihre runden Schultern noch weiter nach unten, die Griffe waren gefährlich gedehnt. Sie wirkte verängstigt.

Als Trisha Paddy sah, ging sie fast in die Knie. Bei einer der übervollen Tüten riss der Henkel, und Paddys Kleider fielen auf den glänzenden Marmorboden. Als Trisha die Unterhosen und Pullover auf dem Boden sah, war sie den Tränen nahe.

»Mach dir deswegen keine Gedanken«, sagte Paddy, ging in die Hocke und schaufelte die Sachen zurück in die Tasche. Sie stand auf und wusste nicht so recht, wie sie ihre Mutter begrüßen sollte. Schließlich entschied sie sich für einen Kuss auf die Wange, verfehlte sie aber, weil Trisha in dem Moment den Kopf drehte, sodass sie sie ungeschickt am Ohr traf.

»Hallo, Liebes«, sagte Trisha leise. »Hallo.«

»Sollen wir einen Tee trinken?«

»Na ja«, sagte Trisha und sah sich um, als ob sie den Tee in der Lobby trinken müssten. »Das macht sicher Umstände.«

»Nein, das ist kein Problem – wir können hier rein.« Paddy nahm ihren Arm, steuerte sie durch die Lobby und ein paar Stufen hinunter, die in die Bar führten.

Trisha sah sich schockiert um. »Bitte lieber Gott, mach, dass mich niemand sieht, wenn ich um die Mittagszeit in einem Pub sitze.«

Paddy lächelte und drückte ihren Arm. »Warst du je in einem Pub?«

»Aber natürlich. Als dein Vater und ich verlobt waren. Im Chapman's.« Sie rümpfte die Nase. »Es hat mir nicht gefallen.«

Der Raum diente morgens als Frühstücksraum, um die Mittagszeit als Pub und abends als Restaurant. In der Ecke stand eine Edelstahltheke, auf der das fettlastige warme Frühstück warm gehalten und Getränke gekühlt wurden. Jetzt lag sie im Dunkeln, die metallene Warmhalteplatte war geschrubbt und wartete auf den nächsten Morgen. Hinter der Bar in der Mitte des Raumes standen ein paar junge Männer in weißen Hemden, und um die Tische kreisten Kellnerinnen. Die Stühle und Bänke waren mit lila und gelbem Stoff bezogen, passend zum Teppich und den Strukturtapeten. Es roch nach Zigaretten und Pflanzenöl.

Trisha und Paddy setzten sich nebeneinander auf eine Bank mit Blick auf den großen Raum. Es war angenehm, sich nicht ansehen zu müssen. Zwischen ihnen und den Fenstern, die auf den George Square hinaus gingen, saßen Geschäftsleute in dunklen Anzügen und aßen große Portionen Fish and Chips oder Cottage Pie, dazu tranken sie Bier. Alle hatten neongrüne Erbsen auf den Tellern, die aber niemand zu essen schien.

»Das sieht teuer aus«, murmelte Trisha. »Gegenüber gibt es ein Café.«

»Ich kann das aufs Zimmer schreiben lassen. Die Zeitung bezahlt das. Möchtest du Mittagessen?«

Seit Menschengedenken aß Trisha zum Mittag einen Teller Suppe und zwei gekochte Eier, die sie in einer Tasse zerdrückte. Sie sah auf den Teller am Nachbartisch. »So viel könnte ich mittags gar nicht essen.«

»Du musst nicht alles essen; du isst so viel, wie du magst, und lässt den Rest stehen.«

»Was für eine Verschwendung. Ich möchte nur Tee.« Sie zog den Mantel aus. Darunter trug sie eine elegante weiße Nylonbluse, die sie normalerweise nur zur Messe anhatte.

Die Kellnerin nahm ihre Bestellung auf: zweimal Tee mit Keksen und einen Teller Pommes frites als Frühstück für Paddy. Trisha nahm die Plastiktüten und stellte sie auf die Bank zwischen sich und Paddy.

»Also, ich habe dir saubere Kleider mitgebracht und deine Zahnbürste und eine Dose mit Suppe.«

Paddy lächelte, als sie die Tupperdose mit Suppe in der Tüte sah. Trisha hatte den schweren Behälter den ganzen Weg von Eastfield hergeschleppt. Eine Gemüsesuppe mit getrockneten grünen Erbsen und rosa Schinkenstücken. Eine Suppe gehörte bei den Meehans zu jeder Mahlzeit, die einzige Ausnahme war das Frühstück. Die Rezepte wurden von den Müttern an die Töchter weitergegeben. Eine Suppe war eine Art Talisman, der Sattmacher der armen Leute, der sie mit ihrer täglichen Portion Gemüse versorgte. Und weil es so aufwendig war, die

Zutaten einzukaufen und die Erbsen einzuweichen, war die Suppe auch ein Symbol für die liebevolle Fürsorge in einer Familie, wo Zuneigung nie in Worte gefasst wurde – besonders wenn auch noch Fleisch in der Suppe war. »Ma, wo soll ich denn die Suppe aufwärmen?«

»Habt ihr im Büro keinen Herd?«

»Komm schon, ich mache mich doch nicht zum Affen und wärme mir im Büro Suppe auf.« Sie wollte ihre Mutter nur ein bisschen aufziehen, aber Trisha war gekränkt.

»Aber ich habe sie extra für dich gekocht.« Ihre Augen füllten sich mit Tränen. Sie zog ein Taschentuch aus dem Ärmel und tupfte sich die Nase damit ab, während die Kellnerin ihre Bestellung auf dem Tisch abstellte.

Als die Kellnerin wieder weg war, streichelte Paddy ihrer Mutter über den Arm. »Nicht weinen, Ma.«

Trisha legte die Hand auf den Mund und weinte noch mehr. »Warum bist du hier?«

»Das habe ich dir doch gesagt, Ma, wir arbeiten an einer großen Story, und ich muss in der Nähe der Redaktion bleiben.«

»Warum sagst du dann, dass ich nach diesem Auto Ausschau halten soll? Bist du in Gefahr?«

»Nein.« Paddy versuchte unbeschwert zu klingen, aber ihre Mutter konnte lesen und wusste, was in der Zeitung stand. »Billy geht es gut. Er kommt heute aus dem Krankenhaus. Das wird alles übertrieben, damit eine größere Story daraus wird. Du musst dir wirklich keine Sorgen machen.«

Aber Trisha weinte weiter, obwohl sie sich bemühte, es zu unterdrücken, und auf ihr Taschentuch biss. Paddy hatte in letzter Zeit genug Weinkrämpfe von ihr miterlebt, um zu wissen, dass es eigentlich gar nicht um sie ging. Sie schenkte Tee ein, gab Zucker in die Tasse ihrer Mutter und rührte um.

Dann legte sie ihr noch einen schönen Schokoladenkeks auf die Untertasse, als Köder. Sie selbst stocherte in ihren Pommes frites herum, obwohl sie gar keinen Appetit darauf hatte. Vom Rauch in der Bar war ihr ein bisschen übel.

Trisha seufzte, nahm den Keks und betrachtete ihn. Kokosraspel zierten die dunkle Schokolade.

»Tut mir leid, dass ich geweint habe.«

»Schon in Ordnung, Ma.«

»Oft meine ich es gar nicht so.«

»Ich weiß, Ma, ich weiß.«

Schweigend tranken sie ihren Tee und sahen den Geschäftsleuten beim Essen zu. Hin und wieder tätschelte Paddy den Oberschenkel ihrer Mutter, und Trisha sagte: »Ach je.«

»Ich wünschte, du wärst daheim.« Trisha trank einen Schluck Tee. »Bist du übermorgen wieder da? Vater Marian hat einen Platz für Mary Ann in Taizé organisiert. Sie geht nach *Frankreich.*«

»Ich versuch's. Das ist schön. Frankreich ist nicht so weit weg.« Paddy hatte sich über die Gemeinschaft von Taizé informiert und hatte den Eindruck, dass man sich dort – dafür, dass man sich in einer Art Kloster befand – ganz gut amüsieren konnte. Es wurde anscheinend viel gesungen, in den Prospekten waren immer wieder Bilder von Gitarren zu sehen, und man lernte andere junge Leute aus verschiedenen Ländern kennen. Es gab ausländisches Essen in einer Kantine in einem Zelt. »Da sind lauter Jugendliche, vielleicht lernt sie einen netten Jungen kennen.«

Trisha lächelte in ihre Tasse. »Mary Ann interessiert sich nicht für Jungs. Sie überlegt, dem Ruf Gottes zu folgen. Sie denkt an den Klarissenorden.«

Paddy hatte es geahnt. Mary Ann liebäugelte schon lange damit, ihr Leben der Religion zu widmen. Die Klarissen zogen abends durch die Straßen und verteilten wässrige Suppe an Obdachlose. Die Schwestern, die Paddy gesehen hatte, hielten immer den Blick gesenkt und hatten ein mildes, unterwürfiges Lächeln. »Vielleicht lernt sie trotzdem einen Jungen kennen.«

Doch Paddy wusste, dass es Mary Ann in Taizé gefallen würde. Ihr würden die Gebete gefallen und der ökumenische Geist. Sie musste ihr Zimmer nicht mehr mit ihrer Schwester teilen, die ihre nackten Brüste zeigte und schimpfte, wenn sie betete. Paddy würde ihre schweigende Anwesenheit vermissen, ihr Kichern und ihre ruhigen Atemzüge, wenn sie schlief. Für ihre Brüder oder Caroline hatte sie nie so empfunden. Mary Ann war ausschließlich ihre Schwester. Sie dachte an Kate und Vhari, zwei Schwestern, die Ältere fügsam, die Jüngere ein bockiger kleiner Hitzkopf, die andere ins Verderben stürzte.

»Wie geht es Caroline?«

Trisha schnalzte mit der Zunge und seufzte.

»Sie ist also noch nicht zu ihm zurückgegangen?«

Sie schnalzte wieder missbilligend mit der Zunge.

»Vielleicht ist es besser so, Ma.«

»Dann hätte sie nicht heiraten sollen.«

Paddy knabberte an einem Kokoskeks. »Die Geschichte, an der wir dran sind – da wurde die Polizei von den Nachbarn zu einem Haus gerufen. Die Beamten haben eine blutüberströmte Frau gesehen, gingen aber wieder, und der Mann hat sie umgebracht. Sie dachten, es wäre der Ehemann. John muss Caroline auch furchtbar verprügelt haben …«

»Dann hätte sie ihn nicht heiraten dürfen«, wiederholte Trisha fest.

»Aber Ma, sie hat ihn nun mal geheiratet.«

»In guten wie in schlechten Zeiten.«

Paddy nahm eine Pommes und biss ab. »Und wenn er sie

totschlägt, Ma? Was ist, wenn du sie zu ihm zurückschickst und er sie umbringt?«

Trisha gab Paddy einen Klaps auf den Oberschenkel. »Red keinen Unsinn.«

»Im Ernst, was ist, wenn er Caroline umbringt? Wie schlecht würdest du dich dann fühlen, wenn er das täte?«

Trisha drehte sich zu ihr und sah ihr in die Augen. »Die Ehe ist ein *Sakrament,* Patricia, ein Gelübde vor Gott. Man kann nicht einfach so seine Meinung ändern und gehen. Du und deine Emanzipation.«

»Oh Gott, Mutter, fang nicht wieder damit an ...«

»Nun«, Trisha stellte geräuschvoll ihre Tasse auf die Untertasse. »Du hast deine Chance bei Sean verpasst, und das wegen der Arbeit, wegen eines *Jobs,* mein Gott. Und jetzt heiratet er bald eine andere, und er hat einen guten Job, er hätte sehr gut für dich sorgen können.«

Paddy war so überrascht, dass sie die halb aufgegessene Pommes fallen ließ. »Wie meinst du das, er heiratet bald?«

»Er hat Elaine einen Antrag gemacht, hat er dir das nicht erzählt? In dem Moment, in dem er den Job als Fahrer bekommen hat, hat er ihr den Antrag gemacht, und sie hat Ja gesagt. Mimi Ogilvy hat quasi vor der Kirche Quartier bezogen, um es allen zu erzählen. Hat er nichts zu dir gesagt?«

»Nein.« Paddy versuchte, ihre Enttäuschung zu verbergen. »Mit keinem Wort.«

Elaine war eine quietschende Plage und noch dazu nicht sonderlich helle, aber Paddy konnte Sean wohl kaum einen Vorwurf machen. Seit sie die Verlobung mit ihm gelöst hatte, hatte sie mit drei Männern geschlafen, und sie wusste, dass Sean wartete, bis er verheiratet war. Er musste total scharf auf Sex sein. Sie wusste, wie sehr Begierde das Urteilsvermögen beeinträchtigen konnte. Mary Ann ging ins Ausland, und

Sean gehörte ihr auch nicht mehr. Zum ersten Mal in ihrem Leben fühlte sie sich allein.

»Und was wird aus dir? Wirst du je einen anderen finden?«

»Ich bin erst einundzwanzig, Mutter, es gibt noch andere Männer auf der Welt.«

»Aye, wir werden sehen.«

Sie tranken ihren Tee, doch Paddy ließ ihre restlichen Pommes frites unberührt.

Am Eingang des Hotels nahm sie Trisha die Plastiktüten ab und hatte dabei das Gefühl, als wäre es ein Abschied für immer. Als ihre Mutter auf die Straße hinaustrat, lief sie ihr nach.

»Ma!«

Trisha drehte sich um, und Paddy nahm sie in die Arme und drückte sie fest an sich, obwohl Trisha steif stehen blieb. Von Erschöpfung und Müdigkeit überwältigt, presste Paddy ihr Gesicht an die Schulter ihrer Mutter und ließ ihren Tränen freien Lauf.

Zögernd legte Trisha die Arme um ihre Tochter und murmelte beruhigend in ihre Haare. Ein Bus rumpelte vorbei, und der kalte Wind, der über den Platz fegte, pfiff um sie herum.

»Es tut mir leid, Mum. Es tut mir leid. Ich bin nicht so, wie du mich gerne hättest.«

Auch Trisha weinte. Sie versuchte, es zu unterdrücken, aber vergebens, Schluchzer erschütterten ihre Brust, als sie Paddy über die Haare strich und ihren Rücken tätschelte. »Oh nein. Nicht doch, das ist alles nicht so schlimm, wie es scheint, nicht wahr?«

Paddy vergrub das Gesicht am weichen Hals ihrer Mutter. »Ich bin nicht wie du, Mum. Ich bin nicht so gut wie du.«

Trisha streichelte und tätschelte sie und presste sie fest an sich, als ob sie sich seit Jahren nach dieser Nähe gesehnt hätte.

Schließlich ließ Trisha sie los. »Iss die Suppe, sie wird dir guttun.« Sie lächelte tapfer, öffnete den Reißverschluss ihrer Handtasche und kramte nach ihrer Geldbörse mit dem Kleingeld und ihren Hausschlüsseln, die ihr die beruhigende Gewissheit vermittelten, dass sie bald wieder zu Hause sein würde.

Paddy wischte sich die Nase mit dem Handrücken ab und schniefte. Trisha nahm ihre Schlüssel heraus, und Paddy sah den laminierten Anhänger an ihrem Schlüsselbund und erinnerte sich an die Worte. Trisha hatte den Anhänger in einem Devotionalienladen gekauft, er zeigte einen orangefarbenen Sonnenuntergang mit der Silhouette eines kleinen Bootes und der Inschrift:

Der Herr stehe mir bei
Das Meer ist so weit
Und mein Boot ist so klein.

III

Der anfängliche Eifer in der Redaktion hatte sich gelegt, sobald alle durchschaut hatten, wann Ramage da war und wann nicht. Da er normalerweise unten in seinem Büro hockte und lange Sitzungen zur finanziellen Situation der Zeitung abhielt, konnte man viele Stunden einfach mit Nichtstun verbringen, oder damit, dass man in der *News* oder anderen Zeitungen die Stellenangebote durchging.

McVie kam in die Teeküche, stellte sich dicht neben sie und wartete gemeinsam mit ihr darauf, dass das Wasser kochte.

»Wie geht es dir?«, fragte er. Sein Bedürfnis nach Nähe war sehr untypisch. Er stand viel zu dicht bei ihr, thronte förmlich über ihr.

»Mir geht's gut«, sagte sie und schaute finster zu ihm hoch in der Hoffnung, dass er ihren grimmigen Blick erwidern würde.

»Und, was meinst du …?« Er rollte den Kopf auf die Seite. »Du weißt schon, zu neulich?«

Er stand nicht nur zu dicht vor ihr, er drückte sie förmlich an die Wand. Es gab kein Entrinnen. »Netter Junge.«

McVie hob die Augenbrauen, beugte sich über sie und kratzte an einem getrockneten Marmeladeklecks auf dem Kühlschrank herum. Er wirkte gekränkt.

»Ich meine, er ist nett, aber mehr auch nicht. Ich würde nicht viel Zeit mit ihm verbringen wollen. Was natürlich nicht heißt, dass du das nicht tun sollst. Er ist nett. Sympathisch.«

»Hmm, sympathisch … Ja.«

McVie und Paddy kannten sich seit vier Jahren und hatten sich immer ein bisschen gekabbelt. Sie hatten ein unkompliziertes Verhältnis zueinander, doch jetzt lief das Gespräch so schleppend, als würden sie einen Grundkurs Arabisch belegen. Verlegen beobachteten sie den Wasserkocher. Paddy hatte zu viel Wasser hineingegeben. Das kochende Wasser blubberte unter dem Deckel hervor, lief an der Seite hinunter und über das Kabel. Sie mussten beide grinsen, als das dampfende Wasser an der Tür des Kühlschranks hinuntertropfte.

»Nicht gerade sicher, oder?«

»Nein.« Paddy grinste und zog die Füße zurück. Ihre Wildlederstiefeletten waren ohnehin ruiniert, aber sie musste es ja nicht noch schlimmer machen. »Mir ist es egal, dass du eine Schwuchtel bist.«

McVie musste bei dem Wort heftig blinzeln und rieb sich mit der Hand über sein langes, kantiges Gesicht. »Ich habe gehört, du hast George Burns in seinem Auto gevögelt.«

Bei Paddy stellten sich alarmiert die Nackenhaare auf. Vor

einer Woche hätte sie noch Angst gehabt, dass er es erfuhr – sexuell hatte sie ihm nie über den Weg getraut –, aber jetzt war er der einzige Mann in der Redaktion, dem sie vertrauen konnte. Plötzlich fand sie es lustig, dass McVie es wusste, und fing an zu kichern. Er betrachtete sie verwirrt, doch dann schnaubte er durch die Nase, seine Schultern bebten, und er sah noch elender aus als vorher, doch er lachte. Sie war sich sicher, dass er lachte.

»Was hat deine Frau gesagt, als sie das von dir erfahren hat?«

McVie warf den Kopf in den Nacken, als sie seine Frau erwähnte, und schickte ein bellendes Lachen zur Decke. »Sie war überrascht.«

»Habt ihr beide was miteinander?« Das war Shug Grant, der an der Tür stand und extra laut redete, damit es auch alle Kollegen mitbekamen.

»Grant«, sagte McVie ohne eine Spur von Aggression, »du bist nur halb so interessant, wie du denkst. Halt die Klappe, und verpiss dich.« Er wandte sich wieder zu Paddy. »Morgen Abend treffen wir uns auf ein Bier mit Paddy Meehan. In der Press Bar, sieben Uhr. Okay?«

Sie nickte.

Nach seiner Abfuhr ging Grant rückwärts aus der Tür, und McVie folgte ihm, hob aber noch einmal mahnend den Finger. »Sieben Uhr, klar?«

»Ich bin dabei.«

31

Der Kaffer im Zaun

I

Sobald Bernie in der Werkstatt ihr Trostkissen hinter einem Stapel Ziegelsteinen hervorgezogen hatte, wusste Kate, dass sie in der Lage sein würde, hierherzukommen. Jetzt saß sie im Mini, an dessen Windschutzscheibe sich Kondenströpfchen gebildet hatten, die den Blick auf den Pub und Knox' Haus gegenüber verschleierten. Die Spitze ihres rechten Zeigefingers war ganz runzlig, weil sie sich damit immer wieder Kokain ins Zahnfleisch gerieben hatte.

Sie musste das Haus beobachten und sichergehen, dass er daheim war, bevor sie die Straße überquerte, an der Tür klingelte und ihm erklärte, dass sie zur Zeitung gehen würde, wenn er Paul nicht sagte, er solle aufhören, sie zu verfolgen. Das konnte er. Er konnte Paul sagen, dass er sie in Ruhe lassen sollte. Er war zwar nicht Pauls Chef oder so – niemand war Pauls Chef – aber sie wusste genug, um ihnen allen zu schaden, und Knox war der Vorsichtige von den beiden. Früher hatten sie immer über seine Vorsicht gelacht; er wollte sich immer spätabends bei Archie im Weinkeller treffen, nie durfte Paul zu ihm nach Hause kommen, und er selbst weigerte sich, zu ihnen zu kommen.

Knox war der Vorsichtige.

Sie hatte es laut gesagt. Sie saß allein in einem billigen Auto in der feuchten Dunkelheit vor einem ordinären Pub mit selbst gebrautem Bier und einem blinkenden roten Neonschriftzug im Fenster, der »Pub-Spezialitäten« anpries. Sie sagte es noch einmal, nur um sicher zu sein. »Knox ist der Vorsichtige«, und lächelte ungläubig über ihre eigene Stimme. Ihr war nicht aufgefallen, dass sie laut gedacht hatte. Sie beschloss, ihre Worte für Knox zu üben.

»Hallo, Knox. Ich brauche Ihre Hilfe.«

Das war nicht gut. Es klang unterwürfig.

Wenn er die Tür öffnete, würde sie einfach sagen: »Knox ...« Er würde sie in die Diele ziehen und sich vorher noch einmal vergewissern, dass niemand sie vor seinem Haus gesehen hatte. »Ich möchte, dass Sie mir helfen. Paul Neilson und ich hatten eine kleine Auseinandersetzung, und Sie müssen ihm sagen, dass er mich in Ruhe lassen soll.«

Besser. Es klang energisch, als ob sie das Sagen hätte.

»Wenn Sie nicht wollen, dass ich mit dem, was ich weiß, zur Zeitung gehe, sagen Sie ihm besser, dass er sich zurückhalten soll.«

Das war es. Perfekt. Und dann hielt sie lieber die Klappe. Sie durfte auf keinen Fall anfangen zu plaudern oder über Vhari oder so zu reden. Perfekt. Sie leckte sich die Fingerspitze und streckte die Hand zum Beifahrersitz, fuhr mit der tauben Haut über eine Falte im Plastikbeutel und hob den Finger zum Mund. Eine kleine Starthilfe, dann würde sie die Tür aufmachen und zum Haus rübergehen. Aber das bisschen auf ihrem Finger brachte nichts, deshalb tauchte sie wieder und wieder den Finger in den Plastikbeutel. Sie rieb über ihr Zahnfleisch, tauchte wieder den Finger ein, rieb noch einmal und wartete auf das perfekte chemische Gleichgewicht, das ihr den Mut und den klaren Kopf verlieh, um das zu tun, was sie tun musste.

Aber dieses Gleichgewicht wollte sich nicht einstellen. Sie

saß da und schwitzte und hörte, wie ihr müdes altes Herz wummerte wie die Pauke auf einer Galeere, während ihr das Blut durchs Gehirn raste und ein Gedanke nach dem anderen aufblitzte, eine Schlussfolgerung folgte auf die nächste, die Einzelheiten und die Bedeutung waren nicht mehr zu begreifen, waren nur noch rote Streifen von Rücklichtern in einem langzeitbelichteten Foto. Sie erkannte die Gedanken, konnte sie aber nicht fassen: Erinnerungen an ihre Kindheit, an Ferien, langweilige Tage zu Hause, wenn sie eine Erkältung hatte, Mahlzeiten, die sie irgendwo einmal gegessen hatte.

Wieder tauchte sie den Finger hinein. Ihre Zunge war furchtbar trocken, sie wusste nicht, ob sie überhaupt ein Wort herausbringen würde. Sie könnte in den Pub gehen und etwas trinken. Eine Schorle. Sie hatte Geld. Ein Zehner tauchte vor ihrem inneren Auge auf. Sie brauchte ewig, bis sie den feuchtkalten Türgriff aus Metall zu sich gezogen hatte, die Tür sich öffnete und sie den Fuß auf den weichen schwarzen Teer stellen konnte. Plötzlich war sie im Pub, an der Bar, blinzelte heftig im gnadenlos hellen Licht. Die Deko war ein Verbrechen: Hufeisen, Bettpfannen aus Messing, das vermeintlich gute alte England. Der Pub war fast leer, aber die wenigen Gäste, die da waren, starrten sie an. Selbst in ihren besten Zeiten wäre sie nicht in einen so hell beleuchteten Pub gegangen, und jetzt sah sie schlecht aus, wie sie sich dunkel erinnerte, richtig schlecht.

Weißwein mit Soda bitte, und eine Marlboro. Das süße Getränk spülte die salzige Taubheit von ihrem Zahnfleisch und strömte über ihre Zunge bis zu dem wunden Punkt hinten in ihrem Hals. Noch einmal dasselbe. Sie rauchte eine Zigarette, wich den Blicken der anderen aus, versuchte, sich möglichst unsichtbar zu machen. Dann überkam sie eine plötzliche Sehnsucht nach ihrem Kissen, sie stellte ihr halb volles Glas ab und ging schwankend zur Tür und hinaus auf den Parkplatz, zurück zu ihrem Mini.

Als sie aufschaute, stand sie vor Knox' Haus. Anscheinend hatte sie sich noch eine Prise gegönnt. Ihre Zunge wanderte immer wieder an ihren Zähnen vorbei zu ihrem wunden Zahnfleisch und fuhr daran entlang.

Knox' Vorgarten war planiert worden, um Stellplätze für Autos zu schaffen. Das Haus schien dadurch sehr nahe an der Straße zu stehen. Ein kleines Haus, dachte Kate, mit einer billig aussehenden Glasveranda davor, vollgestellt mit hässlichen kleinen Pflanzen, Gummistiefeln und so weiter. Outdoor-Ausrüstung. Vielleicht hatte er einen Hund. War er verheiratet? Sie wusste es nicht mehr. Vor dem Haus parkte nur ein Wagen. Auf der anderen Seite der Glasveranda war ein Fenster, doch die Vorhänge waren zugezogen.

Kates Herz schmerzte, nicht aus Angst, sondern vor Anstrengung. Sie drückte auf die Klingel und trat einen Schritt zurück, beobachtete, wie das Licht im Korridor hinter dem billigen orangefarbenen Glas im Fenster der Haustür rosig aufleuchtete. Er trug Pantoffeln. Und eine Strickweste. Seine ärgerliche Stimme dröhnte in ihren Ohren.

Sie antwortete, brachte mit rauer Stimme die einzigen Wörter heraus, an die sie sich erinnern konnte. »Knox. Hilfe.«

II

Beim Salt Market hatte sich ein Volvo-Kombi unter einen Bus geschoben. Der Fahrer war tot, platt gedrückt in seinem Auto. Die Windschutzscheibe aus Sicherheitsglas hatte sich gelöst und lag noch heil auf der Straße neben dem Gehweg, verschmiert mit seinem Blut. Der Wagen war so demoliert, dass die Rettungskräfte eine Weile brauchten, bis sie wussten, ob es sich um ein großes oder zwei kleine Autos handelte.

Der Busfahrer, den keine Schuld traf, saß auf der nassen Bordsteinkante, sein Mund hing schlaff herunter, und ihm liefen Tränen über die Wangen. Mit leerem Blick sah er zu, wie die Feuerwehrleute den Wagen mit Schweißgeräten aufschnitten, um herauszufinden, ob es auch einen Beifahrer gegeben hatte.

Paddy notierte sich die Aussage eines Augenzeugen, eines angetrunkenen alten Mannes, der gesehen hatte, dass das Auto zu schnell unterwegs gewesen war. Dann war der Bus von der anderen Seite gekommen, und dann, *bumm*, er hatte nicht hingesehen, aber was war das für ein verdammt lauter Knall gewesen, entschuldigen Sie den Kraftausdruck. Paddy hatte bereits seinen Namen und seine Adresse für den Artikel aufgeschrieben und keine Lust, sich einen anderen Zeugen zu suchen.

»Würden Sie sagen, Sie waren entsetzt?«, fragte sie, obwohl es unprofessionell war, ihm die Worte in den Mund zu legen.

Er blickte leicht skeptisch. »Ich nehme es an.«

»Haben Sie so etwas schon einmal in Ihrem Leben gesehen?«

Er wirkte noch weniger überzeugt. »Na ja, ich habe im Krieg gekämpft, in der Schlacht um Monte Cassino, da war das hier bei Weitem nicht so schlimm.«

Paddy seufzte erschöpft. »War es wie etwas, das Sie im Krieg gesehen haben? Könnte man das sagen?«

»Aye.« Damit war er einverstanden, »Vielleicht. Ein bisschen.«

Sie schrieb: »Alistair Sloane aus Dennistoun sagte: ›Es war wie damals in der Schlacht um Monte Cassino, ich weiß das, weil ich dabei war.‹ Ist das in Ordnung?«

Er schaute auf ihre Kurzschrift, aufgeregt, weil er womöglich in die Zeitung kam. »Aye. Kommt das morgen in der Zeitung?«

»Das liegt nicht an mir, wirklich nicht, aber ich reiche den Artikel so ein.«

Sie ließ den alten Mann stehen, der mit seinem vergnügten Grinsen aussah wie ein Geist, und ging zurück zum Auto, darauf bedacht, nicht zum Bus zu schauen. Trotz der Dunkelheit konnte sie das Blut sehen, das über die Reifen lief und sich auf der Straße sammelte. Ihre Augen versuchten immer wieder, einen menschlichen Körper in den Trümmern zu erspähen, obwohl sie doch gar nicht hinsehen wollte. Ein runder Gegenstand wurde zum Kopf. Überall auf der Straße war schwarzes Zeug, das bestimmt kein Öl war. Sie war froh, dass Sean im Auto wartete. Sonst wäre sie womöglich dem Beispiel eines Polizisten gefolgt und hätte sich übergeben, aber für Sean musste sie sich zusammenreißen.

»Ich habe gehört, dass du hier bist.«

Beim Klang von Burns' Stimme fühlte sich ihr ohnehin schon empfindlicher Magen an, als ob sie Säure verschluckt hätte. Er ließ seinen Kollegen weitergehen und kam allein auf sie zu, stand zwischen ihr und dem Bus. Sie hatte keine andere Wahl, sie musste ihn ansehen, musterte ihn von der Hüfte bis zum Gesicht, weil sich ihr sonst womöglich ein Bild eingeprägt hätte, das sie noch lange verfolgt hätte.

»Burns.«

»Meehan?« Er erwiderte die karge Begrüßung, wirkte aber enttäuscht.

»Sorry.« Sie nickte mit dem Kopf zu dem demolierten Volvo hinüber. »Ich versuche, nicht hinzusehen.«

Burns drehte sich zum Bus um, ohne mit der Wimper zu zucken. »Ja, schlimme Sache. Wir wurden herbeordert, um den

Verkehr umzuleiten. Aufregend. Ich liebe solche Nachtschichten. Man steht in der Kälte, friert sich den Arsch ab und sagt neugierigen Idioten, sie sollen links abbiegen. Ich habe die Adresse, die du haben wolltest.«

»Super.« Er nannte sie ihr, und sie schrieb sie auf.

»Hat Knox einen gewissen Ruf? Ein schickes Auto oder zu viel Geld?«

»Nicht so viel, dass darüber geredet würde, nein.« Burns rückte näher und sah auf ihren Mund, als ob er sie gleich küssen würde. Paddy merkte, wie sich Speichel in ihrem Mund sammelte. Sie spürte seine warmen Atemstöße auf ihrem Gesicht. »Übernachtest du immer noch im Hotel?«

»Wurde Lafferty schon wegen der Brandbombe verhaftet?«

Sein Blick wanderte zu ihrem Hals. »Nein. Er ist im Ausland.«

»Wo im Ausland?«

»In Irland, sagt seine Frau. Keine Beweise, nur ihre Aussage.«

Sie klappte ihr Notizbuch zu. »Tja, dann bin ich wohl weiter im Hotel.«

»Ja, das ist am sichersten.« Er sah zu ihrem Wagen. »Ist das der Ersatz für Billy? Den hast du aber schnell gefunden. Ist das dein Freund?«

Sie fing an zu stammeln und konnte nur hoffen, dass er nicht vorgestellt werden wollte. »Nein, er ist nicht mein Freund. Er ist mein ... Naj a, das ist kompliziert.«

»Ist es das?«

Sie zögerte wieder. Wenn sie ihren Verstand beieinandergehabt hätte, hätte sie sich eine rettende Lüge ausdenken können. »Wir ... Wir kennen uns einfach schon lange.«

Burns reckte das Kinn in ihre Richtung, sah sie von oben herab an und zog mit einem säuerlichen Zischen die Luft zwischen den Zähnen ein. »Verstehe. Ihr habt es sicher nett und gemütlich. Ich habe morgen Abend einen Auftritt im Blackfriars, da war noch eine Lücke im Programm. Kommst du?«

Dub veranstaltete normalerweise einmal im Monat einen Abend mit offenem Mikro; es war also kein Abend, an dem jeder auf die Bühne durfte. Burns musste den Auftritt mit Dub vereinbart haben, was bedeutete, dass er mit ihm gesprochen hatte, unabhängig von ihr. Er drängte sich in ihr mageres Sozialleben.

»Ich versuch's.«

Metall kreischte auf und jagte ihr einen kalten Schauer über den Rücken. Die Feuerwehrleute zogen die blutverschmierte Motorhaube unter der Achse des Busses hervor. Plötzlich fiel Paddy auf, dass sie und Burns viel zu dicht beieinanderstanden, dass sie wirkten, als ob sie andere aus ihrem Gespräch ausschließen wollten. Es war ganz eindeutig, dass da etwas zwischen ihnen lief.

»Ich sollte jetzt besser los und meine Meldung durchgeben.« Sie machte einen Schritt rückwärts Richtung Auto.

Burns' Blick blieb an ihrem Mund hängen, und sie sah auf seinen Mund. Seine rosa Zunge glitzerte hinter einer Reihe weißer Zähne.

III

Es war mitten in der Nacht. Oder Tag. Oder Nacht. Kate lag auf etwas Weichem. Einer Couch. Einer Couch, über der ein Laken lag. Ihre Fingerspitzen glitten über das Laken, und es fühlte sich wunderbar tröstlich an, vertraut, freundlich und warm. Wie Haut. Weich wie Haut, und tröstlich, tröstlich wie ihr Kissen. Paul sprach mit ihr, erinnerte sie daran, wie gern sie sich hatten, wie wichtig es sei, nett zueinander zu sein und sich gegenseitig zu helfen. Sie fühlte sich wunderbar.

Doch dann begriff sie. Ihr wurde ganz kalt, und sie riss die Augen auf. Ihr Trostkissen war aus Plastik. Sie lag auf einer Plastikplane.

Paul saß auf einem Stuhl neben ihr, die Beine übereinandergeschlagen, und sprach leise mit ihr. Er war gut angezogen, ein auf Figur geschnittenes hellblaues Hemd und schiefergraue Hosen mit Bundfalten. Er kleidete sich gern wie ein Geschäftsmann. Als er ihre Unruhe bemerkte, sagte er, sie müsse keine Angst haben. Alles wird gut. Mach dir keine Sorgen.

Er blinzelte langsam, und Kate wusste, dass er log. Sie wusste, was Paul Neilson sah. Eine Frau ohne Nase, eine untergewichtige Frau, die in den letzten Wochen gerade einmal eine Dose Schinken und ein paar Kekse gegessen hatte. Er verachtete Frauen, die sich gehen ließen und nicht mehr gut aussahen. Und sie wusste, was Paul Menschen antun konnte, die er verachtete.

Sie befanden sich in einem scheußlich eingerichteten Wohnzimmer, das sie noch nie gesehen hatte. Ein gasbetriebener offener Kamin, dessen Einfassung sich über die ganze Seite des Raumes zog, und kleine Regale für hässlichen Nippes: Porzellanhunde, geschliffenes Kristall, ein paar Limoges-Figuren mit wirbelnden Röcken. Von der Decke hing eine Glühbirne in einem kleinen Lampenschirm. Sie schien ihr direkt in die Augen.

Knox stand hinter Pauls Stuhl und musterte sie.

»Kate«, Paul beugte sich vor und schob mit dem Finger eine blonde Locke aus ihrer Stirn, »Kate, sag mir, wo es ist. Wo ist das Päckchen?«

Sie glaubte nicht, dass es noch einen Unterschied machte, aber sie war ihm gegenüber stets unterwürfig gewesen. »Im Mini. Er parkt gegenüber. Aber – es ist fast leer.«

Paul sah wunderschön aus. Er hatte das dunkle Haar aus dem Gesicht gekämmt, sein Kinn war glatt und ohne einen Bartschatten, obwohl es schon so spät war. Er sah immer wohlhabend und gepflegt aus. Sein Hemd war aus weißem Leinen, von einem Profi gebügelt, die Manschetten gestärkt, mit Manschettenknöpfen aus Tigerauge, in Silber gefasst. Er trug keine Krawatte, doch sein Hemd war bis zum Kragen geschlossen, nur der oberste Knopf war offen und zeigte die Halsgrube.

Er verschränkte die Arme und kräuselte die Lippen. »Warum bist du hierhergekommen, Katie?«

Sie fing an zu weinen, ein mitleiderregendes Wimmern, das tief aus ihrem Bauch aufstieg. Paul waren solche Szenen unangenehm. Er schaute weg, fuhr sich mit den Fingernägeln über den Hals und hinterließ Kratzer, die anschwollen und sich röteten. Er wartete, bis sie wieder still war, dann sprach er ruhig weiter.

»Ich kann nicht zulassen, dass du unsere Freunde bedrängst, Katie, das ist unhöflich.«

Seine Stimme war ruhig, doch seine Augen funkelten. »Wo ist der BMW? Du hast ihn verloren, oder?«

Sie hörte ein Geräusch hinter ihrem Kopf. Es war Lafferty, er hatte den Blick auf Paul gerichtet und verlagerte sein Gewicht von einem Bein aufs andere, während er auf ein Zeichen wartete. Sie reckte den Hals, um seinen großen Körper und die muskulösen Arme zu sehen. Die weiche Plastikplane raschelte sanft neben ihrem Ohr. Mit lockerem Griff hielt er einen Hammer in seiner großen Hand. Er würde sie töten. Sonst wäre er nicht hier.

Lafferty merkte, dass sie ihn ansah, und trat einen Schritt zurück. Kate wollte sich aufsetzen, aber Paul beugte sich vor und presste die Hand fest auf ihren Hals, schnürte ihr die

Luft ab und drückte sie zurück auf das mit Plastik abgedeckte Sofa.

»Ich wollte dich sehen«, sagte sie verzweifelt, »deshalb bin ich hier. Ich habe niemanden bedroht. Ich wollte dich sehen, dir sagen, dass es mir leidtut.«

Paul legte den Kopf schräg und sah ihr in die Augen. »Du hast mir gesagt, dass du herkamst, um Knox zu bedrohen. Das hast du mir gerade gesagt.«

»Nein, habe ich nicht.«

»Du hast das gerade eben gesagt. Wenn er nicht will, dass du alles der Presse erzählst, soll er mir sagen, dass ich dich in Ruhe lassen soll. Das hast du gerade gesagt.«

Kate war verloren. Sie hatte ihre perfekte kleine Ansprache gehalten, aber vor dem falschen Mann, sie hatte nicht verhandelt und sich keine Zeit erkauft. Nun platzten die Worte einfach so aus ihr heraus, in einem kindlichem Tonfall, der sie selbst überraschte: »Warum hast du meine Vhari umgebracht?«

Paul atmete tief ein, blies trotzig die Brust auf, zog die Wangen ein und legte abwehrend den Kopf zurück. »Sie wollte mir nicht sagen, wo du bist.«

»Sie wusste es nicht. Ich war nicht bei ihr.«

Er beugte sich über sie, das Gesicht rot vor Wut, und schrie: »Und woher hätte ich das wissen sollen, verdammt noch mal? Du bist abgehauen, mit einem Auto, das sechzigtausend Pfund wert ist, und dem Päckchen. Was hätte ich tun sollen?«

»Tut mir leid.«

Er stand auf und war jetzt noch näher bei ihr, doch er schrie genauso laut weiter. Kate schloss die Augen.

»Was hätte ich tun sollen, Kate? Rumsitzen und warten, bis du zurückkommst?«

Er machte eine Pause und wartete auf ihre Antwort, doch

ihre Stimme war zu leise und konnte es mit seiner nicht aufnehmen. »Du hast mich geschlagen«, sagte sie und presste weiter die Augen zusammen.

Seine Stimme war so laut, dass sie spürte, wie ein Haar auf ihrer Wange weggeblasen wurde. »Du warst mal wieder völlig zugedröhnt. Welcher Mann kommt gern zu einem bewusstlosen Junkie nach Hause?«

»Du hättest sie nicht umbringen müssen.«

Er ließ sich wieder auf den Stuhl fallen. Sie öffnete die Augen und sah ihn an. Man hätte meinen können, dass es ihm leidtat. »Sie war sehr dickköpfig. Wir mussten die Musik aufdrehen, weil sie so laut schrie, aber sie wollte uns trotzdem nicht sagen, wo du warst. Lafferty wurde wütend, weil die Polizei vor der Tür stand. Er mag die Polizei nicht. Sie macht ihn wütend. Du hast ja keine Ahnung, Kate, was du angerichtet hast. Ich bin nicht bereit, das weiter zu ertragen, es gibt Grenzen. Und jetzt ist es vorbei.«

»Wirklich?«

»Ja.« Er blinzelte langsam. »Es ist vorbei. Das weißt du.«

Plötzlich sah sie sich selbst, wie dumm sie gewesen war, wie hässlich sie geworden war, wie wertlos. Und wie verloren. Sie wimmerte, krümmte sich zusammen und zog die Knie an die Brust. Die Plastikplane raschelte geräuschvoll unter ihr.

»Aber bitte Paul, nicht so wie mit dem Kaffer im Stacheldraht.«

Er hatte ihr die Geschichte erzählt, als sie sich richtig kennenlernten. Es war ein Wendepunkt in ihrer Beziehung gewesen, damals hatten sie ihren Pakt geschlossen, bei dem Kate sich bereit erklärt hatte, alles an ihm zu akzeptieren. Die Geschichte war auf dem Anwesen seiner Familie in Südafrika passiert, außerhalb von Johannesburg. Pauls Vater hatte eines Morgens, bevor es Zeit für die Schule gewesen war, einen Kaffer, den er nicht kannte, in seinem Garten stehen sehen, gut sichtbar mitten auf dem Rasen. Pauls Vater griff nach seinem Gewehr und eilte nach draußen. Als er einen weißen Mann auf sich zukommen sah, rannte der Kaffer los. Er rannte so schnell, dass Pauls Vater dachte, er müsste die Verfolgung möglicherweise mit dem Geländewagen fortsetzen.

Der Kaffer war bald außer Sichtweite, er war über ein Feld gerannt und dann hinter ein paar Büschen verschwunden. Er rannte immer geradeaus, was zeigte, dass er direkt vom Land kam. Er rannte über eine Meile geradeaus und verfing sich dann in einem Stacheldrahtzaun, der das Anwesen begrenzte. Je mehr er zappelte, desto mehr verfing er sich darin.

Pauls Vater hatte zugesehen, wie sich der Mann im Stacheldraht selbst zerfleischte. Als er sicher war, dass sich der Kaffer nicht mehr aus eigener Kraft befreien konnte, ging er langsam zurück zum Haus und holte Paul, damit sein Sohn sah, wie dumm die Kaffer waren, dass sie immer alles schlimmer machten und nicht wussten, wann man aufhören musste. Es dauerte drei Tage, bis der Mann tot war.

Paul und Kate sahen sich ein letztes Mal an. Sie kannten sich seit sieben Jahren, hatten kaum einen Tag getrennt voneinander verbracht. Sie sah den Widerwillen in seinen zuckenden Lippen und halb geschlossenen Augen.

»Mach dir keine Sorgen.« Er gab Lafferty mit dem Kopf ein Zeichen. »So wird es nicht sein.«

Kate Burnett schloss ihre grauen Augen und atmete aus, erschöpft und bekümmert über ihre eigene Dummheit. Sie hörte, wie Lafferty einen Schritt nach vorne machte, spürte, wie die Plastikplane raschelte, als sie sich in Erwartung des Schlages zusammenkrümmte.

Ein blendend weißer Schmerz, wie ein elektrischer Schlag, dann samtige Dunkelheit.

32

Knox

I

Paddy wusste nicht, wie viel ein Chief Superintendent verdiente, doch Knox' Haus erschien ihr riesig, vielleicht nicht so selbstbewusst protzig wie das Haus in Killearn, aber trotzdem ein großes, frei stehendes Haus mit einem großen Grundstück.

»Können wir jetzt gehen?« Sean hatte zwei Zigaretten geraucht und die Sandwiches gegessen, die seine Mutter ihm für die Schicht geschmiert hatte.

»Nein. Wir warten noch ein bisschen.«

»Worauf wartest du?«

»Ich weiß nicht. Warten wir einfach.«

Paddy hatte eigentlich erwartet, dass Sean ihr von Elaine erzählte, aber das tat er nicht. Sie selbst wollte das Thema nicht anschneiden, weil sie befürchtete, dass sie sich verraten könnte. Während sie dasaßen und das Haus beobachteten, übte sie ihre Reaktion, ihre leichte Überraschung und ihr Desinteresse. Wie schön für dich, Sean. Das ist gut für dich. Du bist sicher schon ganz scharf darauf – nein, das klang gehässig. Das freut dich sicher. Ich freue mich für dich.

Nebenbei beobachtete sie die Gestalten im Wohnzimmer, die sich hinter dem Vorhang bewegten, manchmal schnell, wie diese wirbelnde Bewegung, die sie in Vhari Burnetts Wohnzimmer gesehen hatte, manchmal langsam, was man nur daran sah, dass sich das Licht veränderte. Es war halb drei Uhr nachts, und jeder mit einem reinen Gewissen würde jetzt schlafen. Knox hatte wahrscheinlich Familie, das Haus war viel zu groß für einen alleinstehenden Mann. Paddy hatte nicht auf einen Ehering an seinem Finger geachtet, weil sie ihn nicht mochte.

Sie zählte drei dunkle Fenster im ersten Stock, keins mit Jalousien wie bei einem Badezimmer. Vielleicht war alles ganz harmlos, eine Auseinandersetzung mit einem missratenen Sprössling. Vielleicht schaute ein Teenager im Wohnzimmer fern und hatte ein paar Freunde da, sie holten sich Tee aus der Küche oder standen auf, um die Programme umzuschalten.

In diskretem Abstand zum Haus, ein Stück die Straße hinunter, stand ein BMW, doch sie hätte nicht sagen können, ob es derselbe war wie vor Vhari Burnetts Haus. Es könnte auch das Auto eines Nachbarn sein, und Lafferty war womöglich irgendwo anders, in Irland oder in Eastfield, womöglich beobachtete er gerade jetzt das dunkle Fenster vom Schlafzimmer ihrer Eltern, während sie und Sean vor dem Haus eines unschuldigen Mannes herumlungerten, nur weil er ihr unsympathisch war.

Sie sah sich auf dem Parkplatz um. Der Pub hinter ihnen war geschlossen und dunkel, die leeren Haken der Blumenampeln sahen aus wie Galgen für Zwerge. Der einzige Wagen, der zwischen ihnen und dem großen Haus parkte, war ein rostiger grüner Mini. Er stand da, als ob er dort für immer stehen gelassen worden wäre, mit den Scheinwerfern zur Straße.

Sean flüsterte: »Da kommt jemand raus.«

Paddy beugte sich vor und zuckte zusammen, als sie die Gestalt des Mannes sah, der aus der Haustür trat und nun auf der Glasveranda stand. Er war breitschultrig und kahlköpfig. Sie erkannte ihn sofort.

»Dreh das Funkgerät leiser.«

»Warum?«

Sie beugte sich schnell nach vorn und presste dabei ihren schmerzenden Magen gegen den Beifahrersitz. Es wurde still im Auto. Sie hörte Laffertys Schritte, als er zum BMW ging, aufschloss und sich hinters Steuer setzte. Ohne Licht fuhr er rückwärts die Straße entlang auf sie zu.

»Runter!« Sie packte Sean an der Schulter, und er rutschte sofort tiefer. »Halt den Kopf unten.«

»Wer ist das?«

Der Motor schnurrte in ihre Richtung.

»Der mit der Brandbombe. Das ist der Typ.«

Sie konnten nicht sehen, was auf der Straße vor sich ging. Das Motorengeräusch veränderte sich, Lafferty manövrierte den Wagen und hielt dann an. Eine Tür öffnete sich leise und schloss sich wieder. Beim ersten Knirschen seiner Schritte dachte Paddy, er käme zu ihrem Auto, doch der zweite und dritte Schritt entfernte sich und klang plötzlich gedämpft. Sie hörte das ferne Klicken einer Haustür durch die kalte Nachtluft und hob vorsichtig den Kopf. Lafferty war wieder auf der Glasveranda.

Die Haustür ging auf. Im Flur war es nun dunkel. Die Pflanzen auf der Veranda verstellten die Sicht. Sie konnte nicht erkennen, was im Haus passierte, doch Sekunden später tauchte Lafferty wieder auf. Er trug etwas, einen Teppich vielleicht. Als er von der Veranda auf die Straße trat, sah sie, dass es kein Teppich war, sondern dass er den Arm um die Taille einer zusammengesunkenen Gestalt geschlungen hatte. Die Haare hingen ihr wirr ins Gesicht, aber Paddy erkannte sie trotzdem.

Kate war winzig. Lafferty trug sie mühelos mit einem Arm, ihre Füße hingen schlaff herunter, die Zehen schleiften über den Boden. Sie sah aus wie tot, doch dann sah Paddy im

Schein der Straßenlaterne ihren schlaffen Arm und die rechte Hand, die reflexartig zuckte, als ob sie Schmerzen hätte.

Paddy musste an Laffertys muskulösen Nacken denken. Im Vergleich zu der winzigen Gestalt, die er so rücksichtslos neben sich herschleppte, wirkte er noch größer und brutaler. Paddy stellte sich vor, wie sein muskulöser Arm ihre eigene Taille umklammerte und ihr den Atem raubte. Vielleicht brachte er Kate ja nur nach Hause, weil er genug davon hatte, ständig hinter der Freundin seines Chefs herzujagen.

Am BMW angelangt, öffnete er die hintere Tür und ließ Kate auf den Rücksitz fallen, nahm ihre Füße und schob ihre Beine hinein. Er drehte sich um und schlug die Tür zu, genau in dem Moment, als ein schmaler Knöchel wieder herausrutschte. Die Tür traf mit voller Wucht auf den Knochen. Paddy schnappte nach Luft. Das Bein war sicher gebrochen, aber Lafferty zuckte nicht einmal zusammen. Er schaute gleichmütig auf das Hindernis, bückte sich, schob das störende Bein zurück ins Auto und schloss die Tür. Er fuhr Kate nicht nach Hause. Er würde sie umbringen.

»Sean, kannst du dem Wagen folgen, ohne dass er merkt, dass wir hinter ihm her sind?«

»Welchem Wagen?« Er hatte sich so tief wie möglich auf dem Fahrersitz zusammengekauert, die langen Beine angezogen und die Knie unters Lenkrad geklemmt.

»Dem da.«

Er rutschte ein bisschen höher und spähte übers Lenkrad, als der BMW gerade losfuhr. »Ich versuch's.«

»Kein Rumeiern und kein hektisches Ausweichen.«

Er startete den Motor. »Ich versuch's.«

Es war zu ruhig auf den Straßen, um dicht hinter dem BMW zu bleiben, daher ließ Sean sich zurückfallen, woraufhin Paddy sich bei jeder Abzweigung und Kreuzung Sorgen machte, dass sie Lafferty verlieren könnten. Doch schon bald hatten sie das Gewirr der Vorortstraßen hinter sich gelassen und folgten der großen, offenen Straße Richtung Norden, hinaus aus der Stadt.

Paddy klammerte sich an die Rückenlehne des Beifahrersitzes, ließ die fernen roten Rücklichter nicht aus den Augen und versprach Vhari Burnett, dass sie dieses Mal nicht einfach weggehen und sie im Stich lassen würde. Vhari war gestorben, um Kate zu schützen, da war sie sich jetzt sicher, und Thillingly hatte sich umgebracht, weil er die beiden Schwestern verraten hatte. Dieses Mal musste Paddy das Richtige tun. Allerdings konnte sie es nicht allein mit Lafferty aufnehmen, und Sean war nicht gerade der Kämpfertyp; Lafferty könnte sie leicht beide umbringen.

Sie verließen die Hauptstraße und folgten einer kurvigen, schmalen Straße, die auf beiden Seiten von Hecken gesäumt wurde. Sean hatte Mühe, nicht aufzufallen, doch er ließ sich zurückfallen, bis das Auto vor ihnen nicht mehr zu sehen war und nur hin und wieder auftauchte, wenn es in eine Kurve fuhr. Er schaltete die Scheinwerfer aus.

»Sean, das ist gefährlich.« Paddy musste heftig blinzeln, um die Straße vor ihnen überhaupt noch zu erkennen.

»Das geht schon.« Er beugte sich übers Lenkrad und starrte nach vorne. »Ich kenne die Straße. Wir sind gestern Nacht hier lang gefahren. Sie führt nach Killearn.«

»Bist du sicher?«

»Aye. Ich erinnere mich an die lange Kurve da hinten.«

»Halt an, wenn du eine Telefonzelle siehst.«

»Wozu?«

»Ich will die Polizei anrufen.«

Er fuhr eine Minute lang schweigend weiter. »Paddy, wer ist der Kerl?«

Sie wusste nicht, was sie sagen sollte. »Ein übler Typ. Er hat eine Frau bei sich und wird sie umbringen.«

Sean ging vom Gas und wurde immer langsamer, bis das Auto schließlich stand.

Paddy schlug ihm auf die Schulter. »Fahr weiter! Los!«

Er zeigte durchs Beifahrerfenster. »Telefon.«

An der Straße stand eine rote Telefonzelle. Die Hecke daneben war sorgfältig darum herum gestutzt worden. Das Licht in der Zelle leuchtete blassgelb in die Dunkelheit.

Paddy kletterte aus dem Wagen und wühlte dabei in ihrer Tasche nach einer Fünf-Pence-Münze. Die Wählscheibe drehte sich langsam nach jeder Zahl. Sie hielt die Münze über den Schlitz, doch sie benötigte sie nicht. Eine ruhige Stimme fragte, ob sie die Feuerwehr, Polizei oder einen Notarzt brauche.

»Die Polizei«, sagte sie und schaute hinaus auf die dunkle Straße, weil sie fürchtete, dass sie den BMW komplett verloren hatten. Sie sagte der Polizeibeamten, dass gerade eine Frau in der Huntly Lodge in Killearn ermordet werde.

»Woher wissen Sie das, Madam?«

»Ich habe gesehen, wie ein Mann sie geschlagen hat, und jetzt höre ich sie schreien«, log sie.

»So so.« Die Frau klang nicht sonderlich besorgt. »Sie können sie *jetzt* schreien hören?«

»Ja.«

»Verstehe, und Ihr Name ist ...?«

Ihr eigener Name wurde womöglich an Knox weitergemeldet. Sie wusste nicht, wem sie trauen konnte. »Mary Ann Knox«, sagte sie. »Bitte beeilen Sie sich.«

»Ja, Miss Knox, und Sie hören sie wirklich schreien?«

»Ja.«

»Verstehe, hm, also, die Telefonzelle, von der Sie anrufen,

ist drei Meilen von Killearn entfernt – wie können Sie sie dann schreien hören?«

Sie würden nicht kommen. Paddy sah zu Sean im Auto. »Ich *habe* sie schreien gehört. Bitte kommen Sie.«

»Woher sollen wir wissen, dass das kein Scherz ist?«

»Sie wollen doch nicht, dass es so endet wie bei dem Mord in Bearsden?«, sagte sie und legte auf. Dann hastete sie zurück zum Auto, und Sean fuhr los, noch bevor sie die Tür zugeschlagen hatte.

»Sie kommen?«

»Aye«, sagte sie, obwohl sie alles andere als sicher war. »Aye, sie kommen.«

Drei lange Minuten fuhren sie durch die Dunkelheit und folgten der Straße, ohne zu wissen, ob Lafferty vor oder hinter ihnen war oder längst in einer Haltebucht stand und Kate auf einem Acker erdrosselte, um ihren hilflosen Körper irgendwo zu verscharren.

»Da!«, rief Sean so plötzlich, dass Paddy erschrocken nach Luft schnappte. Auf einem Hügel in der Ferne leuchteten rote Rücklichter auf und bogen um eine Kurve.

Als sie das dunkle Dorf erreichten, wurde die Straße wieder gerade, und Sean ließ sich noch weiter zurückfallen und den langsamer werdenden BMW allein über die Hauptstraße fahren. Die Straße führte einen Abhang hinunter. Dort unten lag Huntly Lodge.

Sie waren am Tor vorbei, noch bevor Paddy merkte, wo sie eigentlich waren.

»War es das gerade?«

Sean konzentrierte sich aufs Fahren. »War das was?«

»War das das Tor, bei dem wir gestern Nacht gehalten haben?«

»Aye. Er ist dran vorbeigefahren. Soll ich anhalten?«

»Nein.« Sie ließ sich in ihren Sitz zurückfallen, entsetzt über ihren Riesenfehler. Sie hatte die Kavallerie an den falschen Ort geschickt. »Nein, fahr weiter hinterher.«

Die Rücklichter führten sie weiter, und Sean folgte in vorsichtigem Abstand. Paddy hoffte, dass sie den falschen Wagen verfolgten, dass Lafferty an der Huntly Lodge gehalten hatte und dort von der Polizei erwartet wurde, dass im Auto vor ihnen ein harmloser, freundlicher Mensch saß, der nach einer langen Nacht in der Stadt heimfuhr. Aber dann sahen sie ihn, als er oben auf dem Hügel anlangte. Es war Lafferty, der runde, kahle Schädel und die breiten Schultern zeichneten sich deutlich im Mondlicht ab.

Sie hatten die sanften grünen Hügel des relativ flachen Farmlandes hinter sich gelassen und folgten nun der Straße, die hinunter zum Loch Lomond führte. Steile Hänge erhoben sich zu ihrer Rechten, knorrige, vom Wind zerzauste Bäume klammerten sich dramatisch an den schieren Fels. Links von ihnen führte das flache Land zum glitzernden Wasser hinunter. Sean musste Lafferty mit großem Abstand vorfahren lassen; sie waren sich nicht einmal mehr sicher, ob sie auf derselben Straße fuhren.

Hinter einer Abzweigung kamen sie an einem kleinen Cottage vorbei, das versteckt hinter einer Baumgruppe lag. Sie hätten den BMW gar nicht bemerkt, wenn nicht noch die Scheinwerfer an gewesen wären. Die Tür des Cottages stand weit offen, doch im Innern war es dunkel. Auch die Autotüren waren offen, Lafferty war wohl im Haus.

Paddy wartete, bis sie um eine Kurve gefahren waren. »Halt hier an.«

Sean fuhr langsamer und kam am Straßenrand zum Stehen. Er sah sie im Spiegel an. »Die Polizei kommt nicht hierher, oder?«

»Nein. Sie kommt nicht.« Sie blickte hinaus auf die silberne Wasserfläche von Loch Lomond. »Wir sind auf uns allein gestellt.«

33

Zwei Pfund zwanzig die Stunde

I

Paddy öffnete die Wagentür, und die Sohlen ihrer Schuhe sanken in den weichen Matsch.

»Shit.«

Sean beugte sich vom Fahrersitz zu ihr rüber und flüsterte laut: »Soll ich mitkommen?«

Paddy schnalzte ungeduldig mit der Zunge. »Natürlich sollst du mitkommen, verdammt. Der Kerl ist ein Tier.« Genauso hatte es auch Burns formuliert.

Sean stieg aus und schaute ängstlich die Straße entlang Richtung Haus. »Soll ich nicht doch lieber im Auto warten?«

»Er wird sie umbringen. Er ist gebaut wie ein Bulldozer. Ich könnte ein bisschen Hilfe gebrauchen.«

»Aber die Polizei ...« Sean zuckte nervös mit den Schultern. »Können wir nicht weiterfahren, bis wir eine Telefonzelle finden und die Polizei rufen?«

»Bis dahin ist sie wahrscheinlich tot.«

»*Wir* aber auch.« Sofort schämte er sich und mied ihren Blick. »Das gehört eigentlich nicht zu meinem Job.«

»Okay«, sagte sie zornig, »dann bleibst du eben hier und hältst die Augen offen.«

»Ich bin kein großer Kämpfer, Paddy ...«

»Dann scheiß dir halt in die Hosen, Ogilvy, ganz, wie du willst.«

»Paddy …«

»Ich versuche hier ein Menschenleben zu retten, ich habe keine Zeit zum Streiten.«

»Kann ich nicht …«

Aber sie lief bereits los, die Straße entlang zurück zum Cottage, wütend auf Sean und panisch vor Angst. Zögernd kam Sean hinter ihr her.

Das kleine viktorianische Cottage sah aus wie die Miniaturausgabe eines Landhauses. Ein niedriges Schieferdach über weiß getünchten Mauern, malerische Fenster mit offen stehenden schwarzen Klappläden aus Holz.

Die Eingangstür war niedrig, und durch den schweren, schwarzen Türsturz sah das Haus aus, als würde es die Stirn runzeln. Rechts und links der Tür befanden sich schmiedeeiserne Stiefelabkratzer.

Hinter den Bäumen auf der anderen Straßenseite blieben Paddy und Sean stehen. Durch die vorderen Fenster drang nun Licht, es fiel durch die Türen im Flur. Lafferty glaubte offenbar, er wäre allein und müsse nicht auf irgendwelche Lichter achten.

Paddy sah zurück zum Loch Lomond und erkannte unten am Wasser den Umriss eines windschiefen hölzernen Bootshauses. Sie schaute sich um und griff sich einen dicken Ast. Er war verfault und brach in ihrer Hand, als sie ihn hochhob. Ansonsten war am Straßenrand nichts Brauchbares zu finden, keine Metallteile und auch keine großen, runden Steine. Sie hatte nicht einmal einen Plan.

Sean sah zum Haus, die Hände in den Taschen vergraben, die Ellbogen dicht am Körper. Er bemerkte ihren Blick auf seine Hände und lächelte nervös. »Ganz schön kalt, was?«

»Ich geh jetzt rein«, sagte sie verärgert. »Du kannst tun,

was du willst.« Sie überquerte die Straße und ging allein um das Haus herum.

Anders als in Killearn war der Weg hier von Pflanzen überwuchert. Sie musste sich zwischen den Ästen eines alten Baumes durchschlängeln, der umgestürzt und gegen ein Fenster gefallen war. Ein Busch zu ihren Füßen roch nach Minze, als sie ihn streifte.

Hinter dem Haus mündete der Weg in einen steilen, schmalen Garten, der an der Rückseite von einer Wand aus schwarzem nassem Fels begrenzt wurde. Der Garten war schön angelegt, aber völlig überwuchert. Die einzige Stelle, die nicht zugewachsen war, war ein großer Fleck frisch umgegrabener Erde zu Paddys Füßen.

An der Rückwand des Hauses führte eine Glastür in die Küche, und rechts und links der Tür befand sich jeweils ein Fenster. Das Fenster neben Paddy gehörte zur Küche, es lag direkt über der Spüle. Das weiter entfernt liegende Fenster war dunkel – vielleicht das Bad.

Sie schlich an der Mauer entlang. Die weiche Erde unter ihren Füßen gab bei jedem Schritt nach. Direkt neben dem hell erleuchteten Fenster presste sie sich an die Hauswand und spähte hinein. Eine hübsche Küche im edwardianischen Stil, wunderschön gearbeitete Holzregale und durchbrochene Türen an den Schränken in Hellgelb und Kornblumenblau. In einem großen, gemauerten Kamin stand ein altmodischer schwarzer Herd.

Aber die Küche war völlig zertrümmert: Die Türen der Hängeschränke standen offen und hingen schräg in den Angeln, der Tisch war umgeworfen worden. Die Teller und Tassen eines Speiseservice lagen in Scherben auf dem schwarzen Schieferboden. Im Spülbecken unter dem Fenster lagen Teeblätter und offene Dosen unter dem tropfenden Wasserhahn, das Porzellanbecken hatte einen dicken, schwarzen Sprung. Eine Tüte Mehl war überall verstreut worden und hatte auf allen Oberflächen eine dünne Schicht hinterlassen, ähnlich wie künstlicher Dekoschnee an Weihnachten.

Paddy sah die Beine nicht sofort. Doch die schlammigen Schleifspuren am Boden lenkten ihren Blick auf die schmutzigen bestrumpften Füße in der Nähe des Fensters. Kates Fußknöchel war entsetzlich geschwollen und stand in einem unnatürlichen Winkel ab. Nur die blauen Nylonstrümpfe hielten die blutige Masse noch zusammen. Ihre Füße waren schmutzig und schlammverkrustet, der Nagel des großen Zehs abgerissen. Paddy sah den münzgroßen Nagel und die blutige Wunde darunter.

Sie löste den Blick von der Gestalt auf dem Boden und blickte sich suchend nach einer Waffe um. In der Küche waren keine Messer zu sehen; neben der Tür standen ein paar Kupfertöpfe, aber die sahen nicht sehr schwer aus. Paddy ließ den Blick über den Garten schweifen. Keine Werkzeuge. Felsbrocken im Steingarten, aber die konnte sie mit ihren kleinen Händen nicht greifen, geschweige denn hochheben.

In Panik schlich sie zurück zum Fenster. Ihr Blick blieb wieder an den Schleifspuren auf dem Boden hängen. Sie sah sich Laffertys Fußspuren neben den Schleifspuren von Kates Füßen genauer an. Die Fußabdrücke waren durcheinander, als ob Lafferty sich umgedreht hätte. Nicht umgedreht. Er war umge*kehrt*. Laffertys Fußspuren führten aus der Küche hinaus.

Er war zurück zum Auto gegangen, zur Vorderseite des Hauses, wo Sean wartete. Paddy erstarrte vor Schreck. Sean war allein mit ihm. Sie lauschte angestrengt, alle Sinne angespannt, ob sie einen Schrei, einen Ruf oder ein Geräusch hörte.

Der Wind raschelte in den Bäumen auf dem hohen Hügel hinter ihr, tote Blätter knisterten zwischen ihren Knöcheln. Ihre Unschlüssigkeit lähmte sie, sie konnte kaum blinzeln und stand einfach da. Direkt vor ihr starb eine Frau. Paddys eigener Atem beschlug die kleine Fensterscheibe und verblasste wieder. Sie lauschte auf Seans Tod.

Das Licht am Eingang der Küche veränderte sich, und sie sprang zurück in die Dunkelheit.

Lafferty kam zurück in die Küche und machte ruhig einen großen Schritt über den umgestürzten Tisch. Er hielt ein langes Messer in der Hand. Mit dem Bund seines Sweatshirts wischte er die Klinge ab, ein leichtes Lächeln auf den Lippen.

Paddy dröhnte der eigene Herzschlag in den Ohren. Als sich Lafferty vor Kate auf den Boden kniete, streifte seine freie Hand ihr gebrochenes Bein. Kates Bein zuckte, und Paddy hörte ein verzweifeltes Stöhnen durchs Fenster.

Sie konnte sich nicht rühren. Sie hatte Vhari im Stich gelassen, war schweigend im Garten verharrt, während Lafferty Sean umbrachte, und jetzt würde sie zusehen, wie er Kate die Kehle durchschnitt. Plötzlich sah sie einen Schatten in der Küchentür.

Geblendet von der hellen Deckenlampe musste Sean heftig blinzeln. Lafferty war sofort auf den Beinen, drehte sich zur Tür und hielt das große Messer vor sich.

Paddy riss sich vom Fenster los, bückte sich nach einem großen Stein, der zu ihren Füßen lag, und stemmte ihn hoch, überrascht von dessen Gewicht. Sie schleuderte ihn gegen die Glastür. Das laute Klirren der Scheiben und das Splittern des alten Holzes hallten durch den Garten. Die beiden Glasflügel der Tür neigten sich nach innen, sie waren nicht abgeschlossen.

Paddy sprang in die Küche, ohne zu wissen, was sie tun würde, wenn sie dort landete. Ihre Füße schlitterten über die Glasscherben. Lafferty wirbelte zu ihr herum, sein Hals ein einziger Muskelstrang, die Zähne gebleckt. Sean schwang die Faust und traf Lafferty am Hinterkopf.

Paddy sah Laffertys Gesicht, als er den Schlag abbekam. Sein Kiefer entspannte sich, und einen Moment lang verschwand die Wut aus seinen Augen. Hinter ihm zog Sean den Arm zurück und sah ihn an.

Lafferty blinzelte, zog die Schultern hoch und drehte sich auf dem Absatz zu Sean um. Noch in der Bewegung hob er das Messer.

Die Kupferpfanne hatte einen ziemlich schweren Boden. Das verstreute Mehl auf dem Stiel sorgte für einen festen Griff. Paddy hob die Pfanne mit beiden Händen über den Kopf und schlug sie Lafferty auf den Schädel.

Lafferty hielt inne, das Messer glitt ihm aus der Hand. Die Spitze bohrte sich in den Holzboden, wo der Griff von der Wucht des Aufpralls vibrierte.

Der kräftige Mann ging in die Knie und stürzte zur Seite. Im Fallen stieß seine Brust gegen das Tischbein und brach es ab. Er hob die große Hand, um sich abzustützen, griff jedoch in die Luft. Dann schlug er mit dem Gesicht auf dem Boden auf.

Sean sah auf Laffertys reglosen Rücken und dann zu Kate, die zu einem kleinen Häufchen zusammengekrümmt neben dem Spülbecken lag. »Verdammte Scheiße, Paddy, dafür sollte ich aber wirklich mehr als zwei Pfund zwanzig die Stunde kriegen.«

Kates gebrochenes Bein zuckte. Sean und Paddy zuckten zusammen.

Sie versuchte zu sprechen.

Paddy eilte zu ihr. »Alles in Ordnung. Sie sind in Sicherheit, Kate.«

Die blonden Locken klebten ihr im Gesicht. Sie sah genauso aus wie Vhari, nur die Nase war anders. Sie sah aus, als ob sie mit dem Bügeleisen zerschmettert worden wäre. Kate murmelte etwas, versuchte verzweifelt, sich Gehör zu verschaffen. Paddy legte das Ohr an Kates Mund, doch die Worte waren kaum zu verstehen, weil sie so leise und nasal sprach.

»Darling«, sagte sie. »Wunderbar.«

»Wunderbar?«, wiederholte Paddy verwirrt und fragte sich, ob sie richtig gehört hatte.

»Dich zu sehen, Darling. Wunderbar. Ich kann dich hören, Darling.«

Kates Lippen glitten zurück: ein Schneidezahn fehlte, ihr Mund war blutverklebt. Ihr Atem roch faulig.

Als Kate die Zähne entblößte, dachte Paddy, sie würde ein Todesröcheln hören, ein Gurgeln in der Kehle.

Kate lachte.

II

Die Garderobe im Flur hatte eine schmale Bank, auf die sich edwardianische Damen und Gentlemen gesetzt hatten, um sich ihre Überschuhe oder Reitstiefel an- oder auszuziehen. Für einen einzelnen Hintern, so üppig er auch war, war sie breit genug, doch Paddy und Sean hatten sich beide darauf gequetscht, die Oberschenkel eng aneinandergepresst. Paddy war froh über die Wärme. Die Polizei bestand darauf, die Haustür offen zu lassen, trotz der kalten Nacht. Auf dem Läufer im Flur bildete sich bereits Raureif.

In der Küche kümmerten sich die Sanitäter um Kate. Sie lachte, röchelte und stöhnte, und die Sanitäter reagierten zuerst betroffen und dann verwundert. Sie wussten auch nicht, worüber sie lachte. Die Sache war ganz und gar nicht zum Lachen: Ihr Bein war furchtbar zugerichtet und nur noch ein blutiger Klumpen.

Als die Polizei eintraf, die Sean vom Telefon im Flur aus angerufen hatte, dachten die Beamten zuerst, Lafferty wäre der Hausbesitzer. Sie schrien Paddy und Sean an und legten ihnen Handschellen um. Erst als per Funk bestätigt wurde, dass Paddy tatsächlich Journalistin bei der *News* und in einem Wagen der Zeitung unterwegs war, der draußen auf der Straße hinter der Kurve parkte, nahmen sie ihnen die Handschellen wieder ab.

Lafferty war tot. Man sah zwar kein Blut, und es gab auch keine herausgequollenen Innereien, die Paddy das Gefühl gegeben hätten, dass sein Tod real war, doch er war an einer massiven Gehirnblutung gestorben, verursacht durch den Schlag der Bratpfanne.

Als er mit einem Laken über dem Gesicht an ihr vorbeigetragen wurde, empfand sie nichts als Erleichterung darüber, dass er nicht Sean umgebracht hatte.

Paddy dachte an den armen Mark Thillingly, der nach einer kleinen Rauferei Vharis neue Adresse preisgegeben hatte. Sie hätte auch auf der Brücke gestanden, wenn Sean ihretwegen gestorben wäre. Sie wäre nicht gesprungen, aber sie hätte dort gestanden.

Die Polizeibeamten standen um ihre Autos herum. Einer kümmerte sich ums Funkgerät, während die anderen einen Halbkreis um die offene Wagentür bildeten, die kalten Hände aneinanderrieben und aufmerksam auf das Knacken und Summen des Polizeifunks lauschten. Einer war immer noch misstrauisch und warf Paddy und Sean einen finsteren Blick zu.

»Du bist verlobt«, sagte Paddy rundheraus.

Sean wirkte verblüfft, doch er nickte. »Aye.«

»Gratuliere.« Sie streckte die Hand aus. Es war ein ungünstiger Winkel, aber Sean ergriff ihre Hand und schüttelte sie einmal. »Ihr werdet sicher glücklich.« Das war gut gemeint, klang aber mehr wie ein Befehl, nicht wie ein Wunsch.

»Vielleicht.«

Zwei uniformierte Beamte kamen zur Tür und winkten ihnen. »Wir nehmen Ihr Auto«, sagte der eine und führte sie an den wartenden Streifenwagen vorbei.

»Kommen die anderen denn nicht mit? Warum nehmen wir unser Auto?«

Der Polizist wartete, bis sie außer Hörweite waren und die dunkle Straße erreicht hatten. »Wir haben hinter dem Haus noch eine Leiche gefunden. Einen Mann. Ihm wurde das Auge durchstochen. Wir nehmen an, dass das Mädel ihn umgebracht hat.«

»Wie kommen Sie darauf?«

Er zuckte mit den Schultern. »Das Haus gehört ihr. Wahrscheinlich hat ihr jemand schon einmal hier aufgelauert, und sie hat ihn umgelegt.«

Die Polizisten nahmen Sean die Schlüssel ab und ließen sie hinten einsteigen, obwohl sie doch gar nichts verbrochen hatten. Sean bat sie, die Heizung hochzustellen und das Gebläse aufzudrehen, und dann fuhren sie los. Schon bald war es im Auto angenehm warm. Sie rieben sich die kalten Finger und wischten sich die tropfenden Nasen ab.

Während sie auf der Straße zurückfuhren, auf der sie gekommen waren, stieg langsam die Sonne über die alten, vom Wind verformten Bäume. Andere Autos kamen ihnen entgegen, doch der Polizist hinterm Steuer hielt nicht an den Ausweichstellen an, sondern fuhr so arrogant weiter, als ob er in einem Streifenwagen säße.

Der Wald ging in Farmland über, und sie sahen sich überrascht an, als sie erkannten, wohin sie fuhren. Sie waren wieder auf der Straße zur Huntly Lodge.

34

Die Gegenüberstellung

I

Das mit Flechten überwachsene Tor stand offen. Nach der Tiefe der Fahrspuren zu urteilen, waren seit ihrem letzten Besuch einige Autos über den schlammigen Weg gefahren.
Im schwachen Morgenlicht sah der Ort ganz anders aus. Die Hecke neben der Zufahrt war gar nicht so dicht, wie sie im Dunkeln gewirkt hatte. Paddy konnte durch die Büsche auf die welligen Felder dahinter sehen. Als sie um die Kurve bogen, sah Paddy Sullivan neben einem der drei geparkten Wagen stehen. Er trug einen dicken Mantel und graue Polizeihandschuhe aus Wolle. Als er zu Paddy hinübersah, zog langsam ein breites Lächeln über sein Gesicht.

Der Polizist hinterm Steuer hielt an, und Sullivan stapfte zum Wagen.

»Ab hier übernehme ich, Kevin.«

Die beiden Polizisten stiegen aus und gesellten sich zu ihren uniformierten Kollegen bei den Autos.

Sullivan öffnete Paddys Tür und ging in die Hocke. Seine Knie protestierten mit einem lauten Knirschen gegen die ungewohnte Haltung, doch Sullivan tat so, als bemerkte er es gar nicht.

»Da hatten Sie heute ja eine ziemlich aufregende Nacht.« Sein Blick wanderte zu Sean.

»Das ist mein Fahrer, Sean Ogilvy.«

Die beiden Männer schüttelten sich quer über Paddy hinweg eifrig die Hände. »Gut, dass Sie da waren, junger Mann.«

»Ich habe ihn niedergeschlagen«, sagte Paddy entrüstet.

Sullivan deutete auf sie, sprach aber weiter zu Sean. »Süchtig nach Ruhm«, sagte er, aber Paddy sah ihm an, dass er beeindruckt war, es ihr aber nicht direkt sagen konnte.

Sie schob seine Hand weg. »Haben Sie Neilson verhaftet?«

»Können wir nicht. Wir haben nichts gegen ihn vorliegen. Es gibt keine Zeugen, die ihn mit Lafferty oder dem Haus am Loch Lomond in Verbindung bringen, und auch nicht mit dem Haus in Bearsden.«

»Aber Sie haben mich – ich habe ihn in der Tür von Vharis Haus stehen sehen.«

Sullivan nickte und grinste. »Und es gibt die Fingerabdrücke auf dem Geldschein. Eine Augenzeugin allein würde nicht ausreichen. Wir brauchen zusätzliches Beweismaterial, und seine Fingerabdrücke sind nicht erfasst. Doch weil Sie angerufen haben, können wir ihn zu einer Befragung mitnehmen und seine Fingerabdrücke nehmen. Die können wir dann vergleichen.«

»Was ist mit Gourlay und McGregor? Wollen die immer noch nicht bestätigen, dass sie ihn dort gesehen haben?«

Sullivan seufzte und sah auf seine Füße. »Ich glaube, wir kennen beide die Antwort, nicht wahr?«

Sie fragte sich, ob es klug wäre, Knox zu erwähnen. Wenn Sullivan so vorsichtig war, wenn es darum ging, zwei Beamte niederen Ranges zu belangen, wollte er sicher nichts davon hören, dass der Vorgesetzte seines Vorgesetzten in die Sache verstrickt war. Aber sie musste es versuchen. »Wir haben gesehen, wie Lafferty Kate Burnett aus einem Haus in Milngavie geschleppt hat. Dort sind wir überhaupt erst auf ihn gestoßen.«

Sullivan ermunterte sie mit einem Nicken zum Weiterreden.

»Ornan Avenue 15, kennen Sie die Adresse?«

Sullivan erstarrte. Sein Hals wurde so steif, dass der Kopf noch ein bisschen nachwackelte. Er sah aus, als ob ihm die Nieren explodiert wären, doch er war zu höflich, um etwas zu sagen.

»Ein Haus mit einer Glasveranda, und gegenüber ist ein Pub.« Er wollte es nicht hören, Paddys sah es ihm an. »So ein Pub im altenglischen Stil. Mit einem Parkplatz.«

»Gut.« Er nickte angespannt. »Wir kümmern uns darum. Wirklich.«

»*Können* Sie das denn?«

Er sah sie flehend an. »Wir haben sowieso schon mehr als genug zu tun. Wir tun, was wir können.«

»Sie werden also nichts unternehmen?«

Bevor er antworten konnte, rief ein Polizist neben dem Streifenwagen Sullivan zu, dass sie fertig seien.

Er versuchte aufzustehen, um zu antworten, aber seine Knie wollten nicht. Verlegen ließ er sich wieder in die Hocke sinken. »Wir tun unser Bestes. Wir tun wirklich alles, was wir können.« Dieses Mal nahm er sich mehr Zeit und stemmte sich langsam hoch. »Ich fahre.«

»Wohin fahren wir?«

»Sie müssen Neilson bei einer Gegenüberstellung identifizieren. Sind Sie dazu bereit?«

»Aye«, sagte Paddy, »ich bin immer zu allem bereit.«

Vorsichtig fuhr Sullivan hinter dem Streifenwagen zurück nach Glasgow. Hin und wieder sah Paddy Paul Neilsons gepflegten Hinterkopf in dem Wagen vor ihnen. Das war der Mann, den sie an Vhari Burnetts Tür gesehen hatte. Sie war sich absolut sicher.

II

Paddy wartete im Nebenraum und lauschte auf die Geräusche hinter der Tür. Wenn sie sich die Ursache für die Geräusche nebenan vorstellte, krampfte sich ihr Magen vor Erschöpfung zusammen. Füße scharrten über den Boden, und ein paar Männer unterhielten sich in diesem Tonfall von Männern, die sich nicht kannten und beiläufige Kommentare austauschten. Zwei von ihnen hatten ein gurgelndes, phlegmatisches Raucherlachen.

Nebenan wurden für die Gegenüberstellung Männer versammelt, die ein bisschen wie Paul Neilson aussahen, während sie, die wichtigste Zeugin, in einem langweiligen Kämmerchen wartete. Die Wände waren in einem industriellen Beigeton gestrichen, und an der Wand standen ein Tisch und drei Stühle. Es gab kein Fenster, nur eine nackte Glühbirne hing von der Decke und warf ihr gleißendes Sechzig-Watt-Licht in den gerade einmal schrankgroßen Raum.

Sie musste an Patrick Meehan denken. Bei ihm war die Gegenüberstellung im Zusammenhang mit dem Mord an Rachel Ross die Falle gewesen, die er nicht hatte kommen sehen. Obwohl er Berufsverbrecher war, hatte er sich einen naiven Glauben an das Justizsystem bewahrt und nicht damit gerechnet, dass die Polizei die Zeugen bestochen hatte. Meehan hatte sich sogar zu einer Zeugin, einem jungen Mädchen, vorgebeugt und ihr gesagt, sie müsse nicht nervös sein, es sei schon in Ordnung. Sie könne ruhig sagen, dass er es sei, weil er dachte, sie wäre sein Alibi. Doch bei der Gerichtsverhandlung wurde sie dann als Zeugin der Anklage aufgerufen. Paddy erinnerte sich, dass sie auch über den Ehemann des Mordopfers etwas gelesen hatte: Der alte Abraham Ross hatte in dem Raum gesessen, in den die Zeugen nach der Gegenüberstellung gebracht wurden. Auch wenn es nie bewiesen wurde, stand außer Zweifel, dass sie sich miteinander unterhalten hatten: Wen haben Sie genommen? Ich habe auf den Typen am Ende der Reihe gezeigt, den kleinen Dicken mit den Aknenarben. Ich auch, denselben Typen am Ende der Reihe mit den sandfarbenen Haaren.

Sullivan hatte sich weit aus dem Fenster gelehnt und war auf Paddy angewiesen. Sie musste Neilson identifizieren. Dass sie fast zwölf Kilometer hinter dem Beschuldigten hergefahren waren, war kein Zufall gewesen: Sie sah, wie Sullivan sie manchmal im Spiegel beobachtete, wenn sie an einer Ampel hielten oder das Auto vor ihnen abbog, immer in der Hoffnung, dass sie einen guten Blick auf Neilson hatte. Aber Paddy schaute gar nicht auf Neilson. Sie hätte ihn mit geschlossenen Augen erkannt.

Es war warm im Raum. Verbrannter Staub hatte die Glühbirne gelb und braun verfärbt. Sie hing dort sicher seit Ewigkeiten. Der Raum wurde nicht oft benutzt. Augenzeugen wurden nicht oft geladen, und wenn, dann bei einem Raubüberfall. Von ihren Nachtschichten wusste Paddy, dass die meisten Morde dadurch aufgeklärt wurden, dass man den blutbespritzten Ehepartner verhaftete, der noch mit dem Messer in der Hand über der Leiche stand.

Mit einem Mal blieben die Geräusche hinter der Tür aus, die wartenden Männer schwiegen respektvoll, und außer einem leichten Füßescharren war nichts mehr zu hören. Ein letzter Kontrolldurchgang, dann hörte sie, wie eine Schulter an der Tür zum Warteraum entlangstrich. Sie öffnete sich, und Paddy sprang zu ihrer eigenen Überraschung auf, die Beine taub vor Anspannung. Die Tür wurde wieder zugeschlagen.

Langsam schwang sie wieder auf, und ein offiziell wirkender Beamter in Uniform sah zu ihr herein. Er blickte sie stirnrunzelnd an, musterte sie und fragte, ob sie bereit sei. Sie nickte, nervös und erhitzt. Er ließ die Tür los und winkte sie herein.

Fünf Männer standen vor einer Wand. Der Polizeibeamte ging mit ihr zusammen an ihnen vorbei, beobachtet von einer Gruppe in der Ecke des Raums, zu der auch Sullivan und ein müde wirkender Anwalt in einem braunen Anzug gehörten.

Während Paddy und der Beamte die Reihe abschritten, tat sie so, als ob sie jeden Mann genau mustern würde. Die atemlose Stille hinter ihr war deutlich zu spüren.

Die Männer trugen allesamt Anzughosen und weiße Hemden, dennoch hätte sie Paul Neilson allein schon an seinen Kleidern erkannt. Sein weißes Hemd, ein teures Leinenhemd, war zerknittert. Wahrscheinlich hatte er es auf den Boden geworfen, als er ins Bett gegangen war, und schnell wieder übergezogen, als die Polizei mitten in der Nacht vor seiner Tür gestanden hatte. Die übrigen Männer trugen frisch gebügelte Hemden, allerdings aus einer unangenehm zu tragenden Nylonmischung, vermutlich aus der Kleiderkammer der Polizei. Die Hemden saßen schlecht, die Manschetten hingen über die Handgelenke. Einige Männer hatten dunkelbraune Haare, andere schwarze wie Neilson.

Sie ging bis ans Ende der Reihe, drehte sich um und schritt wieder zurück zur Mitte. Die Männer mieden ihren Blick und starrten auf die gegenüberliegende Wand, als wären sie auf dem Männerklo und stünden am Urinal. Trotzdem wirkte Neilson arrogant, er hatte so einen selbstgefälligen Zug um den Mund und hatte das Gewicht auf ein Bein verlagert. Sein Haarschnitt sah teuer aus.

Paddy stellte sich vor ihn, um ihm zu zeigen, dass sie keine Angst vor ihm hatte. Er erwiderte ihren Blick. Hinter ihm hustete der Anwalt nervös. Sie machte einen Schritt auf Neilson zu, musterte ihn noch einmal, betrachtete die Hände, die Vharis Haustür zugehalten hatten, und den Hals, an dem Vharis Blut geklebt hatte. Er sah zu ihr herunter und lächelte freundlich.

»Das ist er«, sagte sie.

Paul Neilson grinste, die dunkelbraunen Augen zwinkerten, auf seinen Wangen bildeten sich Krähenfüße. Als ob sie ihm einen tollen Witz erzählt hätte, ihm ein Kompliment zu seiner Kleidung gemacht oder ihn gebeten hätte, ihr einen Drink zu spendieren.

Der Beamte blickte zu Neilson, damit sie ihre Aussage noch einmal bestätigte. »Nummer zwei?«

Paddy zeigte auf ihn, ihre Fingerspitze war nur wenige Zentimeter von seiner Brust entfernt. »Der da, Nummer zwei.«

Neilsons Grinsen wurde so breit, dass seine Augen fast nicht mehr zu erkennen waren.

Sullivan trat vor. »Okay.« Er nahm sie am Ellbogen und lenkte sie zur Tür auf der anderen Seite. »Das wär's fürs Erste.«

III

Ramage hatte auf dem Revier angerufen und nach Paddy gefragt. Sullivan erlaubte ihr, von seinem Schreibtisch aus zurückzurufen.

Sie erzählte ihrem Boss ausführlich, was passiert war, allerdings ohne den Fünfzig-Pfund-Schein zu erwähnen. Das hatte Zeit bis zum Prozess, und bis dahin war sie hoffentlich unangreifbar. Sullivan hatte es sorgfältig vermieden, Knox zu erwähnen. Sie vermutete, dass er nicht in der Position war, sich mit einem so hohen Vorgesetzten anzulegen, weshalb sie ihn gegenüber Ramage ebenfalls nicht erwähnte. Über Neilson konnten sie auch nichts in der Zeitung bringen, auch da mussten sie bis zum Prozess warten, doch Ramage versprach ihr eine Titelseite über die Ereignisse im Cottage mit einer Lady in höchster Gefahr und der furchtlosen Reporterin der *Daily News*. Der Artikel würde auch Details über Kates Tat in Notwehr und die Leiche im Garten enthalten, und da Lafferty tot war, konnten sie ihn verunglimpfen, so viel sie wollten.

Paddy sollte in die Redaktion kommen und den Artikel für die Samstagsausgabe schreiben, dann konnte sie nach Hause gehen. Er klang sehr zufrieden mit ihr, staunte sogar über die Geschichte im Cottage, und sie stellte Seans Rolle heraus, für den Fall, dass Ramage die Sache mit dem Führerschein herausfand.

»Er war super. Hat mir beigestanden. Ohne ihn hätte ich es nicht geschafft.«

»Tja also, Sie können das Hotelzimmer noch bis morgen Abend haben, falls Sie ausgehen und sich volllaufen lassen wollen.«

Paddy dachte daran, dass Mary Ann am nächsten Tag nach Frankreich abreisen würde. »Ah, danke, Boss, aber ich glaube, ich gehe lieber nach Hause.«

»Sehr gut«, sagte er fest. Sie hatte das Gefühl, dass er ihre Sparsamkeit genauso schätzte wie ihren Artikel. Sie legte auf und sah Sullivan ein paar Meter weiter stehen und traurig an einem eingerissenen Fingernagel herumkauen, als ob er gerade erfahren hätte, dass es den Weihnachtsmann gar nicht gab. Er bemerkte ihren Blick und schaute schnell weg.

Er hatte von ihr und Burns gehört. Paddy kannte diese alten Knaben. Sie mochten Frauen, aber wenn es nur die Andeutung eines Skandals gab, standen sie ganz vorne vor dem Mob und warfen den ersten Stein.

Paddy stand auf und ging zu ihm. »Was ist?«

Er zuckte schuldbewusst mit den Schultern und mied immer noch ihren Blick.

»Sullivan, was ist los?«

Er ließ die Hände an die Seite fallen und sagte mit hängenden Schultern: »Wir mussten ihn gehen lassen.«

»Neilson? Aber ich habe ihn identifiziert. Er war die Nummer zwei, oder nicht?«

»Er war die Nummer zwei, aber der Fünfzig-Pfund-Schein ...« Wieder biss er sich beschämt in den Fingernagel. »Der Schein ist verschwunden.«

35

Colum McDaids schändlicher Abgang

I

Colum McDaid stand kurz davor, seine Stelle zu verlieren, obwohl er diesem Job sein Leben gewidmet hatte, doch das hielt ihn nicht davon ab, sich weiter wie ein Gentleman zu benehmen und Paddy Tee und Kekse anzubieten.

»Sie schicken jemanden als Ersatz für mich, einen pensionierten Beamten aus einem anderen Bezirk. Zur Mittagspause bin ich schon nicht mehr da.«

Sie sah ihm zu, wie er durchs Zimmer wuselte, Wasser aufsetzte, ihr Zucker anbot und die Milch zuerst einschenkte, damit sie nicht zu heiß wurde. Dabei fiel ihr auf, dass sie niemals in seinem toten Winkel saß, er behielt immer sie und den Asservatenschrank und den Safe im Auge. Der einzige andere Stuhl im Raum war direkt neben der Tür auf dem Boden festgeschraubt.

Er reichte ihr eine Tasse Tee mit zwei gefüllten Schokokeksen auf der Untertasse und nahm dann wieder hinter seinem Schreibtisch Platz.

»Es ist also weg?«

McDaid nickte in seinen Tee. »Ich bin die ganze Zeit hier, ich kontrolliere jeden, der rausgeht. Ich verstehe das nicht ... Die sagen, das liegt daran, dass ich alt werde.«

»Ist es einfach weg?«

»Es ist weg. Ich bin gestern Nacht bis halb vier Uhr morgens geblieben und habe danach gesucht. Das Geld ist weg. Es ist nicht in diesem Zimmer und nicht im Zimmer nebenan, es gibt keine Einbruchsspuren, und ich habe am Vortag das Zimmer nicht verlassen, ohne abzuschließen.«

»Könnte jemand einfach den Schlüssel stehlen und sich so Zutritt verschaffen? Es gibt sicher Reserveschlüssel auf dem Revier.«

McDaid schüttelte den Kopf. »Nein. Sehen Sie, ich mache es genau wie mein Vorgänger.« Er schaute ein bisschen verschlagen. »Es gibt eine gewisse Versuchung in diesem Job, das will ich gar nicht leugnen, vor allem für die jungen Kollegen. Sie haben Familie, kleine Kinder, und das Grundgehalt ist nicht sehr hoch. Wir Älteren passen deshalb auf und schützen so unsere jungen Kollegen. Da liegt Geld herum, manche Leute verlangen einen Gefallen und so weiter. Einem jungen Mann fällt es schwerer, Nein zu sagen. Deshalb haben wir den Schlüssel.«

»Welchen Schlüssel?«

»Na ja, eigentlich ist das ein Geheimnis, aber Ihnen kann ich es ja jetzt erzählen: Ich habe einen Schlüssel zum Safe, den ich nicht auf dem Revier lasse. Die Leute glauben, dass er hier ist, aber das stimmt nicht. Niemand kann ohne diesen Schlüssel den Safe öffnen, was bedeutet, dass der Geldschein tagsüber gestohlen wurde, als ich hier war. Und genau auf diesem Stuhl saß.«

Sie dachte an Knox. »Und sehr ranghohe Beamte, wissen die von dem Schlüssel?«

»Nein, nur ich.«

»Und Sie wissen sicher, dass der Schein gestern Morgen noch da war?«

»Definitiv.«

»Und wer war gestern hier?«

Er zog sein Buch aus der obersten Schublade und schob es mit den Fingerspitzen zögernd über den Schreibtisch. »In einem Jahr wäre ich pensioniert worden«, flüsterte er. »Jetzt bekomme ich nicht einmal meine Pension. Mrs. McDaid wird ... Ich weiß nicht, wie wir das schaffen sollen.«

Paddy las die Liste mit den drei Namen und entdeckte, gleich an erster Stelle um zehn nach neun am Morgen, die Unterschrift von Tam Gourlay. Er musste noch unmittelbar vor seiner Suspendierung bei McDaid gewesen sein, bevor Burns ihn auf dem Parkplatz gesehen und verprügelt hatte. Sie zeigte McDaid die Seite und tippte mit dem Finger auf den Namen.

»Der da. War er am Safe?«

»Sicher, er hat ein Beweismittel hineingelegt. Gleich als Erster.« Er überprüfte die siebenstellige Nummer neben Gourlays Namen. »Beweismittel von einem Ladendiebstahl. Klarer Fall. Aber ich weiß sicher, dass er es nicht war, denn er kam in Hemdsärmeln, und ich habe ihn die ganze Zeit beobachtet.«

»Wie stand er vor dem Safe?«

McDaid stand auf und beugte sich vor dem Safe nach vorn, den Hintern in die Luft gereckt. »Beweismittel in einem Fall mit mehreren Klägern kommen ins untere Fach.« Er richtete sich wieder auf, und in dem Moment wurde beiden klar, dass Gourlays Hände vom Schreibtisch aus nicht zu sehen gewesen waren. McDaid wirkte geknickt. »Aber er war in Hemdsärmeln, ich hätte es gehört, wenn er den Schein genommen und zusammengefaltet hätte. Ein Fünfziger ist ein großer Schein. Er war neu. Das hätte ich gehört.« Voller Selbstzweifel zog er die Augenbrauen zusammen. »Ich bin alt, das weiß ich, aber ich bin wachsam. Ich hätte es gehört.«

II

Paddy trat hinaus in den kalten Morgen. Ihr wurde ganz schlecht bei dem Gedanken an Neilsons breites Krokodilsgrinsen. Gleichzeitig bedeutete der gestohlene Schein, dass ihre Bestechung nie ans Licht kommen und auch nicht vor Gericht erwähnt werden würde. Und ihren Artikel über Lafferty als alleinigen Schurken konnte sie trotzdem schreiben. Ohne die fünfzig Pfund war die Story sogar noch besser, denn Paddy musste keine Informationen bis zum Prozess zurückhalten oder nachtragen. Aber Paul Neilson war frei, war wieder in seiner ordinären Villa in Killearn und schwamm genüsslich in seinem Pool. Das war nicht richtig.

Als sie über den Parkplatz eines Supermarkts zum Bahnhof ging, krampfte sich ihr Magen zusammen, und sie beugte sich vor und erbrach den Tee, den McDaid ihr auf dem Revier gemacht hatte. Gebückt stand sie über der braunen Pfütze und wartete, ob noch mehr kam. Alles drehte sich, und plötzlich wusste sie es, tief in ihrem Innern. Sie richtete sich langsam auf, blinzelte ins helle Licht und sagte laut, ohne es zu wollen: »Oh, Shit.«

III

Es gab so viel, woran sie nicht denken wollte, und vielleicht kamen die Worte deshalb so leicht, flossen direkt auf die Seite, perfekte Absätze im neuen, plakativen Stil der *Daily News*.

Die Geschichte hatte ja auch wirklich alles, was eine gute Story brauchte: eine Staatsanwältin, die starb, um ihre Schwester vor ihrem verrückten Exfreund zu beschützen, die schöne Kate in schrecklicher Gefahr, der Blick vom Gartenfenster des Cottages am Loch Lomond. Sie musste ein paar

Kommentare »aus sicherer Quelle« einstreuen, Fakten getarnt als Spekulationen, damit die Anwälte der Veröffentlichung zustimmten, aber Paddy wusste, dass die Polizei keine Einwände erheben würde, schließlich stand auch sie am Ende gut da.

Am Schluss ihres 750 Wörter langen Artikels hielt Paddy inne und fragte sich, warum ihr das Schreiben noch nie so leicht gefallen war. Vielleicht war sie dank ihrer Erschöpfung nun auf einem so niedrigen Niveau, dass es zum Stil der Zeitung passte. Normalerweise bastelte sie an ihren Formulierungen lange herum, anstatt kurze Sätze mit jeweils einer Information rauszuhauen. Jetzt schrieb sie am Anfang, was sie sagen wollte, und setzte noch eine Zusammenfassung ans Ende. Sullivan hatte ihr mehrere Aussagen zur Verfügung gestellt, an denen sie den Artikel aufhängen konnte. Er las sich richtig gut, doch sie musste an das denken, was sie nicht schreiben konnte: an Neilson und Knox als Strippenzieher. Für die *News* war der Artikel in Ordnung, und auch Ramage war sicher damit zufrieden, aber Paddy war es nicht.

Sie blickte von ihrem Schreibtisch auf. Drei Copy Boys saßen auf der Bank und warteten nur darauf, dass man ihnen eine Aufgabe gab. Die Redaktion war voller Männer, die ihrer Arbeit nachgingen, aber alle wirkten verändert. Die Energie im Raum schien sich auf sie zu konzentrieren und auf den Knüller, den sie gerade schrieb. Niemand kam auch nur in die Nähe ihres Schreibtisches. Shug Grant, Zwiddeldum und Zwiddeldei waren drüben in der Sportredaktion und hatten ihr den Rücken zugekehrt. Ein Fotograf schaute weg, als sie ihn ansah. Der Nachrichtenredakteur bemerkte ihren Blick und lächelte sie an. Ein Laufbursche sprang auf, flitzte zu ihrem Schreibtisch und deutete mit den Händen eine Tasse an – er fragte sie, ob sie Tee wollte.

So fühlte es sich also an, wenn man von seinen Kollegen respektiert wurde. Sie fuhr sich mit der Zunge über die Zähne und spürte einen metallischen Geschmack, wie leicht saure Milch.

36

Patrick Meehan

I

Paddy stieg der Geruch von müden Männern an einem Freitagabend in die Nase, eine Mischung aus Schweiß und Enttäuschung. Die Press Bar war kein angenehmes Lokal mehr für einen Drink. Die seriösen Journalisten wollten an einem Freitag nichts mehr mit der neuen Ausrichtung der *News* zu tun haben und gingen lieber in den etwas weiter entfernten Press Club, wo die Getränke von der Gewerkschaft subventioniert wurden und sich auch die Kollegen von anderen Zeitungen trafen.

Ein paar versprengte Gäste standen an der Bar oder saßen an den Tischen, lasen oder starrten vor sich hin. Geredet wurde kaum. Hinter der Bar polierte McGrade Gläser und begrüßte Paddy mit einem freundlichen Nicken.

McVie saß allein an einem kleinen Tisch. Paddy war erleichtert, dass Patrick Meehan nicht gekommen war. Sie ging gleich viel aufrechter zu seinem Tisch. »Versetzt worden?«

»Hä?«

»Bist du versetzt worden? Meehan ist nicht gekommen, oder?«

McVie nickte mit dem Kopf ins Lokal, und als Paddy sich umdrehte, sah sie Meehan auf dem Weg von der Toilette kommen und gerade noch einmal seinen Hosenschlitz kontrollieren. Er war klein und trug einen schweren schwarzen Mantel. Seine Haut war gelblich und von Aknenarben übersät. Er selbst wirkte genervt. Am Tisch angekommen, musterte er Paddy von oben herab.

»Hallo«, sagte sie.

»Sie sind ja noch ein halbes Kind.«

Das ließ sich nicht so ganz abstreiten. »Aye.«

McVie schaltete sich ein. »Dieses Kind ist eine der aufgewecktesten jungen Journalistinnen in ganz Schottland.«

Patrick Meehan bohrte die Zunge in die Wange. Er musterte Paddy erneut und streckte schließlich die Hand aus.

Da er direkt von der Toilette kam, wollte sie ihm eigentlich nicht unbedingt die Hand geben, aber sie zwang sich dazu. Er drückte ein bisschen zu fest zu, um seine Stärke zu demonstrieren. Angesichts seiner geringen Körpergröße und Arroganz, der rotbraunen Haare und kurzen Beine konnte sie sich nicht vorstellen, dass er je attraktiv auf Frauen gewirkt hatte. Sie kannte diese typische Feindseligkeit, die sie immer wieder bei Männern wie ihm antraf, als ob sie für jede Zurückweisung und Kränkung verantwortlich wäre, die eine Frau ihm je angetan hatte.

»Ich heiße auch Paddy Meehan«, sagte sie.

Er nickte zu McVie. »Das hat er gesagt. Sie haben denselben Namen wie ich.« Er zog eine stummelige Zigarette aus einer Schachtel auf dem Tisch und zündete sie an.

»Aye.«

Er musterte sie schon wieder. »Die Meehans aus Eastfield? Wo kommen Ihre Leute her?«

»Donegal, glaube ich, aus der Gegend um Letterkenny.«

»Wir sind aus Derry.«

»Wie die meisten Meehans, oder?«

»Aye.«

Nun, nachdem sie geklärt hatten, aus welchem Teil Irlands

ihre Urgroßeltern geflohen waren, schien er ihr ein wenig mehr Vertrauen entgegenzubringen. »Sollen wir uns setzen?«

»Aye.« Sie schüttelte ihre Müdigkeit ab. »Ich hole Ihnen etwas zu trinken, Mr. Meehan.«

Meehan wusste das Angebot zu schätzen, zog einen Stuhl heran und setzte sich. »Ein *Half and Half*.«

Paddy sah McVie fragend an, aber er runzelte nur die Stirn, um zu zeigen, dass er das Treffen gern so kurz wie möglich gestaltet hätte oder früher gehen wollte.

Der Barmann, der nette McGrade, lächelte sie an. »Wie ich sehe, interviewen Sie da drüben gerade eine lokale Berühmtheit?«

Paddy lächelte ebenfalls und gab ihre Bestellung auf. »Ich glaube, da war so ziemlich jeder im Zeitungsgeschäft schon vor mir dran.«

Er stellte den großen Whisky und das halbe Pint Bier für Meehan nebeneinander. »Ach, man findet doch immer noch etwas, das man dazu sagen kann, oder nicht?«, sagte er verbindlich. Also war selbst er der Ansicht, dass die Meehan-Geschichte Schnee von gestern war.

Die Runde kostete sie über vier Pfund.

Sie saßen am Tisch und rauchten, und Meehan erzählte seine Version der Geschichte. Er begann mit seiner Verhaftung im Zusammenhang mit dem Mord an Rachel Ross. Das wollte Paddy eigentlich gar nicht hören, aber er wollte darüber reden.

»Ich interessiere mich vor allem für Ihre Zeit hinter dem Eisernen Vorhang«, sagte Paddy schließlich.

Er blinzelte langsam. Es war eine Warnung. »Wie gesagt, die Gegenüberstellung war ein abgekartetes Spiel.« Er erzählte einfach dort weiter, wo sie ihn unterbrochen hatte. Als er zum Prozess kam, stand McVie auf und verabschiedete sich. Paddy musste sich die Geschichte allein zu Ende anhören.

In ihrer Kindheit hatte sie wieder und wieder jeden Artikel und jedes Buch über Meehans Fall gelesen. Einige Sätze Meehans erkannte sie jetzt wieder. Er hatte das alles eindeutig schon oft erzählt. Sein Blick verschleierte sich, manchmal schien er sich selbst nicht mehr dafür zu interessieren.

Schließlich kam er zum Ende. Sie sahen sich an. Sein Bierglas war halbleer. Es wäre höflich gewesen, ihm noch eins anzubieten, aber sie hatte nicht genug Geld.

Paddy erklärte, dass sie ein Buch über den Fall schreiben wollte, sich dabei allerdings nicht auf den Mord an Rachel Ross konzentrieren würde, sondern auf seine Zeit als Spion, auf die eineinhalb Jahre hinter dem Eisernen Vorhang und auf seine Rolle bei der Flucht von George Blake.

»Ich habe ihnen gesagt, wie sie es anstellen müssen.«

»Ich weiß.«

Wieder blinzelte er langsam und kräuselte die Lippen, um ihr zu sagen, dass er nicht gern unterbrochen wurde.

»Ja, ich habe ihnen gesagt, wie sie das Funkgerät zu ihm schmuggeln sollen. Das wussten Sie also?«

Er war daran gewöhnt, dass man ihm zuhörte, und Paddy verbrachte einen Großteil ihres Berufslebens damit, Männer wie ihn zum Erzählen zu ermuntern. »Ja, in gewisser Weise, aber es wäre schön, wenn Sie es mir noch einmal erklären könnten.«

Er nahm das Whiskyglas und schüttete den Whisky ins halb leere Bierglas. Eine perfekte Mischung: Das Bier schäumte, stieg über den Glasrand und wäre fast übergelaufen, doch im letzten Moment zog sich der Schaum wieder zurück.

»Das Getränk alter Männer«, sagte Paddy unbedacht.

Das gefiel Meehan. Er lächelte sie an. »Ich war in Ostdeutschland im Gefängnis. Ich sollte verraten, wie man ein Funkgerät in ein Gefängnis schmuggelt, und ich habe darüber nachgedacht, bin die Sache immer wieder im Kopf durchgegangen. Ich hatte Pläne von jedem Gefängnis gezeichnet, das ich kannte. In einem Gefängnis kann man sich leichter bewegen, als die meisten Leute denken. Viele Wärter sind bestechlich, man kann sich frei bewegen. Doch das Problem sind die Hochsicherheitsgefängnisse, und darüber reden wir ja.

Ich habe ihnen gesagt: Schickt einem Häftling im Hochsicherheitstrakt ein Radio. Ein ganz normales Radio, nichts, was groß Aufmerksamkeit weckt.« Er beugte sich über den Tisch. »Und dann schickt ihr ein Radio, das genauso aussieht, in dem sich aber ein Funkgerät verbirgt, an einen Häftling im Trakt mit niedriger Sicherheitsstufe. Das Radio wird nicht kontrolliert, es geht ja um eine niedrige Sicherheitsstufe, verstehen Sie?« Er wartete, bis sie »Ja« gesagt hatte. »Wissen Sie, was ein ›*Pass Man*‹ ist? Ein *Pass Man* ist jemand, dem die Wärter vertrauen, ein Häftling, ein Informant.« Sie musste an Tam Gourlay denken. »Man schickt zwei Geräte ins Gefängnis und tauscht sie dann. Das war meine Idee. Der *Pass Man* muss sie tauschen, verstehen Sie, was ich meine?«

Sie verstand. Sie verstand vollkommen.

»Als George Blake aus dem Gefängnis entkam, was fand man wohl in seiner Zelle?«

Paddy nickte. »Ein Funkgerät.«

»Ein Funkgerät«, wiederholte Meehan. »Versteckt in einem Transistorradio. Dabei war das Radio noch eine Woche zuvor auseinandergenommen worden.«

Paddy stand abrupt auf. »Tut mir leid, ich muss gehen. Ich muss jemanden anrufen.« Sie schob sich hastig am Tisch vorbei.

Meehan sah gekränkt zu ihr hoch.

»Mr. Meehan, ich möchte ein Buch über Sie schreiben.«

»Es gibt schon genug Bücher über mich.«

»Nein, kein reißerisches Buch über den Mord an Rachel Ross, sondern ein Buch über Sie. Über die Kommunistische Partei und den Agent Provocateur, der Sie nach Ostdeutschland geschickt hat, und über das Leben eines Berufsverbrechers in den Fünfzigerjahren. Ein gutes Buch. Darf ich Sie nächste Woche irgendwo zum Mittagessen einladen, und wir reden darüber?«

Er zog die Schultern hoch. »Aber jetzt bin ich doch schon mal hier.«

»Es tut mir leid, ich muss dringend telefonieren.«

Meehan schaute auf sein halb leeres Glas. »Ich weiß nicht so recht. Vielleicht schreibe ich mein eigenes Buch.«

»Ich rufe Sie an.« Paddy zog den Mantel an und war schon an der Tür. »Ich melde mich.«

II

Sie setzte sich an ihren Schreibtisch in der Nachrichtenredaktion und rief McCloud im Marine-Revier an.

»Cloudy? Ich muss mit Colum McDaid sprechen.«

»Ah, die kleine Meehan – sind Sie das persönlich?«

»Aye. Besteht die Chance, dass ich an seine Privatnummer komme?«

»Die von McDaid? Aber Sie werden doch keine Liebschaft mit ihm haben?«

McCloud lachte bei dem Gedanken, bis jemand an seinen Schreibtisch kam und ihn etwas fragte. »Aye, aye, nein, nicht jetzt. Hallo? Meehan?«

»Immer noch am Apparat.« Sie hielt den gezückten Stift über dem Papier.

McCloud gab ihr die Nummer, eine lokale Nummer mit der Vorwahl von Partick.

Sie wählte und hatte bald Mrs. McDaid am Apparat. »Aye, meine Liebe, er ist hier.«

Sie rief etwas auf Gälisch, dann war McDaid am Telefon.

»PC McDaid, hier ist Paddy Meehan. Der Geldschein ist immer noch im Safe.«

»Was?«

»Gourlay hat das Geld gar nicht rausgenommen. Es ist noch im Safe; ich wette, es steckt irgendwo in einer Tüte mit anderem Beweismaterial.« Sie hörte ihn grunzen. »Was machen Sie?«

»Ich ziehe meinen Mantel an. Ich wohne gleich um die Ecke vom Revier. Wo sind Sie? Können Sie eine Stunde am Telefon warten?«

»Aye.«

»Ich rufe Sie zurück.«

III

In der Redaktion war freitags immer viel los. Die Reporter, die für die nächtlichen Polizeimeldungen zuständig waren, spielten beim Büro des Bildredakteurs Karten, aßen Fish and Chips und tranken ganz unverfroren aus einer kleinen Whiskyflasche. Als Paddy bei der Zeitung angefangen hatte, hatte jeder getrunken, aber seit Farquarsons Kündigung hatte sie keine Flasche mehr im Büro gesehen. Sie las ein Buch, während sie wartete. Dub würde jetzt die Künstler im Comedy Club ansagen, und Burns würde schwitzend hinten im dunklen Saal sitzen und nervös seine Nummer durchgehen.

McDaid rief nach vierzig Minuten zurück. Er nahm sich

nicht einmal Zeit für eine Begrüßung. »Hab's gefunden. Der kleine Mistkerl hat das Geld in einen anderen Umschlag gesteckt. Sie wollten wohl warten, bis ich die Schlüssel abgegeben habe, und dann persönlich den Schrank ausräumen.«

»Könnten Sie Sullivan anrufen?«

»Es wäre mir eine Freude.«

»Noch einen schönen Abend, PC McDaid.«

»Ihnen auch, Miss Meehan.«

IV

Im Comedy Club schien mehr los zu sein als üblich. Lorraine saß nicht an der Tür. Ihr Tischchen war verwaist und die Tür geschlossen. Paddy stieg die Treppe hinunter und schaute zur Bühne. Dub war dran, und das Publikum hing an seinen Lippen. Er sprach schnell und mit hoher Stimme, zeigte immer wieder ins Publikum und ritt förmlich auf einer Woge der Zuneigung.

Lorraine stand an der Bar und rutschte für Paddy ein Stück zur Seite. Sie vergaß völlig, so zu tun, als würde sie Paddy nicht kennen.

»Er hat total abgeräumt.«

»Dub?«

»Burns. Er ist der absolute Knaller.«

Dub stürmte unter dröhnendem Applaus von der Bühne und rannte viel zu schnell über den gut vier Meter langen Gang zwischen den Zuschauern durch, bevor er vor der hinteren Wand ungelenk zum Stehen kam. Er schwitzte vor Freude.

Als er Paddy sah, legte er ihr den Arm um den Hals und zog sie ungestüm ans andere Ende der Bar. Sie grinste, trotz seiner nassen Achselhöhle an ihrem Nacken, und stolperte mit ihm zu dem kleinen Bereich, der als Backstagezone galt.

Hier erst ließ er sie los, und sie richtete sich auf. Burns stand am Ende der Bar, einen Longdrink vor sich, typisch Vorstadt, typisch Polizist. Er war ganz offensichtlich höchst zufrieden mit sich, aber auch total aufgedreht.

»Es lief gut?«, fragte Paddy.

Burns musterte sie von oben bis unten. »Ich hab nach dir Ausschau gehalten im Publikum. Du warst nicht da.«

Paddy wartete auf eine Pointe, die nicht kam. Schließlich murmelte sie: »Tut mir leid. Ich hatte viel zu tun.«

Er stieß mit dem Zeigefinger gegen ihre Brust, verharrte dort kurz und strich dann mit der Fingerspitze hinauf zu ihrem Hals. »Ich wollte, dass du mich siehst, ich hätte deine Unterstützung brauchen können.«

Sie packte seine Hand und schob sie weg. »Ich bin keine große Unterstützung, Burns. Ich bringe Unglück, wenn jemand zum ersten Mal auf der Bühne steht, da war es besser, dass ich nicht da war.«

»Stimmt«, sagte er und trat einen Schritt zurück. »Du willst der Star sein, eine Nebenrolle reicht dir nicht.«

Ein Zuschauer kam zu ihnen herüber und nahm Burns beim Ellbogen. »Du warst genial, Kumpel. Das war das Komischste, was ich seit Jahren gesehen habe, und dabei komme ich hier ständig her.«

Burns Blick blieb an Paddys Hals hängen, bis sich Lorraine durch die Menge gekämpft hatte und sich neben ihn drängte. Halt suchend, drückte sie ihren Busen an seinen Oberarm. Burns legte Lorraine den Arm um die Hüften und sah Paddy herausfordernd an.

Sie grinste. »Ach, jetzt wünschte ich, ich wäre doch gekommen. Du machst mich eifersüchtig.«

Dub legte Paddy den Arm um die Schulter, sodass sie sich nun paarweise gegenüberstanden. »Wir waren heute Abend alle großartig. Es war genial. Der perfekte Abend, ein Act hat auf dem anderen aufgebaut. Keine Sprünge, kein Bruch in der Stimmung, du weißt schon, wie das sonst so ist. Nichts davon, alles war perfekt.«

»Ach ja?«

Burns warf ihr einen finsteren Blick zu und ging mit dem Arm um Lorraines Taille zu einem Tisch. Paddy beobachtete, wie sie knutschten, und schüttelte den Kopf.

»Der Kerl ist ein totaler Arsch.«

»Findest du?«

»Ein verdammtes Arschloch.« Burns sah sie direkt an. Sie hoffte, dass er Lippenlesen konnte.

»Aber er ist saukomisch, Paddy. Wenn wir ihn regelmäßig hier auftreten lassen, würde das dem Club total guttun. Aber egal, wo warst du denn heute Abend?«

Sie erzählte ihm von Loch Lomond und Paddy Meehan, und dann im Flüsterton auch die Geschichte von McDaid und dem Geldschein. Sie setzten sich ein wenig abseits von den anderen, zuerst auf die Klappstühle für die Zuschauer, und als der Barmann die Stühle zusammenräumte, auf den Bühnenrand. Die übrigen Zuschauer zogen ihre Mäntel an, tranken ihre Gläser leer und redeten zu laut, weil sie immer noch in Hochstimmung waren.

Dub hörte ihr aufmerksam zu, sein Gesicht ganz nahe an ihrem. Es war wunderbar, so mit ihm zu reden. In Dubs Gesellschaft fielen alle Sorgen von ihr ab. Bei ihm fühlte sie sich nie dick oder naiv oder unvollkommen.

Er beugte sich noch näher, um sie besser zu verstehen, und sie schaute auf seine große Nase und seine Ohrmuschel und seine pudrige weiße Haut. Sie wusste nicht, warum, es hatte nichts mit Burns zu tun, aber am liebsten hätte sie ihn auf die Wange geküsst. Er lehnte sich zurück und sah sie an, die Augen klar und verständnisvoll. »Du bist so furchtlos. Ich kenne wirklich niemanden, der so ist wie du.«

Sie war schockiert, wie gern sie ihn küssen wollte. Es wäre ganz einfach, sie musste sich nur vorbeugen, dann wäre ihr Mund schon auf seinem. Ihre Blicke begegneten sich. Er war ihr einziger Freund. Sie rutschte ein Stück zurück und schlug ihm mit der Hand auf den Schenkel. »Mein Gott«, sagte sie und konzentrierte sich auf sein Knie. »Ich habe das Gefühl, als hätte ich dich eine Ewigkeit nicht mehr gesehen, Dub.«

»Geht mir genauso. Und auch wenn er ein Arsch ist, danke, dass du ihn hergebracht hast.« Dub lächelte breit und sah sie an. Zum ersten Mal sah sie eine leise Enttäuschung in seinen Augen. Er hatte sie schon häufiger so angesehen, das wurde ihr jetzt klar. Sie hatte diesen Blick oft gesehen in all den Jahren, die sie sich schon kannten, ihn aber nie verstanden.

Sie lächelte zurück, froh, dass sie ihn nicht geküsst hatte. »Du bist mein bester Freund, Dub.«

Dub nickte, den Blick auf die Füße gerichtet. »Das bin ich.«

»Begleitest du mich zum Bahnhof?«

Dub sah zu Burns. Lorraine saß fast auf seinem Schoß, die Lippen fest auf seine gepresst, und er hatte die Hand halb unter ihrem T-Shirt.

»Aye, ich bring dich zum Bahnhof.«

37

Übelkeit

I

Paddy hatte noch nie so gut geschlafen. Zehneinhalb Stunden Tiefschlaf, völlig bewusstlos, mit nur wenigen kurzen Unterbrechungen, in denen sie auf den gleichmäßigen Atem von Mary Ann lauschte.

Caroline weigerte sich nach wie vor, zu John zurückzukehren. Heute Abend würde sie Mary Anns Bett übernehmen. Sie schmollte, war deprimiert und schnarchte vom vielen Rauchen.

Mary Ann weckte Paddy mit einer Tasse Tee und der Warnung, dass ihr Zug nach London um elf Uhr am Hauptbahnhof abfuhr, sie würde also bald gehen müssen. Paddy setzte sich im Bett auf, schlürfte den milchigen Tee und sah zu, wie ihre Schwester den Inhalt des hellblauen Pappkoffers überprüfte, um sicherzugehen, dass sie alles Nötige für einen Monat in Frankreich dabeihatte.

Sieben Unterhosen und Unterhemden, zwei BHs, drei Oberteile und Röcke und ein Kleid. Der restliche Platz im Koffer wurde von Gebetbüchern, Rosenkränzen und einem Französischbuch beansprucht, das Con ihr in einem Secondhandladen gekauft hatte.

Als Mary Ann den Koffer zuklappte und auf den Boden stellte, sah er sehr klein aus. Paddy trug ihn für sie zum Bahnhof. Schweigend warteten sie auf den Vorortzug in die Stadt.

Paddy befürchtete, sie würde anfangen zu weinen, wenn sie etwas sagte, weil sie Mary Ann so sehr vermissen würde, und Mary Ann befürchtete, dass sie weinen würde, weil sie Angst hatte.

»Ich war noch nie weiter weg als Largs«, sagte sie, und ihr Kinn bebte, als sie aufs Gleis schaute.

»Es wird dir gefallen«, sagte Paddy, als ob sie schon mehr von der Welt gesehen hätte. »Ich bin total neidisch.«

Der Zug kam, und Paddy hob den Koffer für sie in den Waggon. Mary Ann stieg in den Zug, blieb an der offenen Tür stehen und blickte hinunter auf ihre kleine Schwester. Paddy konnte sich nicht mehr länger beherrschen. Sie fing an zu weinen.

»Mach's gut.«

Mary Ann grinste schweigend, hob die Hand und musste dann ebenfalls weinen.

»Bestell Jesus schöne Grüße!«, rief Paddy.

Die Tür ging zu, aber Paddy sah Mary Ann weiter in die Augen, bis der Zug anfuhr.

Sie stand auf dem Bahnsteig und sah dem Ende des Zuges nach, der langsam über die Gleise kroch. Sie wünschte sich, dass Mary Ann dort glücklich war; dass es keinen Grund gab, sich Sorgen zu machen, dass sie ihrer armen Mutter nicht das Herz brechen würde.

Im Regen lief sie nach Rutherglen zurück und ging dort in die Apotheke. Zum Glück kannte die Verkäuferin sie nicht. Sie nahm das Päckchen mit auf die öffentliche Toilette hinter der Tower Bar. Auf der Toilette roch es nach Karbolseife und Urin, und es war eiskalt, weil die Tür immer offen stand.

Zehn Uhr. Die Messe war bald vorüber. Dann würde sich vor der Toilette eine lange Schlange mit Frauen bilden, die sich ihre Beckenböden durch zu viele Geburten ruiniert hatten und nach der fünfzigminütigen Messe aufs Klo rannten. Aber jetzt noch nicht.

Paddy schloss sich in der hintersten Kabine ein und holte das Stäbchen aus der Schachtel, las die Anleitung und befolgte sie Wort für Wort. Sie schaute nicht darauf, während sie die vier Minuten abwartete, sondern presste die Stirn an die kalte Wand und bat Gott um einen Gefallen, obwohl sie seit ihrem siebten Lebensjahr nicht mehr mit ihm gesprochen hatte.

Draußen näherten sich Stimmen, von Frauen, die sie kannte. Die Messe war vorüber, und alle, die sie kannte, standen jetzt draußen. Paddy musste mit ihnen reden, wenn sie aus der Toilette kam, sich ganz natürlich benehmen, wie auch immer das Ergebnis ausfiel. Sie wusste nicht, ob sie das schaffte.

Sie nahm ihren ganzen Mut zusammen, drehte sich um und sah auf das weiße Stäbchen, das sie auf dem Spülkasten abgelegt hatte. Zwei dünne blaue Linien waren zu sehen, eine in jedem Sichtfeld.

Es gab keinen Zweifel: Sie war schwanger.

Dank

Wie immer gilt mein Dank der wunderbaren Selina Walker, meiner geduldigen, freundlichen und ehrlichen Lektorin, die einen unbestechlichen Blick für den Rhythmus einer Geschichte hat und immer zu Scherzen aufgelegt ist. Außerdem danke ich meinem Team, Rachel Calder, Henry Dunow, Camilla Ferrier und allen bei der Marsh Agency, die meine Häuser für mich gekauft haben.

Den Mitarbeitern von Transworld muss ich einen eigenen Absatz widmen, ihnen gebührt ein dickes Dankeschön für all die Anstrengungen und Hilfe in Sachen Redaktion und Marketing, ihre Leistung wird viel zu wenig anerkannt. Viele von ihnen kenne ich persönlich, andere nicht, doch ich weiß ihre Arbeit zu schätzen und würde ihnen allen irgendwann einmal gern einen Drink spendieren. Leider bin ich meistens knapp bei Kasse, deshalb werde ich es wohl doch nicht tun.

Ich danke meiner Mutter und Louise, Amy und Sam, dass sie meine Bücher für Bromley übersetzen. Auch die verdammten Considines haben es wieder einmal geschafft, sich in die Danksagung zu drängen, Gott weiß wie, denn bei diesem Buch haben sie mir überhaupt nicht geholfen.

Und zu guter Letzt möchte ich Fergus, Stevo und Ownie danken, die meine Tage vergolden.

Denise Mina

»Die ungekrönte Königin des schottischen Thriller«
Val McDermid

»Ein echtes Juwel! Ich bin ein großer Fan!«
Michael Connelly

978-3-453-43442-4

www.heyne.de

HEYNE

Holly Seddon

Du denkst, sie hört dich nicht.

»Ein messerscharfer, rasanter Plot und faszinierend komplexe Figuren. Seit GIRL ON THE TRAIN hat mich kein Roman so beeindruckt.« *Tess Gerritsen*

978-3-453-41922-3

Leseprobe unter **www.heyne.de**

HEYNE

Zoë Beck

Wir finden dich. Erwarte uns.

»Zoë Beck schreibt sozialkritische Kriminalromane, die nicht nur die geplanten Verbrechen aufdecken, sondern auch die Abgründe, aus denen sich die mehr oder weniger spontane Gewalt durch äußere Einwirkung speist.«
Gerwig Epkes, SWR2

978-3-453-41042

Leseprobe unter **www.heyne.de**

HEYNE